Richard Schwartz
Das Auge der Wüste

Zu diesem Buch

Der Krieger Havald und seine Gefährten benötigen dringend Verbündete im Kampf gegen den finsteren Thalak, der das Land mit Zerstörung überzieht. Letzte Hoffnung auf Hilfe ist das sagenumwobene Königreich Askir. Auf dem Weg dorthin verschlägt es die Abenteurer in den sengend heißen Wüstenstaat Bessarein, wo sie mit immer neuen Schwierigkeiten zu kämpfen haben: Zunächst gilt es, Havalds Geliebte Leandra aus der Gewalt skrupelloser Sklavenhändler zu befreien. Dabei gerät die Gruppe in der exotischen Hauptstadt Gasalabad zwischen die Fronten eines lebensgefährlicheren Thronfolgestreits und deckt eine Intrige um ein geheimnisvolles Artefakt auf, das Auge von Gasalabad ... Das High Fantasy-Abenteuer um »Das Geheimnis von Askir« geht in die dritte Runde.

Richard Schwartz, geboren 1958 in Frankfurt, hat eine Ausbildung als Flugzeugmechaniker und ein Studium der Elektrotechnik und Informatik absolviert. Er arbeitete als Tankwart, Postfahrer und Systemprogrammierer und restauriert Autos und Motorräder. Am liebsten widmet sich der passionierte Rollenspieler jedoch phantastischen  Welten. Er schreibt gern in der Nacht, so auch seinen fesselnden Zyklus um das Geheimnis von Askir.

Richard Schwartz

Das Auge
der Wüste

DAS GEHEIMNIS VON ASKIR 3

Piper München Zürich

Von Richard Schwartz liegen in der Serie Piper vor:
Das Erste Horn. Das Geheimnis von Askir 1
Die Zweite Legion. Das Geheimnis von Askir 2
Das Auge der Wüste. Das Geheimnis von Askir 3

Originalausgabe
September 2007
© 2007 Piper Verlag GmbH, München
Umschlagkonzeption: Büro Hamburg
Umschlaggestaltung: HildenDesign, München – www.hildendesign.de
Umschlagabbildung: Markus Gann, Sindelfingen – www.begann.de
Satz: Uhl + Massopust, Aalen
Papier: Munken Print von Arctic Paper Munkedals AB, Schweden
Druck und Bindung: Clausen & Bosse, Leck
Printed in Germany   ISBN 978-3-492-26632-1

www.piper.de

Für Melanie

Was bisher geschah

Nach den Ereignissen im Gasthof *Zum Hammerkopf* brechen Havald und seine Gefährten zur Reise in das sagenumwobene Reich Askir auf, wo sie Hilfe gegen das grausame Imperium von Thalak erbitten wollen. Der schreckliche Kriegsherr überzieht die Neuen Reiche mit Tod und Verderben. In der Donnerfeste finden die Abenteurer ein magisches Tor, das sie ins Wüstenreich Bessarein befördert, einst Teil des Reiches von Askir, nun jedoch ein autonomes Land. Obwohl die Zeit drängt und sie schnellstmöglich weiter in die alte Reichsstadt Askir müssen, stoßen sie in Bessarein immer wieder auf Schwierigkeiten. Der Krieger Havald, seine Geliebte Leandra, die Dunkelelfe Zokora und die anderen Reisenden werden Zeugen eines Menschenraubs in der Wüste und geraten in der Folge zwischen die Fronten des Thronfolgekampfs in der Hauptstadt Gasalabad. Schließlich nehmen Sklavenhändler sie gefangen, und die Gruppe wird auseinandergerissen. Während Havald und sein neugewonnener Diener, der redselige Armin, fliehen können und in Gasalabad die meisten ihrer Gefährten wiedertreffen, bleibt Havalds Geliebte Leandra verschollen. Damit nicht genug, es erweist sich, dass die Feinde, welche die Neuen Reiche bedrohen, ihnen bis nach Bessarein gefolgt sind. Schlimmer noch: Anscheinend legt sich Thalaks Schatten nun auch über diese fernen Gegenden, um sie zu unterjochen …

1. Grund und Recht

Es hatte etwas Befreiendes, in vollem Galopp zu reiten. Ich hatte einmal anhalten müssen, um die Steigbügel des ungewohnten Sattels anders zu schnallen, aber dies war bislang das einzige Mal gewesen. Noch waren die Pferde frisch und hatten Lust aufs Rennen, und das Donnern der vierundzwanzig Hufe hatte seinen eigenen Reiz. Die Pferde mochten klein sein, aber bei den Göttern, was konnten sie laufen! Im *Hammerkopf* befand sich immer noch mein eigenes Pferd, ein schweres und massives Kriegspferd, und ein gutes Pferd, aber nie war es so gelaufen wie dieses hier. Felder, Bäume und Gehöfte, Wasserräder und Windmühlen rauschten an mir vorbei, immer wieder sahen Feldarbeiter oder Sklaven auf, als ich wie die Wilde Jagd vorbeipreschte. Eine Gruppe Reisender sprang voller Panik in den Graben, als ich heranritt, und ich versetzte einem Händler den Schreck seines Lebens, als ich an seinem schwer beladenen Ochsengespann wie ein Donnerhall vorbeiflog.

Diese Straße war kaum mehr als ein Weg, nicht zu vergleichen mit der imperialen Straße, auf der wir hergekommen waren, aber einige der Sklaven hatten mir eine Beschreibung der Gegend geben können, gut genug, um eine grobe Karte zu zeichnen. Dieser Weg stieß irgendwann auf die imperiale Straße, kaum eine Stunde zu Pferd vom Gasthof des verräterischen Fahrd entfernt. Es war auch für die Sklavenhändler, die sich kaum schneller als mit dem Tempo gefesselter Sklaven bewegen konnten, der beste Weg zu ihrem Lager am Fluss.

Tatsächlich fand ich die Reste ihres Lagers noch kurz vor Sonnenuntergang: zwei Käfigwagen, Zelte, Ketten und Seile, die Spuren eines Kampfes und Tote, achtlos liegen gelassen und zum Teil schon von Sand zugeweht. Auch hier, wo es etwas grüner war, gab es mehr als genügend Sand: Die Wüste versuchte sich auszubreiten.

Ich stieg ab, führte das zitternde und schäumende Pferd hin und her, während ich versuchte zu verstehen, was hier wohl vorgefallen war.

Die Tür eines Käfigwagens war zersplittert, in Dutzende, wenn nicht Hunderte kleine Teile. Ich entdeckte einen Satz Handfesseln, deren Kettenglieder geschmolzen waren. Zwei der Toten schienen unverletzt, bis ich die kleinen verkohlten Stellen in ihren Gewändern sah und darunter den schwarzen Punkt auf der Haut.

Leandra. Als ich sie kennengelernt hatte, konnte sie noch keinen Blitz zu erzeugen, aber vieles hatte sich seitdem geändert. Zumindest die zersplitterte Tür des einen Käfigwagens trug ihre unverwechselbare Handschrift.

Zwei der Leichen hatten ein gebrochenes Genick, ihre tote und zum Teil angefressene Haut wies immer noch den Abdruck großer Hände auf. Janos. Nach dem Ausbruch hatten sich meine Gefährten wohl schnell bewaffnet, denn die anderen Sklavenhändler waren an Schwertstreichen gestorben. Ein Teil von ihnen hatte wohl auch zu fliehen versucht: Ich fand ihre Leichen weiter weg, noch immer stand ihnen die Angst in den Augen.

Seitdem dies alles geschehen war, hatten andere das zerstörte Lager entdeckt und geplündert. Es war nichts mehr von Wert vorhanden.

Die Sklavenhändler waren nicht länger als zwei Tage tot. Doch die Aasfresser, darunter auch wieder Dutzende dieser Geier, hatten sich bereits an den Leichen gütlich getan, sodass diese Schätzung ungewiss war. Zokora hatte länger als Natalyia und Varosch in dem Betäubungsschlaf gelegen, in den die Sklavenhändler sie versetzt hatten. War also auch Leandra wegen ihres elfischen Blutes stärker davon betroffen gewesen? Janos und Sieglinde, besser: Serafine, mochten tapfere Kämpfer sein, doch erst die Magie der Maestra hatte ihnen den Ausbruch ermöglicht. Ich hoffte nur, dass Sieglinde und Leandra das Schicksal Natalyias erspart geblieben war. Sie war von den Kerlen vergewaltigt worden.

Verwertbare Spuren waren keine mehr zu finden, aber ich entdeckte an einer Stelle Pferdeäpfel, also hatten auch diese Sklavenhändler Pferde besessen. Leandra und die anderen waren nicht mehr zu Fuß unterwegs.

Ich sattelte auf das nächste Pferd um und ließ das andere frei.

Als die Sonne unterging, versuchte ich noch ab und zu meinen Hintern zu entlasten, indem ich in den Steigbügeln stand, aber irgendwann ging auch das nicht mehr. Nachdem ich das dritte Pferd gesattelt hatte, spürte ich meinen Hintern nicht mehr und war froh darum.

Schließlich färbte die Morgensonne den Himmel rot, und ich war in der Nähe der letzten Wegestation vor Gasalabad angekommen, dort wo uns Fahrd ein Henkersmahl bereitet hatte. Beinahe wäre ich in meiner Müdigkeit drauflosgeritten, doch ich besann mich rechtzeitig.

Ich näherte ich mich der unverhofften Szene vor der Wegestation nicht im Galopp, sondern im Schritt auf dem vierten Pferd und erregte so nicht sofort die Aufmerksamkeit derer, die vor dem Gasthof miteinander im Zwist lagen.

Zuerst erschien es mir wie eine Ausgeburt meines übermüdeten Geistes, als ich die rote Fahne mit dem goldenen Drachen über dem Wehrturm der Wegestation wehen sah. Als ich jedoch näher kam und einen Hügel erreichte, stellte ich fest, dass es sich keineswegs um einen Traum handelte.

Das Imperium, oder zumindest ein Teil davon, war zu dieser alten Garnison zurückgekehrt. Vor den weit geöffneten Toren der Wegestation sah ich eine Gruppe Bullen stehen, die tiefgrauen schweren Plattenrüstungen waren selbst auf die Entfernung unverwechselbar. Noch war es kühl, die Sonne noch nicht aufgegangen, aber ich fragte mich, wie sie es in der Mittagshitze in diesen Rüstungen aushalten sollten.

Durch die offenen Tore konnte ich in die Station hineinsehen; schwere Ochsengespanne standen im Hof und wurden entladen. Vor dem Gasthof wuchs ein Haufen mit Möbelstücken und anderer Inneinrichtung empor, die nicht mehr die Gnade der neuen Bewohner fand. Diese pflegten einen robusteren Stil.

Eine größere Gruppe, darunter auch eine Person mit einem roten Offiziersumhang über dem gepanzerten Rücken, stand am Richthügel, wo noch immer die Leichen von Fahrd und dem zweiten Mann hingen.

Diese andere Gruppe war genauso leicht zuzuordnen wie die dunkelgrauen Rüstungen der Imperialen. Die Männer waren beritten, und ihre leichten Schuppenrüstungen glänzten rötlich im frühen Licht. Ich hatte sie noch nie gesehen, aber die grüne Flagge Gasalabads wehte an einer der Lanzen, die die Reiter in Händen hielten. Ohne Zweifel war es leichte Kavallerie unter der Flagge Gasalabads und Bessareins.

Es waren vielleicht dreißig von ihnen, und unter anderen Umständen bildeten sie sicherlich eine schlagkräftige Einheit. Aber schon aus dieser Entfernung sah ich, dass die Kavalleristen nervös waren und diese Unruhe auf die Pferde übertrugen. Sie tänzelten verwirrt.

Ich ritt langsam näher, und je weiter ich herankam, desto weniger gefiel mir diese Truppe aus der Stadt. Jeder Einzelne ritt einen Schimmel mit versilbertem Geschirr, die Rüstungen der Reiter waren, genau wie ihre spitzen Helme, blank poliert, und die meisten der Pferde trugen eine Blume als Kopfschmuck. Paradesoldaten.

Bald war ich nahe genug, dass einige der Soldaten mir einen Blick zuwarfen, aber ich ritt nur weiter gemächlich auf sie zu, und so wurde ich nicht weiter beachtet.

Der Anführer der Bullen stand mit dem Rücken zu mir, aber den Hauptmann der Gardesoldaten sah ich nun besser. Er hatte ein schmales, kantiges Gesicht, trug einen gewachsten Bart, und noch bevor ich seine nasale Stimme vernahm, weckte seine arrogante Miene in mir den Wunsch, ihn vom Pferd zu schlagen. Es gab ab und an Leute, bei deren bloßem Anblick sich mir schon die Nackenhaare aufstellten. Wäre ich ein Hund, wäre mir wohl in diesem Moment ein Knurren entfahren.

»…betrachtet es der Emir als einen Affront, bewaffnete Schergen eines anderen Reiches in seinem Land marodieren zu sehen! Ihr werdet sofort abziehen und dieses Gemäuer räumen!«

»Herr Hauptmann«, erklang eine ruhige weibliche Stimme. »Es ist unangemessen, eine Tenet der imperialen Stadt mit Marodeuren zu vergleichen. Wir nehmen nur in Besitz, was uns gehört.«

»Wie könnt Ihr nur so sprechen, Frau! Dieses Gemäuer stand lange leer, bis es durch den Schweiß und die Arbeit eines Landsmanns wieder zum Leben erwachte. Und nun finde ich ihn schändlich ermordet, von dieser… Perversion eines Galgens baumelnd! Liefert mir seinen Mörder aus, und ich lasse Gnade walten.«

»Ob es sich um einen Mord handelt, Herr Hauptmann, ist zur Zeit ungeklärt. Die Anklagen, die wir gemäß dem alten imperialen Recht auf diesen Tafeln fanden, lassen darauf schließen, dass er hingerichtet wurde. Bis wir die Umstände überprüfen können, kann ich dazu nichts weiter sagen.«

Götter, ich bewunderte die Ruhe dieser Frau.

»Der Emir, in seiner Weisheit, wird diesen Fall wohl anders sehen! Dennoch, dieses Gemäuer stand leer, und ihr habt jedes Anrecht darauf verloren! Ich verlange, dass ihr es räumt.«

»Es tut mir leid, Herr Hauptmann, aber nach meinem Wissen wird der Besitzanspruch der imperialen Stadt auf ihre Liegenschaften, dem Rechtswesen der jeweiligen Nation entsprechend, regelmäßig erneuert. Wenn Ihr in den Archiven Eurer Registratur nachseht, werdet Ihr sicherlich herausfinden, dass

13

Askir, wie nach dem Recht Bessareins gefordert, jedes zwanzigste Jahr den Anspruch erneuert hat. Ihr werdet auch alle Steuern bezahlt finden.«

»Woher willst du das denn wissen, du Schlange!«, schäumte der Hauptmann, und ich sah, dass sogar einige seiner Männer besorgt zu ihm blickten.

»Es steht in meinen Unterlagen. Wenn Ihr ohne Vorbereitung mit Eurer Truppe aufbrecht, ist das Euer Vorrecht. Die imperiale Stadt verfährt mit ihren Marschbefehlen allerdings sorgfältiger«, entgegnete ihm die Frau mit einer Ruhe, die den Mann noch mehr zu reizen schien.

»Wie könnt Ihr es wagen, hier zu stehen und so zu tun, als wäre es Euer Recht? Dies ist unser Land, und Ihr habt hier nichts zu suchen. Wenn ich herauskriege, wer Euch durch die Tore hat reiten lassen, wird er es büßen. Seit drei Monden ist es keinem imperialen Hund gestattet, Fuß auf den Boden der Stadt zu setzen, und das wisst Ihr genau!«

»Zwei Dinge gibt es dazu zu sagen, Hauptmann.« Die Stimme der Frau wurde nun doch kühler. »Der Vertrag von Askir regelt, dass die imperialen Straßen sowie fünfzig Schritt links und rechts derselben Grund und Boden des Imperiums sind. Dass Askir für dieses Land Steuern zahlt, ist eine Geste und als solche in dem Vertrag deklariert. Zum zweiten haben weder ich noch meine Leute hier jemals imperialen Grund verlassen und auch nur einen Fuß auf den Boden Gasalabads gesetzt. Ihr hingegen befindet Euch auf dem Hoheitsgebiet des Imperiums.«

»Das Imperium gibt es nicht mehr!«, rief der Hauptmann.

»Das ist nicht ganz richtig«, sagte die Frau. »Askannon entließ die Reiche in ihre eigene Verwaltung, aber sie sind immer noch nominell Bestandteil des Imperiums.«

»Nominell? Ihr redet wirr, Frau. Zieht Euch zurück, oder wir treiben Euch von unserem Land!« Er lockerte sein Schwert.

»Wenn Ihr diese Klinge zieht, Herr Hauptmann, riskiert Ihr einen Krieg.«

»Ihr droht mir, Weib? Bessarein ist das mächtigste der Reiche!«

»In Eurer Einbildung vielleicht. Oder in längst vergangenen Tagen. Aber selbst wenn Ihr recht hättet – verfügt es über fünf Legionen?« Ihr Ton wurde gefährlich sanft. »Wenn Ihr darauf besteht, hier zu streiten, werde ich Euch lebend oder tot vor die Füße Eures Herrschers werfen und ihn fragen, ob er einen Krieg wollte. Sagt er Ja, wird das Leben hier in Eurem Reich mehr als interessant werden.«

»Eine einzelne Stadt droht uns! Das ist lachhaft!«

»Ich drohe nicht. Ihr wart noch nicht in Askir, richtig? Die Stadt ist eines der Reiche und entsprechend groß und mächtig. Stellt Euch vor, die Zitadelle des ewigen Herrschers befände sich an der Stelle, an der in Gasalabad der Palast des Kalifen steht. Dann befänden wir uns hier immer noch innerhalb der Mauern der ewigen Stadt.«

Ich blinzelte. Das konnte nicht sein! Sie musste sich irren, denn es war mehr als ein voller Tag zu Pferde von hier zu den Toren Gasalabads. Keine Stadt der Weltenscheibe konnte eine solche Ausdehnung haben.

Unsicherheit lief über das arrogante Gesicht des Hauptmanns.

»Wisst Ihr, was ich an Eurer Stelle täte? Ich würde zurückreiten und nachfragen, was zu tun ist. Ihr sagtet, Ihr wurdet geschickt, die Früchte dieser Galgen zu untersuchen. Dies sei Euch gestattet, solange Ihr hier nichts berührt. Nach fast tausend Jahren Frieden zwischen unseren Reichen einen Krieg auszulösen stand sicherlich nicht in Euren Befehlen.«

Ich konnte seine Zähne knirschen hören. Aber schließlich nickte er und riss grob sein Pferd herum. »Zurück zur Stadt!«, rief er. »Ich werde mit einer Armee wiederkommen.« Und dann gab er seinem Pferd brutal die Sporen. Seine Leute versuchten ihm zu folgen, doch die Formation löste sich dabei fast vollständig auf.

»Die wird er dann auch brauchen«, sagte die Frau in einem eisigen Tonfall.

Als ob sie die ganze Zeit gewusst hätte, dass ich unweit von ihr auf meinem Pferd saß, drehte sie sich um und musterte mich aus kalten grauen Augen. »Und wer seid Ihr?«

Ich saß von meinem Pferd ab und legte mich beinahe in den Staub, als meine Beine unter mir nachgaben; ich konnte mich gerade noch am Sattel festhalten. Aber keiner der Soldaten lachte, sie sahen mich nur aufmerksam an.

Wieder erschien diese kleine Schrift auf ihrer linken Brust, unterhalb des Bullen, und ich konnte sie lesen. Dies war die Vierte Legion.

»Schwertmajor Kasale«, begann ich, »mein Name ist Havald. Meine Heimat ist Illian, ein Königreich, das dort liegt, wo einst die alten Kolonien gegründet wurden. Ich bin im Auftrag meiner Königin unterwegs nach Askir.«

Sie nahm ihren Helm ab und musterte mich sorgfältig. Ich hatte sie bis dahin für jünger gehalten, aber nun sah ich, dass sie gut vier Dutzend Jahre alt war. Ihr Haar war dunkelbraun, kurz geschnitten, es reichte ihr nur bis zum Nacken. Die feinen Falten in ihrem Gesicht standen ihr. Sie hatte eine gerade Nase, ein Kinn, das vielleicht ein wenig zu vorstehend war, und einen schmalen, dennoch weiblichen Mund. Ihre ganze Haltung drückte aus, dass sie schon mit ganz anderen Dingen fertig geworden war.

»Soso, seid Ihr das? Woher kennt Ihr meinen Namen?«

»Er steht auf Eurer Brustplatte geschrieben.«

In ihren grauen Augen sah ich Überraschung, dann nickte sie, als hätte sie gerade etwas verstanden. »Folgt mir.«

Sie wandte sich ab und ging vom Hügel in Richtung der Station. Ich wollte ihr folgen, doch mein linkes Bein war eingeschlafen und weigerte sich, die Last zu tragen. Wieder strauchelte ich.

Einer der Bullen trat an mich heran und bot mir wortlos seinen Arm. Ich zögerte nur kurz, dann nahm ich seine Hilfe an.

2. Von Greifen und Federn

Ich hatte den Eindruck, als wären die Bullen erst vor kurzem hier angekommen; die Spur der schweren Wagen, die durch das Tor führte, war noch frisch. Dennoch hatte sich die Station schon deutlich verändert, vor allem der Gastraum.

Fahrds Mobiliar war verschwunden, an seiner Stelle befanden sich lange Tische und Bänke, wie ich sie aus dem *Hammerkopf* kannte. Die Fässer hinter der Theke waren verschwunden. Durch die offene Tür zur Küche bemerkte ich eine Gruppe Soldaten, die, nur in ihr Unterzeug gekleidet, mit reichlich Lauge den Küchenraum schrubbten.

Ein Unteroffizier stand mit einem Schreibbrett vor der Stiege, ein anderer Soldat wies auf eine ausgetretene Stufe, was der Unteroffizier mit einem Stirnrunzeln sorgsam notierte.

Ohne dem geschäftigen Treiben Beachtung zu schenken, führte mich die Schwertmajorin zu dem Büro des Kommandanten, das auch hier wieder zwischen Wehrturm und Küche lag. Dieser Raum roch frisch gereinigt und war bereits vollständig neu eingerichtet.

»Setzt Euch, Havald«, sagte sie, als sie hinter dem Schreibtisch des Kommandanten Platz nahm. Hinter ihr an der Wand befand sich neben einer neuen Karte eine Flagge, die kleiner war als jene Legionsflagge, welche wir damals, vor unserem Aufbruch, aus dem Kommandantenbüro im *Hammerkopf* geborgen hatten. Die Flagge einer Hundertschaft der Vierten Legion. Ich musterte kurz die Karte an der Wand und fand sie enttäuschend, sie zeigte nicht mehr die ganze Weltenscheibe, sondern nur noch das Gebiet der sieben Königreiche.

»Darf ich Euch bitten, Euren linken Handschuh auszuziehen?«, sagte sie ruhig, aber bestimmt.

Hinter mir, allerdings außerhalb des Raums, standen zwei Bullen. Sie befanden sich in Ruhehaltung, und ich selbst war noch bewaffnet, dennoch war die Situation leicht bedrohlich.

»Nein«, sagte ich. »Ich sehe auch keinen Grund dazu. Es sei denn, ich wäre Euer Gefangener.«

Wie, bei allen Göttern, sollte ich ihr den Ring an meinem Finger erklären? Sie würde mich für einen Hochstapler halten.

Sie suchte Augenkontakt, und ich ging darauf ein. Eine ganze Weile hielt sie den Blick, dann schien es, als ob wir beide gleichzeitig zu dem Schluss kamen, dass der andere zumindest gleich stur war. Sie seufzte, trommelte kurz mit ihren Fingern auf den Schreibtisch und sah mich wieder an. »In Ordnung. Belassen wir es dabei. Ich weiß, was an Eurer Hand zu finden ist. Habt Ihr irgendetwas mit den Galgen da draußen zu tun? Wir haben hier ein paar junge Frauen vorgefunden, die uns einen bemerkenswerten Bericht abgaben.«

»Ja«, sagte ich.

»Ihr wart derjenige, der den Nekromanten getötet und diese beiden Männer hingerichtet hat?«

»Ja.«

»Und die anderen erschlagen hat, deren Köpfe wir auf den Lanzen fanden?«

»Ja.«

»Die Anklage auf den Richttafeln ist ebenfalls von Euch?«
Ich nickte.

»Entspricht sie auch der Wahrheit?« Ihre Augen musterten mich eindringlich.

»Ja.«

Sie lehnte sich zurück, zog die Plattenhandschuhe aus und warf sie achtlos auf die Oberfläche des Schreibtischs.

»Wollt Ihr etwas trinken oder essen? Ihr seht aus, als könntet Ihr eine Stärkung vertragen.«

Ich nickte. Sie betrachtete mich und seufzte. »Ihr seid nicht im Geringsten beharrlich, nicht wahr?«, fragte sie. »Lanzensergeant, ein Gedeck für mich und unseren Gast. Frischen Kafje, die Brühe in der Urne lässt mir sonst noch Brusthaare wachsen!«

»Ay, Schwertmajor!«, sagte einer der Bullen hinter mir, schlug sich auf die linke Brust und machte auf dem Absatz kehrt.

»Also bedingte Zusammenarbeit. Und um Himmels willen nichts Offizielles. Oder habt Ihr irgendwelche schriftlichen Befehle dabei?«

Ich schüttelte wortlos den Kopf.

»Götter! Ihr befindet Euch nicht in einem Verhör oder in unserem Gewahrsam. Dass ich wissen will, was hier geschehen ist, könnt Ihr ja wohl verstehen, oder?« Sie beugte sich vor und knallte ihre linke Hand auf den Tisch vor mir. Ein Ring funkelte an ihrem Finger. »Wir lassen es inoffiziell, und ich will Euren Ring auch gar nicht sehen. Sagt mir nur eines: wie viele Steine?«

Ihr Ring sah aus wie der meine, bis auf die Tatsache, dass ihrer vier Steine trug. Sie bemerkte meinen Blick.

»Schließ die Tür, Soldat«, rief sie, und die Tür fiel hinter mir ins Schloss.

»Mehr Steine, huh? Reicht mir Eure Hand.«

Ich zögerte kurz und tat es dann. Sie tastete nach meinem Ring unter dem Kettenhandschuh und hielt ihren dann an dieser Stelle gegen die Kette.

Ihr Ring leuchtete auf.

Sie ließ meine Hand los und lächelte grimmig. »Das war deutlich.« Ich wusste nicht, wovon sie sprach.

»Wie viele Steine also? Sieben? Acht? Ich gebe Euch mein Wort, es bleibt inoffiziell. Wenn Ihr es wünscht, haben wir uns nie gesehen.«

»Neun Steine«, antwortete ich langsam. »Was habe ich auf dem Richtplatz Falsches gesagt?«

Ihre Augen weiteten sich für einen Moment und sie erstarrte bewegungslos, dann holte sie tief Luft und sprach weiter.

»Ihr habt meinen Namen gewusst. Auf meiner Brustplatte steht er nicht offen geschrieben. Aber wenn man einen solchen Ring trägt, kann man den Namen dort lesen. Sofern beide einen Eid auf Askir geschworen haben.«

»Magie?«, fragte ich überrascht.

Sie fuhr sich unruhig über das Haar. »Wenn überhaupt, dann ist es alte Magie. Vielleicht wird der Name auch mit unsichtbarer Tinte auf die Rüstung geschrieben, wenn sie ausgegeben wird. Und der Ring erlaubt es, die Schrift zu sehen.« Sie lehnte sich wieder zurück. »Ich muss gestehen, mit neun Steinen habe ich nicht gerechnet.«

Ich zögerte, dann entschloss ich mich, sie zu fragen. »Ich bin nur zur Zeit der Träger des Rings, er ist letztlich nicht für mich bestimmt. Könnt Ihr mir die Bedeutung des Rings und dieser Steine erklären?«

»Nicht für Euch bestimmt, hm?«

Es klopfte an die Tür. Sie rief »Herein«, und ein Soldat platzierte ein großes Tablett mit einem reichlichen Frühstück auf dem Tisch zwischen dem Schwertmajor und mir. Er musste dazu erst die Panzerhandschuhe zur Seite räumen. Wortlos verschwand er wieder und zog die Tür vernehmbar ins Schloss.

»Neun Steine trägt der Kommandant einer vollen Legion. Doch eigentlich gibt es solche Ringe nicht mehr. Kommandeur Keralos, der Kommandant der imperialen Truppen, trägt einen Ring mit zehn Steinen. Der nächsthöchste Ring, den ich je gesehen habe, besitzt acht, das Kommando über eine reduzierte Legion. Neun Steine gibt es nur im Kriegsfall.« Sie zog eine Augenbraue hoch und blickte mich fragend an. »Haben wir denn Krieg?«

Ich überlegte mir meine Antwort genau. Ich sah das Frühstück vor mir und meine Hände, die in Kettenhandschuhen steckten. Es kam mir nun blöde vor. »Inoffiziell«, sagte ich und zog die Handschuhe aus. Die Innenflächen meiner Hände waren trotz des dicken Leders der Handschuhe wund von den Zügeln.

Ich griff mir ein frisches Brot und bediente mich an Schinken und Käse. »Meine Heimat befindet sich im Krieg. Je nachdem, ob man sie dem Alten Reich, also Askir, zugehörig empfindet oder nicht, beantwortet das die Frage.«

»Ihr spracht von den Kolonien«, sagte sie langsam. Sie sah meinen Ring an. »Darf ich?«

Warum nicht. Ich hoffte nur, dass ich keinen Fehler beging, aber meine Menschenkenntnis teilte mir mit, dass diese Frau so gerade wie eine Lanze war.

»Götter! Die Zweite Legion«, hauchte sie. Überrascht sah ich den Ring an.

»Haltet den Ring etwas schräg«, sagte sie. Tatsächlich, als ich ihn neigte, erkannte ich unter dem Drachen die imperiale Zahl Zwei.

»Wieso behandelt Ihr mich nicht wie einen Hochstapler?«, fragte ich sie und schenkte mir einen Kafje ein.

»Weil diese Ringe weder gestohlen noch getragen werden können, wenn sie nicht legitim verliehen wurden.«

Ich wusste es besser. Ich hatte mir den Ring einfach angesteckt, und das war's. Aber es brachte wohl nichts, ihr das zu erzählen.

Der Kafje war ausgezeichnet.

»Ich habe tausend Fragen, aber ich fürchte, sie müssen warten, nicht wahr?«, fragte sie.

Ich nickte und biss in das Brot.

»Dann bleibt, bis ich diesen Ring offiziell sehe, *eine* Frage: Wie kann ich helfen?«

»Warum wurde die Station wieder eröffnet?«, fragte ich.

Sie seufzte. »Ich bin selbst schuld, nicht wahr? Jetzt stellt Ihr die Fragen. Ich werde sie Euch auch nicht alle beantworten, bis Ihr offiziell seid, in Ordnung?«

Ich hatte den Mund voll, also nickte ich.

»Wir erhielten den Befehl, auszurücken und diese Station zu besetzen sowie herauszufinden, wer hier altes imperiales Recht anwandte.«

»Wie ist die Lage zwischen Askir und Bessarein?«

»Ruhig, aber in letzter Zeit etwas gespannt. Zu viel Sonne hier, wenn Ihr mich fragt.« Ich lächelte, denn ich kannte da eine Dunkelelfe, die sich mit Schwertmajor Kasale wohl gut verstehen würde.

»Wir haben strikte Befehle, uns aus internen Angelegenheiten herauszuhalten.«

»Der Vorfall dort draußen?«, fragte ich.

»Selbst wenn der Idiot sein Schwert gezogen hätte, es wäre nicht viel passiert. Kavallerie ist gut im Angriff, wenn sie in vollem Galopp ankommt. Aber sie standen fast zwischen uns. Ich denke, wir hätten sie alle lebend zurückschicken können. Solche Anmaßungen gefährden den Vertrag weit weniger, als ich behauptet habe. Milch?«

»Danke.«

Es klopfte.

»Was ist?«

»Eine Meldung vom Turm, Schwertmajor. Der Späher behauptet, drei Greifen mit Reitern zu sehen.«

»Das glaube ich erst, wenn ich es selbst sehe!«, rief sie und griff ihre Handschuhe. »Kommt Ihr mit oder wartet Ihr hier?«

»Ich komme mit«, sagte ich. Mein Bein war wieder wach, auch wenn ich mir fast wünschte, es wäre nicht so: Es brannte wie Feuer. Ich drehte den Ring nach innen, nahm mir noch schnell meine Handschuhe und zwei Brote und folgte ihr auf protestierenden Beinen nach draußen.

Im Hof angelangt, rief sie zum Turm hoch: »Wo?«

»Zwanzig Südost«, kam die Antwort.

Drei Punkte, mehr als das war kaum zu erkennen. Aber sie flogen hoch genug, dass die Morgensonne sie anstrahlte, und ich sah das dunkle Blau ihres Gefieders und die mächtigen Schwingen. Und wenn ich die Augen zusammenkniff, vermeinte ich auch tatsächlich jeweils einen Reiter zu erkennen.

»Was liegt in dieser Richtung?«, fragte sie in die Runde.

»Janas, glaube ich«, kam die Antwort.

Wir waren nicht die Einzigen, die mit glänzenden Augen diesen Flug verfolgten. Für den Moment ruhte alle Arbeit. Kasale sagte nichts, bis die Punkte wirklich kaum mehr zu sehen waren, dann fauchte sie den nächsten Sergeanten an. »Habt Ihr eine Erklärung dafür, warum jeder in die Luft gafft, wenn die Arbeit hier unten ist?«

»Nein! Schwertmajor!«, rief er, aber er grinste dabei.

»Nicht zu glauben. Greifenreiter«, sagte sie kopfschüttelnd, als wir uns wieder in Richtung ihres Arbeitsraums begaben. »Dass ich das auf meine alten Tage noch erleben darf!«

Sie zog die Tür wieder hinter uns zu.

»Ich habe etwas für Euch. Eines der Mädchen, die wir hier vorfanden, gab es mir, wenn auch nur widerstrebend.«

Sie öffnete eine Schublade und nahm einen Brief heraus, den sie mir reichte. Das Schriftstück war vierfach gefaltet. Mein Name stand auf der Vorderseite, auf der Rückseite sah ich das Siegel Leandras, den Greifen. Es war erbrochen. Ich zog eine Augenbraue hoch, und sie zuckte mit den Schultern.

Mein Herz pochte, als ich die geschwungenen Linien ihrer Schrift wiedererkannte.

H.
Die Mädchen erzählten mir, was geschehen ist, ich erhielt deine Nachricht. Ich danke den Göttern für deine Augen und dein Leben. Uns geht es gut. Wir treffen zwei Tage nach dir in Gasalabad ein.
L.

»Darf ich eine Frage zu dem Brief stellen?«, meinte Kasale. Ich nickte.

»Unsere Federn brüten seit einem Tag über dieser Nachricht. Ist es Klartext oder Chiffre?«

»Federn?«

»Unsere Schreiber. Sie beschäftigen sich mit allem, was Schrift ist.«

»Die Botschaft war vor allem privat«, sagte ich und blickte bedeutungsvoll auf das gebrochene Siegel.

»Das Greifensiegel war es, das unsere Aufmerksamkeit erregte.«

Ich sah sie an. »Vermutet Ihr in jeder Nachricht eine geheime Botschaft?«

»Berufskrankheit«, sagte sie und zuckte mit den Schultern. »Aber ich sehe, dass es das ist, was Euch hierher führte. Eure Laune scheint sich gebessert zu haben.«

Ich faltete den Brief wieder vorsichtig zusammen und verstaute ihn über meinem Herzen.

»Sie war vorsichtig«, sagte Kasale und belegte sich ein neues Brot.

»Woher wisst Ihr, dass es eine Frau war?«

»Oh, so eine Nachricht sagt einiges. Die Schrift zum Beispiel. Frauen schreiben so. Unsere Federn sagen, sie ist gelehrt, wahrscheinlich Tempelerziehung, vielleicht sogar magisch geschult. Sie verwende in ihrer Schrift Symbole, die der Sprache ähneln, in der einst magische Formeln niedergeschrieben wurden.« Sie schien zu überlegen. »Was noch? Richtig. Sie schreibt flüssig, aber sehr präzise. Entweder ist sie von Beruf eine Feder, eine Schreiberin, oder sie ist eine Elfe. Wir Menschen sind in der Regel nicht geschickt genug, um so zu schreiben. Sie führt ihre Waffe mit der linken Hand, und sie ist recht groß. Das Pergament stammt von hier, darüber gibt es nichts zu sagen. Die Art, wie sie den Brief faltet, sagt, dass sie adlig ist und gewohnt, versiegelte Nachrichten zu schreiben, und die

Positionierung der Schrift auf dem Bogen zeigt, dass sie häufig offizielle Schriftstücke verfasst. Ich glaube, das ist so in etwa alles. Lagen unsere Federn richtig?«

Ich pfiff durch die Zähne. »Ich wusste, dass das Alte Reich gute Magier besaß, aber das beeindruckt mich jetzt.«

Sie lachte. »Wir sind immer für eine Überraschung gut. So wie Ihr ausseht, seid Ihr lang und hart geritten. Ich biete Euch ein Bad und eine Massage sowie frische Pferde und einen guten Sattel im Tausch gegen etwas anderes an.«

»Und was wäre das?«, fragte ich misstrauisch.

»Erzählt mir von dem Krieg, im dem wir uns befinden oder auch nicht.«

Ich erhob mich und merkte, wie sehr meine Knochen schmerzten. »Inoffiziell habe ich eine Stunde Zeit.«

»Natürlich nur inoffiziell«, sagte sie. »Ihr habt Glück. Unser Masseur ist der beste der ganzen Legion.«

Der Masseur war ein Bastard und ein Sadist. Damit es besser wurde, musste es wehtun, war seine Devise. Aber ich musste zugeben, dass ich mich besser fühlte, als ich wieder auf das Pferd aufsaß und die Station verließ. Schwertmajor Kasale sah mir nach, für uns beide war noch eine Menge Fragen offen. Aber erst einmal war Leandra wichtiger.

3. Schlafender Drache

Wenn ich weiterhin keine Rücksicht auf die Pferde nahm, konnte ich damit rechnen, dass ich die Stadt am Abend erreichte. Aber bis dahin hatte ich Zeit nachzudenken.

Kasale erschien mir als ein aufrechter Soldat. Aber ihre Loyalität lag eindeutig bei Askir.

Ich hatte nun zum ersten Mal, von den Wachen vor der Botschaft abgesehen, Kontakt mit den imperialen Truppen gehabt. Ich wusste nicht, was diese Federn mit Leandras Botschaft angestellt hatten, aber es erschreckte mich. Die Truppen Thalaks hatte ich noch nie gesehen, aber nun hatte ich Teile der Vierten Legion erblickt. Reduziert auf tausend Mann, die offensichtlich mehr wert waren als fünftausend Soldaten irgendeiner anderen Armee.

Was mich aber vor allem beeindruckte, war die Logistik. Selbst auf dem Geschirr, von dem ich mein Frühstück gegessen hatte, war das Zeichen der Vierten Legion eingebrannt.

Vor vier Tagen hatte ich die T-Galgen mit ihren Früchten behängt. Irgendjemand hatte daraufhin so schnell gehandelt, dass eine Tenet, eine Hundertschaft, die Station besetzte, noch bevor die Kavallerie aus Gasalabad eintraf.

Ich war beunruhigt. Wenn ich vorher darüber nachgedacht hatte, was wir im Alten Reich wohl vorfinden würden, so hatte ich mir Reste einer vergangenen Blüte vorgestellt. Zwar mochte Askir noch über Legionen verfügen, aber ich hatte vor meinem inneren Auge kaum mehr als glorifizierte Stadtwachen gesehen, die vielleicht sogar verrostete Rüstungen trugen. Schließlich hatten sie seit Jahrhunderten keinen Krieg mehr erlebt.

Wenn ich jetzt darüber nachsann, wurde mir klar, dass es nicht zwangsläufig so sein musste. Die sieben Königreiche lebten in einem seltsamen Frieden nebeneinander, das bedeutete jedoch nicht, dass es an den Außengrenzen keinen Ärger gab.

Die achte Tenet der Vierten Legion erschien mir ganz und gar nicht eingerostet.

Dreißig Mann Kavallerie waren nicht ungefährlich, auch wenn es sich nur um Paradesoldaten handelte. War Kasales Einschätzung überheblich, oder war sie wirklich davon überzeugt, dass sie die Kavallerieeinheit ohne Blutvergießen hätte überwältigen können?

Was bedeutete es für unsere Reiche und die Weltenscheibe, wenn Leandra es wirklich vermochte, die Hilfe der sieben Reiche für unser Land zu sichern?

Die Antwort war einfach: imperiale Einflussnahme auch bei uns, in den Neuen Reichen. Und wie man hier in Bessarein sah: Waren die Imperialen einmal da, gingen sie nicht mehr.

Wo wir stehen, da weichen wir nicht. Das war der Leitspruch der schweren Infanterie. Anscheinend war es ihnen damit ernster, als ich bislang geglaubt hatte.

Verglichen mit dem, was unser Land von Thalak zu befürchten hatte, war es ein kleiner Preis. Ich schüttelte diese Gedanken ab. Schon vor langen Jahren hatte ich für mich entschieden, die Politik anderen zu überlassen. Das war alles Leandras Aufgabe. Sie sprach für unsere Königin, nicht ich.

Aber als ich in vollem Galopp über die imperiale Straße ritt, beschlich mich das Gefühl, dass Leandra drauf und dran war, einen schlafenden Riesen zu wecken.

Oder einen Drachen.

4. Der Hüter der Botschaften

Als ich die Straße nach Gasalabad entlangritt, offenbarte sich mir die Bedeutung dieser Straßen in der Geschwindigkeit des Ritts. Die hiesigen Pferde erschienen mir schneller als die in meiner Heimat, aber auf meinem Ritt vom Lager der Sklavenhändler zur Wegestation hatten Sand und der unsichere Boden die Pferde erheblich behindert.

Auf dieser Straße war das nicht so. Sie war gerade wie ein Lineal, und wir schienen fast zu fliegen. Als ich mein letztes Pferd sattelte, stand die Sonne hoch über mir, aber es war erst später Nachmittag, als ich Gasalabad vor mir liegen sah.

Zokora und meine Gefährten sollten entspannt am frühen Morgen dieses Tages eingetroffen sein, Leandra schon am gestrigen Tag. Es wurmte mich, dass sie vielleicht genau in jenem Moment in die Stadt eingeritten war, als wir sie auf der *Lanze der Ehre* verlassen hatten.

Gut. Diese Reise hatte die Essera Marinae aus den Händen der Sklavenhändler befreit und Faraisa wieder mit ihrer Mutter zusammengebracht; nur ein gefühlsarmer Mensch würde diese Fahrt als verlorene Zeit bezeichnen. Dennoch war ich von einer brennenden Ungeduld erfüllt, als ich mein letztes geschundenes Pferd mit zitternden Beinen und schaumigen Flanken zum Stadttor führte.

Anders als beim letzten Mal staute sich davor eine Schlange von Reisenden, hier ein Wagen, baumhoch mit Fässern beladen, dort ein anderer mit Ballen aus Stoff. Ein Schafhirte versuchte seine Herde zusammenzuhalten, und Bauern mit einer Rückenlast, schwerer, als man sie einem Ochsen zumuten wollte, warteten geduldig auf Passage.

Erst jetzt nahm mein müder Geist wahr, dass sich die Situation seit meiner letzten Ankunft verändert haben musste. Die

Wachen erschienen mir merklich aufmerksamer, niemand lungerte herum oder trank, ihre Gesichter wirkten angespannt, und es schien, als ob sie nur darauf warteten, die Abzüge ihrer Armbrüste zu bedienen.

Ein Offizier der Stadtwache ritt entlang der Schlange der wartenden Reisenden auf und ab und musterte auch mich mit grimmiger Miene. Der Soldat, mit dem Armin bei meinem letzten Besuch in Gasalabad so gut gehandelt hatte, war weit und breit nicht zu sehen.

»Was ist denn los?«, fragte ich einen Händler, der trübe auf seinem Kutschbock saß und an einem Strohhalm kaute.

»Habt Ihr es nicht gehört?«

Ich schüttelte müde den Kopf. Solange ich geritten war, schien es mir, als wäre ich wach genug, jetzt, als ich warten musste, kämpfte ich gegen den Schlaf.

»Die Essera Marinae, ihre Tochter und ihr Gemahl sowie ihre ganze Reisegesellschaft! Sie wurden auf dem Weg in die Stadt ermordet! Gestern wurde es bekannt! Wenn man die Mörder in die Finger bekommt, wird das Volk sie zerreißen wollen.«

Den Tod der Essera vorzutäuschen war nur eine flüchtige Überlegung gewesen; sie hatte jedoch darauf bestanden, dass es nicht geschehen sollte. Ich war müde und überlegte noch, warum sich Zokora doch anders entschieden haben könnte, bevor mir das wichtige Wort in seiner Rede auffiel. Gestern.

Nur mit den günstigsten Winden hätte die *Lanze* Gasalabad am gestrigen Tag schon erreicht.

»Wer hat die Nachricht verkündet?«, fragte ich den Händler.

»Eine Karawane aus Jasala fand das zerstörte Lager der Essera an einer Oase, und man erkannte einen der Erschlagenen als eine Wache aus dem Haus des Baums.«

So viel also dazu, dass Essera Marinae nicht wollte, dass man um sie trauerte. Ich hoffte nur, dass sie vernünftig genug blieb, sich dennoch versteckt zu halten.

»Hört man sonst noch etwas?«

»Nein, nur Gerüchte. Es heißt, dass sich Nekromanten aus einem fremden Land in die Stadt geschlichen hätten, um den Gläubigen die Seele zu rauben. Mögen uns die Götter vor ihnen beschützen!« Er beugte sich vertraulich vor. »Es gibt noch andere Omen. Mein Cousin sagte mir, man habe die Weiße Frau in der Stadt gesehen.«

Mein Herz schlug schneller. Leandra war eine Halbelfe und ein Albino, *Weiße Frau* war eine Beschreibung, die auf sie passte wie auf kaum eine andere.

Der Händler trieb seine Ochsen an, und sie setzten sich träge in Bewegung, um nach ein paar Metern wieder anzuhalten.

»Verzeiht, Händler, aber wer ist die Weiße Frau?«

»Ihr habt noch nie von ihr gehört? Es heißt, sie sei ein Geist oder ein Engel der Rache. Sie trägt die Maske der Schönheit. So schön ist sie, dass ein jeder, der sie sieht, sofort aus den Augen zu bluten beginnt. Wer eines Verbrechens schuldig ist, weiß, dass er nur noch einen Tag zu leben hat.« Er lachte. »Es gab wohl einige, die sich schuldig genug fühlten, um nach ihrem Anblick in Borons Tempel zu fliehen und ihre Sünden zu bekennen und ihre Seelen zu läutern. Es heißt weiterhin, dass sich Borons Priester redlich bemühen, alle Sünder abzuurteilen, noch bevor die Sonne untergeht.«

Das bedeutete wohl, dass Leandra Gasalabad sicher erreicht hatte.

»Wenn sie nicht gestanden hätten, hätten sie den morgigen Tag nicht erlebt«, sagte ich mehr als Feststellung denn als Frage.

Er nickte und grinste breit. »Ich wollte, die Weiße Frau wäre mehr als eine Legende. Für unsereins, der sich ehrlich durch sein Leben plagt, wäre der Anblick ihrer vollkommenen

Schönheit eine Gnade, vor allem, wenn sie die Halunken zum Bekenntnis in die Tempel treibt.«

»Hallo, du!«, rief jetzt der berittene Wachoffizier. Ich richtete mich in meinem Sattel auf und sah ihn an.

»Wo kommst du her?«

»Ich komme aus Janas. Dort, wo die süßesten Datteln wachsen und die schönsten Mädchen zu Hause sind, ist auch meine Heimat«, sagte ich mit einer Verbeugung aus dem Sattel heraus. Ich hoffte, dass die Imitation meines Dieners sein Misstrauen zerstreute. Aber nein, sie war wohl nicht perfekt.

»Ich mag keine Leute, die ihre Pferde zuschanden reiten! Jemand wie du sollte barfuß über glühende Steine getrieben werden!«

»Es hat mir treu gedient und wird dafür belohnt werden«, sagte ich und tätschelte den Hals meine Pferdes. »Hätte ich gewusst, dass die Tore geschlossen sind, hätte ich mich nicht beeilen müssen.«

»Es hat seinen Grund, warum wir tun, was wir tun. Wer bist du, dass du es wagst, Kette zu tragen, als wärst du jemand?«

Nun, offensichtlich besaß ich nicht Armins Talent für Verhandlungen. Ich schüttelte den weißen Stein aus meinem Beutel, von dem Armin damals bei unserem Einritt nach Gasalabad behauptet hatte, er würde mir die Tore öffnen.

»Ich bin jemand, Leutnant, und ich habe mir das Recht, Rüstung zu tragen, hart verdient.« Ich hielt ihm den Stein hin.

Er musterte ihn und nickte dann widerstrebend. »Ich werde mir Euer Gesicht trotzdem merken.« Er drehte sich im Sattel um. »Dieser hier kann passieren!«, rief er zum Tor. »Was glotzt du so?«, fuhr er den Händler an. »Du musst warten, die Herren von Stand nicht.«

Ich spürte seine Blicke in meinem Rücken, als ich in die Stadt einritt.

Nachdem ich im Hof des Hauses der Hundert Brunnen angekommen war und das Pferd einem der Jungen gegeben hatte, mit der Weisung, es gut zu versorgen, eilte einer der diskreten jungen Männer heran und verbeugte sich tief.

»Ich bin der Hüter der Botschaften. Eine Nachricht von Eurem Diener, Esseri.«

Ich nickte. »Gebt sie mir.«

Zu meiner Überraschung schloss er die Augen und begann in einer passablen Nachahmung von Armins Stimme zu sprechen. »Esseri, Eure Freunde und Euer treuer Diener sind wohlbehalten zurückgekehrt. Eure Freunde sind aufgebrochen, Eure anderen Gefährten zu suchen. Als Euer treuer Diener werde ich selbst Euer Mündel und ihr Kind begleiten, auf dass sie sicher nach Euren Wünschen untergebracht sind. Ich gab in Eurem Namen Anweisung, ein Bad vorzubereiten. Mögen die Götter selbst über Euren Schlaf wachen. Erwartet Euren Diener noch vor der tiefsten Stunde der Nacht zurück.«

Er öffnete die Augen wieder. »Euer Diener gab Anweisung, ein Bad für Euch zu richten. Ich habe mir erlaubt, auch frische Kleidung bereitzulegen.«

»Ich danke Euch, Hüter der Botschaften.«

Ich wollte mich abwenden, aber er verbeugte sich erneut.

»Ich habe eine weitere Botschaft für Euch.«

»Dann gebt mir auch die.«

Wieder schloss er die Augen und begann zu sprechen, doch diesmal erkannte ich die Stimme nicht. »Im Namen von Emir Erkul Fatra dem Aufrechten, Statthalter und Gnade von Gasalabad, Berater des Kalifen, Herrscher über das Haus des Löwen, Hüter der Gerechtigkeit und Bewahrer der Worte, mögen die Götter ihm ewiges Leben und Freude schenken, wird der Fremde, Saik Havald, am Tag des Hundes in den Palast des Mondes geladen. Er soll seinem Stand entsprechend gesalbt, gewaschen und gekleidet sein. Er soll nicht später als zur letzten Stunde des Tages vorstellig werden. Es ist ihm erlaubt, Rüstung und Waffen zu führen, jedoch nicht den Bogen oder die Armbrust. Im Namen des Emirs, Kolman Tark, Hauptmann in der Garde der Gerechten, Streiter für Gasalabad und Überbringer der Worte.« Er kam nicht einmal außer Atem. Nochmals verbeugte er sich tief. »Esseri, heute ist der Tag des Hundes. Die letzte Stunde des Tages ist nicht mehr weit. Es ist nicht geschickt, den Emir warten zu lassen.«

Es war auch nicht geschickt, Herrscher aufzusuchen, wenn man zu müde war, um klar zu denken.

Der Zeitpunkt dieser Audienz – oder war es eine Vorladung? – war denkbar ungünstig. Zudem war meine Erfahrung, dass mächtige Herrscher, wenn sie mich in ihren Palast baten, meistens wollten, dass ich meinen Kopf für sie riskierte. Seit längerem hatte ich mich schon entschlossen, meinen Kopf für mich zu behalten und diesen Gelegenheiten aus dem Weg zu gehen. Aber nicht zu erscheinen wäre, aller Voraussicht nach, ein Fehler.

Ich seufzte und verbeugte mich erneut. Ich machte einen weiteren Schritt in Richtung des Eingangs.

»Verzeiht, Esseri, aber ich habe noch eine Botschaft für Euch.«

»So sprecht.«

»Sie kam kürzlich erst.« Er griff in seinen Ärmel und reichte mir einen Brief. Im ersten Moment hoffte ich, dass er von Leandra wäre, aber das Siegel war mir unbekannt, nicht mehr als ein Ring in dunklem, fast schwarzem Wachs. Ich erbrach das Siegel, da wieherte plötzlich in unmittelbarer Nähe ein Pferd, und ohne dass ich wusste, warum, rollte ich mich zur Seite ab.

Sowohl Stalljungen als auch der diskrete junge Mann sowie ein anderer vornehm gekleideter Gast sahen mich erstaunt an.

»Ich … ich bin eingeknickt«, sagte ich, als ich mich erhob und den Staub aus meinen Kleidern klopfte. Die Ausrede war dünn, aber was sollte ich sonst sagen? Dass die Müdigkeit meinen Geist benebelte und ich Phantome sah?

Wenn Ihr das Pferd wiehern hört, duckt Euch, irgendwie klangen mir die Worte im Geist, nur wusste ich nicht wann und wo ich sie gehört haben sollte ...

Der Brief war mir heruntergefallen, und der Hüter der Botschaften hob ihn auf. Mit einer Verbeugung reichte er ihn mir.

Bevor ich den Brief noch selbst greifen konnte, schienen die Falten des Schriftstücks aufzuspringen, als ob sich eine Blüte öffnete, und eine Wolke aus schwarzem Staub schoss dem Hüter der Nachrichten ins Gesicht.

Ich sprang zurück, als er mich mit traurigen Augen ansah.

»Esseri ...«, sagte er noch, dann fiel er schwer zu meinen Füßen nieder. Der Brief, seines Inhalts nun beraubt, wehte davon, mit der Spitze meines Stiefels hielt ich ihn am Boden fest. Die Nachricht bestand aus einem Falken in einem runden schwarzen Feld.

Wachen und zwei weitere diskrete Herren kamen aus dem Haus gestürzt. Einer warf ein Tuch über die Leiche seines Kollegen, der andere näherte sich vorsichtig dem offenen Brief.

»Nachtfalke«, sagte er mit erstickter Stimme. Dann sah er zu mir hoch. »Ihr seid unser Gast, Esseri. Das Haus der Hundert Brunnen steht zu seinen Verpflichtungen. Unsere schützende Hand erstreckt sich über Euch, Esseri, aber wenn ein Nachtfalke kommt, werden unsere Bemühungen vergebens sein. Mögen die Götter unsere armen Seelen gnädig empfangen.«

Ich wusste nicht, was ich sagen sollte, also verbeugte ich mich nur. »Ich bedaure den tragischen Tod des Hüters der Botschaften zutiefst. Soltar wird sich seiner sicherlich annehmen. Sagt, hat er Familie? Gibt es etwas, was ich tun kann?«

Der Mann schüttelte langsam den Kopf. »Nein. Wir sind seine Familie. Esseri, ich bitte Euch, wartet einen Moment, ich geleite Euch zu Euren Räumen.«

An der Tür zu meinen Zimmern warteten wir einen

Moment, dann gesellte sich ein ernster junger Mann zu uns und verbeugte sich tief.

»Dies ist Euer Hüter des Lebens. Er wird Euer Essen und Eure Getränke kosten und sonstige Gefahren für Euer Leben auf sich nehmen.«

»Nein«, sagte ich. »Das werde ich nicht erlauben. Wenn Ihr wünscht, reise ich ab.«

Der diskrete junge Mann schüttelte den Kopf. »Esseri, das Haus der Hundert Brunnen hat noch nie einen Gast verraten oder ihn aus Feigheit seiner Räume verwiesen. Schon zweimal in unserer langen Geschichte reichte der Arm der Nachtfalken bis in unsere Mauern. Aber auch diesmal werden wir nicht in unserer Pflicht einem verehrten Gast gegenüber wanken. Das Haus der Hundert Brunnen ist mehr als eine Herberge. Eure Abreise würde Schande über unser Haus bringen. Ich bitte Euch bei den Göttern, dies nicht zu tun. Mein Bruder hier ist bereit, für Euch zu sterben, um die Ehre des Hauses nicht zu gefährden.«

Ich musterte ihn und seine entschlossenen Augen. »Gut, meine Freunde und ich bleiben. Aber die Dienste des Hüters des Lebens werde ich nicht in Anspruch nehmen.«

Beide verbeugten sich. »Wie Ihr wünscht, Esseri.«

Als ich meine Räume betrat, berührte ich Seelenreißers Heft, aber niemand lauerte auf mich. Das Bad war, wie versprochen, eingelassen, und auf einem niedrigen Tisch daneben waren prachtvolle Gewänder bereitgelegt.

Wäre ich nicht so müde gewesen, hätte mich der Mordversuch eben vielleicht mehr erschreckt. So aber glitt ich ins warme Wasser und schloss für einen Moment die Augen …

… bis ein Hämmern an der Tür mich weckte. Das Wasser war kalt. Ich sprang mit Seelenreißer in der Hand, die Klinge jedoch in der Scheide, aus dem Bad und eilte zur Tür.

»Was gibt es?«, rief ich, ohne sie zu öffnen.

»Esseri, die letzte Stunde des Tages naht«, sagte die Stimme des diskreten jungen Mannes. »Wir befürchteten, Ihr wärt im Bad eingeschlafen.«

»Danke!«, rief ich und hastete ins Bad zurück.

Viel mehr als eine Stunde hatte ich nicht geschlafen, aber diese kurze Rast hatte mir neue Kräfte gegeben. Ich kleidete mich an. Es gab einen Spiegel im Raum der Kleider, und als ich an ihm vorbeiging, blieb ich überrascht stehen.

Der Mann, den ich sah, hatte nur wenig Ähnlichkeit mit mir. Ich war zu leicht für meine Größe, ich hatte noch nicht wieder mein normales Gewicht erreichen können. Der Mann vor mir war hager, mit breiten Schultern, das Gesicht braungebrannt. Die Schwellung über meinem Auge war fast nicht mehr zu sehen – Seelenreißers Werk, nahm ich an –, und die Falten in meinem Gesicht waren tiefer als sonst. Ich hatte daran gedacht, meine Haare, Augenbrauen und meinen Bart erneut zu färben, also sah ich nun pechschwarze Haare anstelle der gewohnten blonden oder, vor nicht allzu langer Zeit, grauen Haare.

Armin hatte darauf bestanden, dass ich zur Tarnung einen Ring im linken Ohr trug. Noch vor zwei Tagen war er mir lächerlich vorgekommen, nun schien er zu diesem Gesicht zu passen. Durch meinen langen Ritt waren meine Augen schmaler als sonst, der Nasenrücken schärfer, und durch den Mangel an Fleisch auf meinen Knochen wirkte mein Gesicht kantig und kompromisslos. Es erschien mir seltsam fremd, obwohl es unzweifelhaft mein eigenes war.

Die überraschende Bräune meiner Haut hatte zwei weiße Linien ausgespart, alte Narben. Bei der einen konnte ich mich nicht einmal mehr erinnern, wie ich sie erhalten hatte. Diese eine, sonst kaum zu sehen, reichte von einem Nasenflügel bis zum Kinn, die andere bedrohte mein linkes Auge. Menschen wie diesem hier, der mich aus dem Glas kritisch musterte, pflegte ich normalerweise aus dem Weg zu gehen.

Ich zuckte mit den Schultern und verließ meine Räume. Eine Sänfte wartete auf mich, aber das war mir dann doch zu viel. Einen Führer nahm ich jedoch gern an, ich wollte mich nicht verlaufen und zu spät erscheinen.

Es dauerte nicht lange und ich wünschte mir, die Sänfte genommen zu haben. Meine Muskeln schmerzten nach dem langen Ritt.

5. Der Engel des Todes

Die Götter hatten ein Einsehen mit mir, es war kein weiter Weg. Nach einem weiteren Tor in einer der vielen Mauern Gasalabads erstreckte sich eine Straße vor mir, die an einem großen Tor endete. Dahinter sah ich den Palast des Mondes.

Warum er so hieß, war leicht zu erkennen, er war aus dem blassesten Marmor errichtet, den ich je gesehen hatte.

Als eine der Wachen am Palasttor vortrat, verabschiedete sich mein Führer mit einer Verbeugung.

»Mein Name ist Havald. Der Emir erwartet mich.«

Die Wache, ein grobknochiger Mann, der aussah, als ob er zum Frühstück Steine aß, musterte mich. Er war der erste Mann in der Uniform einer Wache, der mir wie ein richtiger Soldat erschien.

»Ihr meintet sicherlich, dass Emir Erkul Fatra der Aufrechte, Statthalter und Gnade von Gasalabad, Berater des Kalifen, Herrscher über das Haus des Löwen, Hüter der Gerechtigkeit und Bewahrer der Worte, Euch die Gnade einer Audienz gewährt?«

Ich verbeugte mich leicht. »Genau das.«

Seine buschigen Augenbrauen zogen sich zusammen, und er bedachte mich mit einem frostigen Blick. »Wartet hier«, sagte er. Er winkte einen anderen Wächter heran, sagte ihm etwas, und dieser sah mit einem wichtigtuerischen Gesichtsausdruck in einer Schriftrolle nach, die er an seinem Gürtel trug.

»Saik Havald darf passieren«, teilte er dann herablassend mit.

Eine andere Wache wurde herangewunken und salutierte vor dem älteren Soldaten. »Führ den Esseri in den Raum der himmlischen Güte und melde ihn dem Wesir.«

»So soll es sein, Hauptmann!«, rief der junge Mann. »Folgt mir, Esseri!«, wies er mich an und rannte im Laufschritt los.

Ich folgte ihm gemächlich. Er bemerkte es nach einigen Schritten, wurde langsamer und sah mich erstaunt an. Ich war nicht in der Stimmung, hechelnd wie ein alter Hund zu dieser Audienz zu erscheinen, aber warum ihm das mitteilen? Sollte er doch denken, es wäre hoheitsvolles Schreiten.

Der Raum der himmlischen Güte war recht klein und mit Rosenquarz ausgelegt. Aus einem Brunnen in der Mitte des Raumes floss Milch.

Ich überlegte mir, wie schnell Milch bei dieser Wärme sauer wurde, und bedauerte die- oder denjenigen, dessen Aufgabe die Pflege dieses Brunnens war.

Hier ließ man mich warten.

Ich war beinahe so weit, wieder zu gehen, als ein schmächtiger Mann in den Kleidern eines hohen Würdenträgers erschien und sich leicht vor mir verbeugte. Er schätzte mich von oben bis unten ab, und es war klar zu erkennen, dass er nicht begeistert war von dem, was er sah.

»Willkommen im Palast des Mondes. Der Hüter der Gerechtigkeit und Bewahrer der Worte wird Euch eine Audienz gewähren, um Eure Bitten zu hören. Ihr seid wahrlich ein Mann des Glücks und von den Göttern begünstigt, dass Ihr sein erhabenes Antlitz mit Euren eigenen Augen schauen dürft. Legt Stiefel, Rüstung und Schwert ab.«

»Nein.«

»Der Bewahrer des… Nein?«

»Nein.«

»Ihr seid Euch wohl der Ehre nicht bewusst, die Euch widerfährt! Niemand betritt einen Raum, der durch seine Herrlichkeit erleuchtet ist, mit einem Schwert an der Seite.«

Ich hatte einen anstrengenden Tag hinter mir. Ich wollte Leandra in die Arme nehmen und nicht jemanden um Gnade bitten. Ich drehte mich um und machte Anstalten zu gehen, auch wenn es seine Herrlichkeit und Gnade und so weiter verärgern mochte. Ich war bereits verärgert. Bei anderer Gelegenheit, mit ausführlicherem Schlaf, hätte ich vielleicht mehr Geduld aufgebracht. Wahrscheinlich hatte ich auch nur einen sturen Tag.

»Wartet bitte, Esseri!«, rief der kleine Mann und eilte wieder davon.

Ich entschloss mich, kurz zu warten.

Der kleine Mann kehrte mit acht Wächtern zurück.

»Was soll das?«, fragte ich, als die Wachen sich auf mich zu bewegten.

»Eure Ehrengarde.«

Ich ließ sie links liegen und trat an den kleinen Mann heran.

»Wie ist Euer Name, Esseri?«

»Hahmed, Hüter des Protokolls«, sagte er, indem er einen Schritt zurückwich. Ich folgte ihm mit einem größeren Schritt.

»Hahmed, Hüter des Protokolls. Der Emir...«

»Erkul Fatra der Aufrechte, Statthalter und Gnade von Gasalabad, Berater des...«

Ich schnitt ihm das Wort ab. »Ja. Er bat mich um eine Audienz und nicht anders herum. Richtet ihm aus, dass er weiß, wo ich abgestiegen bin. Will er mich sprechen, so soll er sich zu mir bemühen.«

»Aber... was bildet Ihr Euch ein?«

Die Wächter sahen sich untereinander an und musterten mich dann mit neuen Augen. Mittlerweile war es mir egal. »Mögen die Götter Euch und Euren Emir schützen«, sagte ich und drehte mich auf dem Absatz um.

Ein leises, langsames Klatschen sowie das Gepolter, als sich der kleine Mann und die Wachen auf den Boden warfen, erregten meine Aufmerksamkeit.

Ich kannte die ältere Frau, die in der Tür stand und so leise in die Hände geklatscht hatte. Essera Falah, die Mutter des Emirs und die Großmutter Faihlyds und Marinaes.

»Der Götter Wohlgefallen mit Euch, Essera Falah vom Haus des Löwen«, sagte ich mit einer Verbeugung. Auf den Boden warf ich mich nicht. Müde, wie ich war, wäre ich dort glatt eingeschlafen.

»Und mit Euch, Havald.«

Sie sah mich kurz prüfend an. »Folgt mir.« Ich hätte schwören können, dass sie hinter ihrem Schleier lächelte.

»Aber Herrin…«, protestierte Hahmed vom Boden aus. Sie warf ihm nur einen vernichtenden Blick zu. Ich folgte.

»Wisst Ihr«, sagte sie, als wir einen langen Säulengang entlang gingen, »hättet Ihr Euch gefügt, wäre ich enttäuscht gewesen.«

Ein Dienstbote sah uns, verbeugte sich tief und eilte ohne aufzusehen weiter.

»Es hat wenig mit Fügen zu tun«, sagte ich höflich. »Ich kann mein Schwert nicht allein lassen.«

»Das ist nicht der Grund. Ihr seid erbost und empfandet die Behandlung als eine Unverschämtheit«, sagte sie mit einem amüsierten Unterton in der Stimme.

»Ja.« Wenn sie direkt sein wollte, kam mir das entgegen.

Sie steuerte auf eine Tür zu, vor der zwei Wachen standen. Als sie mich bemerkten, straffte sich ihre Haltung, und ihre Hände fanden die Griffe ihrer Schwerter.

Die Essera beachtete sie nicht im Geringsten und ging einfach weiter. Einer der Wächter warf mir einen fast panischen Blick zu, entschied sich aber, die Tür zu öffnen, bevor die Mutter des Emirs dagegenlief.

Ich folgte ihr in den Raum hinein.

Es war definitiv kein Audienzzimmer, dazu war es zu gemütlich. Auch hier sprudelte ein kühlender Springbrunnen; in einem großen Käfig flatterten ein halbes Dutzend farbenprächtige Vögel auf. Ein niedriger Tisch mit bequemen Kissen lud zum Sitzen ein, und durch die offenen Fenster sah ich auf einen grünen Garten.

Aber meine Aufmerksamkeit galt einer jungen Frau, die sich erhob und vor mir verbeugte.

Zuerst erkannte ich sie nicht wieder, trotz der ausgeprägten Ähnlichkeit mit Marinae. Dann erinnerte ich mich an Blut und eine fürchterliche Wunde. Nichts war mehr davon zu bemerken, nur ihr Gesicht erschien mir zu ernst für jemanden ihres Alters.

»Ich begrüße Euch, Saik Havald. Möget Ihr Frieden auf Euren Wegen finden«, sagte sie mit einer Stimme, um die sie jeder Barde beneidet hätte.

Sie war, wie ich schon bemerkt hatte, in Größe und Statur ihrer Schwester ähnlich, jedoch etwas schlanker. Aber ihr Verhalten wirkte anders, ruhiger, überlegter, und ihre dunklen Augen waren traurig. Erst als ich einen Blick in diese Augen tat, erinnerte ich mich daran, dass ihre Familie den Verlust einer Tochter, Enkelin und Schwester beklagte.

Ich verneigte mich. »Mögen Euch die Götter schützen und Euch Weisheit für Euren Weg gewähren«, sagte ich und war nicht viel weniger überrascht von meinen Worten als sie. Sie zog eine Augenbraue hoch und sah dann fragend zu ihrer Großmutter herüber.

»Dein Vater ist unterwegs«, sagte Essera Falah, dann wurde auch schon die Tür aufgestoßen und der Emir stürmte herein. Er sah mich und erbleichte, wich einen Schritt zurück, bevor er sich fasste. »Also seid Ihr ein Mann aus Fleisch und Blut«, sagte er dann.

»Hoheit, Ihr habt …«, setzte ich an, wobei ich mich wiederum verbeugte.

Er hob die Hand. »Vergesst es. Setzt Euch. Ich bin Erkul, das ist meine Mutter Falah und dies meine Tochter Faihlyd. Wir werden uns die Titel denken.«

Ich glaube, mir fiel meine Kinnlade herunter.

Für einen Moment sah ich Heiterkeit in den Augen der drei, dann schwand sie wieder.

Als ich mich setzen wollte, nahm ich Seelenreißer in die Hand, um es aus dem Schwertgehänge zu lösen, und alle drei zuckten zusammen und starrten mit Angst in den Augen auf mein Schwert. Aber keiner sagte etwas. Langsam legte ich es auf dem Boden neben einem der Sitzkissen ab, so weit entfernt, dass ich es gerade noch ergreifen konnte.

»Verzeiht«, sagte Falah mit einem etwas unsicheren Lächeln. »Ich glaube, es war noch nie ein Schwert in diesen Räumen.«

Ich setzte mich, und die Herrscherfamilie tat es mir nach. Ich schloss die Augen und massierte mir die Schläfen. »Was ist hier los? Ich bin es nicht gewohnt, dass Herrscher mich so familiär empfangen oder warten, bis ich mich setze. Ich befürchte, es liegt eine Verwechslung vor.«

»Ihr wart im Tempel des Soltar«, sagte Falah. Es klang Beunruhigung in ihrer Stimme, aber auch Stahl.

»Ja.«

»Faihlyd«, sagte ihr Vater, »erzähl ihm, was du gesehen hast.«

Die Prinzessin ließ ihren Blick einen Moment auf mir verweilen, bevor sie der Aufforderung ihres Vaters nachkam.

»Ich starb an jenem Tag auf dem Platz der Ferne«, sagte sie mit ihrer weichen Stimme. Ihre Augen sahen nun an mir vorbei. »Ich sah, wie der Greif mich zerfleischte, wie die Menschen schrien, wie meine Großmutter mich nahm und das, was mein Körper war, zum Haus des Soltar trug. Ich folgte ihnen. Ich sah, wie mein Vater heraneilte, ich sah den Jungen an der Treppe knien, ich sah Eure Klinge. Sie pulsierte langsam, fast schien es mir, als zöge sie meinen Geist zu sich. Ich wich dem dunklen Licht der Klinge aus und folgte meinem Vater in den Tempel. Dort sah ich Euch. Neben Euch stand ein Priester, und ihr habt euch über meinen Tod unterhalten. So erfuhr ich, dass es Mord war. Ihr saht mich an, erhobt Euch und gabt dem Priester das Garn. Ich sah Euch so deutlich, wie ich Euch nun vor mir sehe, und in Euren Augen sah ich Sterne. Dann merkte ich, wie mein Körper mich wieder rief. Als ich, geheilt, die Augen aufschlug, wart Ihr gegangen.«

Faihlyd schwieg, und alle drei schauten mich an. Was sollte ich sagen? »Ich danke den Göttern für Eure Genesung, Essera.«

»Sollte ich nicht besser Euch danken?«, fragte Faihlyd mit einem bedeutungsschweren Unterton in der Stimme.

Ich hob abwehrend die Hand. »Nein, es ist das Werk Soltars, er vollbrachte das Wunder. Es ist lächerlich anzudeuten, dass ich damit etwas zu tun hätte.«

Falah erhob sich und ging zu einer Vitrine. Sie öffnete sie und entnahm ihr ein Buch, das schon aus der Entfernung alt wirkte.

Sie legte es vorsichtig auf ein Lesepult vor dem Fenster und schlug es auf, blätterte zweimal und sah mich dann mit ihren alten Augen fest an. »Wir sind ein abergläubisches Volk. Wir lieben unsere Omen, Prophezeiungen und Geistergeschichten. Und warum auch nicht? Jeder weiß, dass Prophezeiungen immer vieldeutig sind und dass man sie auslegen kann, wie man möchte. In den Tempeln liegen viele Schriften, die sich mit solchen Dingen beschäftigen. Dies«, sie legte die flache Hand auf das Buch, »ist das Buch des Löwen. Es enthält unsere Familiengeschichte, die Namen unserer Väter und Mütter und vieles mehr. Normalerweise ruht es in der Schatzkammer, schwerer bewacht als all unsere Juwelen. Es enthält eine Prophezeiung, ausgesprochen an dem Tag, als das Haus des Löwen gegründet wurde. Ich überlasse die Deutung dieser Worte Euch: ›An dem Tag, an dem die letzte Blüte des Löwen durch Verrat und ein unschuldiges Tier niedergestreckt wird, sieht sie, auf der Schwelle zum Reich des Todes und Soltars Macht, den Engel des Todes. Sie wird ihn erkennen an seinem Schwert, dem Garn und den Sternen in seinem Augenlicht. Er wird sie zurückführen in das Reich der Lebenden. Folgt sie in der Stunde der Not seinem Rat einmal, wird sie leben. Folgt sie ihm zweimal, wird sie ein Reich einen. Folgt sie seinem Rat ein drittes Mal, wird sie weise werden und glücklich.«« Sie schloss das Buch vorsichtig. »Diese Worte sind mehr als neunhundert Jahre alt. Dutzende von weisen Männern und Frauen haben diesen Text bereits gedeutet, ihre Worte füllen die Schriftrollen, von denen ich sprach. Was ist Eure Deutung dieser Worte?«

Ich schloss die Augen und stöhnte innerlich auf. Es war meine eigene Schuld. Eine Möglichkeit war, dass ich mein Schicksal selbst gewählt hatte, als ich damals vortrat, um für meine Schwester ein besseres Leben zu erreichen als für mich. Ich entschied mich für einen schnellen Tod, um einem langsamen zu entkommen. Ich wusste, dass die Stadt Kelar fallen würde, und ich wusste auch, was meiner Schwester zustoßen würde. Diese Wahl war einfach gewesen.

Aber ich glaube, es war viel früher schon geschehen, als ich von Hunger geplagt eines Nachts in den Tempel Soltars schlich und vom Altar ein trockenes Stück Brot für meine Schwester stahl. Damals spürte ich den Blick des Gottes auf mir. Und ich sagte zu ihm, dass er mit mir machen könne, was er wollte, solange meine Schwester nicht verhungerte. Ich machte ein Geschäft mit ihm, meine Seele gegen ein Stück trockenes Brot. Was für ein gerissener Bastard!

Ich öffnete die Augen. Weder traf mich ein Blitz, noch hörte ich Donnergrollen in der Ferne.

»Ich weiß nicht, was ich sagen soll. Nur, dass ich nicht sein Engel bin. Ihr solltet…« Ich stockte, als ich merkte, wie sie an meinen Lippen hingen. Beinahe hätte ich ihnen einen Rat gegeben.

»Ich sah Euch, Esseri«, sagte Faihlyd leise.

»Aber Ihr seid nicht die letzte Blüte des Löwen. Das ist Faraisa«, rief ich und sah zu spät, wie sich die Augen der drei weiteten.

»Faraisa wäre die Blüte des Hauses des Baums«, sagte Erkul leise. »Als meine Tochter mir den Namen nannte, war das Kind noch nicht geboren. Ich weiß nicht einmal, ob das Kind lebte, bevor man meine Tochter und vielleicht auch meine Enkelin erschlug.«

Bravo, Havald. Selbst Zokora hätte das besser hinbekommen. Was nun?

»Sie lebt. Marinae lebt«, sagte ich.

Sie sahen mich nur an. »Woher wisst Ihr das?« Die Stimme des Emirs war belegt.

Ungeachtet der Etikette erhob ich mich, trat ans Fenster und sah auf den Garten hinaus. »Ich habe sie selbst gesehen. Sie wird zu Euch zurückkehren. In drei Tagen.«

»Ist das eine Prophezeiung?«, fragte Essera Falah. Sie lächelte hinter ihrem Schleier, und Tränen standen in ihren Augen. Götter!

»Nein. Ein Plan. Um sie zu schützen. Fragt nicht. Das ist kein Rat, das ist eine Bitte.«

»Ihr müsst uns mehr erzählen!«, rief der Emir.

Ich zögerte nur kurz, die Katze war schließlich aus dem Sack. »Auf dem Weg nach Gasalabad fanden wir das zerstörte Lager der Reisegesellschaft Eurer Tochter. Man hatte das Lager überfallen und Eure Tochter entführt. Wir fanden auch, versteckt im Sand, Eure Enkelin Faraisa, lebend. Eure Tochter hatte Soltar um Gnade gebeten und sie eigenhändig verborgen. Noch wussten wir nichts von den Häusern oder ihrer Bedeutung. Wir nahmen Faraisa auf und fanden eine Amme für sie. Auf der Suche nach verlorenen Gefährten entdeckte ich Marinae in der Hand von Sklavenhändlern. Ich kaufte sie frei und vereinte sie mit ihrem Kind.« Ich verbeugte mich tief. »Verzeiht, aber mehr will ich Euch in diesem Moment nicht berichten.«

»Lass gut sein, Erkul«, sagte die Essera zu ihrem Sohn. »Ich glaube und vertraue ihm. Es soll uns vorerst reichen, dass wir nicht trauern müssen.«

Wieder verbeugte ich mich, diesmal tiefer. »Ich danke Euch.«

»Ich werde Euch in vier Tagen befragen lassen, wenn ich sie bis dahin nicht in meinen Armen halte«, sagte der Emir. Er mochte diese Prophezeiung glauben oder nicht, in diesem Moment war er ein Mann, der es gewohnt war, über Leben und Sterben zu gebieten. In dem Fall, meines. Seine Miene machte das deutlich.

Ich hoffte, Marinae war an dem Ort, an den Armin sie gebracht hatte, wirklich sicherer als hier. Hier hatten sie immerhin Wachen.

»Marinae ist eine Blume«, sagte Essera Falah leise. »Faihlyd ist eine Blüte, denn sie ist nicht vermählt. Sie ist in der Prophezeiung gemeint.«

So sah es aus. Ich seufzte. »Ich bin ein Fremder in Eurem Reich. Nicht nur, dass ich Euch nichts raten könnte, weil ich dieses Reich nicht kenne, ich will es auch nicht. Ich bin fremd und nur auf der Durchreise.«

Essera Falah klappte das Buch wieder auf.

Ich hob die Hand. »Steht da vielleicht etwas von einem Fremden?«

»Ja. Ein Fremder wird kommen und…«

»Was passiert, wenn ich dieses Buch aus dem Fenster werfe?«, fragte ich.

Der Emir lächelte zum ersten Mal. »Ich lasse Euch köpfen, hängen oder vierteilen. In beliebiger Reihenfolge oder auch gleichzeitig.«

Ich drehte mich zu ihnen um, den Rücken zum Fenster. Gerade als ich etwas sagen wollte, fiel etwas auf meine Schulter. Ich griff unwillkürlich hin.

Ich wusste nicht, wer erstaunter war, die Schlange oder ich. Die Schlange ähnelte der, die Zokora in der Wüste so achtlos beiseite geworfen hatte. Nur hatte Zokora sie hinter dem Kopf gegriffen, ich hatte sie mitten am Leib erfasst.

Die Schlange bemerkte das schneller als ich. Ihr Rachen flog auf und zuckte vor, schlug knapp vor meiner Nase mit einem hörbaren Geräusch zusammen. Diesmal hatte ich sie am Genick. Mit der anderen Hand.

»Phfft«, sagte ich. »Das war knapp.« Ich hielt die Schlange weg von mir. Sie wand sich um meinen Arm. »Ist sie giftig?«

Alle drei nickten langsam, mit großen Augen sahen sie die Schlange an… »Sehr giftig«, sagte der Emir.

Ich studierte die Schlange. Und sie mich. Ich zog an ihr. Kein Knacken, und das Vieh zischte. Wie, in aller Götter Namen, hatte Zokora das gemacht?

Ich hielt die Schlange weiter am Genick fest, zog mit der anderen Hand meinen Dolch, legte den Kopf der Schlange auf das Fenstergeländer und schnitt den Kopf ab. Nicht ganz so stilvoll, aber genauso wirksam. Ich warf die beiden Teile der Schlange aus dem Fenster und steckte den Dolch wieder ein.

Dann bemerkte ich ihre Blicke. »Dies ist der Ruheraum meiner Tochter«, sagte der Emir. »Meistens ist sie hier allein und liest. Es war nur heute ihr Wunsch, dass wir uns hier treffen. Niemand weiß davon. Um diese Zeit schläft sie häufig.«

Ein Attentat. Ich lehnte mich aus dem Fenster und sah nach oben. Eine Dachkante, weit überhängend. Vielleicht hatte die Schlange ihren Weg allein hierher gefunden – aber wie wahrscheinlich war das?

Wer auch immer das war, er hatte uns vielleicht belauscht.

»Ihr habt mir soeben das Leben gerettet«, sagte Faihlyd. »Diesmal habe ich nicht geträumt.«

»Sie hätte Euch nicht unbedingt beißen müssen«, versuchte ich abzuwiegeln.

Sie sah nur zu mir herüber.

»Könnte ich irgendetwas sagen, das Euch von dieser Idee abbringen würde?«

Alle drei schüttelten den Kopf.

Ich seufzte. »Es wird sich wohl nicht verhindern lassen. Aber in dem Buch steht nichts davon, wann dieser Rat gegeben wird.«

51

»Nein. Davon steht nichts darin«, sagte die Essera Falah.

»Gut. Ich will Euch nicht beleidigen, nichts liegt mir ferner. Ich bin müde, kein Rat, den ich Euch heute geben würde, hätte einen Wert. Ich habe Gefährten, die schlauer sind als ich. Wenn ich einen Rat habe, gebe ich ihn Euch. Jetzt will ich nur schlafen.«

Der Emir lachte laut, als habe das Lachen lange auf diesen Moment gewartet. Die beiden Frauen fielen ein.

»Ihr, Havald, seid köstlich«, sagte der Emir. »Ihr könnt Euch gar nicht vorstellen, welche Ränke geschmiedet werden, um eine Audienz bei einem von uns zu erhalten. Und Euer größter Wunsch ist es zu schlafen?«

Ich musste nun selbst lächeln. »Wäre ich wacher, wäre mir wohl etwas Besseres eingefallen. Wenn es erlaubt ist…«

»Wartet einen Moment«, sagte der Emir. »Auch ohne die Prophezeiung hätte ich Euch rufen lassen. Havald, auch andere haben Euch im Tempel Soltars gesehen, und Gerüchte ranken sich nun um Euch.« Er machte eine kurze Pause. »Man misst uns an unseren Taten. Ihr wart beteiligt daran, dass meine Tochter überlebte, man erwartet von uns, dass Ihr dafür belohnt werdet. Hier.« Er griff in seinen Ärmel, zog eine Schriftrolle heraus und reichte sie mir. »Mit dieser Rolle erhaltet Ihr das Bürgerrecht in Gasalabad. Es erlaubt Euch solche Dinge wie ein Haus zu kaufen oder ein Geschäft zu führen. Außerdem erhaltet Ihr hundert Morgen Land mit einhundert Pächtern und könnt Euch nun Havald Bey nennen. Ihr mögt andere Titel in Euren Ländern führen, doch hiermit seid Ihr kein Fremder mehr, sondern ein Mann Bessareins. Außerdem erhaltet Ihr zehn goldene Kronen.« Er musterte mich durchdringend. »Wenn Eure Geschichte über Marinae wahr ist, will ich Euch hundertfach mehr belohnen.«

Ich nickte langsam. »Es gibt durchaus etwas, um das ich Euch bitten würde«, sagte ich dann. »Aber nicht heute. Verzeiht, Esseri, aber ich kann kaum noch denken vor Müdigkeit.«

Die Essera Falah nickte. »Ich werde Euch zu einem unauffälligen Ausgang führen. Fragt nach mir, wenn Ihr einen von uns sprechen müsst. Marinae und ihrer Tochter geht es wirklich gut?«

»Ja. Ich schwöre bei allen Göttern, dass ich keinen Anlass habe, anderes zu glauben.«

»Sie ist also nicht bei Euch«, sagte Faihlyd, und ich sah sie überrascht an.

»Ihr hättet es ansonsten anders formuliert.« Der Emir lächelte. »Wenn Ihr sie seht… wir lieben sie.«

Ich seufzte. Unter einer jeden Krone steckte ein Mensch. Das sah ich hier wieder bestätigt. »Ich werde sie nicht sehen. Das könnte sie in Gefahr bringen.«

Ich griff mir Seelenreißer und ging.

»Wo wart Ihr, Esseri!«, rief Armin in dem Moment, als ich die Tür zum Raum der Ruhe öffnete. »Ich habe mir Sorgen gemacht!«

»Ich sagte dir doch, es war unnötig«, meinte Zokora. Sie lag halb auf meinem Lieblingsstuhl und las die lustvollen Geschichten. Varosch saß in dem anderen Sessel und überprüfte den Mechanismus seiner Armbrust.

»Habt ihr Leandra gesehen?«, fragte ich. »Und was ist mit Natalyia?«

»Wir haben von Leandra gehört. Gerüchte von einer Weißen Frau. Sie muss in der Stadt sein«, sagte Varosch. »Guten Abend, Havald.«

»Natalyias Zustand ist unverändert«, sagte Armin. »Auf dem Markt erfuhren wir, dass es in der Nähe einen Heiler gibt. Einen Elfen. Wir werden ihn morgen aufsuchen.«

»Er ist verrückt. Der Elf, meine ich«, fügte Zokora hinzu. Sie las weiter. »Ich *liebe* diesen Dämon!«

»Guten Abend. Auch dir, Armin. Wie du siehst, ist mir nichts passiert. Und jetzt will ich schlafen. Weckt mich nur, wenn Nachtfalken kommen oder ihr Nachricht von Leandra habt.«

Was, bei allen Göttern, hielt Leandra auf? Sogar die Nachtfalken hatten mich gefunden, warum nicht auch Leandra?

»Der Hüter der Botschaft sagte mir, Ihr hättet eine Audienz beim Emir! Esseri, sagt etwas!«

Ich war schon auf dem Weg ins Schlafzimmer. »Morgen, Armin. Morgen.«

»Esseri! Ihr könnt nicht so etwas sagen und einfach schlafen gehen! Esseri!«

Ich konnte. Wenn er noch etwas sagte, hörte ich es nicht.

6. Die Weiße Frau

Am nächsten Morgen nahmen wir ein gutes Frühstück im Raum des Genusses zu uns. Armin hatte die Schriftrolle gefunden, die mir der Emir gegeben hatte, war ganz aufgeregt und brauchte einige Zeit, sich zu beruhigen. »Esseri, wisst Ihr, was das bedeutet?«

»Ja.«

»Ihr könntet nun ein eigenes Haus erwerben!«

»Armin. Wir sind auf der Durchreise.«

»Aber Esseri! Das ist…«

»Armin.«

Ich glaubte, Armin war empört darüber, dass ich die Ehre nicht zu schätzen wusste. Aber zum Zeitpunkt des Frühstücks hatte er sich wieder gefangen. Er selbst berichtete mir, dass er Essera Marinae, seine Schwester und das Kind bei einem Cousin untergebracht hatte, der absolut vertrauenswürdig sei. Ich hoffte, er hatte recht.

Natalyia war ebenfalls bei uns, sie lag unter einem Bett versteckt. Es war mir immer noch unheimlich, sie so versteinert zu sehen und nur durch Seelenreißer zu erkennen, dass sie lebte. In der Hoffnung, dass sie mich verstand, erzählte ich ihr von dem Heiler, von dem die anderen gehört hatten.

Von Leandra hatten wir noch immer keine Nachricht. Ich fragte nach, ob die anderen erfahren hatten, was hier gestern Nachmittag geschehen war.

»Ja. Haben wir«, sagte Varosch. »Zokora meint, sie sei gespannt, ob die Nachtfalken sich etwas Neues ausgedacht haben.«

Zokora sagte nichts dazu, sie las immer noch in dem Buch der lustvollen Erzählungen.

Armin jedoch war nachdenklich. »Wisst Ihr, Esseri, diese

Sache mit dem Brief… Es passt nicht zu den Nachtfalken. Sie haben den Ruf, immer persönlich zu erscheinen. Nicht nur das, sie lassen ihre Opfer meistens nicht ohne Möglichkeit, sie zu besiegen. Das klappt natürlich nicht, da sie im Kampf alle Tricks verwenden. Besiegt man sie aber dreimal, hören sie auf. Ich hörte, dies sei schon zweimal in den letzten fünfhundert Jahren geschehen. Ich kann fast nicht glauben, dass der Brief von den Nachtfalken kam.«

Ich zuckte mit den Schultern. Was sollte ich dazu noch sagen? Wir kamen überein, dass Zokora und Varosch den verrückten elfischen Heiler aufsuchen würden. Armin sollte weiter nach Leandra forschen. Ich selbst beschloss, mich noch einmal auf dem Platz der Ferne umzusehen. Vielleicht auch einen gewissen Tempel aufzusuchen, um mich zu beschweren. Wir vereinbarten, uns am Abend wieder zu treffen.

Dann, in der Nacht, beabsichtigten wir, Zokoras Idee bezüglich unseres gefangenen Kopfgeldjägers, der immer noch im Laderaum des Schiffes schmorte, umzusetzen.

Es gab immer noch Neues zu sehen in Gasalabad, aber meine Neugier war gering. Mein Weg führte mich zunächst zum Tempel des Soltar am Platz der Ferne. Die Priester beobachteten mich, als ich vor der Statue des Gottes stand, aber keiner sprach mich an. Ich verharrte eine Weile vor dem Bildnis, sagte aber nichts. Er auch nicht.

Dann ging ich wieder.

Ich aß eine Dattel, überlegte mir, ob ich die Bibliothek aufsuchen sollte, fand mich aber ohne Lust, irgendetwas zu tun. Also suchte ich in der Nähe eines Brunnens eine Bank, setzte mich und tat nichts anderes, als das Treiben der Leute um mich herum zu beobachten.

Es waren weitaus mehr Stadtwachen zu sehen als vorher, sie liefen umher und machten grimmige Miene, was die Diebe allerdings nicht daran hinderte, ihrem Handwerk nachzugehen. Einmal sah ich auch das Mädchen, dem der Langfinger Selim den mir gestohlenen Beutel mit den Torsteinen zugesteckt hatte.

Selim sah ich auch, für einen Moment, als er inmitten der Menge hasserfüllt in meine Richtung schaute. Einen Lidschlag später war er verschwunden. Also lebte er noch.

»Havald«, erklang da plötzlich eine vertraute Stimme, und ich sprang auf. Den ganzen Tag lang hatte ich nach Leandra gesucht, doch als sie nun vor mir stand, hätte ich sie beinahe nicht erkannt.

Ich hatte noch Zeit, die braune Haut und die langen schwarzen Haare wahrzunehmen, dann lag sie in meinen Armen. Ich riss ihr fast den Schleier ab. Ihr Mund schmeckte ungewohnt, doch es kümmerte mich nicht.

Als ich Luft holen musste, sah ich über ihre Schulter hinweg zwei grinsende Gestalten, Janos und Sieglinde, beide ebenfalls kaum zu erkennen.

»Dort drüben ist ein Haus des Kafje«, sagte Leandra und löste sich aus meinen Armen, aber nicht ohne über meine bärtige Wange zu streichen. »Lass uns dort rasten und erzähl mir, was geschehen ist.«

»Und ihr mir.«

»Was ist mit Zokora und den anderen?«, fragte Sieglinde.

»Sie konnten sich ebenfalls befreien. Wir werden sie gegen Abend treffen, dann können sie es selbst erzählen«, antwortete ich ihr.

»Ich habe dich vermisst«, sagte Leandra leise, und ich drückte ihre Hand.

Die Bezeichnung *Haus* war für dieses offene Zelt eine Übertreibung, aber wir fanden einen halbwegs ruhigen Platz. Ich hatte nun endlich die Muße, meine Liebste und die anderen Gefährten zu betrachten. Auch sie waren auf die Idee gekommen, sich die Haare zu färben. Leandra mit schwarzen Haaren zu sehen war mehr als seltsam, auch Sieglinde wirkte eigentümlich auf mich, Janos hingegen hatte schon immer schwarze Haare.

Was mich mehr überraschte, war die tiefe Bräune von Leandras Haut, dunkler noch als meine eigene. Meine Liebste wirkte seltsam verändert durch die Farbe ihrer Haut und ihrer Haare, nur die violetten Augen waren noch dieselben.

»Wie konntest du so dunkel werden?«, fragte ich verwundert. »Ich hätte schwören können, dass die Sonne dich nicht mag.«

»Ein wenig Sonnenbräune bekam ich schon auf dem Weg zu Fahrds Gasthof«, sagte sie mit einem überraschend scheuen Lächeln. »Aber anders als Janos, der die Sonne in sich aufsaugt, als sei er hier geboren, geschah bis auf diese leichte Bräunung nichts weiter, mein Haar bleichte sogar weiter aus. Aber, wie du siehst, ist es nun schwarz.«

»Wie kann dein Haar nur so lang sein?«, fragte ich sie, woraufhin sie lachte.

»Es sind nicht meine Haare. Es ist eine Perücke! Ich trage sie wie einen Helm.«

Falsche Haare! Auf was für Ideen Menschen kamen!

»Und deine Haut?«

»Walnussöl. Es bräunt die Haut.« Deshalb also schmeckte sie so fremd.

Ich wandte mich den anderen zu, im Moment damit zufrieden, Leandras Hand zu halten. »Wie geht es euch?«

»Wieder gut«, sagte Janos leise. »Es war furchtbar, in Ketten zu liegen. Was hätte ich um eine Fähigkeit gegeben, die uns hätte helfen können, aber da ich über keine verfüge, musste ich mich in Geduld üben. Es fiel schwer.« Er nahm Sieglindes Hand und sah sie innig an.

»Und dir, Sieglinde?«, fragte ich.

»Bis Leandra erwachte, war es ein Albtraum.«

Ich sah zu Janos hinüber, aber er schüttelte den Kopf. »Es geschah nichts, außer dass wir gefangen waren.«

Ich nickte erleichtert. »Wie geht es Serafine?«

Sieglinde blickte auf ihre Tasse herab. »Sie ist schweigsam, ich glaube, sie ist fast gegangen.« Als sie ihren Blick wieder erhob, hatte sie Tränen in den Augenwinkeln.

Es war nun schon fast fünf Wochen her, dass Sieglinde Serafine zu sich eingeladen hatte. Wie lange konnte sich die Seele einer Toten in dieser Welt halten?

»Ich habe das Lager der Sklavenhändler gefunden. Ich hatte vermutet, dass es dir schwer fallen würde, dich aus dem Betäubungsschlaf zu lösen. War dem so?«

Leandra nickte. »Sie haben mir hinterher erzählt, dass mein Herz kaum mehr schlug. Wie lange warst du betäubt?«

»Ich weiß es nicht mit Sicherheit, aber mein Diener Armin sagte, es seien drei Tage gewesen.« Ich sah die fragenden Blicke und lachte. »Ihr werdet Armin kennenlernen. Er ist ein seltsamer Kauz.«

»Ich lag fast sechs Tage in dem Schlaf gefangen«, berichtete Leandra. »Unsere Freunde hier träufelten Wasser in meinen Mund, sonst wäre ich verdurstet.«

Ich schluckte und schloss die Augen. »Wie geht es dir jetzt?«

Sie lächelte und drückte meine Hand. »Wieder gut. Als ich erwachte, dauerte es noch, bis ich wusste, wo ich war und was geschah. Sie hatten Wasser für mich aufgespart. Es war nicht das sauberste, aber es half. Unser Glück war, dass einer der Wagen der Sklavenhändler ein Rad verlor und so ihre Reise verlangsamte. Sonst wären wir auf einem Schiff aufgewacht und vielleicht an einem ganz anderen Ort.« Sie holte tief Luft. »Als ich wieder klar denken konnte, packte mich die Wut. Ich zerstörte die Tür des Käfigwagens und warf einen Blitz auf zwei der Sklavenhändler. Ein Fehler, wie sich zeigte, denn ich hatte nicht die nötige Kraft und brach zusammen. Janos und Sieglinde erschlugen die anderen Sklavenhändler.«

»Janos verlor einen Finger seiner linken Hand«, sagte Sieglinde leise.

Janos machte eine wegwerfende Geste. »Das erste Glied des kleinen Fingers. Er hätte schlimmer kommen können«, sagte er und hob seine Hand hoch. Er trug Handschuhe, man musste genau hinsehen, um zu erkennen, dass die Fingerhülle an der Spitze nicht ausgefüllt war.

»Es schmerzt noch ein wenig, aber am meisten stört mich, dass es dort kribbelt, wo ich nicht kratzen kann, weil da nämlich nichts mehr ist.«

»Und was ist danach geschehen?«

»Leandra war erschöpft. Dennoch beschlossen wir, zum Gasthof zurückzureisen. Man hat uns erzählt, dass Ihr als Sklave untauglich wart und erschlagen wurdet. Ich wollte Euch zumindest anständig begraben und Rache nehmen. Aber das war nicht möglich, denn als wir am Gasthof ankamen, fanden wir Euer Werk vor.«

»Der Galgen stand Fahrd sehr gut.« Janos grinste.

»Serafine erkannte die Rune auf dem einen Schädel. Nekromant«, fuhr Leandra fort. »Du musst uns erzählen, was dort geschah. Die Mädchen im Hof wussten nichts, nur dass es der fette Mann gewesen sein musste. Wir fanden Teile unserer Ausrüstung im Keller. Aber nicht unsere Schwerter.« Sie sah mich fragend an. »Hast du sie in Verwahrung genommen, oder werden sie hier irgendwo feilgeboten?«

»Ich habe sie. Sie warten in meiner Herberge auf euch.«

»Gut, wir haben unsere Klingen schon schmerzlich vermisst.«

Das konnte ich gut verstehen. Wenn ich Seelenreißer längere Zeit aus meiner Sicht ließ, wurde ich bald unruhig. Es war wie mit Janos' Finger. Es kribbelte und man konnte sich nicht kratzen.

»Sonst gibt es nicht viel zu berichten. Wir verkauften die Pferde der Sklavenhändler und legten uns diese einfachen Gewänder zu. Doch, zwei seltsame Dinge noch«, sagte Leandra. »Zum einen hatten die Sklavenhändler selbst als ich schlief

60

Angst vor mir. Zum anderen gab es hier in der Stadt Menschen, die bei meinem Anblick schreiend davonrannten. Eine Wache erzählte mir von einer örtlichen Legende.«

»Die Weiße Frau«, sagte ich

Sie lachte. »Du kannst dir meine Verblüffung vorstellen, als ich die Geschichte hörte.« Sie schüttelte den Kopf. »Sie sahen mich und liefen zum Tempel des Boron, um zu bekennen!«

»Vielleicht hättest du weiter als Weiße Frau gehen sollen«, sagte ich mit einem Lächeln.

Sie schüttelte den Kopf. »Wir erregten zu viel Aufmerksamkeit. Der Wächter verriet uns den Trick mit dem Walnussöl und sagte mir, wo ich eine Perücke kaufen konnte.«

»Wir hörten die Geschichte von dem Wunder. Wegen des Garns dachten wir, Ihr könntet es sein«, sagte Sieglinde. »Wir waren gerade auf dem Weg zu einem gewissen Haus der Hundert Brunnen, als Leandra Euch erkannte. Ich tat es nicht. Ihr seht … barbarisch aus.«

»Also hättet ihr uns so oder so gefunden. Das Haus der Hundert Brunnen ist unsere Herberge.«

»Wir sind wieder zusammen«, sagte Leandra. »Im Moment ist das das Wichtigste für mich. Nun erzähl mir, wie es dir ergangen ist. Wir vermuteten schon, dass deine Augen wieder sehen, die Beschreibungen deuteten darauf hin. Wie wurdest du geheilt?«

»Du warst sehr rege«, sagte Leandra eine ganze Weile später, nachdem ich ausführlich von meinen Abenteuern berichtet hatte. Und ich hatte noch nicht einmal von unserer Bootsfahrt oder meinem Besuch im Palast des Mondes erzählt. So müde wie ich gewesen war, erschien Letzterer mir sowieso beinahe wie ein Traum.

»Ich habe euch gesucht, das war alles. Dabei hätte ich mich nur auf diese Bank setzen müssen und sonst nichts tun, ihr hättet mich gefunden.«

»Nun, ich schlage vor, wir rasten noch einen Tag, bevor wir aufbrechen«, sagte Janos. »Askir ist weit, und wir sollten uns aus den Belangen der Menschen hier heraushalten. Ich mag diese Stadt nicht.«

»Ich auch nicht. Aber wir müssen noch bleiben«, sagte ich und erzählte von Natalyias Verwandlung in Stein, von Marinae und ihrer Familie.

»Verdammt«, sagte Janos. »Dass der Emir Euch rufen ließ, ist schlecht. Wenn ein Herrscher einem seine Aufmerksamkeit zuteil werden lässt, schauen auch andere hin. Und das ist dann so, als ob man durch eine dunkle Räubergasse muss und der Einzige ist, auf den das Licht scheint.«

In dieser Beziehung zumindest war ich mit ihm einer Meinung. Er trank einen Schluck Kafje und schüttelte dann den Kopf. »Das mit Natalyia… Ich vertraue ihr nicht, aber im Stein gefangen zu sein, an der Schwelle zum Tod… das ist grausam.«

»Was muss Natalyia tun, damit Ihr ihr vertrauen könnt?«, fragte ich Janos.

Er sah mich direkt an. »Das gleiche, was ich tun muss, damit auch Ihr mir endlich vertraut.«

Leandra warf uns beiden einen Blick zu. »Janos, wir vertrauen Euch. Hört auf, so zu reden.« Sie erhob sich. »Lasst uns unsere Schwerter holen, dann will ich dir etwas zeigen, das ich gestern gefunden habe.«

Der Hüter der Schlüssel zeigte sich von Leandras Schönheit deutlich beeindruckt, schien allerdings nicht glücklich darüber, dass ich wieder neue Gäste mitbrachte. »Wir brauchen nur einen weiteren Raum, Hüter der Schlüssel. Die Esseri ist meine Gemahlin«, sagte ich ihm.

»Glücklich seid Ihr, dass Ihr eine solche Schönheit Euer Eigen nennen dürft, Esseri!«, rief er, während mir Leandra einen Blick zuwarf, den ich nicht deuten konnte. »Die neuen Räume werden in Kürze für Euch bereit sein.«

»Gemahlin, hm?«, fragte Leandra. Sie lag im Bad und genoss das Wasser offensichtlich. Ich beobachtete fasziniert, wie sie ein langes Bein aus dem Wasser hob und einseifte. Die dunklen Hände und ihr Gesicht bildeten einen amüsanten Kontrast, auch wenn das Badewasser diese dunkle Färbung bereits aufhellte. »Warst du schon einmal verheiratet?«

Ich nickte, als ich anfing, mich ebenfalls zu entkleiden. »Ja, einmal. Ich habe sie geliebt.«

»Was ist geschehen?«, fragte sie.

»Sie starb.«

Leandra sah mich an. »Woran starb sie?«

»Am Alter.«

Sie nickte nachdenklich. Dann blickte sie zu mir hoch. »Was willst du?«

»Baden.«

Leandra und ein Bad, diese Kombination würde wahrscheinlich immer unübertrefflich sein.

»Das wird eng«, sagte sie, als ich ins Wasser glitt.

»Das ist die Absicht.«

Anschließend half ich ihr, sich zu gürten. Sie trug wieder ihre Rüstung mit dem schimmernden Greifen. Ein weißes, weites Obergewand und ein weißer Mantel mit Kapuze verbargen ihr Wappen, ließen aber deutlich erkennen, dass sie Rüstung trug. Ihren Schwertgürtel schnallte sie über das Gewand, sodass ihre schmale Taille betont wurde, der Gurt, an dem Steinherz hing, fand seinen Weg schräg zwischen ihren Brüsten. Der Griff von Steinherz stand über ihrer linken Schulter, der Drachenkopf schien mich aus seinen rubinroten Augen noch immer spöttisch zu mustern.

Vervollständigt wurde dies durch ihre kniehohen Stiefel aus Drachenleder und Mithrilkette und die Handschuhe aus dem gleichen Material, die sie hinter ihren Gürtel klemmte. An ihrer linken Hand glänzten zwei Ringe. Das lange Haar der

Perücke hatte sie sorgfältig zu einem Zopf geflochten, der ihr bis zur Hüfte ging. Sie richtete noch eine Falte des Gewands und sah mich an. »Wie sehe ich aus?«

Ich küsste sie.

Auch Sieglinde und Janos hatten sich umgezogen, trugen die gleichen dunklen Gewänder, wie sie auch Varosch und Zokora bevorzugten – die Uniform für Leibwächter in Gasalabad. Janos hatte einen wesentlich stärkeren Bartwuchs als ich und sah verwegen aus, er grinste, als er sah, wie Sieglinde ihn musterte. Sie wurde rot und lächelte leicht, aber sie wirkte traurig.

»Was hast du?«, fragte ich sie.

»Serafine ist von mir gegangen«, sagte sie leise und strich mit ihrer Hand über Eiswehr. Sie trug es ähnlich wie Leandra, nur über der rechten Schulter. »Als ich Eiswehr berührte, hörte ich eine Art Seufzer, dann war sie nicht mehr da. Vielleicht ist sie in das Schwert eingegangen.«

Ich schaute ihr in die Augen und nahm sie kurz in die Arme, dann trat ich beiseite und sah zu, wie sie sich an Janos' breite Brust lehnte und weinte.

Leandra trat neben mich und legte ihren Kopf an meine Schulter. »Ist es nicht seltsam«, sagte sie. »Wir haben Serafine eigentlich nie kennengelernt, dennoch ist es ein Verlust für uns, dass sie fort ist. Sie war eine Gefährtin.«

»Soltar wird sich ihrer annehmen«, sagte ich leise. Über Sieglindes Schulter hinweg musterte mich der Drachenkopf ihrer Klinge. Die Augen dieses Drachen waren Diamanten, grauweiß, wie die Farbe von Eis. Sie schienen belebt.

Eiswehr. Wie viel hatten diese Bannschwerter mit meinem eigenen gemein?

Mein Bannschwert, Seelenreißer, war weitaus unauffälliger, er trug keinen Drachenkopf oder sonstige Verzierungen, außer seinem Namen auf der Klinge. Aber Seelenreißers Knauf war aus schwarzem Basalt, und manchmal schien er das Licht zu verschlucken, das ihn berührte.

Sowohl Leandra als auch Sieglinde führten außer ihren Bannschwertern, die in der Größe Bastardschwertern entsprachen, normalerweise noch jeweils ein normales Langschwert mit sich. Keine schlechte Idee, denn es erlaubte, die Bannschwerter nur dann einzusetzen, wenn es wirklich nötig wurde. Ich hatte es auch lange Jahre so gehalten, als ich mich noch gegen Seelenreißer gesträubt hatte. Seitdem ich Natalyias vermeintlichen Tod an den Kopfgeldjägern gerächt hatte, sah ich keine Erfordernis mehr dazu.

Dennoch führte ich ein anderes Schwert mit mir, ein Krummschwert. Die Klingenform unserer Bannschwerter war unter unseren Umhängen nicht offensichtlich. Deshalb hatte ich alle drei gebeten, sich mit Krummschwertern zu bewaffnen. Sieglinde und Leandra hatten damit keine Probleme, nur Janos behagte die Idee nicht. »Die Balance ist einfach nur Mist«, sagte er.

Tatsächlich fand ich, dass man sich an die Balance gewöhnen konnte, es war schließlich nicht so, dass die Schwerter so krumm waren, wie ihr Name vermuten ließ.

Unauffällig waren wir nun nicht mehr, als wir das Haus der Hundert Brunnen zur frühen Mittagszeit verließen, vor allem Leandra zog mit ihrer schlanken Gestalt und ihrer Schönheit, die sich auch durch den Schleier nicht verbergen ließ, die Blicke auf sich. Es war kein Wunder, denn sie überragte die meisten Männer hier.

»Gut, dass du unser Gold retten konntest, Havald«, sagte Leandra, als wir langsam durch die Straßen von Gasalabad gingen. »Denn wir werden es brauchen.«

»Wenn wir länger hier in der Stadt verweilen, werden auch diese Reserven bald erschöpft sein«, teilte ich ihr mit und dachte dabei an die Summen, die Armin auszugeben pflegte. »Was hast du vor?«

»Wie wohl jeder hier in der Stadt, habe auch ich von der wundersamen Heilung der Tochter des Emirs gehört«, sagte

Leandra. Sie ging rechts von mir, links von mir befand sich Sieglinde, rechts von Leandra Janos. Die Aufteilung kam nicht von ungefähr. Sieglinde war Linkshänderin, auch ich führte Seelenreißer meistens mit links.

Ich musterte Sieglinde, als sie neben mir einherschritt. Nicht nur war sie die Jüngste von uns, keine zwei Dutzend Jahre, sie war auch diejenige, deren Herkunft es am unwahrscheinlichsten machte, sie in dieser großen fremden Stadt so sicher und selbstbewusst ausschreiten zu sehen. Sie hatte die größte Wandlung von uns allen vollzogen. Als Tochter eines Wirts hatte sie sich kaum mehr erhoffen können als die Heirat mit einem guten Mann. Doch sie hatte ihr Schicksal selbst in die Hand genommen. Hatten ihre Entscheidungen vielleicht die Götter doch ein wenig überrascht?

Die Ereignisse und Strapazen der letzten Wochen hatten auch bei ihr das Fett vom Körper gebrannt, ihr Gesicht war nun klar und mit Charakter gezeichnet. Sie ging aufrecht, das Kinn erhoben, ihre Augen suchten wachsam die Straße und auch die oberen Stockwerke der Häuser links und rechts von uns ab. Ihr Schritt war weit, selbstsicher und federnd, sie lief auf den Ballen und nicht auf dem Absatz.

Vor vier Wochen hatte eine Schankmagd Eiswehr ergriffen, nun lief eine Kriegerin neben mir. Niemand, auch nicht ein Bannschwert oder der Geist einer Soldatin, machte aus einer Schankmagd in vier Wochen eine Kriegerin. Aber hier lief sie. Bei der Befreiung aus der Gewalt der Sklavenhändler hatte Sieglinde ihre Bluttaufe erlebt. Das Einzige, woran ich mich nicht gewöhnen konnte, war die Farbe ihrer Augen: grün wie die See. Als ich die Schankmagd das erste Mal gesehen hatte, waren es noch braune Augen gewesen, weich und warm. Diese Wärme war es, die ich nun des Öfteren vermisste.

Janos sah, wie üblich, gefährlich aus. Kleiner als ich, schien er doppelt so breit, die massiven Muskeln seiner Arme füllten selbst die weiten Ärmel seines Gewands aus. Dunkle Augen, schwarzes Haar, dunkler Teint – er schien dafür geboren, diese Straße entlangzugehen, als gehöre sie ihm.

Ein Schweinehirt, ein Händlerssohn und eine Schankmagd. Und Leandra. Sie allein schien von Geburt bestimmt für diesen Weg.

»Wir hörten von dem wundersamen Garn und hofften, dass wir so eine Spur zu dir finden würden«, fuhr Leandra fort. »Zusammen mit diesem Wunder erfuhren wir auch, warum der Gott eingreifen musste, und wir erfuhren von dem Greifen. Jeder in der Stadt, so sagten alle, die wir fragten, geht davon aus, dass das Tier hingerichtet wird. Bislang ist es jedoch noch nicht geschehen.«

»Eine seltsame Idee, wenn ihr mich fragt«, sagte Janos. »Ein Tier hinzurichten! Ein Tier tut, was ein Tier tut. Richtet den Tierpfleger hin, würde ich sagen.«

»Er ist ein Held, er hielt den Greifen auf, bevor er mehr Unheil anrichten konnte, vergesst das nicht«, sagte Leandra.

Bislang hatte ich ihr von der seltsamen Unterhaltung im Tempel nichts erzählt, auch von meinem Besuch beim Emir kannte sie nur die offizielle Version. Warum ich nicht mehr berichtet hatte, wusste ich nicht, vielleicht hatte ich Angst, mich in ihren Augen lächerlich zu machen, wenn ich von einer alten Prophezeiung sprach oder von der Unterhaltung mit einem Priester, den ich für den Gott persönlich hielt.

Aber nein, ich war nicht ehrlich zu mir selbst. Ich liebte Leandra, daran bestand für mich kein Zweifel. Aber sie hatte nur ein Ziel vor Augen, ihren Auftrag, ihre Mission. Wenn ich ihr von den drei Ratschlägen, die ich laut der Prophezeiung der Prinzessin geben sollte, erzählen würde, so wusste ich, dass sie das verwenden würde, um ihrem Ziel näherzukommen. Dagegen war auch nichts zu sagen, solange diese Ratschläge gut waren. Seit ich erwacht war, dachte ich oft darüber nach. Welchen Ratschlag sollte ich einer angehenden Kalifa erteilen?

Ich zwang meine Gedanken zurück zu Leandras Worten. Der Greif. »Hast du Interesse an dem Greifen?«

»Er ist mein Wappentier. Ich habe noch nie einen lebenden gesehen. Ich will dieses Tier zumindest sehen. Und ja, wenn es möglich ist, will ich es erwerben.«

»Ich hörte, seine Flügel seien gestutzt, es wird lange dauern, bis er wieder fliegen kann. Und es ist mehr als ungewiss, ob er dich auf sich reiten lässt.«

Ich dachte an die Greifen zurück, die gestern Morgen über die Wegestation geflogen waren. Wie würde ich mir vorkommen, hier an den Boden gefesselt, wenn Leandra dort oben flog?

»Den Legenden nach sind sie auch am Boden schneller als ein Pferd«, sagte sie. Aber ich wusste, dass sie fliegen wollte. Wer von uns träumte nicht davon? »Sehen wir erst einmal, ob es ihn noch gibt. Vielleicht ist das arme Tier auch so verkrüppelt, dass es eine Gnade wäre, es zu töten«, sagte ich.

7. Ein Greif in Not

Ganz so einfach war es nicht, dieses Tier zu Gesicht zu bekommen. Nachdem der Greif die Essera Faihlyd beinahe getötet hatte, war er eine noch größere Sensation als vorher. Als wir uns dem Marktplatz näherten, sah ich, dass ein Teil der Fläche mit einem schweren Hanfseil abgesperrt war. Die Pfosten, zwischen denen sich das Seil spannte, waren zwischen die steinernen Bodenplatten getrieben worden und trugen auf Tafeln eine grobe Zeichnung des Vorfalls: ein Greif, der eine junge Frau zerfleischte und ihre Eingeweide mit seinen Krallen aus ihrem weit geöffneten Bauch zog.

»Nur ein Kupferstück, Esseri, und Ihr könnt die grausame Bestie mit eigenen Augen erblicken!«, rief ein Junge mit heiserer Stimme. »Nur ein Kupferstück, und Ihr seht das Tier, das die Hoffnung Gasalabads ermordete! Ein Kupferstück nur, und Ihr könnt in Furcht vor seinem mörderischen Anblick erzittern!«

An anderer Stelle gab es einen kleinen freien Bereich. Dort verkündete mit dem Geleit von Trommeln ein Tafelsänger das Geschehen, zeigte mit einem Stock auf grobe Zeichnungen, angebracht auf einer großen Tafel, während er in grausigen Details beschrieb, was mit Faihlyd geschehen war.

Ich wusste nicht, warum ich überrascht war, etwas anderes hatte ich von dieser Stadt ja wohl nicht erwarten können. Der Vorfall lag nicht lange zurück, dennoch hatte er nun schon epische Ausmaße angenommen. Der Greif hatte die arme Tochter des geliebten Emirs fast in tausend Stücke gerissen, und das Wunder Soltars bestand auch darin, dass der Priester die Gliedmaßen wieder mit dem Garn annähen musste, das ihm ein geheimnisvoller Fremder zu diesem Zweck brachte.

Zu meinem Schreck fand ich auch mich selbst dargestellt, eine unheilvolle Gestalt in einer schwarzen Robe, eine Tafel zeigte eine Augenpartie mit Augen, in denen man Sterne sah.

Ein Gutes hatte das. Niemals würde jemand mich mit dieser drohenden Figur in Verbindung bringen.

»…und so reichte der Engel des Todes dem Chirurgen das himmlische Garn, auf dass die Prinzessin dem Tode entkam«, rief der Junge mit lauter, heiserer Stimme über die gedrängte Menschenmenge hinweg.

»Engel des Todes, hm?«, sagte Janos mit einem grinsenden Seitenblick. »Ich fand Dunkelhand nicht schlecht, aber ich gebe zu, dass das einen besseren Klang hat. So erhaben.«

Wäre ich tatsächlich der Engel des Todes, hätte ihn mein Blick sicherlich direkt durch Soltars Tor geschossen.

»Meine Güte«, sagte Sieglinde. »Seht ihr diese Menschenmenge? Sie werden in einer Reihe an dem armen Vieh entlanggeführt… Das müssen Hunderte sein! Ein Kupferstück pro Person… Der Schausteller macht ein Vermögen! Wie steht das Kupfer zum Silber und Silber zum Gold?«

»Ich glaube, wie bei uns. Vierzig Kupfer ein Silber, zwanzig Silber eine Krone«, antwortete ich ihr.

»Achthundert Kupfer die Krone also… Allein diese Menge macht den Mann reich. Vielleicht verdient er bis zu fünf Kronen an diesem Tag!«

Leandra versuchte einen der Männer, die mit Knüppeln über die Ordnung in der Menschenschlange wachten, zu überzeugen, sie durchzulassen, weil sie ein Geschäft mit dem Schausteller habe.

Ich hätte erwartet, dass ein Blick aus ihren Augen ihn erweichen würde, aber nein, es half nichts, der Mann blieb stur.

»Der Schausteller wird sich kaum von dem Biest trennen wollen«, sagte Janos, als wir uns letztlich doch in die Schlange einreihten.

In diesem Moment erschütterte ein fürchterlicher Schrei die Luft, und die Menge erstarrte, auch ich muss gestehen, dass dieser Schrei mir durch Mark und Bein ging.

»Er hat Angst und ruft nach Hilfe«, sagte Leandra leise.

»Woran erkennt Ihr das?«, fragte Sieglinde. »Mir kam es vor, als ob er sich gleich auf die Menge stürzt, um sie zu zerfleischen.«

»Ihr könnt die Angst und die Not in seinem Ruf nicht hören?«

Ich schüttelte den Kopf. Der Schrei löste höchstens bei *mir* Angst aus. Mir kam ein Gedanke. Der Schrei war Furcht erregend laut gewesen. Wie weit trug er wohl?

»Ich hoffe, dass es keine anderen Greifen in der Nähe gibt«, sagte ich dann. »Es käme zu einem Blutbad.«

»Greifen gelten als ausgestorben«, sagte Leandra.

»Ja, bei uns«, entgegnete ihr Janos und warf einen beunruhigten Blick in den Himmel. Ich glaube, das taten wir alle.

»Ich habe gestern Morgen drei Greifen gesehen«, sagte ich dann leise. »Sie trugen Reiter.«

Leandra drehte sich abrupt zu mir um. »Was sagst du? Reiter?«

»Ja. Ich konnte nicht erkennen, wer sie ritt, aber sie trugen ganz sicher Reiter.«

Der Greif schrie erneut. Wieder zuckten alle Leute zusammen, nur Leandra nicht, sie sah mich mit überraschten Augen an. »Sie hat eine Sprache. Sie ruft, dass ein Mensch sie quält. Sie versteht nicht, warum.«

»Sie?«, fragte Sieglinde.

»Ihr seid sicher, dass Ihr sie versteht?«, fragte Janos.

»Ja, ich bin mir sicher. Und ich bin mir sicher, dass es ein Weibchen ist. Sie rief in etwa folgendes: *Mensch Steinwolke schmerzt*, warum? Ihr hört das wirklich nicht?«

»Nein«, sagte ich. »Aber ich glaube dir. In all den Legenden sind Greifen eine gutmütige Rasse und den Elfen zugetan.

Vielleicht ist es dein elfisches Erbe, das dich sie verstehen lässt. Eines steht fest: Eine blutrünstige Bestie ist sie nicht.«

»Wenn man sie nicht versteht, hört es sich aber ganz danach an«, sagte Janos trocken.

»Wenn sie einen Namen hat, sich selbst bei diesem Namen nennt, ist es ein intelligentes Wesen und kein Tier.«

»Ach komm, Sieglinde. Ich hatte einen Hund als Kind, und auch er hörte auf seinen Namen.«

»Sprach er auch?«

»Das nicht. Verdammt«, grummelte Janos. »Ich ahne schon, worauf das hinausläuft. Ihr beide habt schon den Entschluss gefasst, dieses arme, arme, hilflose Wesen zu befreien, nicht wahr? Das Vieh hat die Prinzessin in Stücke gerissen!«

»Es war bestimmt keine Absicht«, sagte Leandra im Brustton der Überzeugung.

Götter. Ich hatte einst ein junges Mädchen gekannt, das jedes verletzte Tier in seine Hütte brachte, um es zu heilen, auch wenn es oft genug dafür gebissen oder gekratzt wurde. Dieses Mädchen hatte selbst nicht genug zu essen, teilte aber seine karge Mahlzeit mit allem, was da zu ihr kreuchte und fleuchte. Dieses Mädchen wäre schon dabei, sich durch die Menge zu kämpfen, um dem Pfleger zu sagen, was es von ihm hielt.

In diesem Moment konnte ich mich seit langer Zeit zum ersten Mal wieder an ihr Gesicht erinnern. Arliane hieß sie. Sie war meine Schwester.

»Havald?«, fragte Leandra. »Was ist, du schaust so seltsam?«

»Nichts«, sagte ich. »Staub im Auge.«

Ich seufzte. Sollte ich jemals durch Soltars Tor treten, stünde mir ein Donnerwetter bevor, wenn ich nicht dabei half, dieses Tier zu befreien. Arm und hilflos wie es war.

»Haltet Abstand!«, rief ein kräftiger Mann mit einem Speer, als wir endlich näherkamen. »Haltet Abstand, damit es euch nicht ergeht wie der Prinzessin!«

Die Menschenmenge hatte das Seil in einen Bogen gedrückt, aber es bestand kaum Gefahr, dass man sich dem Tier mehr als zehn Schritte nähern konnte.

Obwohl Leandra uns die Bedeutung der Rufe erklärt hatte und auch die Verzweiflung, die dieses Wesen spürte, sah man mit bloßem Auge wenig davon.

Es war nun durch stabile eiserne Ketten mit allen vier Krallen an massiven Pflöcken festgemacht. Die Kreatur stand aufrecht, die gestutzten Flügel angelegt, und sie war majestätisch.

Gut ein Viertel größer als mein Kriegspferd zu Hause in den Neuen Reichen, fast ein Drittel größer als die Pferde hier, stand das Tier mit erhobenem Kopf da, das Gefieder und die Krallen von einem tiefen, metallisch glänzenden Blau, Hals und Kopf sowie die Spitzen der Federn von strahlendem Weiß. Der Schnabel glänzte golden, wie auch die großen Augen.

Steinwolke.

Als ich die Augen sah, wusste ich, dass Leandra sich nichts eingebildet hatte. Sie waren groß, fast faustgroß, und trugen den ganzen Stolz und Schmerz in sich, für jedermann sichtbar, der sich die Mühe machte hinzusehen. Aber wer tat das schon?

Die anderen Menschen bei uns waren nicht minder beeindruckt von der majestätischen Erscheinung, doch ihr Augenmerk galt eher den blutroten Krallen und roten Flecken auf dem Gefieder und dem Schnabel.

»Farbe«, sagte Leandra verächtlich. »Sie haben sie angemalt!«

»Dennoch«, sagte Janos. »Ich wollte nicht unter diesen Krallen liegen. Das Vieh reißt einen Menschen mühelos entzwei.«

»Die Wunde der Essera Faihlyd war schlimmer als die, die der Bär Zokora geschlagen hat. Aber es war nur die eine Wunde. Faihlyd wurde nicht zerrissen, und die Kreatur hat sich offensichtlich bemüht, die Prinzessin nicht allzu sehr zu verletzen«, sagte ich leise.

»Woher weißt du das?«, fragte Leandra.

»Ich hörte es von einem Augenzeugen.«

Langsam kamen wir näher. Ich musterte den Mann mit dem Spieß, der neben dem Greifen stand. Die Spitze des Spießes war blutig… Sah man genau hin, konnte man erkennen, dass nicht alles Blut Farbe war. Der Mann achtete nicht auf die Menschenmenge, er belauerte den Greifen mit dem Gesichtsausdruck eines Menschen, dem es Freude bereitete, Schmerzen zuzufügen. Kein Wunder, dass Steinwolke nicht verstand.

»Jetzt«, sagte Leandra. Bevor ich fragen konnte, was sie meinte, duckte sie sich unter dem Seil hindurch. Janos und Sieglinde taten es ihr nach, was sollte ich anderes tun als folgen?

Die Menschenmenge stöhnte auf, und das Seil spannte sich, als die neugierige Masse nachrückte, um ja nichts von dem zu erwartenden Drama zu verpassen. Zwei ebenfalls mit Spießen bewaffnete Männer eilten herbei, aber Leandra richtete sich zu ihrer vollen Größe auf und blickte sie herrisch an, Janos und Sieglinde berührten ihre Schwerter. Die Kerle hielten inne und sahen sich hilfesuchend um.

Ein schwergewichtiger Mann mit Halbglatze und den bunten Gewändern eines Schaustellers trat heran, währenddessen tupfte er sich mit einem bunten Tuch die Schweißperlen von der Stirn. »Essera, haltet ein! Ich dürft Euch der Bestie nicht nähern! Sie hat schon mehrere Menschen zerrissen!«

Dies war die Gelegenheit für den sadistischen Pfleger. Der Greif hatte seinen Kopf erhoben und sah Leandra aufmerksam an, als der Pfleger ihm den Spieß tief in die Seite rammte. Der Greif schrie auf, der Kopf fuhr herum und versuchte nach dem Pfleger zu schnappen, doch die Bolzen im Schnabel verhinderten das. Der Pfleger entkam nur mit knapper Not einem Stoß des geschlossenen Schnabels. Die Ketten klirrten und

sangen, als das mächtige Tier an ihnen zerrte. Hätte man den
Ablauf nicht mitbekommen, musste es in der Tat so wirken, als
wäre das Tier tollwütig und mordlüstern.

Nun, mordlüstern war es zweifellos. Ich bemerkte den Blick,
mit dem der Greif den Pfleger ansah.

Leandra baute sich vor dem Schausteller auf und blickte
hoheitsvoll auf ihn herab. Solch eine Darstellung wollte gelernt sein. Wenn ich versuchte hoheitsvoll zu wirken, musste
ich immer lachen. Leandra hingegen erfüllte die Voraussetzun-
gen. In diesem Moment sah sie aus wie eine Königin. »Wenn
dein Mann den Greifen noch einmal mit dem Spieß sticht, wird
mein Mann ihm diesen mit dem stumpfen Ende voran dorthin rammen, wo die Sonne nicht scheint!« Leandras Stimme
war klar und fest und löste leichte Heiterkeit bei der gebann-
ten Menge aus.

Der Pfleger wandte sich von dem Greifen ab und musterte
Leandra.

»Aber, Essera … Ihr könnt doch nicht … Dies ist mein Stand
und mein Tier!«, meldete sich der Besitzer.

»Wo hast du es denn her, Schausteller?« Noch nie hatte ich
Leandra so herablassend reden gehört.

»Ich fing es mit meinen eigenen Händen …«, begann er.

Leandra hob die Hand. »Fang noch einmal von vorn an,
Schausteller. Wenn du noch einmal lügst, endet es schlimm
für dich.«

Es kam Bewegung in die Menschenmenge. Zuerst sah es
nur so aus, als ob die Menschen auswichen, dann sah ich, wie
sich die Köpfe und Rücken beugten.

Eine mit kostbarem Brokat verzierte Sänfte glitt auf den
Schultern von acht kräftigen Soldaten durch die Menge.

»Schöner Auftritt«, flüsterte Janos, als die Soldaten über
das Seil traten und die Sänfte zwischen uns und der Menge ab-
setzten. Die Soldaten musterten uns mit einem finsteren Blick,

einer von ihnen vollführte eine schiebende Geste. Ich berührte Leandra an der Schulter und bedeutete ihr zurückzuweichen, ich tat es ebenfalls, Janos und Sieglinde folgten. Ich hatte durch den feinen Stoff an der Vorderseite der Sänfte eine Gestalt erkannt.

Auch die Menschenmenge wich nun zurück. Eine schlanke Hand schob den Vorhang zur Seite, und dann verließ die Essera Faihlyd die Sänfte.

»Wer ist das?«, fragte Janos neugierig.

»Faihlyd«, zischte ich zurück. »Und verbeugt euch alle tiefer!«

Von allen Menschen in Sichtweite hatten wir unsere Köpfe am wenigsten gebeugt, aber Janos hätte sie beinahe direkt angesehen. Leandra ... Ich seufzte. Leandra kam natürlich nicht auf die Idee, den Blick zu senken.

Der Schausteller hatte sich der Länge nach auf den Boden geworfen, auch der Pfleger war auf ein Knie gegangen, der Spieß lag neben ihm auf dem Boden, er hielt sorgsam die Hände zur Seite.

Der Greif erblickte Faihlyd und stieß ein leises Geräusch aus.

Faihlyd sah zu dem Tier hinüber, und der Greif neigte sein Haupt, als ob auch er sich verbeugen würde. Ein Raunen lief durch die Menschenmenge. Ich war sprachlos.

Die Prinzessin ließ ihren Blick langsam über die Menschen wandern, noch tiefer senkten sich die Köpfe, und es war totenstill.

Dann sprach sie mit leiser Stimme, gerade laut genug, um zu tragen. »Ich danke allen unter euch, welche für mich gebetet haben. Der Gott Soltar erhörte euer Gebet, und so stehe ich nun wieder vor euch, geheilt von der Wunde.« Sie machte eine kleine Geste. »Mein Volk soll sich erheben, Hauptmann. Alle bis auf jene, die dem Schausteller dienen, und den Schausteller selbst.«

Mit einem Murmeln erhob sich die Masse, jeder wusste nun, dass etwas Außergewöhnliches bevorstand.

Die Prinzessin wandte sich an uns, und über dem Schleier zog sie eine Augenbraue hoch, als sie Leandras offenen Blick bemerkte. »Ihr verbeugt Euch nicht leicht, Essera«, sagte sie in ihrer weichen Stimme.

Leandra zögerte kurz, dann senkte auch sie ihr Haupt.

»Steht gerade«, sagte Faihlyd. »Wenn Ihr mich nicht kennt, warum solltet Ihr mir dann Respekt zollen?«

Bevor Leandra antworten konnte, hatte sich Faihlyd wieder an die Menge gewandt. »Aber ihr kennt mich, nicht wahr? So wie auch dieser Schausteller mich kennt und alle, die ihm dienen. Ich ließ nachfragen, ein jeder von ihnen ist in unserem Land geboren. Und so schulden sie mir zumindest den Respekt, den mein Haus verdient und mein verehrter Herr Vater, der Emir dieser Stadt, dessen Tochter ich bin.«

Totenstille herrschte an dieser Stelle des Marktes, selbst in der Entfernung sah ich, dass die Leute herübersahen, auch dort, wo man sie nicht hören konnte, wurde es leiser.

»Respekt zollt man auf vielerlei Art«, fuhr sie bedächtig fort. Ich bewunderte ihre Stimme. Sie sprach nicht laut, aber mit der Klarheit eines Herolds. Priester lernten so zu sprechen, Herolde und auch Könige. Oder Generäle. »Ein gerader Rücken, ein erhobenes Haupt und ein klarer Blick sind nicht respektlos. Manchmal sind sie sogar die größte Respektbezeugung.« Wieder hielt sie inne, ließ ihren Blick schweifen und auf dem Pfleger ruhen. Die Menge bemerkte es und sah nun den Pfleger ebenfalls an. Der Mann sank der Länge nach auf die Steinplatten, und Schweiß rann ihm in Bächen von der Stirn. »Aber wenn man hasst oder kein Gefühl kennt, hat man auch keinen Respekt«, sagte sie. »Man verbeugt sich, weil man sich verstecken will. Weil man feige ist. So feige, dass man ein unschuldiges Tier dazu missbraucht, eine Tochter des Löwen niederzustrecken.«

Die Schultern des Mannes am Boden spannten sich an.

Ein Raunen ging durch die Menge. Die Blicke auf den Mann wurden finster. Ich spürte, dass die Menschen verstanden, was ihre Prinzessin sagte, und wie sich Wut aufbaute. Ich merkte, wie sich die Haare in meinem Nacken aufstellten.

»Mein Vater ließ das Urteil über den Mörder bereits verkünden. Aber der Mörder ist nicht der Greif, sondern dieser Mann. Ergreift ihn!«

Zwei Soldaten traten vor. Vielleicht rechneten sie wirklich damit, dass der Mann auf dem Boden liegen blieb, bis sie ihn packten. Auf jeden Fall waren sie nicht schnell genug. Der Mann rollte sich zur Seite, ergriff den Spieß, sprang auf und ließ die Waffe in einer Art um sich herumwirbeln, wie ich es bisher nur einmal gesehen hatte. Bei Kennard, als Zokora sich mit ihm gemessen hatte.

Die glitzernde Spitze des Spießes beschrieb einen Halbkreis, und die Soldaten blieben stehen.

»Ihr werdet nicht entkommen, Mörder«, sagte einer der Soldaten.

Aus der Menge traten zwölf Personen über das Seil hinweg und schlugen ihre Mäntel auf oder die Kapuzen nach hinten. Sie zogen Armbrüste unter ihren Umhängen hervor und knieten sich hin, die Waffen auf den Mann gerichtet.

»Beugt Euch der Gnade und Gerechtigkeit des Hauses des Löwen, und Ihr erhaltet einen schnellen Tod«, sprach der Soldat weiter. Faihlyd bewegte sich nicht, ihre Augen betrachteten den Mann mit dem Spieß für einen Moment, dann schaute sie wieder eindringlich in die Menge. Es war mir, als suche sie etwas oder jemanden.

Plötzlich glättete sich das angstverzerrte Gesicht des Mannes und er stand gerader. Seine Augen zogen sich zusammen, und er musterte die Prinzessin nunmehr hasserfüllt und nicht mehr verängstigt. Faihlyds Reaktion überraschte mich: Ihr

Kopf schnellte herum, von ihm weg, ihre Augen lagen auf jemandem in der Menge.

Ich versuchte ihrem Blick zu folgen, sah aber nur die Menschenmasse.

»Gnade? Ihr sprecht von Gnade? Ihr sollt sie erhalten!«, rief der Mann und sprang nach vorn.

Die meisten der Bolzen trafen den Mann. Er hätte fallen müssen, aber vor meinen entsetzten Augen sah ich ihn weitergehen. Einer der Wächter stürzte sich auf ihn, und der Abwehrschlag mit dem Spieß war so gewaltig, dass er den Soldaten von den Beinen fegte, als wäre er eine Puppe. Kein Mensch verfügte über solche Kraft.

Ein Bolzen ragte aus der Stirn des Pflegers, dennoch ging er weiter, den hasserfüllten Blick auf Faihlyd gerichtet.

Die anderen Wachen stürmten auf ihn los. Er holte aus und warf den Spieß. Ein Spieß war eigentlich zu schwer für einen Wurf. Dennoch hätte die Waffe ihr Ziel erreicht, wenn nicht eine Klinge sie im Flug zur Seite geschlagen hätte.

Ich selbst war auch schon in Bewegung gewesen, vielleicht mit der Absicht, Faihlyd zur Seite zu stoßen oder den Spieß abzuwehren. Wahrscheinlich teilten Leandra und Janos meine Absichten, denn auch sie bewegten sich.

Womöglich wären wir schnell genug gewesen, so weit stand die Prinzessin ja nicht von uns entfernt. Ein Wächter hatte sich ebenfalls vor sie geworfen, so mochte es sein, dass der Spieß den Soldaten getroffen hätte, der sein Leben für die Prinzessin geben wollte.

Aber es war Sieglindes Klinge, Eiswehr, die den Spieß im Flug zur Seite schlug, Eiswehr, ein Bastardschwert, geworfen auf einen Spieß!

Faihlyd hatte sich gar nicht gerührt, als wäre dieser unheimliche Angriff nichts. Ihre Augen waren noch immer in die Menge gerichtet. Von dort ertönte ein Schrei, und der Mann mit dem Bolzen in der Stirn zuckte zusammen.

Jetzt erst wandte sich Faihlyd ihm zu. Sie lächelte.

»Wie…?«, röchelte der Mann, dann fiel er, noch während ihn ein Soldat schwer mit einem Schwertstreich traf. Der Körper stürzte zu Boden und lag still, er war schon länger tot.

Der Greif gab einen Ruf von sich, der keine Übersetzung brauchte. Es war Triumph.

Ein klingendes Geräusch ertönte, als Eiswehr über die Steinplatten schlitterte und in die Hand seiner Herrin sprang, die es in seiner Scheide versenkte, bevor die Soldaten sie als eine neue Bedrohung ansehen konnten.

Die Prinzessin Faihlyd stand da und wartete, denn das Schauspiel war noch nicht vorbei.

Vor ihr teilte sich die Menge, und sechs Wächter erschienen. In ihrer Mitte trugen sie einen Mann, dürr und hager, mit blassen, eingefallenen Wangen und tiefen Augen.

Seine Hände fehlten, die blutigen Stümpfe waren mit Leder abgebunden. Blut lief aus seinem offenen Mund, wo der Stumpf einer Zunge blutete, kleine Holzsplitter waren ihm in die Augäpfel getrieben, die blutige Tränen weinten.

Aus fünf Lanzen wurde ein Gestell errichtet, über dem Leichnam des toten Pflegers. Der blutende Mann wurde an dieses Gestell gebunden. Alle sahen dem Schauspiel gebannt zu.

Faihlyd gab einem der Wächter ein Zeichen. Der Mann trat hinter sie, löste etwas in ihrem Nacken und zog aus ihrem Gewand eine schwere goldene Kette hervor, an der eine gewaltig große weiße Perle hing.

Wieder ging ein Raunen durch die Menge.

Faihlyd nahm die Kette, die ihr der Wächter reichte, und hielt sie hoch. »Als der Ewige Herrscher abdankte und den Reichen ihre Kronen wiedergab«, rief sie in ihrer klaren Stimme, diesmal laut genug, dass man sie wirklich weithin verstand, »gab er ihnen auch eine Aufgabe. In unserem Reich war es das Haus des Löwen, das den Auftrag annahm. Mein

Haus, das Haus meiner Ahnen. Ihr kennt die Aufgabe. Sie lautet: die dunkelste Magie zu bannen, welche je die Menschen unseres Reichs bedrohte. Die Magie der Seelenjäger. Aus der Hand Askannons erhielt ein jedes Herrschergeschlecht ein Werkzeug, um diese Aufgabe zu erleichtern. In unsere Hand legte er diese Perle, das Auge von Gasalabad.«

Nur die unverständlichen Laute des Mannes auf dem Lanzengestell waren zu hören, als Faihlyd an ihn herantrat und das Schmuckstück an seine Stirn hielt.

Als die Perle sich dunkel färbte und in wenigen Lidschlägen komplett schwarz wurde, atmeten die Zuschauer alle zugleich ein, als ob ein Drache die Luft einzog. In den Gesichtern in der ersten Reihe sah ich blankes Entsetzen.

»Nekromant«, hauchte jemand. »Nekromant«, nahm die Menge das geflüsterte Wort auf, und es eilte durch die gedrängt stehenden Reihen.

Faihlyd hielt die Perle hoch. Langsam färbte sie sich wieder weiß.

»Als mein Vater erkannte«, fuhr Faihlyd, diesmal mit leiserer Stimme, fort, »dass dieser Mann den Greifen zum Morden verwendet hatte, wunderte er sich sehr. Denn dies ist der Sohn eines ehrbaren Bäckers und einer Waschfrau. Sie verehren Boron. Dieser Mann diente vier Jahre in der Stadtwache, galt als treu und gottesfürchtig. Mein Vater fragte sich, wie es sein könne, dass solch ein Mann, ein treuer Sohn dieser Stadt, mich ermorden wollte, mich, die Tochter des Hauses des Löwen. Lange dachte er darüber nach, und er kam nur zu dem Schluss, das könne nicht sein. Also begab er sich heute Morgen unter euch, zahlte sein Kupferstück und betrachtete diese mordlüsterne Bestie, dieses unschuldige Tier und den Helden, der mich erretten wollte, diesen Pfleger, und erkannte, dass er kein Sohn Gasalabads mehr war. Wie erkannte er das?, fragt ihr euch. Nun, unser Haus besitzt ein Talent, welches uns die Götter zum Schutz unserer Untertanen gaben. Und es ist zu verstehen, warum ihr es vergessen habt, denn lange ist es her, dass es dem Haus des Löwen zu seinem Ruhm diente. Doch wir spüren die dunkle Magie, die Macht der Seelenjäger. Ich bat meinen Vater, mir zu erlauben, den Nekromanten zu richten, der einen treuen Sohn unserer Stadt dazu zwang, dieses Tier auf mich zu hetzen.«

Sie hielt die Kette hoch, der Wächter trat an sie heran und befestigte sie erneut an ihrem Hals. Die Perle lag nun auf ihrem Gewand und strahlte weiter in hellem Weiß.

»Denn mir, mehr als jedem anderen in unserem Haus, ist die Gabe gegeben, die dunkle Macht zu spüren. Und so lockte ich den dunklen Magier, köderte ihn und ließ ihn denken, dies wäre eine zweite Möglichkeit, mich zu ermorden. Ich wusste, dass er sich feige in eurer Mitte verstecken würde, inmitten von ehrbaren Menschen.« Sie streckte eine Hand aus, und der Soldat neben ihr legte seinen Dolch in ihre Hand. »Es steht geschrieben: Nehmt einem Nekromanten die Hände, das Augenlicht und die Zunge, auf dass er seine Macht nicht weiter nutzt. Weiterhin steht geschrieben, dass man danach eine gottgeweihte Klinge nehmen soll. Mit dieser heiligen Klinge füge man ihm eine Wunde zu, die tödlich ist. Dann wird der Nekromant seine geraubten Leben aushauchen.« Sie hob den Dolch hoch, die Klinge glitzerte in der Sonne. »Dieser Dolch wurde Boron geweiht und seiner Gerechtigkeit.«

Sie stieß dem Mann den Dolch ins rechte Ohr.

Ein wortloser Schrei ertönte, als der Mann sich aufbäumte. Schon einmal hatte ich etwas Ähnliches gesehen, als Ordun gestorben war. Das Antlitz des Nekromanten nahm für kurze Momente die Züge anderer Personen an, vier verschiedene Gesichter konnte ich erkennen, die von Freude und Genugtuung erfüllt schienen. Eines dieser Gesichter hatte ich vor kurzem erst erblickt, es gehörte dem Pfleger. Dann kam das eigene Antlitz des dunklen Magiers, das mit einem Ausdruck unsagbaren Entsetzens erstarrte.

Faihlyd ging ein paar Schritte zurück. Ein Wächter trat an den Mann heran, zog seinen Dolch und ritzte ihm eine Rune in die tote Stirn, die gleiche Rune, die mir Armin gezeigt und anschließend in Orduns Schädel gebrannt hatte.

»Ich sah vier Seelen ihren Weg zu den Göttern finden. Das Urteil ist vollstreckt«, sagte Faihlyd, und die Menge atmete auf.

Sie wandte sich an den Schausteller, der immer noch auf dem Boden lag. »Ihr habt mit meinem Schicksal Geld verdient, indem Ihr dieses unschuldige Wesen als meinen Mörder zur Schau gestellt habt. Ihr könnt Eure Reue zeigen, indem Ihr dieses Geld Astarte spendet. Der Greif wird in die Berge gebracht, wo er freigelassen werden soll.«

Ich räusperte mich.

Sie drehte sich langsam zu mir um. Mit keiner Wimper verriet sie, dass sie mich vorher schon einmal gesehen hatte.

Ich überlegte meine Worte sorgfältig. »Essera, mit gestutztem Gefieder und gekappten Krallen wird der Greif seine Freiheit nicht überleben. Wenn man ihn vorher pflegt, wird er gesunden und das Leben auch genießen können.«

Sie musterte mich und runzelte leicht die Stirn. »Ist das Euer Rat?«, fragte sie dann.

»Eine Feststellung, Essera Faihlyd aus dem Haus des Löwen«, antwortete ich und verbeugte mich erneut, ein wenig tiefer.

Sie sah mich an und nickte dann. »Der Greif wird in meine persönlichen Stallungen gebracht. Er wird dort gepflegt werden, bis man ihn in die Freiheit entlassen kann.«

Leandra trat vor und neigte leicht ihr Haupt.

Faihlyd sah sie an.

»Verzeiht, Essera«, sagte Leandra leise, sodass ihre Stimme gerade nur die Prinzessin erreichte.

»Ja?«

»Sie heißt Steinwolke.«

83

Faihlyd blinzelte einmal und besah sich Leandra sorgfältig. Ich bemerkte, wie sich ihre Augen weiteten, als sie die feinen Gesichtszüge und Leandras schlanke Figur als das Erbe von Elfenblut erkannte.

»Ich werde sie so nennen«, sagte Faihlyd, nickte uns zu und ging zurück zu ihrer Sänfte. Sie stieg ein, einer der Soldaten zog den Vorhang zu, dann schulterten die Männer die Sänfte und trugen sie in gemessenem Schritt davon.

8. Das Auge von Gasalabad

»Götter«, sagte Leandra leise, als sie der Sänfte nachsah. »Das ist Faihlyd?«

»Sieht so aus«, stellte Janos fest. »Was für ein perfektes Schauspiel.« Es lag Ehrfurcht in seiner Stimme.

»Sie ließ mich beinahe vor ihre Füße sinken«, meinte Sieglinde. »Die Leute fressen ihr aus der Hand.«

»Nein«, sagte Leandra. »Sie lieben sie.« Sie schüttelte noch immer den Kopf. »Was für eine perfekte Inszenierung.«

»Sie stand da und ließ diesen Spieß auf sich zukommen, nahm in Kauf, dass der Wächter für sie stirbt«, sagte Janos. »Es gab keine Garantie, dass er es schaffen würde, den Spieß abzuwehren.«

»Sie ist mutig«, sagte Sieglinde.

Das erinnerte mich an etwas. Ich sah zu ihr hinüber. »Wie bei allen Göttern hast du das gemacht? Niemand wirft ein Bannschwert!«

»Ich weiß es nicht«, sagte Sieglinde. »Es schien das Richtige zu sein, also habe ich es geworfen.«

Wir sahen sie an. Sie zuckte mit den Schultern. »Ich habe es einfach getan.«

»Es war gut so«, sagte Leandra. »Der Plan der Prinzessin wäre nicht aufgegangen ohne diesen Wurf. Denn ich habe Magie in dem Spieß gespürt. Er hätte den Wächter durchbohrt und die Prinzessin mit ihm.« Sie sah dorthin, wo Wachen den Greifen vorsichtig in seinen Käfig trieben. »Ich wollte, wir hätten Steinwolke befreien können.«

»Und was dann?«, fragte ich. »Wer von uns kennt sich mit Greifen aus?«

»Du hast recht, Havald«, sagte Leandra und lehnte sich an mich. »Aber träumen darf man.«

Das Seil hielt die Menschen nicht mehr zurück, es gab nun eine neue Attraktion, die Leiche des Zauberers. Bald waren wir wieder von Menschen umgeben.

»Lasst uns gehen«, sagte Leandra. »Es gibt noch etwas anderes, das ich dir zeigen wollte, Havald.«

Ich nickte, und wir verließen den Schauplatz des Geschehens.

»Was, denkst du, ist wahr an der Geschichte der Prinzessin?«, fragte mich Leandra, als wir uns einen Weg durch die Menge bahnten.

»Ich schätze, alles. Die Menge kannte die Geschichte dieser Perle, des Auges von Gasalabad.«

»Nekromanten«, sagte Janos mit Abscheu in der Stimme. »Wenn die Geschichte wahr ist, dann hat das Haus des Löwen seine Aufgabe nicht erfüllt. Mit dem fetten Mann und diesem hier sind es schon zwei, über die wir gestolpert sind. Und bei uns zu Hause hat niemals jemand etwas von diesen Seelenjägern gehört.«

»Damit solltet ihr euch glücklich schätzen«, sagte eine junge Frau neben uns. Sie hielt uns ein Tablett mit Honigfrüchten hin. »Nur ein Kupferstück die Frucht, Esserin!«

Ich sah die aufdringliche Frau an und musste wohl gehörig erschrocken sein. Die Händlerin, die keine war, lächelte unschuldig. Überrascht schaute ich der Sänfte der Prinzessin hinterher, die in der Entfernung immer noch zu sehen war. Wie konnte es sein …?

»Nehmt schon eine Frucht, oder am besten das ganze Tablett«, sagte die junge Frau schroff. »Trefft mich dort am Stand des Bäckers. Der Stand mit dem grünen Tuch. Fragt nach Serana.«

Ich nahm zwei Stück Obst und ließ zwei Kupferstücke auf das Tablett fallen.

Die Frau wandte sich ab und ging weiter.

»Honigfrüchte!«, rief sie. »Nur ein Kupferstück!«

»War das nicht…?«, fragte Leandra.

Ich zog ihren Schleier beiseite und schob ihr eine der klebrigen Früchte in den Mund. »Ja.«

Ich aß die andere Frucht selbst. Wenn ich noch länger in dieser Stadt verweilte, befürchtete ich, süchtig nach ihren Nascherein zu werden.

Leandra sah mich an, kaute und schluckte. »Du bist nicht hinreichend überrascht, Havald. Was hast du vergessen zu erwähnen?«

»Sie hat mich nach einem Rat gefragt.«

»Hast du ihr einen gegeben?«

»Nein. Ich versuchte sogar, ihn zu vermeiden.«

»Kluge Entscheidung«, sagte Janos. »Erwiese er sich als richtig, wäre es ihr Verdienst. Ginge es daneben, wäre es Eure Schuld.«

»Aber wenn jemand Ratschläge erteilen könnte, dann Ihr, Havald. Ihr habt die Erfahrung«, sagte Sieglinde und sah mich mit treuen Augen an.

»Nein«, entgegnete ich. »Darin hat niemand Erfahrung.«

»Habt Ihr auf uns gewartet, um dieses Schauspiel zu inszenieren?«, fragte ich, als ich mich auf die Bank in der hinteren Ecke des Zeltes niederließ. Dort saß jemand mit dem Namen Serana. Mit den offenen Haaren und dem einfachen Gewand, ungeschminkt und ohne den steifen Rücken, gab es nur eine entfernte Ähnlichkeit mit der Prinzessin. Auch wirkte sie jünger. Dann fiel mir ein, wie jung Faihlyd wirklich war.

»Nein. Ich musste mich im Gegenteil sogar beeilen, damit ihr es nicht stört«, sagte sie mit einem Lächeln. Sie trank aus einem Steingutbecher gezuckerten Tee.

»Dies sind also Eure Freunde, Havald. Stellt sie mir vor.«

»Maestra Leandra de Girancourt, Sieglinde, Janos.« Ich blickte Faihlyd in die Augen. »Und dies ist Serana. Sie verkauft Honigfrüchte.«

Serana zog eine Augenbraue hoch, lächelte und wandte sich Leandra zu. »Maestra, bedeutet das nicht, dass Ihr kundig in Magie seid?«

Leandra nickte. Sie musterte die junge Frau eindringlich.

»Da niemand zwischen den Kräften eines Nekromanten und eines Magiers trennen kann, wird man Euch verbrennen, wenn Ihr diesen Titel einem anderen gegenüber erwähnt«, sagte Faihlyd und nahm einen delikaten Schluck.

»Sagtet Ihr nicht soeben auf dem Markt, Ihr könntet die dunklen Kräfte spüren?«, fragte Janos.

»Ja, kann ich. Aber ich spürte auch, wie der Priester mich heilte. Könnte ich beide Gaben voneinander trennen, brauchte ich das Auge von Gasalabad nicht. Damit komme ich zum Grund dieses Treffens. Legt eure Hände hier auf den Tisch.« Sie sah unsere Blicke. »Bitte.«

Ich seufzte und legte meine Hand auf den Tisch. Die anderen taten das Gleiche. Sie griff an ihren Hals und zog das Auge von Gasalabad aus ihrem Busen.

»Was würdet Ihr tun, wenn es sich dunkel färbt?«, fragte Leandra leise.

»Wahrscheinlich sterben«, sagte Faihlyd. »Aber ich muss es wissen.«

»Das ist mutig«, sagte Janos, während sie die Perle auf meine Hand sinken ließ.

»Aber ich werde nicht allein sterben, denn … Götter!«

Wir sahen alle fassungslos zu, wie sich die Perle verdunkelte. Mir blieb fast das Herz stehen!

»Aber …«, sagte Faihlyd.

»Das kann nicht sein!«, rief Leandra entsetzt.

Bevor die Panik zu groß wurde, endete die Verdunkelung des Auges. Es blieb bei einem hellen Grau.

Allesamt atmeten wir aus.

»Was bedeutet dieses Grau?«, fragte ich beunruhigt.

Faihlyd sah die Perle nachdenklich an, die sich wieder aufhellte. »Ich habe nicht die geringste Ahnung. Schwarz ist Nekromant, weiß alles andere. Grau wurde nie erwähnt.«

»Ich habe eine Vermutung«, sagte Janos. »Nehmt mich als Nächsten.«

Sie ließ die Perle auf Janos' Hand sinken, und die Perle blieb weiß.

»Wenn ich recht habe, wird sie bei Leandra und Sieglinde grau werden«, sagte Janos.

Er hatte recht.

»Legt Eure Schwerter ab«, riet er mir dann.

Ich musterte ihn, legte Seelenreißer beiseite und hielt Faihlyd meine Hand erneut hin. Das Auge blieb weiß.

»Die Schwerter«, sagte Janos. »Man sagt ihnen allen nach, dass sie etwas mit den Seelen ihrer Träger zu tun haben.«

Faihlyd nickte langsam und versteckte die Perle wieder in ihrem Busen.

»Wie viele Wächter sind um uns herum?«, fragte Janos.

»Zehn bis fünfzehn«, sagte Faihlyd. »Ich weiß es selbst nicht.«

»Dann bitte ich Euch inständig, verschluckt Euch nicht an Eurem Tee.«

Faihlyd sah ihn an und zeigte kleine weiße Zähne, als sie lächelte. »Ich werde mich bemühen, nicht vor der Zeit zu sterben.« Sie musterte Sieglinde. »Es gibt mehrere Gründe für dieses Treffen. Zum einen, dies.« Sie reichte Sieglinde eine kleine Schriftrolle.

Sieglinde blickte überrascht auf das Schriftstück.

»Es ist eine offizielle Bestätigung. Von Sonnenaufgang dieses bis zum Sonnenaufgang des nächsten Tages dürft Ihr in meiner Gegenwart ein Schwert ziehen. Ich habe kein Aufhebens darum gemacht, aber es kann sein, dass jemand übereifrig handelt. Dann zeigt ihm diese Rolle.«

»Soll das heißen, dass sie dafür bestraft werden könnte, dass sie Euer Leben rettete?«, fragte Janos entgeistert.

»Blanker Stahl in meiner Nähe ist ein sofortiges Todesurteil, egal aus welcher Veranlassung, es sei denn, man ist ein Soldat. Selbst für ihn gilt: Zieht er in meiner Nähe blank ohne guten Grund, stirbt auch er.«

»Oh«, sagte ich, als ich mich an die Schlange in ihren Gemächern erinnerte und was ich mit ihr getan hatte. Faihlyd blickte zu mir hinüber; sie wusste, an was ich gerade dachte. »Das ist barbarisch.«

»Ich bin sechzehn Jahre alt. Seit meiner Geburt wurden sieben Anschläge auf mich verübt. Ich hatte einen Bruder, zwei Jahre älter als ich. Als er vier war, hatte der fünfte Anschlag auf ihn Erfolg.«

»Das ist ja schlimmer als bei uns in der Kronburg«, rief Leandra.

»Ich teile euch nur die Gründe mit. Für mich ist es ein Bestandteil meines Lebens.« Sie zuckte mit den Schultern. »Ihr seht, wie ich damit umgehe.«

»Ihr denkt, wenn Ihr Euch selbst umbringt, kann Euch niemand töten?«, fragte Janos mit hörbar falscher Einfalt.

»Janos. Ich überlege gerade, ob ich Euch leiden kann«, sagte Faihlyd. »Es steht auf der Kippe.«

»Das überlege ich schon länger«, sagte ich und warf Janos einen scharfen Blick zu.

»Der nächste Grund für unser Treffen ist dieses Schwert.« Faihlyd blickte Sieglinde an. »Es ist Eiswehr, nicht wahr?«

»Ja.«

»Das Schwert stammt aus Bessarein. Es gehört dem Haus des Löwen. Ich habe Bilder von ihm gesehen.«

»Es ist ein Schwert des alten Imperiums«, korrigierte ich. »Es wurde nur zuletzt von jemandem aus dem Haus des Löwen geführt.«

Sie sah mich an, dann nickte sie. »Ich glaube Euch. Ich erkannte nur die Klinge, die Texte zu dem Schwert sind mir nicht mit Sicherheit in Erinnerung.«

»Es ist ja auch eine Zeit lang her«, sagte Janos mit einem gewinnenden Lächeln.

Sie schenkte ihm keinerlei Beachtung. »Eine letzte Frage habe ich«, sagte sie. »Sie hätte schon bei anderer Gelegenheit gestellt werden sollen. Warum seid ihr hier?«

»Wir sind auf der Durchreise«, sagte Janos. Leandra und Sieglinde nickten.

Ich nicht. »Wir kamen her, weil wir nach Askir reisen. Kein anderer Grund. Wir bleiben noch ein wenig, weil wir hier in Dinge verwickelt wurden«, ich sah sie vorwurfsvoll an, »die uns nicht erlauben weiterzureisen. Wenn Ihr es wünscht, reiten wir noch heute Nacht durch die Tore dieser Stadt hinaus.« Ich legte neben Ironie noch etwas Hoffnung in meine Stimme.

»Nein«, sagte sie leise. »Bleibt. Eines noch für Euch. Die Spione meines Vaters erfuhren von dem Anschlag auf Euch, Havald. Das Gift stammt nicht von den Nachtfalken. Das bedeutet nicht, dass Ihr von ihnen nichts zu befürchten habt. Ich denke, Ihr wisst, warum sie Eure Feinde sind.«

Ich nickte. »Von wem stammte das Gift dann?«, fragte ich.

»Vom König der Diebe. Er überlebte Eure Demonstration«, sagte sie. »Er überlebte es jedoch nicht, das Wappen der Nachtfalken für seine Zwecke missbraucht zu haben. Ich glaube, hätte er gewusst, was ihm bevorstand, wäre er lieber friedlich an einem imperialen Galgen ausgeblutet.« Sie hob eine Augenbraue. »Bei dieser Gelegenheit noch ein Hinweis. Mein Vater findet, dass, solange die Galgen in seiner Stadt errichtet werden, sie eine ganz bestimmte Form haben sollten. Der T-Galgen hat die falsche Form. Er bittet Euch, dies in Zukunft zu berücksichtigen.«

Ich nickte. »Ihr wisst, was in den Kanälen geschah?«, fragte ich sie dann.

»*Geschieht*. Wie könnten wir dabei wegsehen?« Sie erhob sich. »Ein blinder Herrscher ist kein guter Herrscher. Die Götter mit euch.«

»Und mit Euch«, sagte ich, aber sie hatte sich bereits unter der Plane des Zeltes hinweggeduckt.

»Havald.« Leandras Stimme wies einen ganz gewissen Unterton auf. »Ich glaube, ich werde dir helfen müssen, dich an die anderen Kleinigkeiten zu erinnern, die du wohl noch vergessen hast zu erwähnen.« Ihr Lächeln war sanft, fast spielerisch, aber die violetten Augen schimmerten mit ungewohnter Härte.

»Nichts, was sich wagen würde, zwischen dich und deine Mission zu geraten«, sagte ich, kühler als ich es beabsichtigte, und erhob mich.

Wir waren noch nicht weit gegangen, da meldete sich Sieglinde zu Wort.

»Wenn ihr euch weiter so anschweigt, wird es mir in eurer Nähe zu kühl. Die Luft zwischen euch ist eisig. Was soll das?«

»Ich ging davon aus, meinem Liebhaber vertrauen zu können«, kam Leandras Antwort.

»Woraus schließt Ihr, dass Ihr es nicht könnt?«, fragte Sieglinde.

»Er bewegt sich familiär in herrschaftlichen Kreisen und findet es nicht erwähnenswert«, sagte Leandra, und die Temperatur fiel noch tiefer.

»Na und?«, fragte Janos.

Leandra wirbelte zu ihm herum. »Er hätte es mir sagen sollen! Er kennt meine Mission, ich brauche den Kontakt zu diesen Leuten!«

»Noch brauchst du ihn nicht«, sagte ich.

»Willst du das beurteilen?«, fauchte sie. »Nimmst du die Verantwortung für ein Königreich von mir?«

»Nein. Denn auch du trägst sie nicht. Du bist ein Herold oder ein Diplomat, keine Königin. Nur sie trägt die Last der Krone.« Ich blieb stehen und drehte mich zu ihr um. »Und wenn du das, was zwischen uns ist, opfern willst, um von mir alles zu erzwingen, verlierst du mehr, als du gewinnst. Ich habe dir Liebe geschworen, nicht einen Lehenseid oder Gehorsam.«

Ihre Augen weiteten sich. »Havald«, rief sie und legte mir ihre Hand auf den Arm. »Sprich nicht so!«

»Dann, verehrte Sera, überleg dir, was du von mir forderst. Und ob ich dir je Grund gab, mir nicht zu vertrauen! Und zuletzt, vergiss nicht, dass du zu mir kamst, nicht ich zu dir. Ich gebe dir offen und frei meine Liebe und meine Unterstützung, aber ich beuge mein Haupt nicht vor dir, ich bin nicht dein Lakai. Diese Mission ... Einmal schon bin ich zu einer solchen Rettungsmission aufgebrochen. Sieh, was es mir einbrachte, ich bin verflucht, nach meiner Zeit auf dieser Welt zu wandeln.«

»Ist es denn immer noch ein solcher Fluch für dich, Havald?«, fragte sie leise.

Ich sah die Feuchtigkeit in ihren Augen und war besiegt. Ich nahm sie in meine Arme, und sie kam willig und schmiegte sich an mich.

»Wir können mit unserer Mission nur erfolgreich sein, wenn wir gemeinsam handeln und keinen Zwist zulassen. Was ich dir nicht erzählt habe, waren private Dinge, die mit deiner Mission nichts zu tun haben.«

»Sie ist hübsch«, sagte Leandra.

Ich sah sie fassungslos an. »Leandra! Was für krumme Gedanken hast du da?« Ich war versucht, sie zu schütteln. »Es ist mir hier viel zu heiß!«

Janos lachte schallend.

Das andere, was sie mir zeigen wollte, war ein Haus. Während sie gestern nach mir und den anderen gesucht hatten, waren meine Gefährten durch die Stadt gestreift, und auf dieser Wanderung hatten sie dieses Haus entdeckt.

»Es befindet sich im Viertel der Händler«, sagte sie, ihre Augen leuchteten wieder. »Ich war neugierig und betrat es.«

»Ich war sicher, es fällt ihr auf den Kopf«, bemerkte Janos. »Es ist alt und baufällig.«

»Nicht so sehr, wie es den Anschein hat«, sagte Leandra. »Du wirst es sehen. Und erkennen, warum es meine Aufmerksamkeit erregt hat.«

9. Ein Weg zurück

Ich verstand, als ich es sah. Das Haus war recht groß, gut drei-ßig Schritt breit, und es war achteckig. Aus demselben Stein wie alle anderen imperialen Bauten errichtet, besaß es über dem Erdgeschoss zwei weitere Stockwerke. Kein Holz war zu sehen; sogar das Dach war mit Steinplatten gedeckt.

Dass es alt war, sah man an den zerfallenen Fensterläden und der verrotteten Tür, ein Geruch von Moder, überraschend in dieser Hitze, schlug mir entgegen.

Leandra zerrte mich an der Hand hinein.

Das Haus war um einen Innenhof von gut zwanzig Schritt Durchmesser gebaut, verdorrte Vegetation rankte sich dort um einen ausgetrockneten Brunnen. Die Zimmer endeten alle mit weiten Türen und Fenstern an einer Balustrade, die diesen Innenhof umlief. Hier war der verwendete Stein von hellem Gelb, und die Säulen waren nicht so massiv, wie ich es von anderen imperialen Bauten kannte. Tauben flatterten auf, als Leandra den Hof betrat, sich um sich selbst drehte und vor Freude die Hände wie ein kleines Mädchen hochwarf. Sie strahlte mich an.

Es waren ohne Zweifel imperiale Baumeister gewesen, die dieses Gebäude errichtet hatten. Die Türen hatten alle das gleiche Maß, ich war bereit, Gold zu verwetten, dass man eine Tür aus dem *Hammerkopf* in diese massiven Angeln einhängen konnte und die Tür sauber schließen würde.

Indes, Türen waren keine mehr da, noch irgendetwas anderes, das man hätte nutzen können. Die Küche war zu erkennen, die steinernen Hüllen der Herde standen noch, die eisernen Innereien aber waren geplündert. Ein mächtiger Eichentisch stand noch dort, zu schwer und massiv um gestohlen zu werden.

Ein Durchgang führte von der Straße in den Innenhof, von beiden Seiten mit alten Eisentoren geschützt, die offen standen und leicht verrostet waren. Eine Tür führte von dem Durchgang aus nach rechts in eine beeindruckende Empfangshalle, mit Mosaiken auf dem Boden und, überraschenderweise, einem mächtigen Kronleuchter, der noch immer hoch unter der Decke hing, weit außer Reichweite von Plünderern.

In allen Räumen blätterte der Putz von Wänden und Decken, hatten Tiere ihr Lager gebaut oder auch Menschen ihre Notdurft verrichtet. Altes, verfaultes Stroh quoll unter unseren Absätzen hervor, und Ratten liefen quietschend davon, als ich einer freudigen Leandra durch das Gemäuer folgte.

»Ich kann sehen, warum du es magst. Wenn wir uns in einem warmen Klima zur Ruhe setzen wollen, wäre dies in der Tat ein Haus, das mir gefallen könnte. Aber ich dachte, das wäre ausgeschlossen.«

Leandra grinste breit. »Du hast es nicht bemerkt!« Sie lachte. »Ich hätte schwören können, es würde dir auffallen!«

Sie führte mich in den Keller. »Das Haus ist achteckig. Der Innenhof ist achteckig. Aber hier an der Wand bei der Treppe nach unten hat der Baumeister die Winkel der Wand verändert – also muss sich hier ein Raum befinden.«

Janos und Sieglinde schmunzelten, als sie sahen, wie mir ein Licht aufging. Janos trat mit sichtbarer Vorfreude in eine Ecke des Raumes, Sieglinde in eine andere, und ich hörte das Poltern, als ein Teil der Wand zur Seite glitt.

Dahinter war der bekannte achteckige Raum. Leandra erschuf ein Licht und ließ es aufsteigen, um das Zimmer zu beleuchten. In dem goldenen Achteck lagen, unter einer dicken Staubschicht, noch die Steine.

Leandras Fußabdrücke durchkreuzten den Raum mehrfach von ihrem ersten Besuch hier – ein Anblick, bei dem mir nicht so wohl war. Hatte Kennard nicht von Fallen gesprochen?

Bevor ich sie aufhalten konnte, betrat sie den Raum erneut

und winkte mich hinein. »Schau nach oben«, sagte sie und ließ ihr Licht aufsteigen.

Der Raum war die üblichen drei Schritt hoch und wuchs, ebenfalls üblich für diese Torräume, in der Decke mit acht Winkeln zu einer flachen Spitze zusammen.

In Leandras Licht konnte ich direkt unter dem Schlussstein ganz schwach neun Zahlen erkennen.

»Siehst du das?«, rief sie aufgeregt wie ein junges Mädchen. »Schau, die ersten vier Zahlen sind gleich jenen, die zu der verfallenen Station führten. Ich glaube, es gab ein System, in dem die Tore verschlüsselt waren, wie Koordinaten. Verstehst du?«

Ich sah in ihre leuchtenden Augen. »Nein, Leandra, aber vielleicht erklärst du es mir.«

»Ich weiß es natürlich nicht sicher, aber wenn man von einem gemeinsamen Punkt, einem gemeinsamen Ursprung aller Tore ausgeht, so ist jedes Tor von diesem in einer ganz bestimmten Art entfernt. Es gäbe so die Entfernung, einen Winkel und eine Höhe in Bezug zur Ebene des Ursprungspunkts. Wenn jeder dieser Werte jeweils durch zwei Zahlen ausgedrückt wäre, hätten wir sechs Zahlenpaare. Bislang waren zwei Zahlenpaare immer gleich, vielleicht drücken sie einen anderen Wert aus. Und der letzte Stein dient vielleicht nur zum Aktivieren.«

Ich schüttelte den Kopf. »Nein. Kennard sagte, die Tore seien unterschiedlich verschlüsselt. Ich glaube ihm.«

»Ja, Havald. Aber wenn ich der Maestro wäre, der diese Tore erbaut hat, würde ich nach einem Schlüssel vorgehen, damit ich weiß, *wie* ich die Torsteine kodiere.« Sie strahlte mich an. »Hab keine Angst, ich will es nicht ausprobieren. Wenn wir ein anderes Tor finden, werden wir mehr wissen, und es wird sich weisen, ob ich recht habe. Aber hier, bei diesem Tor haben wir den Code, der zu ihm gehört. Das bedeutet, dass wir von hier aus zur Donnerfeste reisen können und wieder zurück.«

»Wenn es wirklich der Schlüssel ist und keine Falle«, gab ich zu bedenken.

»Gut, das können wir feststellen.« Sie lachte. »Das Beste hieran ist: Dieses Haus steht schon lange leer, und man kann es erwerben!«

»Das glaube ich nicht. Ich weiß, dass das Imperium noch immer Wert darauf legt, seine Liegenschaften im eigenen Besitz zu halten.«

Ich hatte ihr schon von der Begegnung mit den imperialen Truppen bei Fahrds ehemaligem Gasthof erzählt, nun ergänzte ich es um Schwertmajor Kasales Begründung gegenüber dem Kavallerieoffizier.

Sie nickte langsam. »Das mag sein, aber das müssen wir dann eben herausfinden. Vielleicht ist es auch möglich, dieses Gebäude aus den Liegenschaften des Imperiums zu kaufen. Du verstehst, weshalb das Haus so wichtig ist?«

Natürlich verstand ich. Dies war ein Tor, das sich nicht an einer abgelegenen Stelle befand. Wenn wir auf unseren weiteren Reisen andere Tore fanden, so konnten wir immer hierher zurückkehren, um uns neu zu verproviantieren oder um zu rasten. Leandra war, in einem gewissen Sinne, Botschafterin des Königreiches Illian. Vielleicht war es möglich, dieses Gebäude als eine Botschaft einsetzen zu lassen.

Leandra unterbrach meine Überlegungen. »Zwei andere Dinge bewegen meine Gedanken«, sagte sie. »Wir fanden an zwei Stellen Torsteine, obwohl Kennard meinte, sie seien alle entfernt worden. Beide Tore gaben uns jeweils eine weitere Torkombination.«

»Oder jemand legte die Steine so, dass sie in die Irre führen«, sagte ich. »Ich wüsste nicht, wie man das ausprobieren kann.«

»Da hast du leider recht«, sagte sie. »Aber zurück zu diesem Haus. Schon gestern fand ich heraus, wie man es erwerben kann. Es gibt auf dem Platz der Ferne eine Bibliothek und ein Archiv. Dort werden die Liegenschaften verwaltet.«

»Was meint ihr?«, fragte ich Janos und Sieglinde.

»Einen Stützpunkt zu besitzen wäre praktisch«, antwortete Sieglinde. »Ich weiß nur nicht, ob wir uns das leisten können.« Sie sah sich um und strich mit der Hand über den Putz. Er bröckelte ab. »Hier wäre eine Menge Arbeit vonnöten.«

»Nicht nur das«, meinte Janos. »Wir bräuchten auch Personal, welches das Haus bewacht. Es wäre mühselig, aber das Tor macht alles wieder wett.« Er rieb sich die Nase. »Ich wüsste nur zu gerne, ob es in Illian oder vielleicht sogar in der Kronburg auch ein solches Tor gibt.«

Leandra nickte. »Ich bin mir fast sicher, dass dem so ist. Ich kenne in der Kronburg mindestens einen achteckigen Raum.«

»Mit einem goldenen Achteck auf dem Boden?«, fragte Janos.

»Das weiß ich nicht. In dem Raum, an den ich mich erinnere, lag Parkett.«

»Wisst Ihr, was ärgerlich wäre?«, sagte Sieglinde.

»Nein, was?«

»Wenn es ein Tor gegeben hätte und jemand hätte das Gold um seines Werts willen herausgemeißelt«, sagte sie.

Ärgerlich in der Tat. Mir wurde fast schlecht bei dem Gedanken. Für mich waren die Tore ein Wunder, aber ich konnte es mir leicht vorstellen, wie jemand das Gold herausriss.

Als wir das Haus verließen, hatte ich die Steine dabei, und wir hatten uns besondere Mühe gegeben, die Spuren unserer Anwesenheit zu beseitigen. Vor allem Leandras und meine Fußspuren, die direkt in die Wand zu führen schienen.

10. Der Bewahrer des Wissens

Die Bibliothek war beeindruckend, allein schon die Eingangshalle mit ihren Säulen und den Statuen. Vier umlaufende Galerien und zwei große Wendeltreppen aus Marmor bestimmten das Bild, die Skulptur einer einzeln stehenden Feder reichte fast bis unter das hohe Dach.

Dutzende von Türen führten rundum tiefer in das Gebäude. Fast vor jeder Tür saß ein Schreiber an einem Pult, gut drei Dutzend Menschen warteten geduldig, bis sie an die Reihe kamen. Bis auf vier trugen alle Schreiber die breiten Messingbänder eines Sklaven um den Hals.

Wir erfuhren, dass die Registratur sich im hinteren Teil des Gebäudes befand, versuchten der verworrenen Beschreibung eines der Schreiber zu folgen und fanden uns dann auch tatsächlich im Arbeitsraum eines niederen Beamten wieder. Hier standen riesige Regale mit Schriftrollen und Büchern; der fensterlose Raum wurde durch einen polierten Spiegel beleuchtet, der Licht, das durch einen Schacht hineinfiel, auf eine polierte Kugel warf.

Der Beamte sah mein Interesse an der Beleuchtung. »Mit all dem Papyira ist hier keine Kerze oder Fackel erlaubt«, teilte er mir mit und setzte sich gerader hin. Er war ein zierlicher Mann fortgeschrittenen Alters, in einer sauberen weißen Robe und mit Tintenflecken an den Fingern. Als wir eintraten, studierte er gerade sorgfältig mit einer großen Lupe eine reich verzierte Schriftrolle.

»Die Götter mit Euch, guter Mann«, sagte Leandra. »Ist dies die Registratur?«

Als der Mann ihre Stimme hörte, sah er langsam auf und starrte sie an. »Essera, Ihr habt eine Stimme wie warmer Honig, sie gleicht Eurer Schönheit!«, sagte er ehrfürchtig. »Als ich ein kleiner Junge war, habe ich eine Stimme wie die Eure gehört, ich habe sie nie vergessen.«

Leandra lächelte leicht. »Ich danke Euch für dieses Kompliment, aber ...«

»Diese Stimme gehörte einer Elfe, so schön wie ein Sonnenaufgang über einer fruchtbaren Wiese. Verzeiht, gehört auch Ihr zu der Rasse der Elfen?«

»Meine Mutter ist eine Elfe. Wir ...«

»Könnt Ihr denn auch die Schrift der Elfen lesen?«

Leandra seufzte. »Nein, ich habe es nie gelernt. Ich ...«

»Das ist sehr, sehr schade«, sagte er mit einem Gesicht so traurig, als wäre soeben sein Lieblingshund gestorben. »Womit kann ich Euch dienen, Esserin?«

»Wir beabsichtigen ein Haus zu erwerben«, sagte Leandra und schien darauf zu warten, dass der Mann sie wieder unterbrach, aber er nickte nur. »Man sagte uns, dass es ein Register gebe, in welchem alle Häuser aufgeführt sind.«

Er nickte wieder. »Es ist üblich, ein solches Geschäft mit dem Besitzer zu tätigen«, sagte er dann.

»Das Haus steht leer«, erklärte sie.

»Hm, das macht es in der Tat schwierig. Wo befindet sich dieses Haus?«

»Es steht an der Ecke zur nördlichen Straße am Platz des Korns. Direkt neben dem Wasserturm.«

»Platz des Korns ... hm ... bitte wartet hier, Esserin.« Er lächelte. »Dies ist nicht die Registratur, sondern das Archiv. Aber die Registratur ist mir unterstellt. Ich werde sehen, was ich tun kann.« Der Mann erhob sich und eilte davon.

»Hätte er mich noch einmal unterbrochen, ich glaube ...« Leandra hörte auf, als Janos lachte.

»Nichts hättet Ihr getan, Sera. Er tat es so nett und so höflich, Ihr hättet ihm verziehen. Außerdem, seht ihn an, es schickt sich nicht, Schwächere zu schlagen. Ein Schreiber, wie er im Buche steht.«

»Macht Ihr Euch über mich lustig?«, sagte der Schreiber. Er hatte die gesuchte Rolle schnell gefunden und war wieder zurückgekehrt, rechtzeitig, um Janos' Worte zu hören.

»Nein«, sagte Janos und sah den Mann an. »Es ist eine Tatsache. Ihr seid schwach und zierlich. Aber ich wollte Euch nicht beleidigen.«

»Mein Name ist Abdul el Farain. Mein Titel ist Bewahrer des Wissens. Wer seid Ihr, großer starker Kämpfer?«

»Nennt mich Janos.«

»Janos also. Ihr seid ein großer kräftiger Mann, mit breiten Schultern, und so, wie Ihr Euch gebt, ein erfahrener, furchtloser Kämpfer.«

Janos musterte Abdul misstrauisch. Ich hatte mir eine Stelle an der Wand beim Eingang gesucht und lehnte dagegen, Leandra neben mir. Ein amüsiertes Lächeln spielte über ihre Lippen. Sieglinde stand an einer Säule und sah von Janos zu Abdul und wieder zurück.

»Sagt, Janos, wie viele Sprachen sprecht Ihr?«, fragte Abdul.

»Zwei. Und eine Hand voll Dialekte.«

»Ich spreche zwölf Sprachen.«

»So viele Sprachen gibt es gar nicht«, sagte Janos im Brustton der Überzeugung.

»Wenn Ihr meint. Ihr wisst sicherlich, wie man eine Klinge fertigt?«

Janos sah ihn an. »In Grundzügen, ja.«

»Wohl auch, warum eine Klinge gehärtet wird?«

»Damit sie die Schärfe hält.«

»So sicherlich auch, wieso das so ist.«

Janos zögerte und schüttelte schließlich den Kopf.

»Seht, Janos, ich könnte es Euch sagen. Hättet Ihr vor einem Meisterschmied Respekt?«

»Sicherlich.«

»Wie viel Respekt hättet Ihr vor einem Mann, der einen Meisterschmied ausbilden könnte?«

Janos sah auch, worauf das hinauslief. »Ich hätte einen großen Respekt.«

»Bräuchte er die starken Arme eines Schmieds?«

»Ich habe bereits verstanden«, sagte Janos mit einer Verbeugung. »Er bräuchte das Wissen und nicht die Kraft. Ich entschuldige mich.«

Sieglindes Augen leuchteten; sie lächelte, als Janos das sagte. Abdul musterte Janos. »Jetzt bin ich es, der Euch nicht beleidigen will. Ich hätte nicht gedacht, dies von Euch zu hören.«

»Ich bin im Stande, meine Fehler zu erkennen«, sagte Janos mit einem Lächeln. »Es hilft zu überleben.«

»In der Tat. Nun zu diesem Haus. Es ist das achteckige?«

Leandra nickte. »So ist es.«

»Dieses Haus ist eines der älteren Bauwerke der Stadt. Noch bevor das Reich gegründet wurde, diente es als Münzerei und Wechselstube, später dann als Börse. Danach war es lange Zeit ein Skriptorium, deshalb kenne ich seine Geschichte. Das Haus gehört dem Rat der Stadt.«

»Es ist keine imperiale Liegenschaft?«, fragte ich.

»Das war es mal. Aber im Jahre«, er blickte auf die Rolle in seiner Hand hinab, »dreihundertneunzehn nach der Reichsgründung kam es als Brautgeschenk in den Besitz einer damals bedeutenden Familie. Später starb diese ohne Erben aus, das Haus ging zurück in den Besitz des Handelsrats. Seit fast fünf Jahrzehnten ist es unbewohnt.«

»Steht es zum Verkauf?«, fragte Leandra.

»Ja. Für die Summe von dreißig Kronen.« Er sah von der Rolle auf. »Es tut mir leid, Essera, aber das ist der Preis, der damals festgesetzt wurde. Ich weiß, dass das Haus nunmehr nicht in dem Zustand ist, der diesen Preis rechtfertigt. Ihr könnt eine neue Bewertung beauftragen, um den Preis anpassen zu lassen.«

»Wie lange würde das dauern?«

»Monate«, sagte Abdul. »Der Handelsrat muss das beschließen, dann wird ein Baumeister das Haus bewerten …

Dann soll der Handelsrat diesem neuen Preis zustimmen. Es wird lange dauern.«

»Sagt, Abdul, Hüter des Wissens, warum hat niemand dieses Haus gekauft? Es ist unter dem bröckelnden Putz solide gebaut. Der Stein wird noch einmal Jahrhunderte halten. Die Lage am Platz des Korns ist gut, warum fand kein anderer Händler Verwendung für das Gebäude?«

Abdul sah mich prüfend an. »Man sagt, das Haus sei verflucht. Nachts würden dort Geister ihr Unwesen treiben. Es heißt, man höre die Stimme einer weinenden Frau dort.« Er zuckte mit den Schultern. »Einmal, so weiß man, stand das Haus fast bis zum Dach unter Wasser … Dieser Vorfall ist gut dokumentiert.«

»Unter Wasser? Ihr meint, der Fluss stieg so hoch an?«, fragte Janos überrascht.

»Nein, Esseri. *Im* Haus stand das Wasser so hoch, dass es durch die Läden und Fenster aller Stockwerke wie aus einem großen Springbrunnen floss. Damals ertrank der letzte Besitzer in seinem Zimmer im ersten Stock. Es gab Hunderte von Augenzeugen. Das Wasser floss fast eine Woche lang aus dem Haus«, sagte Abdul. »Bei den Göttern schwöre ich, es ist wahr.«

Wir sahen uns gegenseitig an. »Haben wir das Gold dazu?«, fragte Leandra.

»Ja. Aber damit hätten wir den größten Teil davon aufgebraucht. Du erinnerst dich, wir haben einhundert Kronen mitgenommen und waren der Meinung, dass wir dieses Vermögen niemals ausgeben könnten«, antwortete ich ihr leise.

»Dreißig Goldstücke ist zu viel für das Gebäude«, sagte Sieglinde.

»Ja«, antwortete Leandra. »Aber ich bin nicht gewillt, so lange zu warten. Ich werde es kaufen.«

»Gut, Essera. Sagt Eurem Gemahl oder Eurem Vormund, er möge das Gold beim Schatzmeister der Händlergilde einzahlen lassen. Ihr findet ihn in der Börse hier auf dem Platz der Ferne. Mit der Quittung erhaltet Ihr dann von mir die Urkunde über den Besitz.«

Bevor wir gehen wollten, um das Gold zu bezahlen, drehte sich Leandra noch einmal um und sprach den Hüter des Wissens an. »Sagt, warum habt Ihr nach der elfischen Sprache gefragt?«

»Ich erhielt vor einem Mond eine magisch verschlossene Kiste, die man aus einem Schiffswrack vor der Küste von Janas geborgen hat. Die Zeichen auf der Kiste sind meines Wissens elfischen Ursprungs. In Art und Bauweise entspricht sie einer Dokumentenkiste, wie sie auch heute noch von Kapitänen verwendet wird. Ich gehe davon aus, dass es sich um einen einfachen Schutzzauber handelt, der die Dokumente vor der Feuchtigkeit bewahren sollte. Ich habe die Hoffnung, dass, wenn man die Runen vorliest, die Kiste aufgeht.«

»Vielleicht dienten die Runen auch als Schutz vor Dieben«, sagte Janos.

»Mag sein. Man fand diese Kiste in den verrotteten Überresten einer starken Truhe, darin eine gewisse Menge an Gold und Kleinodien. Der Schutz vor Dieben war also nicht nötig.«

»Zeigt mir die Kiste. Die eine oder andere Rune kenne ich.«

Abdul musterte uns etwas skeptisch. »Ihr seid bereit, eine deutliche Summe Goldes zu bezahlen, um ein altes Haus zu erwerben. Ich hoffe, dass ich mich in euch nicht täusche.«

»Wenn Ihr wünscht, holt Wachen herbei«, schlug ich vor.

Er schüttelte den Kopf. »Nein, das wünsche ich nicht. Wie ich sagte, die Kiste ist magisch verschlossen, und die meisten Menschen haben eine panische Angst vor allem, was Magie ist.«

»Ihr nicht?«, fragte Leandra.

»Nein. Nur vor der Magie der Seelenjäger. Aber ich verfüge

über kein Talent, also bin ich nicht von Interesse für sie. Folgt mir bitte, aber passt auf, dass ihr nicht an irgendwelche Stapel stoßt. Es ist mühsam, sie neu zu sortieren.«

Er erhob sich, ging zur Wand und legte einen Hebel um. Der Spiegel über uns drehte sich mit einem lauten Scheppern in eine andere Richtung und schickte Sonnenstrahlen einen Gang entlang. Abdul schloss eine eiserne Tür auf, griff wieder zu einem Hebel neben der Tür, und ein anderer Spiegel fing das Licht ein.

Der Raum war relativ klein und enthielt gut drei Dutzend gleichartig gebauter eiserner Truhen. Janos sah sich mit erkennbarer Neugierde um. »Was befindet sich in diesen Truhen?«

Abdul sah zu ihm hoch. »Schätze von unfassbarem Wert, die gegen Feuer geschützt werden müssen. Ihr würdet kein Kupferstück auf dem Markt dafür bekommen. Es sind alte Dokumente, zum Teil noch aus der Zeit des Imperiums. Stammrollen zum Beispiel.«

»Wie die Rollen im Raum der Häuser?«, fragte ich.

Er sah mich überrascht an. »Ja, Esseri, solche Dinge. Manches ist nur für einen Archivar von Wert, manches vielleicht sogar vollständig wertlos. Aber diese Rollen sind die letzten Zeugen von Vorfällen, die Jahrhunderte zurückliegen. Wenn der Mensch nicht aufschreibt, vergisst er.«

Er öffnete eine der schweren Kisten. Zu meiner Überraschung sah ich, dass sie innen mit Bimsstein verkleidet war.

Die kleine Kiste, die er nun vor Leandra auf einen niedrigen Tisch stellte, konnte wirklich kaum etwas anderes sein als eine Dokumentenkiste, solche wurden auch noch in unserer Heimat verwendet.

»Diese Runen kenne ich«, sagte Leandra. »Es ist einfach.«

»Was steht dort geschrieben?«

»*Nennt die Gnade Astartes als Schlüssel, das Urteil Borons als Schloss.*«

»Das mit dem Schlüssel verstehe ich«, sagte ich und kratze mich am Kopf. »Aber was hat es mit dem Urteil Borons auf sich?«

Leandra lächelte. »Ich denke, dass ein Dieb das Urteil Borons erfährt, sollte er den Inhalt stehlen wollen.«

Ich nickte. Das sollte abschreckend genug sein. Allerdings hätte ich es in einer Sprache geschrieben, die ein Dieb auch verstand. Welcher Dieb las schon elfische Runen? Leandra legte eine Hand auf die flache Kiste.

»Na, dann wollen wir mal sehen ... *Gnade Astartes*.«

Klick.

Abdul machte eine tiefe Verbeugung vor Leandra. »Ich danke Euch, Esseri.«

Andächtig hob er den Deckel an und sah hinein. Er seufzte enttäuscht und öffnete die Kiste ganz.

»Ich habe mir zu viel erhofft«, sagte er.

Nach seiner Enttäuschung zu urteilen, hätte ich die Kiste leer vermutet. Doch dem war nicht so, sie enthielt ein feines silbernes Band, so filigran gewoben aus hauchfeinen Silberdrähten, dass es beinahe wie eine Wolke wirkte.

»Ein Haarschmuck, nichts weiter. Wenn es auch ein schöner ist.« Abdul griff in die Kiste und nahm das silberne Band heraus, es floss wie schwerer Stoff in seinen Händen.

Er wog es in der Hand und sah dann Leandra an. »Es ist Elfenarbeit. Vielleicht gehörte es einem Eurer Vorfahren. Nehmt es als meinen Dank.«

»Aber – es ist unermesslich wertvoll!«, rief Leandra.

»Vielleicht an einem anderen Ort. Da es Elfenarbeit ist, wird ein jeder Magie in ihm vermuten. Wollte ich es hier auf dem Markt verkaufen, erhielte ich den Silberwert, und der Käufer würde es einschmelzen lassen. Wenn jemand mutig genug wäre, es zu kaufen. Nehmt es. Die Kiste ist für mich wertvoller als der Inhalt.«

»Dürft Ihr das denn überhaupt?«, fragte Sieglinde.

»Ja. Ich habe diese Kiste auf dem Markt erstanden und aus eigener Tasche bezahlt.« Er verbeugte sich. »Ihr solltet euch jetzt besser zum Schatzmeister der Händlergilde begeben, bevor es noch viel später wird. Ihr habt meinen Dank.«

Er sah zu Leandra hoch. »Wenn Ihr es tragt, lächelt ab und zu und denkt an den alten Abdul.«

Leandra machte eine leichte Verbeugung. »Das werde ich gewiss tun. Ich danke Euch für dieses großzügige Geschenk.«

Dann gingen wir.

»Sagt, Havald«, fragte Janos, als wir uns über den Platz der Ferne zur Börse bewegten, »habt Ihr Leandra jemals ein Geschenk gemacht?«

Leandra lächelte.

»Es ergab sich noch nicht die Gelegenheit. Wie ist es mit Euch und Sieglinde?«

»Ich bin ein einfacher Mann und zaudere nicht lange, wenn ich das Glück vor mir sehe. Schaut.«

Er griff Sieglindes Hand und hielt sie hoch. Ein einfacher silberner Reif umschloss den Ringfinger ihrer linken Hand.

»Möge der Segen der Götter auf euch liegen. Wann war das, ihr beiden Heimlichtuer?«

»Das würde ich auch gerne wissen.« Leandra lächelte erneut.

»Als wir wussten, dass wir die Sklavenhändler überleben würden. Nach dem Kampf, als Ihr, Leandra, noch vor Erschöpfung schlieft, verbanden wir unsere Hände, Seelen und Herzen. Während der tagelangen Reise in dem Käfig hatte ich beständig Angst um sie und wusste bald, dass sie die Richtige ist, Zauber hin oder her.«

»Ihr glaubt immer noch, dass eure Liebe einem Zauber entspringt?«

Janos zog Sieglinde an sich heran. »Vielleicht entsprang sie einem Zauber. Aber das macht nichts, denn wir gehören zueinander.«

»Noch nicht ganz«, sagte Sieglinde mit einem warmen Lächeln. »Erst muss mein Vater mich noch in den Tempel Astartes führen, bevor du meine Hand erhältst.« Sie strahlte Leandra und mich an. »Vielleicht kann der Priester auch euch verbinden, eine gemeinsame Zeremonie für uns alle!«

Ich beobachtete Leandra, als sie Sieglindes Vorschlag vernahm. Sie lächelte, sagte aber nichts.

Nach dem Geschäft – wir waren nun stolze Besitzer eines alten Hauses – kehrten wir zum Haus der Hundert Brunnen zurück.

Ich öffnete die Tür zum Raum der Ruhe. Ein großer, hagerer Mann stand vor mir, in eine einfache graue Robe gekleidet, sein weißes Haar war wild und verfilzt und reichte fast bis zum Boden. Auf der Stirn und an den Handgelenken trug er jeweils ein breites Kupferband, silberne Ketten führten von dem Band an seinem Kopf zu den Handgelenken. Die Kupferbänder waren bereits grün angelaufen und verfärbten auch seine Haut. In der Hand hielt er einen knorrigen Stab, in den Hunderte kleiner Kupfernägel eingeschlagen waren. Ich sah ihn verblüfft an.

Er hob drohend die Hand mit dem Stab. »Raus! Ich arbeite!«, rief er und schlug mir die Tür vor der Nase zu.

Ich öffnete die Tür erneut. »Das sind meine Räume!«

»Na und?«, sagte er, ohne zu mir hinzusehen, und machte eine Geste mit der Hand. Die Tür schlug zu, und ich hörte, wie das Schloss ging. Ich drehte am Schlüssel, er bewegte sich nicht.

Sieglinde kicherte.

»Wer ist das?«, fragte Leandra mit einem überraschten Gesichtsausdruck.

Die Tür zum Raum des Genusses ging auf, und Zokora trat in den Gang. Ihr Arm war nicht mehr festgebunden. »Der Heiler. Er ist verrückt. Aber er versteht sich auf die Heilung«, sagte sie und bewegte ihre Schulter. »Er hat auch mich verarztet.«

Sie musterte Leandra, Sieglinde und Janos. »Ich sehe, ihr seid wieder da.«

»Ist das alles?«, rief Janos übertrieben empört. »Ich dachte, Ihr lasst ein Fest ausrichten, um die Freude kundzutun, die Ihr unzweifelhaft empfindet, uns gesund und munter wiederzusehen.«

Zokora sah ihn an, langsam von Kopf bis Fuß und wieder zurück. Dann schaute sie zu Leandra. »Es ist die Sonne hier. Die Menschen vertragen sie nicht.«

»Ich freue mich auch, Euch zu sehen.« Sieglinde trat an Zokora heran. »Wirklich. Wir hatten auch Angst um Euch«, sagte sie ernsthaft.

Ich würde es nicht beschwören, aber in diesem Moment wirkte Zokora beinahe so, als wäre sie verlegen.

»Sie will die Götter nicht herausfordern«, sagte Varosch mit einem breiten Lächeln, als er in der Tür zum Raum des Genusses erschien.

»Ich spreche für mich selbst«, sagte Zokora mit kühler Stimme.

Varosch lächelte. »Ich weiß.«

»Was war das eben mit den Göttern, die sie nicht herausfordern will?«, fragte ich Varosch kurze Zeit später. Er hatte mir aus der Rüstung geholfen, und ich naschte wieder einmal an den Honigfrüchten. Wir waren allein, Leandra und Zokora hatten irgendetwas miteinander zu besprechen, Janos und Sieglinde hatten sich in ihre Gemächer zurückgezogen.

»Zokora? Wisst Ihr, sie stellt mir Fragen über die Menschen, und ich stelle ihr Fragen über ihre Welt. Ihre Welt ist hart. Wenn jemand aus einer Schlacht zurückkehrt, gilt es als schlechtes Omen, ihn zu freudig zu begrüßen. Dann wissen die Götter, dass er von Wert ist, und nehmen ihn in der nächsten Schlacht.«

»Sie will nicht, dass wir das wissen?«, fragte ich und probierte einen kandierten Apfel.

»Sie will sich nicht erklären müssen. Ich habe den Eindruck, dass, wenn man in ihrer Welt Gefühle zeigt, dies einem zum Nachteil gereicht. Einen verletzlich macht.« Er seufzte. »Ich weiß, dass sie etwas für mich empfindet. Aber manchmal ist es, als ob ich Brotkrumen suche.«

»Varosch, du veränderst ihre Sicht der Welt. Gib ihr Zeit. Für sie... Sie ist eine Elfe, für sie muss das alles hier fürchterlich plötzlich kommen.«

»Immer wenn Ihr mich duzt, ist es Euch wichtig«, sagte er.

»Aber ja, Havald, ich weiß das. Aber wir Menschen können uns keine hundert Jahre Geduld leisten.«

»Kannst du mir sagen, was dieser Verrückte in meinem Zimmer macht?«

»Natalyia. Sie ist auch dort. Es ist der Heiler, von dem wir gehört haben. Er ist verschroben. Trauben hatte er keine, aber er braucht sie auch nicht. Natalyia ist bereits geheilt, aber sie liegt noch im Stein. Er sagt, er müsse sie aus dem Stein herauslocken, und er wisse auch wie.«

»Natalyia ist geheilt?«

»Ja. Ich habe es selbst gesehen. Er ist noch besser als Zokora mit ihren Trauben. Er legte die Hand auf Natalyia, der Bolzen fiel heraus und die Wunde schloss sich, obwohl sie Stein ist. Nur wacht Natalyia nicht auf.«

»Wieso ist er verrückt?«

»Er erzählt wirre Dinge. Dass er andere Dinge sehe als andere. Die Welt eine andere wäre, als sie ist. Er sieht Vögel aus Metall, eiserne Kutschen und Kerzen ohne Rauch, aber heller als die Sonne, solche Dinge. Zokora denkt, er ist harmlos. Ihr müsstet sein Haus sehen, es ist voll mit seltsamen Dingen, die er zu bauen versucht. Er hat einen Diener, Omputa, mit dem er ständig spricht, nur dass dieser Diener nicht existiert. Auf seinem Hügel steht eine Windmühle, die nichts anderes tut als einen großen Eisenstein in einem Kupferkorb zu drehen. Das sei die Quelle seiner Magie, sagt er.«

»Ich dachte, Magie wäre hier verpönt. Läuft er nicht Gefahr, verbrannt zu werden?«

Varosch lachte. »Ja, sicher, aber jeder hier weiß, dass er verrückt ist. Wisst Ihr, was er als Bezahlung von uns forderte? Einen lackierten Kupferdraht, zwanzig Schritt lang. Wir haben den größten Teil des Nachmittags damit verbracht, einen Drahtzieher zu finden und dann noch jemanden, der diesen Draht lackiert. Braun, denn er sei für die Erde.«

Ich schüttelte den Kopf. Von den Göttern die Kraft zur Heilung zu erhalten war eine große Gnade. Aber darüber den Verstand zu verlieren …

Ich erhob mich. »Heute Nacht hat Zokora etwas mit dem Kopfgeldjäger vor. Ich werde mich solange zur Ruhe begeben. Aber wenn Natalyia erwacht, weckt mich.«

»Ich werde für sie beten«, sagte Varosch.

»Ich weiß nicht, wie er es gemacht hat«, sagte Varosch, nachdem er mich wachgerüttelt hatte. »Ich habe es nicht gesehen. Aber Natalyia ist geheilt, wieder aus Fleisch und Blut und schläft einen tiefen Schlaf.«

Es war spät abends, die Sonne war schon seit zwei Stunden untergegangen und wir waren bereit, Zokoras Plan in die Tat umzusetzen.

»Ist der Verrückte weg?«, fragte ich.

Varosch nickte.

»Gut«, sagte ich. »Es ist Zeit, den Dingen auf den Grund zu gehen.«

11. Hunde, Mörder und Verrat

»Er wird denken, eine Ratte hätte ihn angenagt und dabei auch die Fesseln geschwächt. Er sollte im Stande sein, sie zu zerreißen«, sagte Zokora leise. Sie stand im Dunkel neben mir, ein schwarzer Schatten in einem dunklen Hauseingang. Von hier aus hatten wir einen guten Blick auf die *Lanze der Ehre*. Wir wollten dem gefangenen Kopfgeldjäger die Flucht ermöglichen, damit er uns zu seinen Auftraggebern führte und wir endlich erfuhren, wer auf so mysteriöse Weise hinter uns her war.

»Ich hoffe, er kommt bald zu sich«, sagte Varosch. »Nicht dass er uns noch stirbt. Er wirkte halb tot, als ich ihn zuletzt sah.«

»Und Ihr seid sicher, dass er sich nicht daran erinnert, was er Euch erzählt hat?«, fragte ich Zokora.

»Ja. Still, da kommt er.«

Ich sah, wie sich die Luke hob und der Mann sich vorsichtig umsah. Er bemerkte nur eine dunkle, schnarchende Gestalt am anderen Ende des Schiffes. Es war ein Risiko, vielleicht würde er versuchen, den Mann auf dem Boot zu überwältigen, aber er sollte zu geschwächt dazu sein. Der schnarchende Mann war Janos. Sein Kopfkissen war Ragnarkrag. Janos hatte wahrlich Gefallen an der Axt gefunden und an der Stärke, die sie verlieh.

Der Kopfgeldjäger versuchte nichts, er war wohl froh, von dem Schiff fliehen zu können. Er hatte sich einen alten Sack um die Hüften gewickelt, ansonsten war er nackt. Zokora meinte, das würde ihn veranlassen, direkt Hilfe zu suchen. Der erste Weg führte ihn zu einem Brunnen, wo er gierig trank.

»Er kann einem fast leid tun«, sagte Varosch.

»Ich folge ihm. Ihr haltet euch weit zurück«, sagte Zokora und glitt lautlos davon.

Der Kopfgeldjäger, sein Name war Jabal, eilte wirklich direkt zu seiner Unterkunft. Dort kleidete er sich an, bewaffnete sich und begab sich in eine Taverne. Wenig später trat dort Janos durch die Tür und bestellte sich eines der hiesigen dünnen Biere.

Nachdem Jabal die Taverne wieder verlassen hatte, kam auch Janos wenig später heraus.

Er schüttelte den Kopf. »Nichts. Er verschlang sein Essen, das war es. Er drohte dem Wirt, ihn aufzuschneiden, als dieser ihn fragte, warum er so schlecht aussehe.«

Als Jabal nach einer Weile anfing, sich umzusehen, ob ihm ja auch niemand folgte, wusste ich schon, dass Zokoras Plan aufging.

»Das ist das Haus von Hasur, dem Geldverleiher«, sagte Varosch. »Er sprach von ihm, als Zokora ihn befragte. Bis jetzt macht er das, was wir erwartet haben.«

Wir beobachteten, wie er verstohlen an Hasurs Tür klopfte und nach einiger Zeit eingelassen wurde. Wir warteten. Etwa eine Stunde später konnten wir zwei Männern dabei zusehen, wie sie einen Sack aus dem Haus trugen. Leandra blieb beim Haus, Zokora verfolgte die Männer.

Sie kamen ohne den Sack wieder, dann kehrte Zokora zurück. »Das war Jabal. Er treibt mit durchschnittener Kehle im Fluss.«

Niemand wirkte überrascht.

Etwas später verließ ein einzelner Mann Hasurs Haus, eine Kapuze tief ins Gesicht gezogen. Er ging die Straße hoch, bis hin zu einem der Tore, die zum Viertel der Reichen führten, demselben Viertel, in dem sich auch das Haus der Hundert Brunnen befand.

Die beiden Wächter am Tor ließen ihn durch.

Wir eilten hinterher. Vielleicht hatten wir es zu eilig, denn die Wachen bestanden darauf, den Stein mit dem Symbol, der uns den Zugang zum Viertel der Reichen erlaubte, genau zu

116

prüfen. Dann schickten sie einen Boten zum Haus der Hundert Brunnen…

Bis dieser zurück war und wir endlich das Tor passieren konnten, war der Mann natürlich schon lange verschwunden.

»Mist«, sagte Janos leise, als wir uns zurück auf den Weg zum Haus der Hundert Brunnen machten. »Wir können ihn natürlich ein wenig befragen«, sagte Varosch. »Aber ein Geldwechsler hat durchaus einen Grund, das Viertel aufzusuchen.«

»Moment«, sagte Sieglinde und ging zu der Torwache zurück.

»Ja, Essera, die Passiersteine werden von den Einwohnern des Viertels an ihre Gäste ausgegeben.« Die Wache war – nachdem ein diskreter junger Mann bestätigte, dass wir tatsächlich Gäste der berühmten Herberge waren – bemüht, überaus freundlich zu sein.

»Werden sie oft gefälscht?«, fragte Sieglinde.

»Manchmal, Essera, allerdings nicht so oft, wie man denken würde. Das Gebiet wird stark patrouilliert, und man erhält damit keinen Zugang zu Häusern, sondern nur zu den Straßen. Die meisten Leute hier haben ihre eigenen Wachen.«

»Sagt, ihr wart sehr misstrauisch uns gegenüber. Hatte das einen Grund?«

Die Wache schaute verlegen zur Seite. Der andere Wachsoldat zuckte mit den Schultern. »Meister Hasur befürchtete, er würde von Dieben verfolgt.«

»Sehen wir aus wie Diebe?«, fragte Leandra mit ihrem besten Lächeln.

Aus irgendeinem Grund rief es Schweißtropfen auf der Stirn des Mannes hervor. »Nein, Essera, sicherlich nicht… aber er bat mich sehr darum…« Der Mann rieb Daumen und Zeigefinger aneinander, die uralte Geste für Gefälligkeiten in Form einer Münze.

»Von welchem Haus stammte der Passierstein?«, fragte Janos und schnippte der Wache eine silberne Münze entgegen.

Der Mann fischte sie mit der Leichtigkeit langjähriger Übung aus der Luft.

»Vom Haus des Friedens«, antwortete der Wächter.

Sieglinde strahlte ihn an. »Diese Münze hier ist für euch. Aber nur, wenn ihr beide vergesst, was wir euch gefragt haben.«

Die beiden Wächter sahen sich gegenseitig an und nickten.

»Wo ist eigentlich Zokora?«, fragte Varosch.

Die Antwort erhielten wir wenige Minuten später. Wir hatten uns entschlossen, zumindest einen Blick auf das Haus des Friedens zu werfen. Es war ein typischer Stadtpalast, mit einer hohen Mauer, einem gut bewachten Tor, einem Garten mit Springbrunnen. Das Gebäude war, dem Stil Gasalabads entsprechend, mit glasierten farbigen Platten verziert.

»Ssst.«

Ein Schatten bewegte sich und verschmolz wieder mit der Dunkelheit. Zokora.

»Wie seid Ihr durch das Tor gekommen?«, fragte Janos, als wir uns zu ihr gesellten. Sie saß oben auf der Mauer des Anwesens.

»Mauern haben einen Nachteil«, antwortete Zokora. »Sie hören oben auf.«

Janos pfiff leise durch die Zähne. Viele der Mauern hier, zumindest in der Nähe der Tore, waren aus gebrannten und glasierten Ziegeln gebaut, was es unmöglich machte, sie zu erklettern. Wenigstens hatte ich das bislang gedacht.

»Die Wachen hier ließen unseren Mann ohne Schwierigkeiten durch. Sie kannten ihn, öffneten ihm wortlos das Tor. Hier, bring ihn weg«, flüsterte sie.

Sie warf mir etwas zu, ich fing es gerade noch so auf. Es war ein Hund. Sein Genick war gebrochen.

»Er mochte meinen Geruch nicht«, sagte Zokora.

»Was soll ich jetzt mit ihm?«, fragte ich.

»Wegbringen«, kam die Antwort.

Ich reichte den Hund kommentarlos an Janos weiter.

»Was soll *ich* jetzt damit?«, fragte der.

»Du hast sie gehört… wegbringen.«

Janos nahm den Hund und warf ihn über die Mauer zum Nachbargrundstück, einen Lidschlag später ertönte von dort das Gebell von gut einem Dutzend heraneilender Hunde.

»Götter!«, zischte Zokora, als sie sich auf der Mauer flach machte.

Janos verzog genervt das Gesicht. »Woher sollte ich wissen, dass es dort auch Hunde gibt?«

»Still«, zischte Zokora. Um uns herum wurde es deutlich dunkler, es war, als ob sich die Schatten um uns versammeln würden.

»Was ist denn mit den Biestern los?«, fragte eine Stimme vom Nachbargrundstück.

»Nichts«, antwortete eine andere Stimme. »Sie haben sich wieder mal gegenseitig in die Haare bekommen. Der hier ist tot.«

»Verflucht. Wenn die Essera das hört, gibt es Ärger! Die Mistviecher sind die bissigsten Tölen, die ich kenne, und sie schmust mit jedem.«

»Ich habe eine Idee«, sagte der andere.

Wir sahen schweigend zu, wie der Hund in hohem Bogen über die Mauer flog und mit einem dumpfen Geräusch auf dem Grundstück des Hauses des Friedens aufschlug.

»Jetzt kommt schon, ihr Mistviecher, hier ist nichts! Auf! Los!« Dann hörten wir Knurren und Winseln, als die Wachen auf dem Nachbargrundstück die Hunde zurücktrieben.

Zokora richtete sich auf der Mauer auf und sah auf das Grundstück hinab. Dann blickte sie zu Janos, im Mondschein konnte ich gerade so sehen, wie sie eine Augenbraue hochzog.

Janos machte wieder dieses genervte Gesicht.

»Kommt endlich«, sagte sie dann.

Wir kletterten über die Mauer. Janos blieb neben dem Hundekadaver stehen. Die Wachhunde auf dem Nachbargrundstück hatten den Kadaver angefallen und teilweise zerfleischt.

»Lass ihn liegen«, sagte Zokora. »Jetzt sieht es nicht mehr nach dem Werk von Eindringlingen aus.« Sie drehte sich zu mir um. »Havald, wenn du nicht aufhörst, so laut zu trampeln, bleibst du hier zurück!«

»...sagte, dass dieser Havald ein Dämon sei. Er sei mit einem Satz vom Schiff mitten unter sie gesprungen und habe alle bis auf ihn in wenigen Momenten erschlagen. Die Bolzen seien an ihm abgeprallt und zurückgekommen, um die, die sie abgeschossen hatten, ins Auge zu treffen. Mit einem Streich habe er sowohl Ross als auch Reiter entzweigeschlagen. Der Mann hatte fürchterliche Angst, er zitterte am ganzen Leib, als er mir das erzählte. Jefar, ich hatte keine andere Wahl, als ihn zu beseitigen.«

Das war die Stimme von Hasur. Wir lagen auf dem Dach über dem Zimmer, in dem sich Hasur und dieser Jefar unterhielten. Unter uns lief ein Wächter herum, aber er sah nicht hoch. Hätte er es doch getan, hätte er wie der Wächter auf dem Dach einen Pfeil aus Zokoras Blasrohr abbekommen.

»So. Was hat er noch gesagt?«, fragte Jefar.

»Es sollen Zauberer sein, eine Frau habe sich in Stein verwandelt und eine andere alle Verwundeten in wenigen Augenblicken geheilt.«

»Welche Verwundeten? Ich dachte, es habe keine Verletzten bei den Fremden gegeben?«, fragte Jefar.

»Woher soll ich das wissen? Ich glaube, er war fiebrig.«

»Und sie haben ihn nicht befragt?«

»Er schwor bei allen Göttern, dass sie sich gar nicht für ihn interessiert hätten. Sie haben ihn gefesselt und in den Lagerraum geworfen. Vielleicht haben sie ihn dann vergessen.«

»Das, mein Lieber, glaube ich nun wirklich nicht. Hm.«

Ich hörte, wie Jefar auf und ab ging. »Bist du sicher, dass dir niemand gefolgt ist?«

»Ganz sicher. Ich habe die Wache am Tor bestochen, die Nächsten, die kommen würden, aufzuhalten.«

»Kam jemand?«

»Weiß ich nicht.«

»Und ich dachte, du hättest dieses Mal klug gehandelt. Welchen Passierstein hast du verwendet?«

»Den vom Haus der Leidenschaft.«

»Dann solltest du es auch aufsuchen. Für den Fall, dass jemand nachfragt.«

»Das würde ich mit Freuden tun, aber ich habe nicht genug Geld dabei.«

»Deine Genüsse gehen über deinen Geldbeutel.« Ich hörte das Geräusch von Münzen. »Hier. Ein letztes Mal.«

Hasur hatte gelogen. Er hatte sehr wohl den Passierstein des Hauses des Friedens benutzt, sonst würden wir jetzt nicht hier kauern. Aber er gab seinem Auftraggeber eine andere Auskunft, um sich nach der ganzen Aufregung noch eine wenig Abwechslung in einem Bordell zu gönnen, auf Kosten seines Herrn. Gauner waren mitunter recht schlau.

»Was soll mit den Fremden weiter geschehen?«, fragte Hasur nun.

»Das brauchst du nicht zu wissen. Geh jetzt.«

Die Tür ging auf und dann wieder zu. Ein Glöckchen läutete irgendwo im Haus. Schritte und Klopfen.

»Ja, Herr?«

»Hasur. Geleite ihn zum Haus der Leidenschaften. Sprich mit Alisae. Er soll einen schönen Tod haben. Sein armes Herz… Es hielt all die Freuden nicht mehr aus.«

»Es soll geschehen, wie Ihr es wünscht.«

Die Tür schloss sich erneut. Allerdings schien es mir jetzt, als ob manche Gauner zu schlau für ihre eigene Gesundheit waren.

Dann Schritte, die auf und ab gingen. Und das Geräusch von einem Schlüssel in einem Schloss, das Knarren von Scharnieren.

Dann die Stimme von Jefar. »Hört Ihr mich, Herr?«

Stille.

»Hasur war hier, er berichtete mir vom Schicksal der Kopfgeldjäger. Alle wurden erschlagen von einem Mann, diesem Havald.«

Stille.

»Hasur wird einen leidenschaftlichen Tod finden.«

Stille.

»Es erschien mir nötig. Er ist ständig ohne Gold ... mitunter wechselt er sogar falsch, um seine Leidenschaften zu bezahlen.«

Stille.

»Ja, das schon, aber es macht ihn auch gierig und unzuverlässig.«

Stille.

»Ein Teil von ihnen suchte diesen verrückten Heiler auf. Der Bey traf sich mit anderen auf dem Platz der Ferne. Ja, er war anwesend, als die Prinzessin Euren Diener töten ließ. Mein Spion in der Bibliothek sagte, sie hätten mit dem Hüter des Wissens gesprochen. Angeblich ein Haus gekauft.«

Stille.

»Ja, sie haben bezahlt. Womit? Mit Gold, nehme ich an.«

Stille.

»Ich weiß nicht, ob das möglich ist ... Ja, Herr! Verzeiht Eurem Diener in seiner Einfalt! Ich werde ihre Münzen überprüfen«, stöhnte Jefar, seine Stimme schmerzerfüllt.

Stille.

»Was ist mit dem Hüter des Wissens? Vielleicht ahnt er etwas.«

Keuchen.

»Ja, Herr, die Schriftrolle ist schon ausgewechselt. Nein Herr, das nicht, wir kamen noch nicht dazu, wie sollten wir auch? Sie trug es die ganze Zeit… Ja, Herr! Am heutigen Tag spätestens!« Ein lang gezogenes Stöhnen.

»Ja, Herr, ich danke für Eure Gnade!«, winselte Jefar.

»Das war interessant«, sagte Leandra, als wir über die Mauer glitten. »Er sprach zu jemandem, ohne dass dieser anwesend war. So eine Magie zu lernen wäre nützlich.«

»Ja. Aber ich fand die Unterhaltung selbst auch interessant.« Janos kratzte sich wild hinter dem Ohr.

»Flöhe?«, fragte Zokora neugierig und erntete einen bösen Blick von ihm.

»Eine Schriftrolle«, sagte Leandra. »Eine ausgetauschte Schriftrolle. Vielleicht weiß Abdul etwas darüber.«

»Und noch etwas anderes: Eine *Sie* hat offensichtlich die ganze Zeit über etwas getragen, an das andere deswegen nicht herankamen«, sagte Sieglinde, noch oben auf der Mauer. Janos fing sie auf, als sie in seine Arme sprang. Er stahl einen Kuss von ihr. »Er lässt uns beobachten«, fügte sie hinzu, als sie sich mit einem Lächeln von ihm löste.

»Nein«, antwortete ich. »Er hat Spione an einigen wichtigen Orten postiert. Sie berichten ihm, wenn wir ihnen über den Weg laufen.«

»Halb Gasalabad weiß, dass wir beim Greifen waren«, sagte Leandra. »Und einen Spion im Archiv unterzubringen ergibt Sinn. Nicht nur unseretwegen.« Sie wandte sich an mich. »Was ist an unseren Münzen so Besonderes, dass er sie überprüfen will?«

»Es sind imperiale Kronen. Alt, aber prägefrisch«, antwortete Sieglinde für mich.

»Dann findet er heraus, dass sie prägefrisch sind. Na und? Was sagt ihm das?«, fragte Janos.

»Dass wir mit Soldgeld der Zweiten Legion bezahlen«, antwortete ich. »Damit weiß er, woher wir kommen.«

»Hat er das nicht vorher schon gewusst? Woher hat er sonst unsere Porträts gehabt?«, fragte Leandra.

Ich zuckte mit den Schultern. »Viel schlauer sind wir nicht geworden.«

»Doch«, sagte Leandra. »Eine Schriftrolle wurde ausgetauscht. Und etwas anderes noch nicht.«

»Ich kann Jefar fragen«, bot Zokora an. »Er wird mir mit Freuden alles erzählen, was er weiß.«

Ich schüttelte den Kopf. »Dann wird sein Herr wissen, dass wir Jefar gefunden haben.«

Als wir in das Haus der Hundert Brunnen zurückkehrten, wartete Armin in der Halle, von der aus die Türen zu den anderen Räumen abgingen. Als er Leandra sah, sprang er auf, verbeugte sich und sah sie mit großen Augen an. Er blinzelte einmal, dann wandte er sich mir zu und verbeugte sich tief.

»O Esseri, sie ist wunderschön! Ihr seid von den Göttern begünstigt, dass Euer Herz diese Blume fand wie ein Durstender eine Oase in der Wüste! Das Haar schwarz wie die Nacht, die Augen ein Spiegel ihrer Seele… und die Haut von gesunder Bräune!« Er blickte vorwurfsvoll zu mir auf. »Ich danke den Göttern, dass ihr euch gefunden habt, dass die Herzen zweier Liebenden wieder vereint sind, dass Eure Kissen nicht mehr feucht sind von den Tränen der Sehnsucht, wenn Ihr des Morgens erwacht, aber Herr… Esseri, sagtet Ihr nicht, ich sollte nach einer Frau suchen, einer Göttin gleich, so schön wie diese, aber mit einer Haut von Schnee und dem Haar so weiß wie kostbares Salz? Wie soll ich sie finden, wenn sie ihr weißes Haar schwarz färbt und die Haut braun? Seht meine Füße, Esseri, wundgelaufen habe ich sie mir, die ganze Stadt habe ich erforscht, keinen Stein auf dem anderen gelassen, und sie ist hier! Ihr werdet es nicht glauben, Herr, aber der Hüter des Schlüssels sprach gar davon, dass Ihr sie schon am Mittag fandet.«

Sieglinde lächelte, und Janos sah ihn nur kopfschüttelnd an. Leandra warf mir einen fragenden Blick zu.

»Das ist Armin«, sagte ich mit einem Seufzer. »Ich schickte ihn aus, dich zu suchen.«

»Ich suchte nach der Weißen Frau, deren Schönheit die Sündigen in einen Tempel führt, damit sie sich Eurer Schönheit mit reinem Gewissen erinnern können. Ich hätte gerne schon am Mittag Astarte ein Opfer dargebracht, voll des Dankes, dass mein Herr Euch fand, hätte ich davon gewusst.«

»Du hast um mich geweint, Havald? Deine Kissen nass gemacht?«, fragte Leandra, und ich sah den Schalk in ihren Augen.

Ich warf ihr einen Blick zu und wandte mich dann an Armin. »Wie hätte ich es dir sagen sollen? Du warst unterwegs.«

»In Euren Diensten … Ein Wort an den Hüter der Botschaften, dass Ihr gefunden habt, was Ihr suchtet, und meinen wunden Füßen ginge es besser! Als ich es erfuhr, war ich voller Freude für Euch, eine Freude, welche sich trübte, als ich erfuhr, dass Ihr wieder ausgegangen seid. Und so habe ich auf Eure Rückkehr gewartet wie ein braver Hund auf seinen Herrn.«

»Ich glaube, er beschwert sich gerade.« Janos musterte Armin, als ob er sich nicht ganz sicher wäre, ob das, was er sah, auch wirklich war. »Ganz sicher bin ich mir nicht, bei den vielen Worten.«

»Niemals würde ich es wagen, mich über meinen Herrn zu beschweren, sorgt er denn nicht gut für meine Schwester und mich? Gab er uns nicht ein Dach über dem Kopf und einen Ort, wo ich mein müdes Haupt zur Ruhe betten kann? Welchen Grund hätte ich, ihm einen Vorwurf zu machen? Ich, der ich nur bin, weil er seine schützende Hand über mich hielt und meine Ketten sprengte? Es ist allein mein Wunsch, ihm zu dienen, ihm und Euch, Essera, einen jeden Wunsch von den Augen abzulesen! Aber wie soll ich mich nützlich machen, wie ich es ihm versprach, wenn ich durch die Stadt irre und etwas suche, das es nicht gibt?«

Leandra lächelte. »Ich hörte, dass du Havald das Leben gerettet hast. Meinen ewigen Dank für diese Tat.«

Armin blickte zu ihr auf, ergriff ihre Hand und küsste ihre Fingerspitzen, bevor sie es verhindern konnte. »Es war nichts! Mein eigenes unwürdiges Leben habe ich gerettet, dieser Dämon aus den tiefsten Höllen Soltars hätte mich nicht leben lassen. So aber konnte ich meine Rache nehmen und sehen, wie er litt und starb.«

»Armin!«, sagte Zokora in einem bestimmten Ton, als sie in den Raum hereinkam. Sie hatte sich ihrer Rüstung entledigt und trug nur noch die weiten Hosen und die Bluse. Ihr Haar war feucht, sie kam wohl aus dem Bad.

Armin warf ihr einen vorwurfsvollen Blick zu. »Immer verbietet Ihr mir die Worte, Essera! Die Götter gaben sie uns, um uns von den Tieren zu trennen, ohne Worte sind wir nicht besser als Hunde, die im Staub vor ihrem Herrn kriechen und nur bellen dürfen.«

»Dann belle!«, sagte Zokora, und ihre Augenbrauen zogen sich zusammen. Armin richtete sich auf, verschränkte die Arme vor seiner Brust und funkelte sie an, ohne einen Ton zu sagen.

Die Tür zum Raum der Ruhe öffnete sich, und eine verschlafen wirkende Natalyia erschien. »Ich höre, Ihr seid zurück, Leandra.« Ein Lächeln stand in ihrem Gesicht. »Und Sieglinde! Ich freue mich, Euch wiederzusehen! Sogar dich, Janos.«

Janos zog eine Augenbraue hoch.

Natalyias Lächeln wurde breiter. »Ich wünsche niemandem die Sklaverei, Janos, auch dir nicht.« Sie sah uns alle an. »Wie lange habe ich geschlafen? Ich erinnere mich an den Überfall, und eben erst bin ich erwachte. Mir scheint, da wir alle wieder vereint sind, dass einiges geschehen ist.«

»Ich schlage vor, wir begeben uns in den Raum des Genusses. Dort können wir in Ruhe reden und müssen nicht hier herumstehen«, sagte ich. »Armin, komm, hilf mir mit der Rüstung.«

»Und du erinnerst dich an nichts?«, fragte ich später Natalyia. Mittlerweile war deutlich Mitternacht vorbei, aber es gab so viel zu erzählen, dass keiner zu bemerken schien, wie die Zeit verging. Ich selbst fühlte mich nach langen Tagen das erste Mal wieder satt und zufrieden und im Einklang mit der Welt. Es mochte auch der Wein dazu beigetragen haben, an diesem Abend fand ich keinen Grund, den Becher leer zu lassen.

»Nein. Ich sah, wie sie die Armbrüste erhoben, dann, wie Ihr … Ich kann mich nicht einmal daran erinnern, dass ich getroffen wurde. Als ich dann wusste, dass ich sterben würde …« Sie sah auf ihren Becher herab. »Es wäre ein guter Tod gewesen.«

»Kein Tod ist ein guter Tod«, sagte Janos. »Aber du bist nicht gestorben. Es war schlau, dich in Stein zu verwandeln.«

»Es war nicht schlau, weil ich gar nicht wusste, was ich tat«, sagte Natalyia.

»Sie wäre beinahe im Stein gefangen geblieben«, sagte Varosch. Zokora hielt ihm ihren Becher hin, und er schenkte ihr ein. »Der Heiler sagte, dass sie den Weg zurück nicht wusste, er musste sie erst zurückgeleiten.«

»Wie ist das vonstatten gegangen? Hast du davon etwas bemerkt?«, fragte Leandra.

»Nein.« Natalyia schüttelte den Kopf. »Das habe ich nicht. Für mich verging keine Zeit, in dem einen Moment starb ich, dann erwachte ich eben durch eure Stimmen und fand mich im Raum der Ruhe wieder.«

»Stein kennt keine Zeit«, sagte Zokora. »Ich wollte sie zur Heilung wecken. Aber sie hätte mich nicht gehört.«

Janos musterte Natalyia. Dann nickte er, als sei er für sich selbst zu einem Entschluss gekommen. »Ich will mich bei dir entschuldigen«, sagte er dann zu ihr.

Sie sah ihn überrascht an. »Warum?«

»Ich habe dir Unrecht getan.«

Natalyia blickte zu Sieglinde hinüber, die, an Janos' Schulter gelehnt, der ganzen Unterhaltung bislang still gefolgt war. »Ist das dein Werk, Sieglinde?«

»Nein«, sagte Sieglinde und lächelte. »Aber es gefällt mir, diese Seite an ihm zu sehen.«

»Der Einfluss der Frauen«, sagte Varosch mit einem breiten Lächeln. »Ihre weibliche Weichheit, Geduld und Einsicht lassen auf Dauer keinen Mann unberührt.«

Wir sahen überrascht von ihm zu Zokora. Sie zog fragend eine Augenbraue hoch.

Janos lachte schallend. »Ja, so ist es, ohne Zweifel!«

»Ich meinte es nicht als Scherz«, sagte Varosch milde.

»Ich weiß.« Janos legte einen Arm um Sieglinde und zog sie enger an sich heran. »Ihr habt damit wohl auch recht. Aber es ist nicht allein ihr Einfluss, auch wenn ich ihr gerne gefalle. Es ist diese Reise. Ich kannte nicht viel von der Welt und machte mir auch keine Gedanken darum. Nach meinem letzten Einsatz erwartete ich, bald an die Front versetzt zu werden, ich hoffte nur, mein Leben so teuer wie möglich zu verkaufen.« Seine Miene verdüsterte sich. »Wie ich euch bereits berichtete, erhielt ich die Aufgabe, das Hinterland von den Banditen zu säubern, die wirklich eine Bedrohung darstellten. Dunkelhands Bande war fast sieben Dutzend stark, und er begann Dörfer und auch Burgen anzugreifen. Als ich meinen Auftrag erhielt, wurde mir eine Kavallerieeinheit unterstellt, fast vierzig Mann. Als wir Dunkelhand und seine Bande in die Bäume hängten, waren gerade noch zwölf von uns übrig. Nach der Rückkehr zu unserem Stützpunkt entschied unser Kommandant, dass wir uns nunmehr als Späher eigneten. Nur für mich hatte er einen neuen Auftrag, die anderen brachen unverzüglich zur Front auf. Bevor sie gingen, tranken wir ein letztes Mal zusammen. Wir schworen, dass wir versuchen würden, zehn Gegner zu erschlagen, bevor wir in Soltars Reich eingingen. Ein hehres Ziel als Späher. Hinter den feindlichen Linien eingesetzt, haben wir wenig Chancen, es zu erreichen.« Er blickte auf seine Hände herab. »Mehr erwartete auch ich nicht von meinem Leben.« Er sah von seinen Händen auf und suchte die Blicke eines jeden Einzelnen von uns. »Man hört die Balladen. Hört Gesänge von Helden, die Drachen erschlagen, Königreiche retten, die Herzen von holden Jungfern erobern. Man hört sie, wünscht, man wäre ein solcher Held, und weiß doch, man wird es niemals sein. Ich schlüpfte in die Haut von Dunkelhand, fand mich alsbald in Balthasars Gesellschaft, eines Mannes, der mir in gleichem Maße unheilvoll als auch unbesiegbar erschien, denn ich sah, wie er die Menschen um sich herum beherrschte. Ich wusste sogleich, dass es eine gute Tat wäre, ihn zu erschlagen, aber ich wusste auch, dass ich es nicht vermögen würde. Ich erhielt meinen Auftrag und war dankbar, dass ich ihm nicht direkt dienen sollte. Dann ritt ich hoch zu diesem Gasthof und erkannte einen alten Mann, einen Helden, den ich hasste, hatte er doch mein Leben zerstört. Ich sah Euch, Havald, sah den alten Mann mit seinem Wein. Ich empfand Bitterkeit in meinem Herzen. Ich sagte mir, schau, da ist ein Held, von dem die Balladen sangen, denn ich wusste zu diesem Zeitpunkt schon, wer Jamal war. Und hier, in dem Gewand eines adligen Barons, Balthasar, ein Ungeheuer, das eines Helden bedurft hätte, um es zu erschlagen. Ich sah Euch, Havald, und lachte bitter. Ein alter Mann ist kein Held.«

Er hatte die Aufmerksamkeit aller am Tisch; auch Armin, der gerade neue Früchte in die Schale auf dem Tisch legte, hörte ihm zu.

»Ich bin kein Held, Janos«, sagte ich. »Ich war nie einer. Es schien mir immer nur, als hätte ich keine andere Wahl, als das zu tun, was ich tat.«

Janos sah mich an und schüttelte den Kopf. »Ich glaube, es ist wohl genau das, was einen Helden ausmacht. Sieglinde sagte es mir. Ein Held tut, was getan werden muss. Aber das ist nicht der Punkt. Wir wissen, was dann geschah. Die Maestra erschien, und ich sah, nur einen Moment lang, Furcht und Angst in den Augen Balthasars. Sie setzte sich zu dem alten Mann. In diesem Moment verstand ich, dass hier eine neue Ballade ihren Anfang nahm.«

Ich nahm einen Apfel aus der frisch gefüllten Schale. »Da wusstet Ihr mehr als ich.«

»Warum sollte Balthasar Angst vor mir gehabt haben? Er war mächtiger, als ich es je sein werde«, meinte Leandra.

Janos zuckte mit den Schultern. »Da fragt Ihr mich zu viel. Ich erkenne Angst in den Augen eines Mannes, und er empfand sie. Aber vielleicht hat er Euch verwechselt, die Angst verschwand, als Ihr verkündetet, wer Ihr seid.«

Leandra nickte nachdenklich.

»Hast du ein Ziel in deiner Geschichte?«, fragte Zokora.

Janos deutete im Sitzen eine Verbeugung an. »Ich wollte die legendäre Geduld der Elfen testen.«

»Befragt Armin dazu«, antwortete ihm Zokora trocken.

»Der Punkt ist, dass ich merkte, dass ich die Gelegenheit erhielt, an etwas Großem teilzuhaben. Hier sitze ich nun, inmitten meiner Gefährten, und konnte erkennen, dass mein Leben das ist, was ich daraus mache. Ich will jetzt mehr sein als ein Späher, dessen Ziel es ist, zehn Feinde zu erschlagen. Ich will lernen.« Er wandte sich direkt an Natalyia. »Ich habe dich verachtet, weil du eine Hündin zu Füßen Balthasars warst. Ich habe dich verachtet, weil er dich beherrschte, all diese Dinge mit dir tat, von dir verlangen konnte. Ich habe dich verachtet, weil ich voller Furcht war, er könne seine Macht auf mich lenken, auch mich zu seinem Hund machen. Aber ich habe nicht dich verachtet, Natalyia, sondern meine Angst, so zu werden, wie du es warst.«

130

Natalyia sah ihn lange an. Dann nickte sie. »Es gibt wenig zu vergeben. Es war nicht dein Werk, Janos, sondern das Balthasars, und nicht allein seines, sondern das des Herrschers von Thalak. Er machte mich zu der Hündin, Balthasar gab er nur die Leine.«

»Gut. Allen ist vergeben«, sagte Zokora. »Was jetzt?«

»Jetzt, Armin«, sagte ich, »kannst du dich wahrhaft nützlich machen.«

»Ich, Esseri?« Armin sah überrascht zu mir auf.

»Ja, denn du kennst dich aus in dieser Stadt. Wir haben uns entschieden, länger hier zu verweilen, und brauchen nun dein Wissen.«

Er nickte. »O Esseri, Vater der Weisheit! Endlich erkennt Ihr, wie ich Euch am besten zu dienen vermag! Ich gelobe Euch, dass Ihr niemals bereuen werdet, meine Schwester und mir Eure Gnade erwiesen zu haben und …«

»Armin!«, rief Zokora. Natalyia kicherte, und Janos verdrehte die Augen.

»Armin«, sagte Leandra und lächelte ihn an. »Ich bitte dich, sei sparsamer mit deinen Worten.«

Armin machte eine tiefe Verbeugung. »Essera, wer bin ich, Euch einen Wunsch abzuschlagen?«

Leandra zog eine Augenbraue hoch.

»Wie Ihr wünscht.« Er sah mich an. »Ja, Esseri, ich habe diese Stadt gut kennengelernt, als ich meine Schwester suchte. Ich fand viele neue Freunde hier und entdeckte alte Verwandtschaften. Familienbande sind stark in diesem Reich und überdauern die Zeiten. Mein Haus, das Haus des Adlers, existiert nicht mehr, aber man erinnert sich.«

»Wie der Mann, bei dem du die Essera Marinae untergebracht hast?«, fragte ich.

Er nickte. »Er würde eher sterben als zulassen, dass der Essera ein Leid geschieht. Aber sie ist unglücklich. Sie erfuhr, dass sie für tot gehalten wird, und besteht darauf, zum Palast zurückzukehren. Sie bat mich, Euch an Euer Versprechen zu erinnern, und sagte mir, dass nur ihr Versprechen Euch gegenüber sie an diesen Ort binde, an dem sie sich befindet.«

Ich seufzte. »Wir haben bislang wenig Erfolg gehabt, denjenigen zu finden, der sie entführen ließ. Wir wissen nur, dass es keine Sklavenhändler waren.«

»Dennoch war sie bei den Sklavenhändlern am Schiff«, sagte Varosch.

»Ja. Aber sie wurde dort nur festgehalten. Man erwartete, dass sie abgeholt würde, das geschah jedoch nicht«, erinnerte ich ihn.

Varosch nickte. »Also waren es keine Sklavenhändler, die sie überfielen.«

»Es war die Karawane, die ich in der Nacht beobachtet habe«, sagte Zokora.

Ich nickte. »Das waren gewiss keine Sklavenhändler. Wir wissen ja nun, wie sie aussehen oder handeln. Es waren Kämpfer und Soldaten.«

»Varosch hat mich gefragt, ob ich mich gut genug erinnern könnte, sie einem Zeichner zu beschreiben.« Sie reckte sich wie eine Katze. »Einen Zeichner werden wir hier wohl finden. Vielleicht erkennt sie jemand.«

Ich schlug mir mit der Hand auf die Stirn und schalt mich einen Idioten. Wie hatte ich das vergessen können! »Gut. Das sollten wir versuchen. Dennoch denke ich, dass wir Marinae nun zum Palast bringen sollten. Die Familie ist vorgewarnt, sie wissen besser als wir, wer ihre Feinde sind. Ich denke, wir teilen uns wieder auf.«

»Wie gehabt?«, fragte Leandra.

Ich nickte. »Wir sind schon eingespielt. Leandra, Janos, Sieglinde und Armin, Ihr bringt mit mir die Prinzessin zum Palast.«

»Und wir suchen uns einen Zeichner«, sagte Varosch. »Bis Mittag sollten die Bilder fertig sein.«

»Gut. Wir treffen uns dann des Mittags hier. Dann kümmern wir uns um das Haus.«

»Welches Haus?«, fragte Armin.

»Wir haben uns ein Haus gekauft«, teilte ich ihm mit. »Es wird deine Kunst der Organisation benötigen, es alsbald wieder in einen erträglichen Zustand zu verwandeln. Die Substanz ist gut, aber es ist erbärmlich heruntergekommen. Es besitzt noch nicht einmal Fensterläden oder eine Tür.«

»Mangel an Arbeitskräften gibt es hier nicht. Ihr werdet beeindruckt sein, wie schnell es in neuem Glanz erstrahlt«, sagte Armin. »Wo ist dieses Haus?«

»Es ist die alte Börse am Platz des Korns. Das achteckige Haus.«

Armin sah mich mit großen Augen an. »Aber, Esseri, es ist verflucht! Es gibt Geister dort.«

»Wir werden sie zur Ruhe betten«, sagte Varosch.

12. Kein Fass Wein

Als Leandra, Sieglinde, Janos, Armin und ich am nächsten Morgen zu dem Haus aufbrachen, in dem Armin seine Schwester und die Essera Marinae versteckt hatte, plagte mich auf dem ganzen Weg ein ungutes Gefühl. Ich rechnete irgendwie damit, dass sich in der Nacht etwas ereignet hatte, befürchtete, dass ich zu lange gewartet hätte.

Das Haus lag im Viertel des Handwerks, unweit vom Hafen, und gehörte einem Bäcker, wie mir Armin erklärte.

»Er ist recht erfolgreich. Er hat ein gutes Dutzend Gesellen, alle sind ihm und der Familie verpflichtet.« Er sah zu mir hoch und grinste. »Sie backen das beste Brot in Gasalabad und liefern es selbst in die reichsten Heime. Wenn das Volk den Geburtstag der Prinzessin feiert, wird er sogar den Palast und die Gäste des Emirs bewirten.«

»Wann ist das?«, fragte ich, als wir in die Straße einbogen, in der sich die Bäckerei befand.

»Da Ihr länger bleibt, werdet Ihr es gewiss miterleben.« Armin strahlte. »Ihr Geburtstag ist in vier Tagen. Ganz Gasalabad freut sich bereits darauf. Es heißt, dass der Emir sein Amt dann an sie abgeben will. Damit wäre sie dann imstande, zur Kalifa gewählt zu werden.«

»Ist nicht diese Marinae die ältere Tochter?«, fragte Leandra. »Ich hörte von ihr, als wir in die Stadt kamen, die Nachricht ihres Todes verbreitete sich an diesem Tag.«

»Ja, Essera. Essera Marinae ist zwanzig und damit vier Jahre älter als die Essera Faihlyd. Aber sie gehört nun zum Haus des Baums.«

»Aber du sagtest, sie könnte noch immer das Emirat erben.«

»Ja. Aber der Emir lebt noch und er entscheidet, wer sein

Nachfolger wird. Marinae hat eine neue Heimat. Ihre Zukunft liegt im Haus des Baums.«

Wir betraten die Bäckerei durch den hinteren Hof. Zwei kräftige Männer, die dort Mehlsäcke stapelten, musterten uns kritisch und entspannten sich erst, als Armin ihnen zunickte.

Meine Befürchtungen fanden sich nicht bestätigt, und ich dankte den Göttern dafür.

Als Erstes sahen wir am Fuß einer offenen Treppe, die vom Hof hoch zum ersten Stock der Bäckerei führte, Helis, die glücklich lächelnd mit Faraisa spielte. Ich hörte, wie Sieglinde scharf den Atem einzog.

»Wer ist das?«, fragte sie leise, als Armin auf seine Schwester zueilte.

»Helis. Armins Schwester. Ein Nekromant hat ihr die Seele und das Kind geraubt. Sie ist selbst beinahe wie ein Kind, aber er konnte ihr die Liebe einer Mutter nicht nehmen. Sie ist nun Faraisas Amme und scheint glücklich.«

»Ich dachte, ich sähe jemand anderen«, sagte Sieglinde leise. »Serafine?«

»Ihr wisst also, wem sie ähnelt? Ich dachte, nur ich könnte das so deutlich erkennen.«

»Armin erzählte mir, dass Serafine aus seiner Familie stammt. Es galt immer als gutes Omen, dass Helis der Vorfahrin ähnelt, die von ihrer Familie immer noch verehrt wird.«

Sieglinde nickte, aber ihre Augen ließen nicht von Helis ab. Janos sah wohl auch die Feuchtigkeit in ihren Augen und zog sie an sich heran, während er sorgfältig die Dächer absuchte.

In der Nacht hatte er für die große Axt ein Tragegestell gebaut, das schwere Blatt Ragnarkrags hing nun in seinem Rücken, der geschwungene Griff ragte über seine Schulter.

»Es gibt nur diese Art, sie zu tragen, wenn man sie nicht ständig in der Hand halten möchte«, sagte er, als ich ihn am Morgen danach gefragt hatte. »Es hat nur einen Nachteil.«

»Welchen?«, fragte ich.

Er lachte. »Sie ist verdammt schwer!«

Nun stand er da, Sieglinde im Arm, und erinnerte mich an einen Jagdhund, der etwas roch, was er nicht kannte.

»Was ist, Janos?«, fragte ich.

Er sah kurz zu mir hinüber. »Ich weiß es nicht. Ich spüre eine Unruhe in mir. Etwas ist nicht, wie es sein sollte.«

Leandra und ich sahen uns an. Sieglinde löste sich aus seinem Arm und lockerte Eiswehr. Aber es geschah nichts.

Armin kehrte mit Marinae und einem Mann zurück. Marinae lief die Treppe herunter und nahm Faraisa in die Arme, während sich Armin mit einem Handschlag von dem Mann verabschiedete.

Faraisa fing an zu schreien und zu strampeln. Ein Stirnrunzeln lief über die glatte Stirn der Prinzessin, dann reichte sie das Kind wortlos an Helis zurück, in deren Armen der Säugling sofort wieder Ruhe gab.

Marinae war einfach gekleidet, wie Helis auch, und nichts, außer vielleicht der Art, wie die Prinzessin ging, erinnerte an ihre Herkunft. Sie kam zu uns und begrüßte uns mit einem Lächeln, aber ihre Augen waren auf Leandra gerichtet. Ich konnte den Blick nicht deuten, denn warum sollte sie Leandra so mustern? Es gab wenig Grund für sie, meiner Gefährtin zu misstrauen.

»Die Gnade der Götter auf euch, Esserin«, sagte Marinae und diesmal erreichte ihr Lächeln auch ihre Augen, ich hatte mir ihr Misstrauen wohl nur eingebildet. »Ihr müsst die Gefährten sein, die Havald suchte, als er mich fand.«

»Dies ist die Essera Leandra, eine Fürstin in unserem Land. Und diese beiden sind Janos und Sieglinde. Sie schützen sie.«

»Die Essera trägt Eiswehr«, sagte Marinae mit leisem Staunen in der Stimme.

»Ja«, sagte ich. »Es ist ihre Klinge.«

»Jetzt ja«, sagte Marinae. »Ihr wisst, dass Ihr ein Schwert tragt, das in diesem Land berühmt ist?«

»Es scheint sonst von niemandem erkannt zu werden«, sagte Sieglinde. »Dafür bin ich dankbar.«

»Nicht jeder hat die alten Statuen und Bilder studiert, so wie ich«, antwortete Marinae. Dann wandte sie sich an mich.

»Ihr seid gekommen, um mich zum Palast zu bringen?«

Ich nickte. »Ich wollte Euch in Sicherheit wissen, bis ich herausfinde, wer Euch entführen ließ, aber die Aufgabe erscheint zu groß. Eure Familie ist vorgewarnt, also seid Ihr dort vielleicht sicherer. Euer Vater sendet Euch seine Liebe.«

Sie nickte ergeben. »Diese guten Menschen hier bemühten sich, mir ein Heim zu geben, aber es ist nicht mein Zuhause. Ich bin froh, gehen zu können.«

»Gut«, sagte ich. »Dann lasst uns aufbrechen.«

Es war nicht weit vom Haus des Bäckers zum Palast des Mondes, kaum mehr als zwanzig Minuten. Dennoch nahm meine Unruhe zu, je länger wir unterwegs waren. Ich berührte Seelenreißer ständig, aber auch das Schwert konnte mir nicht weiterhelfen.

»Ich fühle mich, als säße ich auf heißen Steinen«, sagte ich. »Meine Nackenhaare stehen schon die ganze Zeit, und meine Nase kribbelt.«

»Ja.« Leandra sah sich vorsichtig um. »Ich teile das Gefühl. Seitdem wir in der Bäckerei waren, habe ich das Gefühl, dass etwas nicht stimmt.«

»Ich erwarte jeden Moment einen Bolzen, wenigstens kommt es mir so vor«, sagte Janos. »Aber bei den Göttern, ich finde nichts, was mich beunruhigen sollte.«

»Vielleicht fehlt es mir an euren Instinkten«, sagte Sieglinde. »Aber ich merke nicht viel, außer dass ihr mich nervös macht.«

»Und mich«, sagte Marinae. »Ihr seid gerüstet und bewaffnet. Ich habe nur meinen Dolch. Aber ich könnte den beiden Wächtern dort befehlen, uns Geleit zu geben.«

Ich überlegte kurz und schüttelte dann den Kopf. »Nein. Sie könnten uns behindern.«

»Ihr haltet euch für so viel besser als die Wachen meines Vaters?«, fragte Marinae. Ich musterte sie verwundert, denn sie schien der Antwort große Bedeutung beizumessen.

»Ja«, sagte Janos. »Mit Grund.«

»Achtung!«, rief Sieglinde. »Das Fass!« Ein Karren mit Weinfässern wurde nicht weit von uns entladen. Eines der Fässer, fast mannshoch, war dem Arbeiter, der es entladen wollte, entglitten und rollte auf uns zu. Es rollte langsam und war keine Gefahr. Wir wichen ihm ohne Mühe aus, es krachte hinter uns an eine Wand und zersplitterte.

In den Trümmern des Fasses bewegte sich etwas, und das Geräusch einer abgeschossenen Armbrust ertönte. In diesem Fass befand sich kein Wein.

Seelenreißer sprang aus seiner Scheide, als um uns herum scheinbar jeder Passant ein Messer oder Schwert unter seiner Kleidung hervorzog und sich auf uns und die beiden Wächter stürzte.

Von der Mauer über uns sprangen drei Männer herab.

Sieglindes Klinge beschrieb einen Bogen, der zwei von ihnen traf, der dritte jedoch riss sie zu Boden und versuchte, sie mit einem Dolch zu erstechen. Sieglinde hatte beim Sturz Eiswehr verloren und kämpfte mit bloßen Händen gegen den Mann mit dem Dolch an, bis Janos ihn mit einem Fußtritt von ihr fegte.

Janos ließ die mächtige Axt kreisen und besiegelte in wenigen Lidschlägen das Leben von drei Angreifern, während Seelenreißer in meiner Hand kurz nach hinten ruckte und einem anderen das Herzblut nahm.

Leandra stand über Marinae, Helis und Faraisa, Steinherz erhoben, ihr Gesicht ruhig und gelassen, die Augen zusammengekniffen. Als zwei Angreifer versuchten, zu ihr zu gelangen, geriet auch sie in Bedrängnis. Einer der Angreifer kam beinahe nahe genug heran, um Helis, die sich mit dem Instinkt einer Mutter über Faraisa geworfen hatte, mit seinem Schwert zu durchbohren, während Steinherz dem anderen mit einem Streich den Schwertarm nahm. Doch im nächsten Moment zuckte Steinherz so schnell wie eine Schlange vor und spießte den Mann im Herzen auf, klappernd fiel sein Schwert herab, während der entseelte Körper nach hinten taumelte und zusammenbrach.

Ich war beschäftigt, doch ich bewunderte die Ruhe der Prinzessin Marinae. Sie kauerte sprungbereit neben Helis auf dem Boden und hatte einen Dolch gezogen, sie schien auf eine Gelegenheit zu warten, in den Kampf einzugreifen. Ich hoffte, sie blieb, wo sie war, ich vertraute Leandra und Steinherz mehr als den Kampfkünsten einer Prinzessin.

Armin befand sich mit zwei weiteren Angreifern im Nahkampf. Woher er die beiden Dolche hatte, konnte ich nur vermuten, aber er verstand es, die Waffen mit großem Geschick einzusetzen.

Während ich einen weiteren Gegner abwehrte, sah ich aus den Augenwinkeln, wie Helis mit dem Gesichtsausdruck eines neugierigen Kindes die Hand nach Eiswehr ausstreckte, aber bevor sie die Klinge berühren konnte, sprang diese durch die Luft in Sieglindes Hand und trennte dem letzten Angreifer beide Beine unter den Knien ab, sodass er wimmernd zu Boden fiel.

Schwer atmend standen wir da; eine der Leichen auf dem Boden wurde zur Seite gerollt, und Armin erhob sich blutüberströmt. Nur ein Teil des Blutes stammte von ihm, er hatte eine üble Schnittwunde am linken Arm.

»Das war schon ein besserer Versuch«, sagte Janos. Er wickelte sich ein Tuch um die Hand und zog eine abgebrochene Schwertklinge aus seiner Seite. Eine klaffende Wunde an seinem Oberschenkel ließ dunkle Tropfen in den Staub der Straße fallen. »Ein halbes Dutzend mehr, oder einfach nur mehr Armbrüste, und es wäre anders gekommen.« Er warf die abgebrochene Klinge zur Seite. »Wie geht es euch?«, fragte er dann.

»Ich bin wütend«, antwortete Sieglinde. »Serafine würde mir nie verzeihen, dass ich das Schwert fallen ließ!«

Sie blutete an der Schulter, wo ein Dolch sie getroffen hatte. Leandra hatte nur eine kleine Verletzung am Ohr, aber sie stammte von einem Bolzen, der sie nur knapp verfehlt hatte. Ich dankte den Göttern, dass ihr sonst nichts geschehen war. Ich selbst hatte nur einen Schnitt am Handrücken. Seelenreißer hatte sein letztes Opfer gefunden, nachdem ich die Wunde erhalten hatte, und so schloss sie sich schon wieder.

»Alles in Ordnung«, sagte ich, und auch Leandra nickte bestätigend.

»Helis! Marinae?«, rief Armin. Helis lächelte ihn an, sie verstand nicht, was geschehen war, Marinae war ebenfalls unverletzt, wirkte aber bleich und rang um Fassung.

»Der Hinterhalt war nicht schlecht«, gab ich zu. Eben noch hatte sie doch so ruhig gewirkt? Ich sah mich um, versuchte das Gemetzel um uns herum mit ihren Augen zu sehen. Was drei Bannschwerter anrichten konnten, war nun wirklich erschreckend genug. Aber wir hatten gesiegt, und das war das Wichtigste. »Ordentlich ausgeführt, obwohl sie sicherlich nicht viel Zeit hatten.«

»Das mit dem Fass war übertrieben«, sagte Janos. »Ich frage mich, wer sie waren. Diese Nachtfalken, von denen Ihr berichtet habt?« Er nahm einer der Leichen das Halstuch ab und band es sich um seine Wunde.

»Nein. Die arbeiten nur nachts. Wären sie es gewesen, hätten wir verloren.«

Ich bückte mich und drehte einen der Angreifer auf den Rücken. Leere Augen starrten zum Himmel empor. Ich musterte die Hand des Toten: Schwielen und Dutzende alter, feiner Narben.

»Soldaten«, sagte Janos, und ich nickte.

Wir hatten die Straße nun für uns, alle anderen waren geflüchtet. Von den Stadtwächtern lebte nur noch einer, der linke Arm des Mannes hing nutzlos herunter, aber er näherte sich mit gezogenem Schwert.

Aus der Entfernung ertönten Pfiffe und das Geräusch heraneilender Stiefel.

»Was geht hier vor?«, rief einer der hinzugestoßenen Wächter, kam jedoch nicht näher. Ich sah, wie er die Erschlagenen um uns herum zählte.

Zwei weitere Wächter erschienen, kurz darauf noch zwei andere. Der eine Wächter konnte bestätigen, dass wir angegriffen worden waren.

»Esserin, ich fordere euch dennoch auf, die Waffen einzustecken und uns zu folgen. Der Vorfall muss gemeldet werden.«

»Sie haben die Erlaubnis, eine Klinge zu ziehen«, sagte Marinae kühl, sie hatte ihre Fassung wiedererlangt. Sie trat vor und schlug ihre Haube zurück. »Ihr nicht. Steckt Eure Klinge ein und begrüßt Marinae vom Haus des Baums, Tochter des Löwen, zurückgekehrt in die Stadt ihrer Vorfahren.«

»Prinzessin! Ich danke den Göttern, Euch unter den Lebenden zu sehen!«, rief der Mann. »Verfügt über mich, über mein Herz wie über mein Schwert.«

»Gut«, sagte Marinae in einem Tonfall, der mir sagte, dass sie nicht zum ersten Mal Befehle gab. Sie schaute zu mir. »Ich schätze, Ihr habt diesmal nichts dagegen, wenn ich die Wachen zwischen uns und weiteren Angreifern postiere?«

Ich versenkte Seelenreißer in seiner Scheide und verbeugte mich. »In der Tat, das erscheint mir keine schlechte Idee, Essera.« Das Kribbeln in meinem Nacken war fast vergangen, aber noch immer spürte ich eine innere Unruhe, die ich mir kaum erklären konnte. Faraisa fing an zu weinen, und selbst Helis hatte es nicht leicht, sie zu beruhigen.

Die Essera Marinae wandte sich wieder an die Wachen, die sie immer noch ansahen, als wäre sie soeben von den Toten auferstanden. In gewissem Sinne war sie das ja auch.

»Sammelt die Köpfe der Toten ein. Sie sollen auf dem Marktplatz aufgespießt werden, fünf Silberstücke für den, der sie erkennt. Lebt einer von ihnen noch, sorgt dafür, dass es so bleibt, und lasst ihn zu meinem Vater bringen. Er wird Fragen haben.«

»Es wird geschehen, wie Ihr befehlt«, riefen die Soldaten im Chor und liefen zu den Leichen hinüber.

Marinae sah unsere Blicke. »Verfahrt ihr in eurem Land anders, Esserin?«, fragte sie dann.

»Nein«, sagte Janos und wischte sich Staub und Blut aus dem Gesicht. Schon einmal hatte ich ihn so gesehen, und auch damals schien er nach dem Kampf in bester Laune. »Nur sind bei uns die Generäle nicht so hübsch.«

Ich hatte vorgehabt, Marinae unauffällig ihrer Familie zuzuführen, aber es kam anders. Die Nachricht, dass die ältere Prinzessin am Leben war, eilte uns wie ein Lauffeuer voraus. Bis wir die Tore des Palastes erreichten, hatten wir gut zwei Dutzend weitere Wachen eingesammelt und bestimmt zweihundert Bürger Gasalabads, welche die Götter priesen für die wundersame Rückkehr der Prinzessin. Es dauerte nicht lange, bis ich vernahm, wie jemand von einem weiteren Wunder sprach.

Nein, unauffällig waren wir nicht.

Gerade als ich anfing, mir wegen der Menschenmenge Sorgen zu machen – nichts war einfacher, als sich zwischen ehrlichen Menschen zu verstecken –, ertönte aus dem Palast ein Trommelwirbel.

Die großen Tore flogen auf, und bestimmt zwei Hundertschaften Palastwachen kamen im Laufschritt herausgerannt. Die Leute und Schaulustigen auf dem Platz vor dem Palast kannten die Bedeutung dieses Trommelwirbels offenbar, sie wichen von allein zurück, nur hier und da musste einer der Soldaten das stumpfe Ende seiner Lanze verwenden, um sich Platz zu verschaffen.

Gut zwei Dutzend Soldaten, ein jeder mit einem großen Schild versehen, nahmen um uns herum Aufstellung und hoben dann die Schilde an. Ab jetzt schien auch die Gefahr eines Angriffs durch einen Bolzen oder Pfeil gebannt.

Die Soldaten betrachteten uns, die Blutflecken auf unseren Gewändern und unsere Schwerter misstrauisch, sechs von ihnen traten mit ihren Schilden zwischen uns und Marinae.

Das ganze Manöver wirkte, als wäre es schon häufiger ausgeführt worden, oder zumindest wussten die Leute hier, dass man besser Platz macht, wenn die Trommeln ertönten. Diese verstummten erst, als sich die Tore des Palastes hinter uns schlossen.

Dennoch blieben die Schilde oben, bis wir uns gut hundert Schritt auf das Gelände des Palastes begeben hatten, dann erst wurden sie gesenkt.

Ein Hauptmann – ich erkannte seine Rangabzeichen, weil sie dem des Kavalleristen vor Fahrds Wegestation ähnelten – trat an uns heran und musterte nicht nur uns kritisch, sondern auch die Prinzessin. Er war älter, schon gut vier Dutzend Jahre alt, ein weiterer Veteran, der die Gelassenheit eines guten Offiziers ausstrahlte. Er vollführte eine Geste, und die anderen Soldaten traten etwa zwanzig Schritt zurück. Sein Blick sagte, dass er das auch von uns erwartete, doch wir blieben, wo wir waren.

Wenn Gasalabad solche Leute besaß, warum war dann ein Idiot zur Wegestation geschickt worden?

Sieglinde nutzte die Gelegenheit und band ein Tuch um Janos' Beinwunde, die noch immer heftig blutete. Ihre eigene Wunde an der Schulter blutete ebenfalls, aber um sie zu versorgen, hätte sie ihre Lederrüstung ausziehen müssen.

»Ich bin es wirklich, Khemal«, sagte Marinae.

Er nickte langsam. »Verzeiht, Hoheit, aber es ist vier Jahre her, dass ich Euch sah. Was ist in jener Nacht hinter dem Brunnen der Tanzenden Fische geschehen?«

Marinae errötete leicht, sah ihn aber offen an. »Ihr habt mir den Hintern versohlt«, sagte sie etwas zögerlich.

Er nickte und verbeugte sich tief. »Willkommen zu Hause, Hoheit.«

»Warum dieses Misstrauen?«, fragte Marinae leise.

Er verbeugte sich erneut. »Es wäre den Hyänen, die Eure Familie bedrohen, zuzutrauen, dass sie jemanden finden, der Euch ähnelt. Eure Familie würde Euch sicherlich von einer Doppelgängerin unterscheiden können, aber dann wäre sie schon zu nahe.«

Marinae nickte. »Führt mich zu meinem Vater.«

»Er ist nicht hier, er hält in der Stadt Gericht. Aber die Essera Falah erwartet Euch zusammen mit Eurer Schwester.«

»Gut. Bringt uns dorthin.«

»Gewiss.« Er wandte sich dann an uns. »Ihr habt dem Palast einen großen Dienst erwiesen, gebt am Tor eure Namen an, der Emir wird euch reich belohnen. Die Gnade der Götter für euch und meinen Dank für eure Hilfe«, sagte er mit einer tiefen Verbeugung.

»Sie sind meine Gäste«, sagte Marinae hoheitsvoll. »Sie können mit mir kommen.«

»Es bricht mir das Herz, Euch widersprechen zu müssen, aber der Emir selbst gab die Anweisung, dass außer der Familie niemand zu Faihlyd darf. Euch Euren Wunsch zu erfüllen, kostet mich meinen Kopf.«

Ich verbeugte mich ebenfalls. »Es wird einen anderen Moment geben, Essera. Richtet Eurer Schwester und Großmutter einen Gruß von uns aus.«

»Das wird nicht nötig sein«, hörten wir Faihlyds Stimme. Der Ring der Soldaten teilte sich vor ihr, als sie nähertrat. Ich sah sie überrascht an, denn Faihlyd war für den Kampf gegürtet. Die Rüstung, die sie trug, floss wie flüssiges Silber an ihr hinab und betonte ihre athletische Gestalt. Eine Rüstung, die einer Prinzessin würdig war, aber ohne Zweifel auch das Meisterwerk eines Rüstungsschmieds. Ich kannte Platten- oder Kettenrüstungen, diese Rüstung jedoch schien aus Tausenden von kleinen Schuppen zusammengesetzt zu sein, jede Schuppe überlappte die andere, sodass der Eindruck von fließendem Metall entstand. Die frühe Sonne glänzte auf dem Material und ließ es erstrahlen. Faihlyd trug ihr Schwert auf dem Rücken; sie war nur wenig größer als Zokora, und das Schwert hätte sie, an der Seite getragen, nur behindert.

Faihlyd öffnete die Arme, und Marinae lief ihr entgegen. »Ich bin so froh, dich zu sehen, Schwester!«, rief sie und fing an zu weinen. Faraisa, noch in Helis' Armen, hörte das Weinen ihrer Mutter, öffnete die Augen und begann zu schreien.

»Dieser Teil der Stallungen wird nur noch selten genutzt«, erklärte uns Faihlyd, als sie uns über das Gelände des Palastes führte. Marinae, Helis und Faraisa waren in den Palast gebracht worden, zumindest Marinae würde später wieder zu uns stoßen, zuerst jedoch wollte sie sich umkleiden und ihrer Großmutter die Urenkelin zeigen. Ich rechnete nicht so bald damit, sie wiederzusehen. Essera Falah mochte vielleicht das Oberhaupt des Hauses des Löwen sein, aber sie würde gewiss einige Zeit mit ihrer verloren geglaubten Enkelin und Urenkelin verbringen wollen.

»Dieser Teil des Palastes ist alt, stammt noch aus der Zeit des Reiches. Damals waren ab und zu noch Greifenreiter zu Gast, und hier gibt es auch Stallungen für Greifen. Deshalb ließ ich Steinwolke hierher bringen.« Sie musterte Janos. »Mein Leibarzt ist dort, er wird Eure Wunden versorgen.«

»Es ist nur eine Fleischwunde«, sagte der breitschultrige Krieger. »Nur ein Kratzer.«

»Ja, ich sehe es«, sagte Faihlyd und warf einen durchdringenden Blick auf das rotgetränkte Tuch an seinem Oberschenkel. »Wir sind gleich da.«

Ich wusste nicht, wie ich mir einen Stall für einen Greifen vorzustellen hatte, aber so gewiss nicht. Er wirkte wie ein kleiner Pavillon, dreiviertel rund mit einer offenen Seite und filigranen Säulen und einem hohen Dach. Hölzerne Läden konnten zwischen den Säulen geschlossen werden, jetzt aber waren sie offen. Dieser Pavillon überdachte eine sandige Kuhle, in der Steinwolke mit aufgeplusterten Federn lag.

Ein Junge, kaum älter als zehn, stocherte vorsichtig mit einem hölzernen Instrument, das einem Rechen mit groben Zinken glich, zwischen ihren Federn herum, sein Gesicht ein Ausdruck höchster Anspannung.

Ein anderer Junge kniete neben ihr und hielt einen Steinguttopf in der Hand. Ein hölzerner Spachtel erschien zwischen den Federn und wurde in den Topf getaucht, und mit einer Paste versehen verschwand der Spachtel wieder im Federkleid.

»Einen deutlicheren Beweis für die Gutmütigkeit eines Greifen gibt es kaum«, sagte Leandra leise, ihre Augen glänzten feucht.

»Ja«, stimmte ihr Faihlyd zu. »Sie mag Kinder. Erwachsene schätzt sie weniger.«

Ein älterer Mann saß auf einer Bank unweit des Greifenpavillons und erhob sich, als er uns nahen sah. Neben ihm lagen gut ein Dutzend Schriftrollenbehälter auf der Bank.

»Das ist Perin da Halat. Er wird sich um eure Wunden kümmern.« Aus einem nahe gelegenen Gebäude eilten Diener mit Stühlen und einem Tisch herbei, und innerhalb weniger Minuten war ein Platz für uns gerichtet. In kostbaren Karaffen befanden sich Getränke und auf silbernen Schalen Obst, sowohl frisch als auch kandiert. Momente später war auch ein Baldachin errichtet, der uns Schatten spendete.

Ich legte Seelenreißer und meine anderen Waffen etwa zwei Schritt von dem Baldachin entfernt auf den Boden, die anderen taten es mir nach. Es war eine Geste; ein Bannschwert vermochte sich auf kurze Distanz von selbst in die Hand seines Herrn zu bewegen.

Eine Geste nur, aber die gut zwei Dutzend Palastwächter, die sich in Sicht-, aber nicht in Hörweite aufhielten, entspannten sich spürbar.

Während der Arzt Janos versorgte, traten Faihlyd, Leandra und ich näher an Steinwolke heran. Sie hatte ihren Kopf unter ihren linken Flügel gebettet, es schien mir, als ob sie schliefe.

»Ihr hattet recht, Havald«, sagte Faihlyd. »Sie war in einem erbärmlichen Zustand. Wir fanden einige alte Schriften über die Pflege von Greifen, und Perin mischte diese Paste nach einem alten Rezept zusammen. Sie ist gegen Ungeziefer und Parasiten, die Steinwolke befallen haben.« Sie blickte zu Leandra hinüber. »Sie reagiert auf den Namen Steinwolke. Woher kanntet Ihr ihren Namen?«

»Sie rief ihn auf dem Platz der Ferne«, sagte Leandra leise, ihre Augen immer noch gebannt auf dem Greifen ruhend.

»Ihr versteht sie?«, fragte Faihlyd beeindruckt.

Leandra nickte. »Ich weiß nicht, wieso, aber als ich sie hörte, verstand ich die Bedeutung ihrer Rufe.«

Auch ich fand den Greifen beeindruckend, aber ich wollte noch etwas anderes wissen. »Wieso finde ich Euch gerüstet, Prinzessin? Warum hier, wo Ihr sicherer sein solltet als anderenorts, nicht jedoch auf dem Platz, als Euer Leben in Gefahr war?«

»Hier, hinter den Mauern des Palastes darf ich mir erlauben, eine Rüstung zu tragen«, sagte Faihlyd mit einem Lächeln. »Das Bild, welches das Volk von mir hat, passt nicht zu einer Rüstung.«

»Aber es passt sehr wohl zu einem Emir oder einem Kalifen. Jeder wird wissen, dass Euer Leben in Gefahr ist. Es mag vielleicht mutig sein, sich der Gefahr ungerüstet zu stellen, aber es ist auch dumm. Warum solltet Ihr Euer Leben nicht schützen wollen?« Ich schaute zu den anderen zurück. Sieglinde war gerade dabei, ihre Lederrüstung abzulegen, Armin half ihr, aber seine Blicke waren wie gebannt auf uns gerichtet. Weniger auf uns, mehr auf Faihlyd. Noch bemerkenswerter war die Tatsache, dass auch Faihlyd verstohlene Blicke in Armins Richtung warf. »In unruhigen Zeiten ist es oft so, dass ein Herrscher auch führen und befehlen können muss. Vielleicht ist es auch nur notwendig, dass er so wirkt. In dieser Rüstung glaubt man Euch gerne, dass ihr hundert Banner hinter Euch vereinigen könnt.«

»Meint Ihr wirklich, es ist so einfach?« Sie sah nachdenklich aus.

»Führen? Einer führt, die anderen folgen dem, der die Führung an sich reißt. Das ist einfach.« Ich zuckte mit den Schultern. »Die Kunst liegt darin, erfolgreich zu führen.«

»Könnt Ihr führen?«, fragte sie. Ich sah, dass Leandra mich ebenfalls aufmerksam musterte. Ich blickte von ihr zu Faihlyd und schüttelte den Kopf. »Ich war nie ein guter Anführer. Meine Leute sind gestorben.«

Die beiden Frauen tauschten einen Blick, den ich nicht deuten konnte, und dann lächelten sie plötzlich beide. Frauen können das: ein Blick, und sie wissen, ob sie Freundinnen sind. Marinae und Faihlyd schienen einander so ähnlich, ich fragte mich gerade, warum Marinae Leandra nicht zu mögen schien.

»Nun, das ist nicht der Grund für die Rüstung. Auch wenn ich den Sinn Eurer Worte verstehe. Es ist vor allem die Folge der Geschehnisse von vorhin.«

»Der Anschlag auf Eure Schwester?«, fragte Leandra.

»Nein.« Faihlyd schüttelte sachte den Kopf. »Der Anschlag auf mich.« Sie sah mich an. »Ändert Ihr Eure Meinung über Prophezeiungen, wenn ich Euch sage, dass Euer Rat mir das Leben gerettet hat?«

»Ich gab Euch keinen Rat«, antwortete ich vorsichtig. »Ich war zumindest darauf bedacht, Euch keinen zu geben.«

»Nun, ich nahm Steinwolke auf«, sagte sie. »Sie war es, die mir heute Morgen das Leben gerettet hat. Sie gab Alarm, als zwei Männer mich erschlagen wollten. Sie tötete einen und schlug den anderen in die Flucht. Er verschluckte später seine Zunge, um der Befragung zu entgehen. Noch wissen wir nicht, wie sie auf das Gebiet des Palastes und in meine Nähe gelangen konnten.« Faihlyd sah zu mir. »Ich wurde leicht verletzt, deshalb bestand mein Vater auf der Rüstung. Ohne Steinwolke wäre mein Tod gewiss gewesen. Mein Vater weiß das, aber er hat noch immer Angst vor Steinwolke, ich glaube, sie ist der wahre Grund für die Rüstung.« Sie lächelte. »Seht Ihr, Havald, was geschehen ist, als ich Eurem Rat einmal folgte?«

»Ich habe Euch noch keinen Rat gegeben.«

Sie lachte amüsiert und blickte erneut zu Leandra hinüber. »Ich will Euch nicht länger aufhalten. Nur eines noch: Ihr und Eure Freunde seid im Palast willkommen, wann immer Ihr es wünscht. Sagt am Tor Bescheid, ich bestehe nur darauf, dass einer von euch beiden immer dabei ist.«

»Ich vertraue jedem meiner Gefährten.«

»Ja«, sagte sie und lächelte sanft. »Und ich vertraue euch.« Sie sah zu Leandra und dem Greifen hinüber, dann zu Janos, Sieglinde und Armin. »Haltet euch den Abend frei. Ich erwarte, dass mein Vater euch alle sehen will. Es gibt nur noch wenige Möglichkeiten für ein informelles Treffen, denn bald werden die ersten Gäste für mein Geburtstagsfest erwartet. Ich gehe davon aus, dass er den heutigen Abend nutzen wird, sich bei euch zu bedanken.«

Ich wollte etwas sagen, aber sie hob die Hand.

»Havald Bey, mein Vater ist sehr wohl in der Lage zu erkennen, ob Dank notwendig ist oder nicht.«

Leandra lachte.

»Warum hast du gelacht?«, fragte ich Leandra später. Faihlyd war bereits gegangen, hatte uns aber vorher die Erlaubnis erteilt, Steinwolke zu besuchen, wann immer wir wollten. Sie erkundigte sich noch nach dem Befinden von Janos und Sieglinde, ließ Armin auffällig unauffällig links liegen und verabschiedete sich dann.

»Wann habe ich gelacht?«, fragte Leandra. Der Greif schlief noch, Leandra saß mit mir zusammen auf der Bank nahe dem Gehege und schien damit zufrieden, das Tier anzusehen.

»Als Faihlyd mir das Wort abschnitt und sagte, dass ihr Vater selbst entscheiden könne, wem er danken will.«

Sie sah zu mir hinüber. »Weil du drauf und dran warst, zu sagen, dass es keines Dankes bedarf.« Sie lächelte in sich hinein.

»Du bist immer noch amüsiert.«

»Ja. Ich weiß, dass du als Ser Roderic auch im Palast und auf der Kronburg verkehrt hast. Ich habe mich eben gefragt, was man damals wohl von dir hielt.«

Ich streckte mich. Die warme Sonne, die Ruhe hier auf dem Palastgelände, all dies ließ mich träge und faul werden. »Ich weiß es nicht. Ich konnte mit den meisten Leuten dort nichts anfangen.«

Sie nickte. »Genau das dachte ich mir. Es ist hier nicht anders als bei uns. Die meisten Leute am Hof würden ihr rechtes Auge dafür geben, dass sich der Herrscher ihnen zu Dank verpflichtet fühlt. Nicht nur, dass du das herunterspielst, du meinst es auch so.«

»Wie sollte ich es sonst meinen? Oder anders: Wie hätte ich Marinae bei den Sklavenhändlern lassen können? Ich konnte nicht anders handeln.«

Sie beugte sich vor und küsste mich. Heiß, innig, leidenschaftlich. Dann schmiegte sie sich an mich, ihr Mund war an meinem Ohr. »Deshalb liebe ich dich.«

Wir verbrachten den Rest des Vormittags bei Steinwolke. Ich unterhielt mich mit Janos und Sieglinde und auch dem

Leibarzt, sah Leandra zu, wie sie mit Steinwolke sprach, als der Greif erwachte, aber meine Gedanken waren bei Leandras letzten Worten. Sie hatte es zuvor noch nie ausgesprochen.

13. Ein Geschäft um Wissen und Steine

Gegen Mittag kehrten wir wie vereinbart zum Haus der Hundert Brunnen zurück. Der Künstler war erschienen und wieder gegangen, einer der diskreten jungen Männer hatte ihn für uns gefunden.

Die Bilder, die er gezeichnet hatte, bedeckten den größten Teil der Wand des Raumes der Ruhe.

»Das ist aus Eurer Erinnerung?«, fragte ich Zokora. Das Bild, das ich gerade musterte, zeigte einen älteren Mann. Er stand im Eingang eines Zelts, hatte seine Kapuze hochgezogen, sein Gesicht lag im Halbdunkel. Dennoch war es deutlich zu erkennen, ein von Falten geprägtes Antlitz mit einer Adlernase, buschigen Brauen, tief liegenden Augen und hohen Wangenknochen. Sein Bart war sauber gestutzt. Das rechte Ohr war nicht von der Kapuze bedeckt, an ihm hing ein Ohrring, eine Schlange, die sich selbst in den Schwanz biss. Eine grobgliedrige Kette war in seinem offenen Kragen zu sehen, sein Gesichtsausdruck schien kalkulierend.

»Ja«, sagte Zokora. »Der Künstler war gut, er verstand, was ich ihm sagte, ohne dass ich mich häufig wiederholen musste. Dies ist der Anführer der Truppe, die wahrscheinlich Marinaes Reisegesellschaft überfiel.«

»Wahrscheinlich?« Ich sah Zokora überrascht an. »Ich dachte, es sei gewiss. Wir haben das zerstörte Lager gefunden, als wir ihren Spuren folgten.«

»Ja. Aber es ist nicht sicher.« Sie wies auf eine andere Zeichnung, eine junge Frau war darauf zu sehen. Der Blickwinkel war von schräg hinten, aber ich meinte sie zu erkennen. »Ist das Marinae?«, fragte Zokora.

Ich musterte das Bild und nickte.

»Das denke ich auch. Aber ich sah sie nicht richtig. Nicht besser als so. Es könnte sie sein oder auch nicht.«

»Warum legt Ihr so viel Wert darauf?«

Sie legte den Kopf zur Seite und sah mich an. »Ich habe gelernt, dass es wichtig ist, zwischen dem, was man weiß, und dem, was man vermutet, zu trennen. Wir haben den Angriff nicht gesehen, deshalb vermuten wir.«

»Aber Ihr habt die Spuren gesehen. Welche andere Deutung lassen sie zu?«

»Ich bin an der Oberfläche kein guter Fährtenleser«, antwortete sie.

»Aber ich«, sagte Varosch. »Sie waren es. Ich bin bereit, einen Eid auf Boron zu schwören, dass sie es waren.«

»Das ist mir gut genug«, sagte ich, musterte das Bild erneut und fragte mich, ob ich den Mann bereits irgendwo gesehen hatte.

»Der hier sollte leicht zu finden sein«, meinte Varosch. Er stand vor dem Bild eines Mannes, den ein Schwertstreich einst das Kinn getroffen hatte, es sah aus, als ob ihm eine Raubkatze ins Kinn gebissen hätte. Ich gab ihm Recht, die Narbe war nicht leicht zu verwechseln.

»Wir sind für heute Abend in den Palast geladen. Wir werden die Bilder dem Emir geben, er hat andere Möglichkeiten als wir, Leute zu finden. Vielleicht weiß auch Marinae mehr.«

»Ich habe sie auf der Fahrt zurück nach Gasalabad befragt«, sagte Varosch. »Sie konnte sich an den Angriff entsinnen, aber nicht an die Reise zum Lager beim Sklavenschiff.«

»Wenn sie in einem von denen einen Angreifer wiedererkennt, dann haben wir die Sicherheit«, sagte ich.

»Schauen wir uns das Haus an«, sagte Zokora. »Auf dem Weg will ich meine Steine verkaufen.«

»Welche Steine ... o ja.«

Als ich die Dunkelelfe zum ersten Mal getroffen hatte, war sie unterwegs nach Coldenstatt, um Rohdiamanten zu verkau-

154

fen, und auch sie musste im Gasthaus *Zum Hammerkopf* Schutz vor dem Sturm suchen. So viel war seitdem geschehen, dass ich es völlig vergessen hatte.

Armins Interesse schien geweckt. Seitdem wir den Palast betreten hatten, wirkte er niedergeschlagen. Aber nun schien er wie ein Jagdhund, der Witterung aufgenommen hatte. »Essera, dunkle Blüte der Nacht... würdet Ihr es mir erlauben, einen Blick auf diese Steine zu werfen?«, fragte er vorsichtig.

Zokora zog eine Augenbraue hoch, musterte den Gaukler einige Lidschläge lang und warf ihm einen Beutel zu.

Armin öffnete den Beutel und leerte ihn in seine Hand. Seine Augen weiteten sich. Er steckte einen der Steine in den Mund, spuckte ihn wieder in die Hand und hielt ihn gegen die Sonne, die durch das offene Dach in den Innenhof schien. Langsam tat er ihn wieder in den Beutel und schüttete die anderen Steine vorsichtig zurück.

»Essera, diese Steine... Sie sind prachtvoll«, sagte Armin ehrfurchtsvoll. Er hielt den Beutel in der Hand, blickte dann wieder zu Zokora hinüber, die ihn immer noch aufmerksam ansah. »Essera... ich... Ihr solltet es mir überlassen, die Steine zu verkaufen. Ihr habt nicht das Geschick oder die Geduld für ein solches Geschäft, noch kennt Ihr die richtigen Leute.«

»Also weißt du, was sie wert sind«, stellte die Dunkelelfe fest. »Sag mir den Preis, den du erzielen kannst.«

»Herrin, diese Steine, vielleicht haben sie verdeckte Fehler, aber wenn nicht... sind sie gut und gerne vierzig bis fünfzig Goldstücke wert.«

Janos hustete. »Was?«, rief er. »So viel?«

»Ja«, bestätigte Armin. »Manche von ihnen sogar mehr.«

»Ihr meint... pro Stück?«, fragte der breitschultrige Mann fassungslos.

»Geschliffen ein vielfaches.« Armin wandte sich an die Dunkelelfe. »Essera, bitte gestattet mir, den Verkauf für Euch zu übernehmen.«

»Wirst du mich bestehlen, kleiner Mann?«

Armin schüttelte heftig den Kopf. »Nein, Essera. Das werde ich nicht.«

»Gut.« Sie hielt ihm die Hand entgegen, Armin warf ihr den Beutel wieder zu. Sie griff in den Beutel und entnahm zwei Steine. Einen warf sie wieder Armin zu. »Du führst mich zu einem Händler, der solche Steine kauft. Dort wirst du diesen Stein verkaufen.«

»Es soll so geschehen«, sagte Armin und verbeugte sich tief.

»Warum hast du den Stein in den Mund genommen?«, fragte ich Armin. »Kann man ihn schmecken?«

Er sah zu mir hoch und schüttelte den Kopf. »Nein, aber man kann das Herz des Steins besser sehen, wenn er feucht ist.«

Ich nickte. Wo hatte er Wissen über Diamanten erworben? Armin war wirklich ein außergewöhnlicher Diener mit vielen verborgenen Talenten.

Janos und Sieglinde beschlossen, in der Herberge zu bleiben, beide waren während des letzten Kampfes verwundet worden und wollten sich eine Rast gönnen.

»Wir kennen das Haus ja schon«, sagte Janos und gähnte. »Ein wenig Ruhe wird uns gut tun.«

Also waren es Natalyia, Leandra, Zokora, Varosch, Armin und ich, die sich auf den Weg zum Markt machten.

Natalyia trug wieder die weiten Gewänder, die man hier von einer Dame erwartete, Zokora und Varosch kleideten sich erneut in die dunklen Roben von Leibwächtern. Auch Leandra und ich hatten uns gewaschen und umgekleidet.

Armin trug ein neues Gewand, weiß, mit auffälligen roten Ziernähten. Vom Gürtel aus fiel das Tuch wie bei einem seitlich offenen Rock bis fast auf die Knöchel herab, darunter trug er weiße Leinenhosen, ebenfalls mit roten Nähten, und neue, weiche hellbraune Stiefel.

»Ein neues Gewand, Armin?«, fragte ich milde.

Er strahlte mich an und nickte heftig. »Esseri, gefällt es Euch? Seht, es ist von bestem Leinen, sauber wie die frische weiße Blüte einer Blume, mit Nähten, die vom Geschick des Schneiders zeugen. Es ist ein gutes Gewand, praktisch und mit vielen Taschen.« Er hob das Gewand an. »Seht, auch neue Schuhe!«

»Keine Sandalen mehr?«

»Aber, Esseri! Der Diener eines solch einflussreichen Herrn, wie Ihr es seid, kann nicht in Sandalen herumlaufen, als wäre sein Herr nicht im Stande, ihn zu kleiden! Misst man einen Herrn nicht an seinen Dienern? Sieht man Euch, sieht man einen Mann, von den Göttern mit schlankem, hohem Wuchs und stattlichen Schultern gesegnet, einen Mann, der etwas darstellt, jemand ist, jemand, den man mit Ehrfurcht betrachten sollte. Sieht man uns alle gar zusammen, betrachtet man an seiner Seite die hübsche Schwester, reich gekleidet, wie es ihrem Stand entspricht, an der Seite seines Herzens eine Schöneit, welche Worte nicht zu beschreiben vermögen, sowie zwei Wächter, wie ein Mann von Stand sie haben sollte! Was würden die Leute denken, welche Schande würde ich über Euer Haupt bringen, sähen sie mich armselig gekleidet? Wünscht Ihr, dass die Leute Euch bemerken und denken: Seht, da geht der fremde Fürst, zu geizig, seinem Diener mehr als Lumpen zu gönnen?«

»Dann danke ich dir, Armin, dass du mich vor dem Anschein des Geizes bewahrst. Ich hätte wissen müssen, dass du dich nur meinetwegen neu eingekleidet hast.«

Er verbeugte sich tief. »Esseri, es ist mir eine Ehre, einem so weisen Mann, wie Ihr es seid, zu dienen.«

Der Händler, zu dem Armin uns führte, war am Platz der Ferne ansässig, jedoch bot er seine Waren nicht aus einem hölzernen Stand heraus an, sondern besaß ein Haus mit stabilen Mauern und eisernen Fensterläden. Vier Wachen, ähnlich gekleidet wie Zokora und Varosch, taxierten uns aufmerksam, als wir das Gebäude betraten.

Die eisernen Türen führten in einen großen Raum mit gekacheltem Boden und weißgetünchten Wänden. Er erschien mir nach dem gleißenden Licht der Sonne draußen fast dunkel. Auch hier im Raum befanden sich zwei Wächter. Ein niedriger, breiter Tisch aus reich verziertem Rosenholz bestimmte den Raum, dahinter saß auf einem niedrigen Stuhl ein älterer, sorgfältig gekleideter Mann. Vor ihm auf dem Tisch befanden sich zwei kleine Waagen und gut ein Dutzend Schalen; ein polierter Metallspiegel warf durch ein vergittertes Fenster einen Sonnenstrahl direkt auf den Platz vor dem Händler. Ein kleiner, fußbetriebener Schleifstein war zu seiner Rechten in den Tisch eingebaut, ein weiterer Spiegel gestattete ihm, das Licht auf diesen Schleifstein zu lenken.

Als wir eintraten, faltete er gerade kleine Briefe und reihte sie sorgsam vor sich auf dem Tisch auf. Dann sah er auf und lächelte. »Armin! Ich bin froh, dich zu sehen! Hast du Erfolg gehabt bei deinen Unternehmungen?«

»Ich grüße dich, Itamar, Meister der Steine! Die Götter sahen auf mich herab und schenkten mir Glück, ich konnte meine Schwester wieder in meine Arme schließen.«

»So belohnten die Götter deine Zähigkeit. Ich sagte dir ja, vertraue in Boron. Wer sind deine Freunde? Stell sie mir vor.«

»Dies ist Havald Bey, ein Fürst aus fremden Landen. Er ist ein mächtiger Kriegsherr und auf dem Weg nach Askir, in die Stadt der Wunder. Ihn begleiten, an seiner linken Seite, seine Gemahlin, die Essera Leandra, selbst von Adel und Einfluss in ihrem Land, an seiner rechten, seine Schwester Natalyia. Zu seinem Schutz begleiten ihn nicht Wachen, sondern Freunde, die edle Essera Zokora und ihr Handgemahl Esseri Varosch, ebenfalls mächtige Krieger aus diesem fernen Land. Ich selbst habe die große Ehre, Havald Bey, der wahrlich von den Göttern gesegnet ist, zu dienen. Meine Aufgabe ist es, ihm die Wege in unserer schönen Stadt zu ebnen.« Er verbeugte sich vor uns. »Dies ist Itamar di Gesali, ein alter Freund meines Vaters. Als ich auf der Suche nach meiner Schwester Helis verzweifelte, bot er mir Heim und Herd und eine Stütze für mein Gemüt. Er ist, was man von wenigen Händlern sagen kann, ein guter Mensch, und sein Ruf als ehrlicher Handelspartner eilt ihm weit voraus.«

»Ich danke dir für das Lob, Armin.« Itamar klatschte in die Hände, und Diener erschienen, die uns niedrige Stühle und einen Tisch mit einer Schale voll Obst brachten.

»Nehmt Platz, Esserin! So sehr ich es schätze, Armin wohlbehalten vor mir zu erblicken, sehe ich doch, dass ihr gekommen seid, um ein Geschäft zu tätigen.«

Leandra, Natalyia und ich ließen uns nieder, Zokora und Varosch zogen es vor zu stehen. Die beiden Wachen im Raum beäugten sie misstrauisch.

Armin beugte sich vor und legte den Stein, den er von Zokora erhalten hatte, auf den Tisch vor den Händler.

Wortlos beugte dieser sich vor und ergriff den Stein mit einer kleinen Zange. Die Art, wie er ihn studierte, drehte und wendete, dann langsam und sorgfältig in eine mit Flüssigkeit gefüllte Schale tauchte, hatte den Charakter eines Rituals, das man nicht unterbrechen sollte. Also sagte niemand etwas.

Itamar prüfte diesen Stein gründlich und ließ sich Zeit. Als er fertig war, legte er den Stein wieder an exakt die gleiche Stelle zurück, wo Armin ihn ursprünglich hingelegt hatte, und richtete sich auf. »Dies ist ein außergewöhnliches Stück«, sagte er dann und ließ seinen Blick über uns schweifen, als wäre ihm durch den Stein etwas über uns bewusst geworden. »Ich sehe die Steine mit dem grünen Schimmer des Flusses Elberoh, kenne das zarte Blau der Diamanten aus den Blutminen der Tugrai oder auch den Schimmer, der die Steine aus dem See des Mondes auszeichnet, sowie ein gutes Dutzend anderer Färbungen. Die Steine sprechen zu mir, erzählen ihre Geschichte, sagen mir, wo ihr Ursprung liegt, sie sind wie gute Bekannte, wenn sie auf meinem Tisch landen, vertraut, auch wenn ich sie vorher nie gesehen habe. Dieser hier ist ein neuer Gast in meinen Räumen. Ich erbitte die Erlaubnis, ein Fenster in ihn zu schneiden, auf dass ich seine Seele besser erkennen kann.«

»Es ist die Essera Zokora, an die Ihr Euch wenden müsst«, sagte Armin. Der Händler sah Zokora fragend an, und sie nickte.

Itamar ergriff den Stein erneut, diesmal mit einer stabilen metallenen Zange, deren Backen mit Leder versehen waren, stieß den Schleifstein an, der in einer Schale Wasser lief, und klappte den Spiegel um. Wie ich nun sah, lenkte dieser Spiegel das Licht nicht nur, sondern schuf einen gleißend hellen Punkt auf dem Rad.

Vorsichtig, mit ruhiger Hand und äußerster Hingabe, schliff Itamar den Stein an. Durch die Art seines Umgangs mit dem Stück – wie seine Augen leuchteten, wie seine Stimme klang – konnte man erahnen, dass dies für ihn ein ganz besonderer Moment war.

Langsam hob er den Stein vom Schleifstein ab, der leise plätschernd auslief, richtete den Spiegel anders aus und hielt sich den Stein erneut vor das Auge. Er klappte den Spiegel zur Seite und legte den Stein wiederum zurück an die Stelle, an der er schon zweimal gelegen hatte.

»Dieses Exemplar besitzt eine Klarheit, wie ich sie selten gesehen habe. Das blaue Licht in ihm ist gleichmäßig, er wird beim Schleifen nicht zerspringen. Ein wahrlich großer Stein, er wird leben, seine Seele zeigen und schöne Frauen schmücken. Ich bitte Euch, Essera, erzählt mir von dem Ort, an dem die Götter ihn erschufen.«

Zokora sah ihn über ihren Schleier hinweg an. »Es ist ein Ort der ewigen Dunkelheit. Auf ihm lastet das Gewicht von Felsen, so dick wie Eure Berge hoch sind. Man atmet Luft so faul, dass sie einem die Lunge verbrennt. Man spürt das Donnern eines gewaltigen schwarzen Flusses in den Gliedern. An seinen Ufern findet man diesen Stein.«

Armin drehte sich erstaunt zu Zokora um.

Itamar nickte langsam. »Ich danke Euch. Ich bewerte diesen Stein mit sechsundvierzig Gold- und drei Silberstücken. Ich biete Euch an, diesen Stein für Euch zu schleifen und zu verkaufen, dann soll mir der dritte Teil des Goldes gehören.«

»Willst du ihn nicht kaufen, Händler?«

»Ihn und vielleicht noch einen zweiten oder einen dritten, wenn er kleiner ist. Aber mehr vermag ich Euch nicht zu geben.«

Zokora sah ihn nachdenklich an. »Hast du einen Stein zur Ansicht, den du selbst geschliffen hast?«

Itamar zog eine Schublade auf, entnahm ihr eine metallene Kassette und dieser wiederum ein Kästchen aus Ebenholz, das er öffnete und Armin reichte, der es an Zokora weitergab.

Zokora prüfte den geschliffenen Diamanten eine lange Zeit. Dann klappte sie das Kästchen zu und gab es an den Händler zurück. »Wie alt bist du, Itamar?«

Der Händler sah sie überrascht an. »Vier Dutzend und drei.«

»Wie lange wirst du noch leben?«

Itamar schüttelte den Kopf. »Ich verstehe Eure Frage nicht, Essera. Aber, wenn die Götter mir gnädig sind, erhoffe ich mir noch etliche Jahre.«

»Nächstes Jahr wird jemand vor dir stehen, mit Haut und Augen, wie ich sie habe. Du wirst ihr deine Kunst beibringen. Fünf weitere Steine erhältst du nun, größer als dieser, den du hier liegen hast. Du schleifst fünf, und der vierte Teil des Goldes ist dein. Aber einer dieser sechs Steine soll dir gehören und du wirst ihn dir selbst aussuchen.«

Sie griff in den Beutel und entnahm ihm fünf weitere Steine, die sie in einer Reihe vor ihm hinlegte.

Itamar blinzelte überrascht. »Dies wäre ein sehr ungewöhnliches Geschäft«, sagte er dann. »Die Arbeit mit den Steinen erfordert Geduld und Geschick, nicht jeder kann es erlernen. Es ist zudem unschicklich, einer Frau Derartiges beizubringen. Wenn sie in meinem Haus lebt, wie Lehrlinge es nun einmal tun, wird man sie für etwas anderes halten.«

»Lehrling. Kann ein Lehrling so schleifen wie du?«

»Nein. Ich bin ein Meister.«

»Sie wird sich nicht darum kümmern, was die Menschen von ihr halten. Sie wird deine Kunst bis hin zur Meisterschaft erlernen. Wenn sie dich in ihr Lager holen sollte, dann ist es ihre Sache.«

Itamar schluckte. »Das wird nicht passieren. Aber, Essera, sie wird lange lernen müssen! Ich brauchte ein ganzes Leben, um meine Kunst zu erlernen.«

Zokora lächelte. »Sie wird diese Zeit haben. Gilt das Geschäft?«

Er nickte.

»Gehen wir«, sagte Zokora. »Ich bin hier fertig.«

»Beherrscht Euer Volk die Kunst des Edelsteinschleifens denn nicht?«, fragte ich sie anschließend.

Zokora zog sich wieder das Lederband über die Augen und blickte in meine Richtung, ich konnte ihren Blick fühlen. »Nein, sie ging verloren.« Ihr Ton sagte mir, dass dieses Thema damit für sie erschöpft war.

Am Haus angekommen, verfiel Armin in ein Wehklagen über dessen Zustand. Ich beachtete ihn nicht, und während ich noch im Innenhof stand, stoppte Armins Gezeter plötzlich. Ich drehte mich um. Er stand da, sein Mund offen, einen Ausdruck des Entsetzens auf dem Gesicht.

Zokora neben ihm lächelte zufrieden, während Leandra sie erstaunt ansah.

»Was habt Ihr getan?«, fragte ich Zokora.

»Er konnte seine Worte nicht sparen, also habe ich seine Stimme genommen«, antwortete sie. Ich trat näher heran, aber bevor ich irgendetwas sagen konnte, berührte sie Armin am Hals.

Er räusperte sich, hustete. »Da ... da ...«

»Du kannst wieder sprechen«, teilte ihm Zokora mit.

»Das war nicht nett, Essera«, sagte Armin vorwurfsvoll, seine Stimme klang belegt. »Es steht geschrieben, dass ein Diener ...«

»Schweig! Was geschrieben steht, interessiert mich nicht, ich schreibe meine eigenen Worte. Du spielst den Unterwürfigen, aber in deinem Geist stehst du mit geradem Rücken da. Du findest es ein amüsantes Spiel, zu plappern, wenn ich Ruhe wünsche, erfreust dich an deiner eigenen Wortgewandtheit. Du nennst mich Herrin, aber du zollst mir keinen Respekt. Kurz gesagt, du bist ein Lügner.«

»Aber ...«

Sie trat so nahe an ihn heran, dass sich ihre Nasenspitzen beinahe berührten. »Spare die unnützen Floskeln, Armin. Sag, was wahr ist.«

Er verbeugte sich. »Ja, Essera.«

Ich rief Armin zu mir. »Das ist unser Haus. Deine Aufgabe lautet, es so bald wie möglich wohnlich zu gestalten. Finde die Handwerker und fang damit an. Überrasche uns mit dem Ergebnis. Geh.«

Er verbeugte sich tief. »Ja, Esseri.«

Varosch sah Armin nach, wie er davoneilte. »Nun, das hat geklappt«, sagte er mit einem leichten Lächeln.

»Ihr wart hart zu ihm, Zokora«, sagte ich dann.

»Das finde ich nicht«, meinte Leandra. »Dein Diener hat eine hohe Meinung von sich, er hat die Zurechtweisung verdient.«

»Ja«, sagte Zokora. »Wäre er mein Diener, hätte ich ihn schon bestraft.«

»Er ist aber *mein* Diener«, sagte ich milde. »Und ich bestrafe ihn, wenn es mir nötig erscheint.«

»Er ist niemandes Diener«, sagte Natalyia mit ihrer leisen Stimme. »Er tut nur so. Zokora hat recht, er lügt in jeder Geste der Unterwürfigkeit.«

Ja, das hatte ich auch schon vermutet. »Er wird seine Gründe haben.«

Zokora war belustigt. »Du spielst sein Spiel mit, Havald. Du spielst den Herrn des gespielten Dieners.«

Ich runzelte die Stirn. »Ich weiß nicht, was Ihr damit meint, Zokora.«

Aber sie lächelte nur wieder.

Wir verließen das Haus. Ich wusste, dass Leandra darauf brannte, das Tor auszuprobieren, aber solange das Haus offen war und jedermann zugänglich, waren wir übereingekommen, es zu unterlassen.

Im Moment hatten wir nichts Dringliches zu tun. Am Abend würden wir dem Emir die Zeichnungen übergeben und ihm von Jefar im Haus des Friedens berichten. Mehr konnten wir nicht tun. Vielleicht fanden die Agenten des Emirs dann mehr heraus.

»Unser Feind ist schlau. Er unterschätzt uns nicht mehr«, sagte Varosch. Wir waren auf dem Weg zum Hafen, ich wollte Leandra die *Lanze der Ehre* zeigen.

»Er weiß, dass wir wenig ausrichten können, aber wenn er uns seinerseits angreift, gibt er sich eine Blöße. Tut er nichts, können wir nur blind in einem Ameisenhaufen stochern. Wir könnten an ihm vorbeilaufen und würden ihn nicht erkennen«, fuhr Varosch fort.

Ich nickte. »Die Nachtfalken halten sich ebenfalls zurück.«

»Sie werden nichts ohne einen Auftrag tun«, meinte Natalyia. »Kein guter Attentäter handelt aus Ärger heraus.«

»Sicher können wir uns dennoch nicht fühlen.« Leandra

blieb bei einem Händler stehen, ließ ein Kupferstück in die Schale fallen und griff sich einen Honigkuchen. »Aber ich sehe auch keinen Grund, warum wir uns verstecken sollten. Wir werden einige Zeit in Gasalabad verbleiben, vielleicht sogar einen Mond. Wir sollten die Stadt und ihre Menschen etwas besser kennenlernen. Letztlich will ich sie ja als Verbündete gewinnen.«

»Wir werden jetzt die Zeit dazu haben«, sagte ich.

Leandra war von der *Lanze der Ehre* fasziniert. »Sie ist ziemlich groß für ein Flussschiff«, sagte sie beeindruckt zu Deral, dem Kapitän der *Lanze*, während einer eingehenden Besichtigung.

»Sie ist streng genommen kein Flussschiff«, sagte Deral mit sichtlichem Stolz, als er uns in die offene Kabine führte. Er klopfte mit der Hand gegen das polierte Holz der Schiffswand. »Sie ist ein Küstensegler und kennt auch die Wogen des offenen Meeres.« Er wies mit einer Geste auf die Sitzkissen, die um den niedrigen Tisch herum platziert waren.

»Meint Ihr, wir könnten mit ihr flussabwärts bis nach Janas reisen und von dort aus die Küste entlang bis nach Askir?«, fragte Leandra und ließ sich nieder, der Rest von uns ebenso. Durch die rautenförmigen hölzernen Gitter der Läden vor der offenen Kajüte sah ich das Glitzern der Sonne, die sich auf den flachen Wellen des Gazar spiegelte.

Deral nickte. »Ich müsste mich etwas um die Takelage kümmern und bräuchte ein paar Leute mehr, die offene See erfordert andere Vorbereitung als der Fluss. Aber ja, ich bin sicher, dass dieses stolze Schiff uns alle in die Stadt der Wunder bringen würde.«

Einer der Schiffsjungen brachte eine Schale mit Früchten.

»Wie lange wird die Reise dauern?«

»Es kommt auf die Winde an. Sind sie widrig, bis zu fünf Wochen, meinen sie es gut mit uns, nicht mehr als drei.«

»Mit dem Pferd sind es drei Wochen.« Varosch beugte sich vor, griff einen der Äpfel und fing an, ihn zu schälen.

»Ihr spart keine Zeit, das stimmt, aber ihr reist sicherer und bequemer. Obwohl es an der Küste Piraten geben soll. Doch der Gazar mündet südlich der Feuerinseln in das Meer der Ruhe, dort operieren die Piraten nur selten, aus Angst vor den Schwertschiffen Askirs.«

»Askir unterhält eine Flotte?«, fragte Leandra überrascht.

»O ja. Vielleicht ist sie heute sogar noch größer als zu den Zeiten des Imperiums. Askir besitzt wahrscheinlich den größten Hafen der Welt. Seine Flotte besteht zum größten Teil aus Handelsschiffen, aber jedes Einzelne von ihnen ist wehrhaft. Die Schwertschiffe aus den Werften der Reichsstadt sind auf allen Meeren zu sehen.«

Zokora nahm ein Apfelstück von Varosch entgegen und aß es in kleinen Bissen, während sie sich aufmerksam umsah.

»Nur nicht auf unseren Meeren«, sagte Leandra.

»Euer Reich liegt, wie ihr sagtet, weit südlich, nicht wahr? Dann sind es die Piraten der Feuerinseln, die den Weg zu euren Ländern blockieren. Jedes Schiff, das in ihre Nähe kommt, wird aufgebracht. Der Verkehr in diese Richtung wurde eingestellt.«

»Habt Ihr eine Karte der Küste, guter Mann?«, fragte Leandra.

Der Kapitän nickte. »Ich will sie Euch gerne zeigen.« Er stand auf und öffnete eine schwere Kiste. Er entnahm ihr vorsichtig eine Schriftrolle. Natalyia schob die Schale mit den Früchten zur Seite. Deral nickte ihr dankend zu und breitete die Rolle auf dem Tisch aus. Ein Ende beschwerte er mit seinem Dolch, einer von Natalyias Dolchen erschien in ihrer Hand, und sie beschwerte die andere Ecke.

Wir beugten uns vor, als der Kapitän die Route mit seinem Finger aufzeigte, ohne jedoch das Pergament zu berühren.

»Dies ist die Küste, hier läuft der Gazar, und hier liegt Gasalabad. Dort Janas und hier Askir. Wir fahren hier den Gazar in

Richtung Westen entlang, vorbei an Telindra und Jaktos, nach Janas. Von dort die Küste hoch, auf direktem nördlichen Kurs, an Hilmar und Heringsfort vorbei und nach Askir. Die Feuerinseln liegen hier unten, im Süden. Wie sich die Küsten dort gestalten, weiß ich nicht, aber weiter unten müssten eure Reiche zu finden sein.«

Leandra studierte die Karte eindringlich. »Würden die Piraten der Feuerinseln die Passage nicht gefährden, wie lange bräuchte ein gutes Schiff für die Fahrt von hier«, sie tippte auf eine weiße Stelle auf der Karte, in etwa dort, wo Kelar lag, »nach hier?«

»Je nach Wind, vier bis sechs Wochen«, antwortete Deral besonnen. Er musterte den weißen Fleck. »Liegt dort Euer Land?«

Leandra nickte. Sie sah zu mir hoch, ihr Finger ruhte nun auf den Feuerinseln. Auf der Karte schienen sie eine kleine, unbedeutende Inselgruppe. »Wenn wir Unterstützung finden, scheint der Schiffsweg die sicherste Route von Askir nach Illian. Wir müssen nur die Piraten aus dem Weg räumen.«

Deral lachte. »Da wärt ihr nicht die Ersten, die das versuchen würden. Sie hocken in alten imperialen Seefestungen, die sie besetzt haben, nachdem die imperiale Flotte die Stützpunkte verließ. Seitdem scheiterte jeder Versuch, sie wieder hinauszutreten. Sie beherrschen den gesamten Bereich hier.« Sein Finger beschrieb einen großen Kreis um diese Inselgruppe herum.

»Damit«, meinte Leandra, »wissen wir nun auch, warum keine Schiffe mehr zu uns kamen.« Als die neuen Kolonien, aus denen unsere heutige Heimat entstanden war, besiedelt wurden, brachten große Handelschiffe und Konvois fast zwei Jahrzehnte lang Waren und Material, wie auch neue Kolonisten, von Askir aus die Küste herunter nach Kelar, der größten Hafenstadt der Kolonien. Doch plötzlich, fast ohne Vorwarnung, blieben die Schiffe aus.

Ich musterte die Karte. »Vielleicht. Das mag einer der Gründe sein. Aber ich denke, dass, nachdem Askannon abdankte, niemand mehr die Kolonisierung unterstützen wollte. Sie hatten erst einmal genug mit sich selbst zu tun.«

Ich schob meine Erinnerungen an Kelar beiseite, die Stadt existierte nicht mehr, ihre Mauern waren geschleift und die Bewohner ermordet von den Armeen Thalaks.

»Wie lange braucht Ihr, um die *Lanze* seefertig zu machen?«, fragte ich Deral.

»Nicht länger als fünf Tage. Wenn wir allerdings Ware handeln wollen, länger«, antwortete der Kapitän und rollte seine Karte wieder zusammen, um sie vorsichtig zu verstauen. Natalyias Dolch verschwand genauso schnell, wie er erschienen war.

»Ihr könnt Euch nach Ware zum Handeln umsehen. Aber nicht so viel, dass die Geschwindigkeit der *Lanze* darunter leidet. Im Moment planen wir, in etwa vier Wochen abzureisen, also habt Ihr Zeit.«

Deral schloss die Seekiste und verbeugte sich. »Das wird Zeit genug sein, uns vorzubereiten. Wenn die Götter es erlauben, werden die *Lanze* und ich euch sicher nach Askir bringen.«

14. Der Zirkus der Gaukler

Als wir das Schiff verließen, hielt Zokora inne. »Schau«, sagte sie und wies mit ihrem Blick auf einen Mann, der Baumwollballen inspizierte, die von einem Schiff entladen wurden. »Es ist Jefar.« Sie war die Einzige, die den Mann in jener Nacht gesehen hatte, wir anderen hatten vom Dach aus nur seine Stimme gehört. Ich schaute ihn mir an, und hätte sie ihn nicht aus der Menge hervorgehoben, hätte ich ihn übersehen, so durchschnittlich erschien er mir. Er war reich gekleidet und wirkte hochnäsig auf mich, aber darin unterschied er sich nicht von den anderen Händlern an der Hafenanlage. Zwei dunkel gekleidete Wächter begleiteten ihn.

Er selbst sah in unsere Richtung, sein Blick glitt jedoch ohne besondere Aufmerksamkeit über uns hinweg. Entweder erkannte er uns nicht, was ich bezweifelte, oder aber er war ein guter Schauspieler.

»Varosch und ich könnten ihn verfolgen, dann finden wir mehr über ihn heraus«, schlug Zokora vor.

»Da er nicht zu Hause ist, könnte ich nachsehen, was ich dort bei ihm finde«, meinte Natalyia.

Ich sah zu ihr. »Das Haus dürfte immer noch bewacht sein, er wird auch mehr als einen Hund haben.«

»Man wird mich nicht sehen.«

»Gut«, entschied ich. Ich wandte mich an Zokora. »Aber Ihr werdet vorsichtig sein. Es dürfte schwer sein, ihn zu verfolgen. Er weiß von uns.«

Ein feines Lächeln umspielte ihre Lippen. »Soll er uns doch sehen …«

Ich schüttelte den Kopf. »Noch weiß er nicht, dass wir von ihm wissen. Ich wünsche, dass es so bleibt.«

»In Ordnung, Havald. Das erhöht für mich nur den Reiz

des Spiels.« Sie hielt Varosch die Hand hin. »Komm, Varosch, lass uns die Waren hier bewundern.« Varosch lächelte, warf mir noch einen Blick zu und ergriff ihre Hand. Sie gingen davon.

»Bist du sicher, Natalyia, dass du nicht gesehen wirst?«

»Der größte Teil des Viertels der Reichen steht auf Felsboden.« Ich sah sie hinter ihrem Schleier lächeln. »Selbst wenn ich gesehen werde, was sieht man mehr als eine Frau mit Schleier?«

»Ohne Dienerschaft ein ungewöhnlicher Anblick«, gab ich zu bedenken.

Sie schüttelte den Kopf. »Nicht im Viertel der Reichen. Sollte ich auf dem Weg dahin Ärger bekommen, weiß ich mich zu wehren.« Ihr Lächeln vertiefte sich, als sie meinen Blick sah. »Havald, ich bin nicht zerbrechlich.«

Ich nickte, und sie eilte davon.

»Sollen wir ihr Rückendeckung geben?«, fragte Leandra.

Ich schüttelte den Kopf. »Vielleicht beobachtet man auch uns. So wird ihre Aufmerksamkeit geteilt.« Ich ergriff ihre Hand und kam mir dabei ein wenig wie ein Jüngling mit seiner ersten Liebe vor. »Lass uns ein wenig auf dem Markt spazieren gehen.«

Selten hatte ich einen Nachmittag genossen wie diesen. Zwar dachte ich hin und wieder an unsere Gefährten, besonders an Natalyia, und fragte mich, ob sie in ihrem Unterfangen erfolgreich waren, aber viel mehr erquickte ich mich an Leandras fast kindlicher Freude, wenn sie an den Marktbuden immer wieder Neues erblickte.

Eine flache Holzkiste mit chirurgischen Instrumenten erregte ihre Neugierde. Sie fand sie bei einem Pfandleiher, inmitten von Lampen, Töpfen, Vasen und Metallwaren.

»Wo habt Ihr das her, Händler?«, fragte sie den Trödler.

»Essera, ich kann Euch diese Frage nicht beantworten, denn

mein Vater, möge er in Frieden in den Hallen der Götter
ruhen, erstand diese Kiste vor langen Jahren. Er sagte mir nicht
mehr, als dass ein wandernder Heiler sie veräußerte, weil er zu
alt wurde und seine Finger zitterten. Es war ein Fremder, aber
mehr vermag ich nicht zu sagen. Gefällt sie Euch? Seht Ihr die
präzise Bearbeitung des Holzes, die Scharniere aus Messing?
Nehmt die Kiste ruhig hoch und schaut Euch den Deckel an,
dort ist das Symbol eines Greifen mit silbernen Drähten ein-
gelegt. Seht den Stahl der Werkzeuge der Heilkunst. Es ist ein
grauer Stahl, wie ich ihn sonst noch nie gesehen habe, kein
Rost an ihnen, ein jedes Skalpell noch so scharf wie eh und je,
sogar dieser kleine Spiegel ist nicht blind geworden. Habt Ihr
jemals eine solche Arbeit gesehen?«

In dem Moment, in dem Leandra das Greifensymbol sah,
wusste ich, dass sie diesen Instrumentensatz nicht wieder aus
der Hand geben würde.

»Was wollt Ihr dafür haben, Händler?«, fragte ich.

»Esseri, es tut mir von Herzen leid, aber ich kann Euch diesen kostbaren Schatz nicht unter vier Goldstücken verkaufen,
er ist einzigartig und ein Bestandteil meines Erbes. Mein seli-
ger Vater hielt ihn schon in den Händen.«

Leandras Hand war schon auf dem Weg zu ihrem Beutel, als
ich sie leicht anstieß.

»Vier Goldstücke! Ihr solltet nicht so lange in der Sonne
stehen! Dieser Satz ist alt, wer weiß, ob er vollständig ist? Für
eine solche Summe könnte ich einen Heiler kaufen und nicht
nur seine Instrumente! Zwei Gold- und fünf Silberstücke,
nicht einen Kupfer mehr.«

»Seht, ein jedes Werkzeug hat seinen Platz in dieser Kiste,
es ist klar zu erkennen, dass er vollständig ist! Drei Gold-, fünfzehn Silberstücke ist das Letzte, was ich dazu sagen kann.«

»Ihr seid ein Wucherer! Sehe ich so aus, als würde ich mich
von Euch so betrügen lassen? Wollt Ihr, dass ich meiner Frau
keine Geschenke mehr machen kann und so vor ihrem Bett

auf dem Boden schlafen muss? Zwei Gold-, zehn Silberstücke ist mir ihr Lächeln wert.«

»Ihr seid blind für die Wünsche der Schönheit neben Euch, oder Ihr seid ein Mann mit einem Herzen aus Stein, da Ihr nicht erkennen könnt, dass dieses Geschenk Euch die Freuden des Paradieses bringen wird! Drei Gold-, fünf Silberstücke, sage ich, weil ich Erbarmen mit Euch habe.«

»Zwei Gold-, fünfzehn Silberstücke ist mein letztes Gebot. Bin ich denn ein Emir, dass ich mit einem solchen Vermögen um mich werfen kann? Meine Diener werden mich auslachen, wenn sie erfahren, wie ich auf Euch hereinfiel!«

»Ihr rührt mein Herz zu Tränen, Esseri. Meine eigenen Kinder werden darben, und meine Frauen werden mich vorwurfsvoll ansehen, wenn sie merken, dass ich diesen Schatz verschenkt habe. Doch ein Mann ist auch in seinem Haus ein Mann, sie werden es hinnehmen müssen. Es sei dies meine gute Tat für diesen Tag, Ihr solltet Astarte eine Kerze spenden dafür. Drei Goldstücke, sage ich und bereue es auch schon in diesem Moment.«

»So soll es sein. Meine Diener werden aufhören zu lachen, wenn ich ihnen das Essen kürze.«

Drei goldene Kronen wechselten den Besitzer, und der Händler beschwor noch die Götter, uns einen reichen Kindersegen zu schenken.

»Das hat dir Spaß gemacht, Havald«, sagte Leandra mit einem feinen Lächeln, als sie die Kiste unter ihren Arm klemmte.

Ich lachte sie an. »Ja, ich gebe es zu. Vielleicht war ich zu lange mit Armin unterwegs.«

Sie sah zu dem Händler zurück, der anfing, seine Waren zusammenzusuchen und zu packen.

»Er hätte es uns auch für zwei Goldstücke gegeben.«

Ich nickte. »Wahrscheinlich. Ich habe einmal einen kleineren Satz solcher Instrumente bei einem Feldscher gesehen. Er hütete sie wie einen Schatz. Von ihm weiß ich, dass ein solcher Satz, von einem guten Chirurgen zusammengestellt, mehr als ein Vermögen wert ist.«

Leandra nickte zustimmend. »Er kann Leben retten. Was ist ein Leben wert? Ich hätte auch zehn Goldstücke bezahlt, denn ich fühle, dass dieser Satz von höchster Qualität ist. Er ist alt, sehr alt sogar, und durch viele Hände gegangen. Wie lange dauert es, bis Kanten aus Stahl abgerundet werden?« Sie strahlte mich an. »Sagt man nicht auch, dass in guten Werkzeugen etwas von dem Geist der Menschen verbleibt, die sie benutzt haben?«

»Vielleicht ist es so. Das Einzige, was mir an diesem Chirurgensatz nicht gefällt, sind die Klingen und die Sägen. Magie heilt ungleich besser.«

»Aber auch seltener. Wie oft wurdest du in deinem Leben durch Magie geheilt?«

»Ohne die Kräfte meines Schwertes dazuzurechnen? Zweimal. Einmal hier im Tempel, einmal durch Zokora. Aber das Garn, das ich nun nicht mehr habe, half mir häufiger.«

Sie nickte. »Ich sehe, es war die falsche Frage. Wie oft hast du schon gesehen, wie andere durch Magie geheilt wurden? Wie oft hast du derlei auf einem Schlachtfeld gesehen?«

»Ich habe dir nicht widersprochen. Ich weiß, wie selten Heilung durch Magie ist, nur die höchsten Priester der Götter erhalten diese Fähigkeit, und das Handwerk eines Feldschers ist es, was nach einer Schlacht Leben rettet. Doch oft genug habe ich mit angesehen, wie, um einen Menschen zu retten, Teile von ihm verloren gingen, sei es ein Finger oder ein Bein. Oft habe ich Krüppel gesehen, die wohl lieber gestorben wären, als so weiterzuleben.«

»Dennoch, diese Instrumente können Leben retten. Ich bin froh, dass wir sie gefunden haben.«

Wir gingen weiter über den Markt und ließen ihn auf uns einwirken. Johlendes Geschrei führte uns zu einer Menschen-

menge vor einer Plattform, wo ein Henker seiner Arbeit nach-
ging. Wie ich erfuhr, war dies der kleine Richtplatz für die min-
deren Verbrechen, das Tor der Reue lag gleich dahinter. Als ich
es zum ersten Mal passiert hatte, war die Plattform leer und un-
genutzt gewesen.

Jetzt jedoch waren an ihrem Rand entlang gut ein Dutzend
Wächter verteilt. Ein Richtblock beherrschte die Plattform,
eiserne Kohlenschalen hielten verschiedene Instrumente der
Gerichtsbarkeit, ein Kessel mit kochendem Pech blubberte vor
sich hin. Die Tempel Borons, Soltars und Astartes hatten jeweils einen höheren Priester entsandt. Der Boronpriester stand
da in seinem dunklen Ornat und mit dem Richtschwert, einem
Zweihänder mit einer breiten Klinge und einer stumpfen Spitze.
Die Waffe wirkte wie der edlere Bruder der Waffe des Hen-
kers. Der Scharfrichter selbst war ein bulliger Mann mit einem
Oberkörper fast so breit wie der von Janos, seine Haut glänzte
vor Schweiß, auch die schwarze Haube auf seinem Kopf war
schon nass. Körper und dunkle Hose waren mit Blutspritzern
gesprenkelt.

Die Bestrafungen hatten soeben erst begonnen, eine Traube
von gut zwei Dutzend jämmerlichen Gestalten war im hinteren Teil der Plattform zusammengepfercht.

Ein reich gekleideter Beamter mit einem juwelenbesetz-
ten Schwert stand an der Kante der Plattform, das Gesicht der
Menge zugewandt, und verlas mit lauter, klarer Stimme die
Urteile.

Leandra und ich hielten inne, meine Vorliebe für Hinrichtungen hielt sich in Grenzen – ich hatte schon genug Blut
und Elend gesehen –, aber der Herold verlas nicht nur die
Strafen, sondern auch die Verbrechen. Ich wollte etwas über
das Wesen des Rechts erfahren, darüber, wie es hier angewandt
wurde.

»Die Magd Jalane. Witwe, zwei Kinder. Sie stahl ein Silber-
stück aus dem Heim ihrer Herrschaft. Fünf Hiebe mit der

schweren Peitsche, ein Tag im Stock. Ihre Familie darf sie versorgen.«

Eine weinende Frau mittleren Alters wurde aus der Menge der Gefangenen herausgezerrt und auf einen schweren Holzrahmen gebunden. Die Peitsche war die eines Fuhrmanns und für die dicke Haut von Ochsen bestimmt, bei Menschen schnitt sie wie ein Messer. Die Frau verlor nach dem zweiten Schlag die Besinnung. Zwei Wachen schleppten die Blutende durch das Tor der Reue zu den Prangern auf der anderen Seite.

»Kelbar, Sohn eines Bäckers. Er erschlug eine Sklavin seines Vaters. Zehn Hiebe mit der schweren Peitsche.«

Ein junger Mann mit einem schmollenden Gesichtsausdruck wurde auf den Stock gebunden, er schrie wie ein Ferkel, bis er beim vierten Schlag das Bewusstsein verlor. Das Gemurmel der Menge verriet, dass sie nicht beeindruckt war.

»Rekrut Halim. Insubordination. Bastonade, vierzig Schläge auf die Füße mit einem gespaltenen Bambus.«

Zwei Soldaten brachten einen jungen Mann an das schwere Holzgestell heran. Die Farbe ihrer Mäntel zeigte, dass sie zu einer anderen Einheit gehörten als die, welche die Plattform bewachte. Bevor sie den jungen Mann festbanden, gab einer von ihnen dem Gefangenen eine Flasche, die dieser ansetzte und in einem Zug leerte. Der Henker wählte eine lange Rute aus gespaltenem Bambus, bezog Position und fing mit der Bestrafung an. Der junge Mann begann erst nach dem fünften Schlag zu stöhnen. Ganz zuletzt schrie er, zu diesem Zeitpunkt war der Bambusstab bereits rot von seinem Blut. Er verlor nicht das Bewusstsein. Seine beiden Kameraden banden ihn mit unbewegtem Gesichtsausdruck von dem Gestell ab und trugen ihn zum Priester des Boron. In eine Schale vor den Füßen des Priesters wurde ein Beutel entleert, er enthielt große Mengen Kupfer und das eine oder andere Stück Silber. Offensichtlich hatten die Kameraden des Mannes für seine Heilung gesammelt. Der Priester des Boron nickte und begann ein langes

Gebet, beschwor die Gnade seines Herrn und die Gewährung einer Heilung. Schweißtropfen sammelten sich auf den asketischen Zügen des Priesters, er sank auf seine Knie herab, immer noch betend, halb auf sein Schwert gestützt, und hielt dann seine Hand über die geschundenen Füße des Delinquenten. Mit großem Oh und Ah verfolgte die Menge, wie sich die Wunden des Soldaten langsam schlossen. Der Priester zitterte nunmehr am ganzen Leib, seine Augen rollten hin und her, Schaum trat ihm aus dem Mund, die Worte seines Gebets waren kaum mehr zu verstehen... dann fiel er kraftlos zur Seite und lag still. Die Fußsohlen des Soldaten waren zwar noch nicht geheilt, jedoch sahen sie aus, als wäre eine Woche seit der Bestrafung vergangen.

Die Menge rief Lobpreisungen des Boron, aber niemand schien sich über den Priester zu wundern, der nun still auf den Bohlen der Plattform lag.

»Verzeiht«, wandte ich mich an einen der Schaulustigen neben mir. »Was ist mit dem Priester geschehen?«

»Ihr meint den Diener Borons? Es ist Galim, einer der besten Heiler des Tempels«, sagte der Mann neben mir beeindruckt. »Es ist heute seine vierte Heilung. Er steht wirklich hoch in der Gunst seines Gottes.«

Ich nickte. »Ja. Aber warum ist er zusammengebrochen?«

Der Mann sah mich erstaunt an. »Ihr habt noch nie eine Heilung gesehen? Der Mensch ist nicht geschaffen für die Kräfte der Götter, und es bedarf wahrer Hingabe und Glauben, um sie durch das schwache menschliche Fleisch zu leiten, wie auch einer großen Anstrengung.«

»Ich verstehe nicht. Ich habe eine Heilung im Tempel gesehen.«

»Ja, davon habe ich auch gehört. Im Tempel Soltars war es, nicht wahr? Nun, das war im Haus des Gottes, wo seine Macht am stärksten ist, begleitet von den Gebeten anderer heiliger Männer. Ein Wunder. Das hier ist eine normale Heilung.«

Ich dankte dem Mann. Nur wenige Priester bei uns, meistens nur der oberste Priester eines Tempels, erhielten von den Göttern die Gabe der Heilung. Sie wurde selten eingesetzt und nur in den Tempeln. Aber Zokora war dazu in der Lage, mit ihren Kräften schwerere Wunden zu heilen, und das vollständig.

Ich sah fragend hinüber zu Leandra. Sie erriet meine Gedanken. »Bei dem Wunder im Tempel wurde eine Komponente eingesetzt, das Garn. Zokora benutzt eine Traube, die bei ihrem Volk heilig ist. Ohne diese Traube vermag sie kaum zu heilen. Vielleicht ist das die Erklärung.«

Der Priester erwachte, richtete sich mühselig wieder auf und stützte sich schwerer auf sein Schwert als zuvor.

»Dann steht dieser Priester wirklich in hohem Ansehen bei seinem Gott, dass er es ohne eine Komponente vermochte«, sagte ich nachdenklich.

»Vielleicht. Sieh, wie ausgezehrt er ist. Er hat viel von sich in diese Heilung gelegt.«

Wir sahen weiter zu. Diebstahl wurde, je nach Anzahl der Versuche, mit geschlitztem Ohr oder Nase, einem abgetrennten Finger oder einer abgehackten Hand bestraft, Ehebruch einer Frau mit fünf Tagen am Pranger. Ich erfuhr nun, dass der Missbrauch durch Passanten Teil der Bestrafung war. Schuldner kamen in die Käfige, die ich am Tor der Reue hängen gesehen hatte. Betrug wurde mit gebrochenen Fingern geahndet. Körperverletzung mit einer doppelten Version der dem Opfer zugefügten Wunden.

Ein Mann hatte während einer Schlägerei einem anderen ein Auge ausgeschlagen. Als sich der Henker dem schreienden Verurteilten mit einem scharfen Haken näherte, wandte Leandra sich ab und vergrub ihr Gesicht in meiner Schulter. Auch ich hatte genug. Ich bahnte mir den Weg durch die Menge, während diese zweimal fasziniert aufstöhnte, als der Mann sein Augenlicht verlor.

Waren diese Strafen ungerecht und hart? Zum Teil erschienen sie mir so, aber ich war fremd hier. Was mich anwiderte, waren die Gaffer, die das Gericht zu einer blutigen Attraktion machten. Oft verrichtete bei uns der Henker seine Arbeit im Hof des Gefängnisses, nur Hinrichtungen waren öffentlich. Und natürlich der Käfig und der Pranger.

Der Blutgeruch und die Schmerzensschreie der Delinquenten verloren sich erst, als wir zu einem Zirkus kamen, der wohl erst am heutigen Morgen die Stadt erreicht hatte. Hier und da war das fahrende Volk noch damit beschäftigt, seine Wagen auszuräumen und das Gelände mit schweren Seilen abzusperren. Dennoch fand schon eine Vorstellung statt.

Bunt gekleidete Männer und Frauen tanzten auf Stelzen, liefen hoch über unseren Köpfen über dicke Seile, Feuerspucker und Jongleure begeisterten die Menge. Kleine Kinder liefen umher und rasselten mit ausgehöhlten Kürbissen, baten um ein Kupferstück für die Tiere, vielleicht auch zwei, wenn einem die Vorstellung gefiel.

Inmitten dieser bunten Gestalten erblickte ich Armin. Er war genauso bunt gekleidet wie die anderen, und er war es, der entschied, wer was wohin räumte. Ich rief seinen Namen, und er drehte sich um, sein Blick suchte den, der gerufen hatte, aber er blickte über uns hinweg.

Auch Leandra war überrascht. »Er sieht Armin zum Verwechseln ähnlich.«

»Ich weiß, wer er ist. Es ist Armins Bruder, Golmuth.«

Golmuth wandte sich wieder seiner Arbeit zu, und ich beschloss, ihn nicht anzusprechen, aber später Armin zu informieren, dass sich der Zirkus in der Stadt befand.

»Hm«, meinte Leandra. »Es sieht so aus, als habe Armin dir die Wahrheit erzählt.«

Ich nickte. Aber ich war mir trotzdem sicher, dass es weitaus mehr Dinge gab, die er nicht erwähnt hatte.

»Ich war noch nie in einem Zirkus«, sagte Leandra. Oben,

hoch über uns, schlug eine junge Frau ein Rad auf dem Hochseil, sie strauchelte, konnte sich aber noch festhalten. Sie schwang einmal mit gestreckten Beinen durch, zog sich wieder hoch und verbeugte sich zu donnerndem Applaus. Wie wohl alle hier in der Menge hatten auch Leandra und ich die Luft angehalten, als sie zu fallen drohte.

Ich hielt einen der fliegenden Händler an, kaufte von ihm ein ganzes Blatt mit sechs Honigkuchen und ergriff Leandra an der Hand. Ich zog sie zum Eingang, warf dem kleinen Jungen zwei Kupferstücke in die Schale und suchte für uns den besten noch freien Platz.

Die Manege bestand aus einem Kreis in schweres Leinen gehüllter Strohballen, bestimmt vierzig Schritt im Durchmesser, um ihn herum, im Dreiviertel-Kreis, waren Tribünen errichtet, nur ein Viertel, das in der Mitte, war fertig, links und rechts von uns waren die Arbeiter noch dabei, die Sitzplätze zu errichten. Der Manegenkreis war knöchelhoch mit Sand gefüllt, im Eingang konnte ich Matten aus geflochtenen Palmenblättern sehen, die unter dem Sand lagen.

Als wir uns setzten, schien gerade eine Darbietung beendet zu sein, zwei leicht gekleidete junge Mädchen eilten Hand in Hand mit großen federnden Sprüngen davon, ihre langen schwarzen Zöpfe hüpften im Gleichtakt auf und ab.

Genau gegenüber unseren Plätzen war der Kreis aus Strohballen unterbrochen, dort war eine hohe Plattform errichtet. Darauf saßen farbenprächtig gekleidete Musikanten, die nun ein Stück spielten, um die Lücke zwischen den Darbietungen zu füllen.

Trommel, Hörner und Flöten… Mein Ohr war an derartige Töne nicht gewöhnt, aber den anderen Zirkusgängern schien es zu gefallen.

Leandra lehnte sich an mich und suchte mit spitzen Fingern einen der Honigkuchen aus. Den ganzen Tag über war sie schon am Naschen, und mir war es recht so. Die Anstrengungen der letzten Tage hatten sich auch in ihr Gesicht gegraben.

Unter der Plattform hingen schwere rote Vorhänge, sie bildeten das Tor zur Manege. Dort gab es nun Bewegung. Auf ein unsichtbares Signal hin beendeten die Musikanten das Pausenstück und begannen einen Trommelwirbel, der sich langsam steigerte, bis die Trommelstöcke kaum mehr zu sehen waren und, so schien es mir, der ganze Platz im Rhythmus der schweren Kesselpauken erzitterte.

Langsam versiegten die anderen Trommeln, nur noch die Kesselpauken erschütterten die Luft, dann veränderte sich der Rhythmus zu dem von galoppierenden Pferden. Es war, als ob man sie anreiten hören konnte, und als es nicht mehr möglich schien, dass die Pauken noch lauter werden konnten, barsten zwanzig Reiter durch den roten Vorhang, der scheinbar im allerletzten Moment zur Seite gerissen wurde.

Ich hatte von ihnen gehört, schwere imperiale Kavallerie. Schon lange bevor Askannon abdankte, hatte es sie nicht mehr gegeben. Noch hatte ich nicht herausgefunden, was mit der schweren Kavallerie geschehen war, aber ich hatte einst im Tempel Borons ein Wandgemälde gesehen, das sie in vollem Sturmritt zeigte. Und genau so erschien es mir jetzt hier.

Für einen Moment war ich nur imstande, erstaunt die Augen aufzureißen, dann erkannte ich das dünne Blech: Die schweren Rüstungen der Reiter waren nur Imitate.

Viel mehr Zeit, um über das nachzudenken, was ich sah, hatte ich nicht, denn die Angriffsformation flog in vollem Galopp auf uns zu, das Donnern der Hufe der schweren Pferde vermischte sich mit dem rhythmischen Schlagen der Pauken. Es schien tatsächlich, als würde die Erde beben.

Ich sah sie schon beinahe in die Tribüne preschen, als sie, fast schon zu spät, die Pferde nach links oder rechts herumrissen und der Sturmritt sich in zwei geordnete Formationen unterteilte, die entlang des Manegenrings donnerten.

180

Dieselben jungen Mädchen, die vor wenigen Minuten die Manege hüpfend verlassen hatten, eilten scheinbar lebensmüde durch die Lücken der Reiter hindurch, als diese nach der Halbrunde um die Manege vor dem Manegentor aufeinander trafen und zwanzig Pferde, in vollem Galopp und ohne sich auch nur zu berühren, aneinander vorbeirasten.

Von der Plattform der Musikanten warf ein Mann den beiden Mädchen, die es irgendwie geschafft hatten, nicht niedergetrampelt zu werden, Melonen zu. Während die Reiter in perfektem Gleichtakt, Huf für Huf, den Manegenrand entlangdonnerten, legten die Mädchen jeweils zehn dieser Melonen in zwei parallelen Reihen in der Manege aus. Jedes der Mädchen, Zwillinge, wie ich nun sah, und kaum älter als sechzehn Jahre, nahm eine verbleibende Melone auf, legte sich rücklings auf den Boden und platzierte die Frucht auf seiner Stirn, um dann die Arme abzuspreizen und die Augen zu schließen.

Mit dem Rhythmus der Trommel veränderte sich die Gangart der Pferde. Es waren nicht die eher kleinen Pferde, die ich überall in Bessarein gesehen hatte, sondern wahre Kriegspferde, fast schon monströs in ihrer Größe, mit riesigen stahlbewehrten Hufen. Jedes der Pferde trug Panzerung, ebenfalls nur imitiert, aber dennoch beeindruckend.

Nun schien es, als ob die Pferde wild wären, sie bockten, stiegen, traten aus... aber jeweils zehn Pferde im perfekten Takt. Wieder näherten sie sich dem Tor, doch diesmal bogen beide Zehnergruppen nach innen in den Kreis ab und trampelten, bockend und steigend, scheinbar mit jedem Huf einzeln ausschlagend, entlang einer unsichtbaren Linie parallel zu den Melonen. Ein Paukenschlag, und jeweils zehn Pferde schlugen mit den Hinterhufen aus und zertraten die Melonen. Die ersten Pferde beider Gruppen jedoch stiegen mit wirbelnden Hufen auf, kamen auf den liegenden Mädchen nieder und schienen sie zu zerstampfen. Sand stieg in Fontänen auf, als die

Pferde ein letztes Mal bockten, die Hinterhufe dem Himmel entgegengereckt, und mit einem lauten Donnern kamen sie auf und traten mit einem Hinterhuf jeweils eine Melone zur Seite – ohne die Frucht zu zerschlagen!

Alle zwanzig Pferde schwenkten nun nach außen, sodass sie zwei Reihen bildeten, jedes Pferd genau neben seinem Nachbarn ausgerichtet.

Die Pauke verstummte, und die Pferde erstarrten in perfekter Formation.

Aus dem Sand hinter den führenden Pferden erhoben sich unverletzt die beiden Mädchen und verbeugten sich zu donnerndem Applaus.

Ich bemerkte, dass ich ebenfalls stand und wild applaudierte, genauso mitgerissen wie die anderen Zuschauer.

Ein Kriegspferd war nicht nur ein Pferd, auf dem ein schwer Gewappneter in den Kampf zog, sondern es war selbst eine Waffe. Die schweren Hufe, das Gewicht, die Panzerung, all das machte das Pferd zu einer Bedrohung für jeden Gegner. Ein gutes Kriegspferd erkannte Gefahren, wich ihnen aus und vollführte, in Einheit mit seinem Reiter, auch verschiedene Angriffsmanöver, um die Attacken seines Herrn zu unterstützen oder Gefahren von ihm abzuwenden.

Ich selbst besaß ein solches Pferd, es wartete im Gasthof *Zum Hammerkopf* auf mich. Drei volle Jahre hatte ich es ausgebildet, und ich war mit ihm sehr zufrieden, doch an diese Darbietung kam es nicht heran.

Die Vorstellung ging weiter. Auch die Reiter zeigten ihr Können, halbierten mit ihren Klingen aus vollem Galopp Äpfel, welche die beiden Mädchen zwischen ihren Händen hielten, spießten mit ihren kurzen Kampflanzen Ringe auf, die in die Luft geworfen wurden, und die beiden führenden Pferde traten bestimmt zehnmal einen schwarzen Lederball zwischen sich hin und her, bevor er das erste Mal den Boden berührte.

Achtzehn Pferde schwenkten herum und verließen mit donnernden Hufen die Manege, die beiden Mädchen legten sich erneut auf den Boden, und die beiden Anführer ritten noch einmal in vollem Galopp am Manegenring entlang, lehnten sich so weit aus dem Sattel, dass sie ihre Fingerspitzen über den Sand der Manege streifen lassen konnten, und zogen die beiden Mädchen mit einem Ruck hinter sich in den Sattel, wo sie schlaff liegen blieben. Dann stoben auch diese Reiter mit ihren Rössern aus der Manege.

Der Ritt des toten Mannes.

Ich kannte dieses Manöver... und wusste, was dabei alles passieren konnte, wenn man den Schwertgurt des am Boden liegenden Verletzten oder Toten nicht richtig zu packen bekam. Nur wenn man den Schwung des Pferdes mit verwendete, konnte man eine Person mit einer Hand hinter sich in den Sattel ziehen. Diese stattdessen unter die trampelnden Hufe zu ziehen war die eine Gefahr, ausgerenkte Schultern, gerissene Sehnen oder gar ein gebrochenes Rückgrat waren die anderen.

Ich nahm an, dass die beiden Mädchen unverletzt waren. Dass sie schlaff und bewegungslos hinter dem Sattel lagen, gehörte zum Manöver.

Gefährlich mochte er sein, dieser Ritt des toten Mannes, aber im Gefecht, wenn sich nach einem Sturmangriff die Kavallerie zurückzog und dabei nicht einen Gefallenen zurückließ, war es demoralisierend für den Gegner und wirkte Wunder für die eigene Moral.

»Götter!«, hauchte Leandra leise, als der rote Vorhang zufiel. »Was können diese Leute reiten!«

Auch die nächsten Aufführungen waren spielerische Kampfdarbietungen und verblüfften mit Bogenschützen, die mit ihren Pfeilen Ringe in der Luft trafen, Messerwerfern und Akrobaten. Es folgte, als lockerer Abschluss, eine Inszenierung von zehn betrunkenen Wanderern, die sich besoffen mit ihren Kampfstöcken und Schwertern zum Takt der Trommeln einen tollpatschigen Kampf lieferten, um sich am Ende gleichzeitig gegenseitig scheinbar bewusstlos zu schlagen.

Ein Dressurakt mit wilden Tieren kam als Nächstes, aber es war schon spät geworden, und so verließen wir den Zirkus noch vor dieser Darbietung.

Als wir uns auf dem Rückweg zum Haus der Hundert Brunnen befanden, sah Leandra mich an. »Armin hat diesen Zirkus bis zum letzten Jahr geführt?«

Ich nickte nur.

»Dein Diener hat wahrlich verborgene Qualitäten«, sagte sie dann.

Verborgen? Nein, eher so deutlich zur Schau gestellt, dass man sie übersehen musste. Ob bunt angezogen oder nicht, ich erkannte gute Soldaten, wenn ich sie sah. Ich war gespannt, wie lange es noch dauern würde, bis Armin mir die ganze Wahrheit erzählte.

15. Der Dank des Emirs

Als wir am Haus der Hundert Brunnen ankamen, warteten dort ein Dutzend Palastwachen auf uns. Angeführt wurden sie von dem Hauptmann, den Marinae Khemal genannt hatte. Etwas weiter weg standen vier Sänften mit jeweils acht kräftigen Soldaten. Sie trugen hellbraune Pluderhosen, Sandalen und kurze Westen. Jeder von ihnen hatte einen Knüppel an der Seite hängen.

Als der Hauptmann uns kommen sah, verbeugte er sich tief, und die zwölf Soldaten hinter ihm fielen auf ein Knie und neigten die Köpfe, während sie mit der rechten Hand gegen ihre Brustpanzer schlugen.

»Im Namen von Emir Erkul Fatra dem Aufrechten, Statthalter und Gnade von Gasalabad, Berater des Kalifen, Herrscher über das Haus des Löwen, Hüter der Gerechtigkeit und Bewahrer der Worte, mögen die Götter ihm ewiges Leben und Freude schenken, werden der Fremde, Havald Bey, und seine Begleiter geladen, sich auf das Schiff *Prinzessin Faihlyd* zu begeben. Ihm und seinen Begleitern ist es erlaubt, Rüstung und Waffen zu tragen. Ihn begleite eine Ehrengarde von zwölf Soldaten, auf dass das Volk sehe, wie hoch man ihn schätzt. Im Namen des Emirs, Khemal Jask, Hauptmann in der Garde der Gerechten, Streiter für Gasalabad und Überbringer der Worte.«

»Danke, Hauptmann«, sagte ich mit einer Verbeugung. »Ich weiß noch nicht, ob alle meine Begleiter bereits eingetroffen sind.«

»Wir warten hier«, sagte Khemal mit einem leichten Lächeln. Als ich die Tür zu unseren Gemächern aufstieß, berührte ich Seelenreißer, aber es wartete kein Hinterhalt auf uns. Tatsächlich waren alle meine Gefährten zurück. Sie hatten sich auch schon gewaschen und umgezogen.

»Wie geht es euch?«, fragte ich Sieglinde und Janos.

»Deutlich besser«, sagte Janos. »Dieser Arzt versteht sein Handwerk.« Ich blickte zu Sieglinde, sie lehnte an ihm und lief rot an. Vielleicht war nicht nur die Kunst des Arztes für die Blüten auf ihren Wangen verantwortlich.

»Wo ist Armin?«, fragte ich, als Leandra eine Augenbraue hochzog und sich die anderen genauer ansah. Zokora, Varosch, Sieglide und Janos trugen die dunklen Gewänder, die hier für Leibwächter üblich waren, aber offenbar war Armin beteiligt gewesen: Diese Gewänder hier hatten feine silberne Sticke-reien. Zokora lag anmutig auf einer Liege, Varosch saß zu ihren Füßen, sie spielte mit seinem Haar, während sie in ihrem Buch weiterlas.

Natalyia sah zu mir auf. Auch sie war prächtig gekleidet und zeigte ein schlankes Bein, als sie ihren Fuß auf den Rand des Zimmerbrunnens stellte und einen ihrer schmalen Dolche in dem zierlichen Stiefel verstaute. »Er ist noch unterwegs. Er sagte, die Einladung sei nicht für ihn bestimmt und er habe noch mehr als genug zu tun.« Sie richtete sich auf und strich ihr Gewand glatt. Es brachte ihre Figur gut zur Geltung.

»Ich sehe, ihr habt bereits von der Einladung erfahren und seid alle schon aufbruchbereit«, sagte Leandra etwas spitz.

Zokora sah nicht einmal von ihrem Buch auf. »Wir warten nur noch auf euch.« Sie blätterte eine Seite um.

Leandra wollte etwas sagen, nickte aber dann bloß schick-salsergeben und verschwand in unserem Zimmer. Ich ging hin-über an den Tisch und füllte mir eines der kristallenen Gläser mit klarem, kühlem Wasser.

»Was habt ihr herausgefunden?« In der Ecke sprudelte zwar der Brunnen mit dem Honigwasser, aber mittlerweile war mir das zu süß. Klares Wasser für mich. Ich leerte das Glas auf einen Zug.

»Dieser Jefar verkehrt in den allerbesten Kreisen«, sagte Varosch. »Ihr wisst, dass es in Bessarein acht weitere Emire gibt.

Sie werden sich demnächst hier in der Hauptstadt treffen, um über den neuen Kalif zu beraten. Die meisten von ihnen haben in Gasalabad Paläste oder Häuser. Jefar betrat fünf dieser Anwesen, blieb oft nur recht kurze Zeit und ging dann wieder.«

»Die Emire sind doch noch gar nicht da.«

»Ja, aber sie werden bald erwartet. Dazu gehört natürlich, dass ihre Anwesen auf diesen Besuch vorbereitet werden. Gärtner, Köche, Dienstboten, all das. Und natürlich Wachen. Bei jedem dieser Paläste sahen wir zwischen hundert und zweihundert Wachen.«

»Eine Menge Soldaten«, sagte ich nachdenklich.

»Der Emir hat über dreihundert Wachen beim Palast des Mondes.« Janos warf eine Traube hoch und fing sie mit dem Mund auf. Er beugte sich vor, um die nächste Traube zu nehmen. »Die anderen Emire werden nicht weniger besitzen. Dazu kommen noch die Wachen, die sie mitbringen werden. Wie viele Stadtwachen hat der Emir, weiß das jemand?« Er warf die Traube hoch und wollte sie wieder mit dem Mund auffangen, als Zokora flüchtig zu ihm hinübersah.

»Nein!«, rief sie und warf das Buch der lustvollen Erzählungen nach ihm. Es traf ihn am Kopf, die Traube fiel herunter, und wir sahen alle fassungslos Zokora an.

»Nicht bewegen, Janos«, befahl sie, stand auf und schüttelte einen Dolch aus ihrem Ärmel.

»Aber …«, rief Janos, dann war sie auch schon bei ihm und stach mit dem Dolch zu. Die Traube war auf seinem Oberschenkel gelandet, und so sah es für mich im ersten Moment aus, als wolle sie ihm den Dolch ins Bein rammen, aber es war nur die Traube, auf die sie es abgesehen hatte.

Die Traube platzte, und auf der Spitze des Dolches wand sich eine kleine gelbe Raupe mit roten Borsten.

»Heiliges Exkrement!«, fluchte Janos.

Sieglinde war bleich wie Kreide. »Wie hast du das denn gesehen?«

Die Dunkelelfe legte den Kopf zur Seite. »Zufall. Als er die Traube hochwarf, sah ich die Traube gegen das Licht der Lampe dort und erkannte einen Schatten in ihr.« Sie legte den Dolch mit der aufgespießten Traube auf den Tisch, und wir sahen uns alle diese kleine Raupe an.

»Ich kenne Trauben. Der Schatten war falsch.«

»Gute Augen«, sagte Natalyia beeindruckt.

Die Dunkelelfe schüttelte den Kopf. »Andere Augen. Für mich ist die Lampe sehr hell.«

»So richtig gefährlich sieht sie nicht aus«, sagte Janos, doch ich hörte den Zweifel in seiner Stimme. Die Raupe, die sich immer noch hilflos auf der Spitze von Zokoras Dolch wand, war kaum länger als der Nagel meines kleinen Fingers.

Janos sah Zokora fragend an, sie nickte, und er nahm ihren Dolch auf. »Ich werde mal einen der Hüter des Hauses fragen, ob sie diese Raupenart kennen, ich habe so eine jedenfalls noch nie gesehen.«

»Verlier den Dolch nicht«, sagte Zokora. Sie machte es sich wieder auf der Liege bequem. Varosch brachte ihr das Buch, sie blätterte kurz und schien dann wieder darin versunken.

Janos warf ihr nur einen Blick zu und verließ dann den Raum.

Ich versuchte den Vorfall beiseite zu schieben und meine Gedanken wieder zu sammeln. »Also, Jefar hat irgendwelche Geschäfte mit einem Teil der anderen Emire laufen. Wissen wir, welche?«

Varosch schüttelte den Kopf. »Nein. Keiner der Besuche dauerte lange. Soweit ich es erkennen konnte, brachte er nichts hin, noch nahm er etwas mit.«

»Er überbrachte Nachrichten«, sagte Natalyia.

»Ist das eine Vermutung, oder weißt du das?«, fragte ich sie.

»Eine Vermutung. Ich fand bei ihm zu Hause ein paar bemerkenswerte Dinge. Zum Beispiel einen Kellerraum mit einem Altar. Ich habe ihn entdeckt, weil ich ihn im Stein spürte, ein geheimer Weg führt von diesem Raum durch die Wände zu jenem Raum, in dem wir Jefar belauschten. In diesem Raum selbst fand ich drei Dinge von Bedeutung. Unter anderem eine alte Schriftrolle in einem Schriftrollenbehälter aus Elfenbein.«

»War das Siegel aufgebrochen?«

»Der Rollenbehälter war nicht versiegelt, er ist neu. In dem Behälter befand sich noch ein Schlagsiegel, wie man es verwendet, wenn man goldene oder silberne Siegel prägt.« Sie griff unter ihren Umhang und zog einen flachen Stein heraus. »So sieht es aus. Ich habe es in einen Stein gepresst.«

Sie reichte mir den Stein, und ich musterte das Siegel. Zwei Palmen, einander zugeneigt, eine liegende Amphora, aus der Wasser lief und eine Pfütze oder einen stilisierten Teich bildete.

»Das sagt mir nichts, obwohl ich das Gefühl habe, es müsste mir etwas sagen.« Ich reichte den Stein weiter. »Kennt jemand von euch das Siegel?«

Nacheinander sahen sie es sich an und schüttelten die Köpfe.

»Die Rolle selbst war sehr alt und brüchig. Ich wagte es kaum, sie zu berühren. Hätte ich sie ausgerollt, hätte ich sie beschädigt. Ich ließ sie, wo ich sie fand, in einem kleinen verborgenen Raum in der Außenwand des Gebäudes. Im Stein. Ich kann sie jederzeit holen, ohne gesehen zu werden«, fuhr Natalyia fort. »Zwei Schatullen befanden sich ebenfalls in diesem Versteck. Eine war aus schwarzem Metall. Darin war ein schwarzes Medaillon, ähnlich dem, das wir bei dem Nachtfalken fanden. Ich habe die Schatulle nur einen Moment lang geöffnet, ich hoffe, dass es niemand bemerkt. Die andere Schatulle war aus Rosenholz, sie enthielt nichts außer einer Vertiefung passend für eine schwere Kette oder ein großes Collier. Diese Schatulle war nagelneu. Ich fand diese Symbole in einer Ecke eingestanzt.« Sie legte ein kleines Stück Papyira auf den Tisch. »Dann hörte ich Geräusche und fand, dass es an der Zeit wäre zu gehen.«

»Eine Schmuckschatulle?«, dachte ich laut. »Kann es sein, dass sie für jenes zweite Objekt bestimmt ist, das Jefar und sein Auftraggeber besitzen wollen, an das sie aber noch nicht herangekommen sind? Sie sprachen doch von so etwas, nicht wahr?«

»Ja, sie haben eine Schriftrolle gefälscht und begehren ein weiteres Objekt, das sie noch nicht errungen haben, weil eine *Sie* es dauernd trug«, bestätigte Sieglinde.

»Es ist alles ziemlich rätselhaft«, meinte Janos schulterzuckend.

»Das stimmt, aber es hat uns in der Tat etwas weitergebracht«, sagte ich. »Hat jemand von euch das Gefühl, er oder sie wären erkannt oder beobachtet worden?«

»Natürlich nicht«, sagte Zokora, ohne vom Buch aufzusehen. Varosch schüttelte den Kopf.

Natalyia sagte: »Ich denke, dass mich einer der Wächter sah, aber nur außerhalb des Grundstücks.« Sie zuckte mit den Schultern. »Vielleicht sah er auch nur zu mir, weil in diesem Moment niemand anders zu sehen war. Vielleicht gefiel ihm auch einfach nur, was er sah.«

Das war meiner Ansicht nach mehr als nur wahrscheinlich.

Sieglinde nahm das Stückchen Papyira auf und studierte es. »Vermutlich das Zeichen des Juweliers.«

Natalyia machte eine ratlose Geste. »Vielleicht. Da müssen wir wohl Armin fragen.«

Leandra kam aus unserem Raum zurück. Sie sah uns an und blickte dann zur Tür.

»Wo ist Janos?«

»Er hätte sich beinahe an einer Raupe verschluckt«, sagte ich. »Eine Raupe in einer Traube. Er fragt gerade nach, ob jemand diese Raupe kennt.«

»Ja«, sagte Janos von der Tür her. »Es handelt sich um eine Schmetterlingsart. Der Schmetterling soll bildschön sein. Aus den Raupen machen die Heiler hier eine Paste, die betäubend und schmerzlindernd wirkt. Man ist sich nicht sicher, ausprobieren will es auch niemand, aber man vermutet, dass das Verschlucken eine Atemlähmung ausgelöst hätte. Diese Raupen sind oft auf Trauben zu finden.« Er runzelte die Stirn. »Hätte ich die Traube gegessen und man hätte die Raupe dann gefunden, wäre man von einem Unfall ausgegangen.« Er griff in die Fruchtschale, fischte eine Traube heraus, schaute sie sich genau an und warf sie in die Luft, um sie mit dem Mund aufzufangen. Er grinste breit. »Davon, dass diese Raupen *in* Trauben zu finden wären, hat man allerdings noch nie etwas gehört.«

»Das sieht nicht gerade sehr gezielt aus«, sagte Sieglinde. Janos zuckte mit den Schultern. »Offensichtlich war es ihnen egal, wen von uns es erwischt. Einen Versuch war es allemal wert.«

Leandra sah ihn mit hochgezogener Augenbraue an. Sieglinde erklärte ihr, was geschehen war, während ich mir die Zeit nahm, Leandra etwas eingehender zu bewundern.

Sie trug wieder ihre Rüstung unter einem strahlend weißen Burnus. Aber diesmal verzichtete sie auf die Kopfbedeckung. Ein Schleier hing, mit einem goldenen Kettchen befestigt, von ihrem linken Ohr, sie hatte ihn noch nicht vorgelegt, die Perücke war zu drei schweren Zöpfen geflochten und als solche nur zu erkennen, wenn man genau hinsah. Alles an ihr glänzte wie frisch poliert, kein noch so kleiner Fleck wagte es, das strahlende Weiß ihrer Kleidung zu stören.

Ich fragte mich, wie sie das erreicht hatte. Es gab mehrere Methoden, Leinen zu bleichen, danach war es hell. Ein sehr helles Grau war üblich. Weiß war etwas Besonderes.

Durch ihre Größe und schlanke Figur wirkte sie … majestätisch war wohl das Wort, das ich suchte. Selten war mir ihre elfische Herkunft so bewusst wie jetzt.

Steinherz' Griff ragte über ihre Schulter, die Rubine der Drachenaugen schienen mir heute ganz besonders zu funkeln.

So vertieft war ich in ihren Anblick, dass es etwas dauerte, bis ich merkte, dass sie mich ebenfalls ansah.

»Ist etwas, Leandra?«

»Willst du so zu dieser Audienz erscheinen?«, fragte sie und musterte mich von oben bis unten.

Ich sah an mir herunter. Die Kleidung war heute Morgen frisch gewesen, jetzt war sie meiner Meinung nach immer noch sauber, aber weit von Leandras Erscheinungsbild entfernt.

Leandras Rüstung war aus Mithril gefertigt, einem Stahl, dessen Verarbeitung ein Geheimnis war, das weder die Zwerge noch die Elfen jemals mit Menschen geteilt hatten. Zwanzigmal leichter als Stahl und dreimal stärker, glänzte es in einem geheimnisvollen Blauschimmer. Ihre Rüstung, so hatte ich mehr als einmal gedacht, war nicht nur praktisch, sondern auch schön. Wäre er nicht von dem Leinen ihrer Kleidung verborgen gewesen, hätte man einen Greifenkopf auf ihrer Brust schimmern sehen können.

Mein Kettenmantel war nicht ungepflegt – kein Kämpfer, der etwas auf sich hielt, vernachlässigte seine Rüstung –, aber im Laufe von Jahren waren die Ringe stumpf geworden, war hier und da etwas Rost zu finden, der Stahl fleckig geworden. Ganze Kettenstränge hatten eine andere Farbe, die Spuren alter Reparaturen.

Bevor ich Leandra das erste Mal erblickt hatte, hatte ich nicht einmal daran gedacht, dass eine Rüstung schön sein könnte.

Mein Übergewand aus hellem Leinen zeigte hier und da einen Fleck vom Öl meiner Rüstung, der untere Saum war staubig, und bis jetzt hatte ich noch keine Möglichkeit gefunden, in der sengenden Hitze Gasalabads nicht zu schwitzen. Auch das sah man. Dennoch war ich der Ansicht, dass ich ordentlich und respektabel aussah.

»Ja«, war also meine Antwort. Ihre Augenbraue hob sich noch höher. »Ich habe nie den Grund erkannt, mich ständig umziehen zu müssen. Ich mag es, dich so glänzen zu sehen, aber dieser Glanz ist nichts für mich.«

»Du kannst dir nicht vorstellen, dass es mir gefallen könnte, auch dich zu bewundern?«, fragte sie.

Ich schüttelte den Kopf. »Ich finde nicht, dass man Kleidung bewundern sollte«, sagte ich. »Ich bewundere nicht deine Kleidung, sondern dich.«

Sie schnaubte durch die Nase, eine Geste, die ich selten bei ihr gesehen hatte. »Gut«, sagte sie dann und legte ihren Schleier vor. »Wenn du meinst. Dann können wir ja gehen.«

Als wir das Haus der Hundert Brunnen verließen, salutierte der Hauptmann vor uns. Auf ein Zeichen von ihm beugten sich die Sänftenträger nieder, ergriffen die schweren Eichenstangen und brachten die Sänften zu uns.

Paarweise stiegen wir ein, Natalyia allein in die letzte. Ich kam mir komisch vor, ich war noch nie in einer Sänfte unterwegs gewesen. Ich kannte einen Kaufmann, der ebenfalls eine Sänfte besaß, er hatte bei einem Unfall beide Beine verloren und benötigte solch eine Tragliege. Sonst kannte ich Sänften nur von der Kronburg, wo reiche Frauen sich darin durch die Gegend tragen ließen.

Leandra lehnte sich in die bequemen Kissen zurück und lächelte.

Ich sah sie fragend an. Sie schüttelte den Kopf und lachte. »Du müsstest dein Gesicht sehen! Als würdest du befürchten, dass die Sänfte unter deinem Gewicht zusammenbricht!«

Die Sänfte wurde angehoben, zwei Palastwachen nahmen links und rechts von uns Aufstellung, und die Träger setzten sich in Bewegung.

Wahrscheinlich waren die Vorhänge der Sänften absichtlich so angeordnet, dass man zur Seite hinaussehen konnte, der Vorhang nach vorne war geschlossen, sodass man als Insasse die Träger nicht sah. So entstand das kuriose Gefühl eines gemächlichen Schwebens. Die Sänfte schwankte nur leicht hin und her, ohne dass man die Schritte der Träger bemerkte.

Ich lehnte mich nun ebenfalls in die Kissen zurück und zog Leandra näher an mich. Gemächlich schwebten wir durch das Tor der Reichen. Die Sonne stand tief am Himmel, alles schien in rötliches Gold getaucht, das Treiben auf der Straße seltsam entfernt. Niemand näherte sich den Sänften auf mehr als drei Meter, oft genug sah ich, wie die Menschen sich vor uns verbeugten.

Man hatte Muße, sich die Stadt anzusehen, und die Sänften nahmen auch nicht den direkten Weg. Das erregte mein Misstrauen, und ich winkte den Hauptmann heran. »Das ist nicht der direkte Weg zum Hafen«, sagte ich und achtete auf sein Gesicht.

Er verbeugte sich. »Ihr habt recht, Havald Bey. Wir umgehen das Viertel der Fischer und vermeiden die Straße der Gerber. Als Gäste des Emirs wünscht man Euch die Stadt von ihrer schöneren Seite zu zeigen.«

Dennoch blieb ich aufmerksam, aber tatsächlich schwenkte die Sänfte bald wieder auf einen bekannten Weg.

Die stärkste Hitze des Tages war vorbei, ein leichter Wind ging, die Gerüche der Stadt veränderten sich, als wir in eine Straße einbogen, die durch einen großen Garten führte. Nun roch es nach vielerlei Blumen, ein betörender Duft. Ich lehnte mich zurück, schloss die Augen, genoss die Nähe Leandras und diese beschauliche Reise.

Dass ich dabei unwillkürlich immer wieder Seelenreißer berührte, fiel mir nicht einmal mehr auf.

Die Reise führte über den Platz des Korns an unserem neuen Haus vorbei. Dort sah ich zu meinem Erstaunen, dass ein Gerüst um das Gebäude errichtet worden war, große Feuerkörbe standen auf hohen Pfählen, um den Arbeitern für die kommende Nacht Licht zu spenden. Auf einen Blick sah ich bestimmt zwanzig Handwerker, die den alten Putz von den Wänden schlugen und in flachen geflochtenen Körben wegtrugen. An anderer Stelle wurde bereits neu verputzt; auf einem

Karren, noch nicht abgeladen, sah ich Dutzende von Fensterläden. Ein Schreiner und zwei Gesellen waren bereits dabei, die neue Eingangstür einzupassen.

Armin war nirgendwo zu sehen, und die Sänfte hielt auch nicht an. Ich hatte mir keine Vorstellung davon gemacht, wie Armin diese Aufgabe angehen würde, aber dies übertraf bei weitem alles, was ich erwartet hätte.

»Ich glaube nicht, was ich hier sehe«, sagte Leandra, als die Sänfte gemächlich weiterschwebte. »Wie konnte er das so schnell organisieren?«

Ich überlegte, die Sänfte anzuhalten und Armin zu suchen, entschied mich dann aber dagegen. Es war wohl nicht schicklich, einen Emir warten zu lassen.

Durch das Tor der Freude gelangten wir in den Hafenbereich, bogen allerdings nicht nach links ab, wo die *Lanze der Ehre* lag, sondern nach rechts, in einen Bereich, der durch ein weiteres Tor geschützt war. So erreichten wir den Teil des Flussufers, der nur für die Adligen der Stadt zugänglich war.

Zuerst passierten wir auch hier wieder Gärten, dann ging es erneut durch ein Tor in ein großes Gebäude, das zum Fluss hin offen war.

Die Sänfte senkte sich, und ich stieg aus und half dann Leandra. Eine Geste nur, sie benötigte keine Hilfe. Die Sonne war bereits untergegangen, und Fackeln erhellten den Innenhof des Gebäudes.

Die Schultern unserer Träger glänzten im Licht der Fackeln, die Westen waren von Schweiß durchtränkt, aber sie schienen mir nicht außer Atem.

Khemal erschien vor uns, verbeugte sich erneut und geleitete uns zu einem breiten Steg. Auch dieser war mit Fackeln beleuchtet und führte zu einem großen Schiff, das hier festgemacht war.

Auf dem Schiff brannten keine Fackeln, sondern Laternen, das Lampenöl schien mir parfümiert, ein Duft von Blumen lag in der Luft und überdeckte die Gerüche des Flusses. Ich schob die Erinnerung an Fahrds betäubendes Parfüm zur Seite.

Das Schiff selbst war ein schwimmender Palast, eine breite Flussgaleere mit verzierten Aufbauten. Es schwamm, viel mehr konnte man von ihm wahrscheinlich nicht erwarten.

Der Hauptmann führte uns zum Heck des Schiffes, wo der Emir uns heranwinkte. Der Hauptmann salutierte und zog sich dann mit seinen Männern zum Bug zurück. Noch während ich die flache Treppe der Heckkabine hochstieg, wurden die Leinen gelöst und die Ruder ausgebracht. Die Galeere setzte sich in Bewegung.

Der reich ornamentierte Heckaufbau verfügte über hohe Bordwände, aber keine Decke, sodass er offen und weit wirkte.

Ich hatte hier den Rudergänger erwartet, aber der verrichtete wohl in der Kabine unter uns seinen Dienst, hier oben befanden sich nur der Emir und Faihlyd. Der Emir stand bereits, Faihlyd erhob sich, als wir das Heck betraten. Sie sah noch zur Treppe hin, als wir bereits alle da waren, sie hatte wohl noch jemand anderen erwartet. Ich hatte da so eine Ahnung, wer das sein könnte. Hinter uns wurde die Tür von einem Wachsoldaten geschlossen.

»Willkommen«, sagte der Emir mit einem leichten Kopfnicken. Faihlyd sagte nichts, sie bot uns mit einer Handbewegung an, auf den verstreuten Kissen Platz zu nehmen. Ein niedriger Tisch war reichlich gedeckt, er schien sich unter dem Gewicht der Köstlichkeiten zu biegen. Vor Faihlyd befand sich ein niedriger Sekretär mit leeren Schriftrollen, Tinte, Feder und Siegelwachs.

Wir verneigten uns, diesmal auch Leandra, dann sah Zokora betont auffällig hoch. Ich folgte ihrem Blick.

Die Galeere besaß einen Mast. Die Besonderheit bei diesem war die natürlich reich verzierte Wehrplattform, auf der dunkel über ein Dutzend Armbrustschützen zu erkennen waren. Sie hatten ungehindertes Schussfeld in den Heckaufbau hinein.

Der Emir bemerkte Zokoras Blick, zeigte aber keine Regung.

Ich löste vorsichtig Seelenreißer von meinem Schwertgürtel und legte es in der Nähe des Eingangs auf den Boden, die anderen folgten meinem Beispiel und ließen ihre Schwerter und die Axt dort zurück.

Wir ließen uns nieder und sahen uns gegenseitig an, während die Galeere sich gemächlich auf eines der Flusstore zu bewegte.

Der Emir blickte zu Faihlyd hinüber. Beide wirkten ganz und gar nicht entspannt, Faihlyd trug wieder ihre Rüstung, auch unter dem Gewand des Emirs vermutete ich Stahl.

»Friede und der Segen der Götter sei mit euch«, sagte Faihlyd dann, gerade als ich fragen wollte, was denn nicht stimmte.

»Friede und der Segen der Götter mich euch«, wiederholte ich die Floskel, etwas anderes fiel mir im Moment nicht ein.

»Die Armbrustschützen haben Anweisung, ausschließlich auf ein Signal von mir zu schießen«, sagte der Emir dann. Er fuhr ohne Umschweife fort. »Es wurde ausdrücklich erwähnt, dass ihr sogar Stahl ziehen dürft. Solange ich das Zeichen nicht gebe, werden sie nicht handeln, was hier auch geschieht. Selbst ein gutes Ohr sollte Schwierigkeiten haben, unsere Unterhaltung zu verstehen.« Er vollführte eine Geste mit den Armen. »Privater als diese Unterhaltung kann es nur sehr schwer werden. Kein anderes Schiff darf diesem Schiff näher als zehn Meter kommen. Vom Wasser aus kann man diesen Ort nicht einsehen, auch Gespräche sind nicht zu vernehmen.«

»Aber ganz Gasalabad weiß, dass wir hier sind«, sagte Leandra.

»Ja. Aber nicht, warum«, antwortete Faihlyd.

»Ich wusste nicht, in welcher Form diese Audienz stattfinden würde«, sagte ich dann, um den Stier bei den Hörnern zu packen. »Aber ich gestehe, ihr seht mich überrascht, diese Anspannung bei euch wahrzunehmen.«

»Kurz nachdem ihr die Herberge der Hundert Brunnen verlassen habt, erhielt ich eine Nachricht«, sagte der Emir. »Als ich sie hörte, war meine erste Idee, euch allesamt in den Kerker werfen zu lassen.«

Wir sahen uns gegenseitig an.

»Darf ich fragen, welche Nachricht das war? Ich stand unter dem Eindruck, dass dies ein freundliches Gespräch sein würde«, sagte ich.

Der Emir verzog leicht das Gesicht, dies war ihm wohl etwas zu direkt. »Zwei schwerwiegende Vorwürfe wurden getätigt. Zum einen, dass ihr, speziell Ihr, Havald, mit der freien Reichsstadt in Verbindung stündet und sogar einen hohen Rang in ihrer Armee bekleidet. Zum anderen macht man Esserin Leandra und Zokora den Vorwurf, Nekromantinnen zu sein. Ein weiterer Vorwurf betrifft ausschließlich Essera Zokora. Sie soll einem heidnischen Gott dienen und nicht die Vorherrschaft von Boron, Astarte und Soltar anerkennen.« Er machte eine Pause und sah uns der Reihe nach an. »Weiterhin wurde mir offiziell berichtet, dass ihr in meinem Reich die Gerichtsbarkeit an euch gerissen hättet, einmal, indem Ihr, Havald, zwei Personen vor einer Wegestation hingerichtet hättet, zum anderen die Hinrichtung eines Nachtfalken und des Anführers der Diebesgilde in den Kanälen.«

Er hielt erneut inne, aber noch immer äußerte sich niemand von uns. Ich wollte warten, bis er fertig war, vielleicht dachten die anderen genauso oder warteten auf ein Zeichen von mir oder Leandra.

Ich selbst wusste noch nicht, was ich sagen wollte oder wie ich mich verhalten würde. Seelenreißer lag nahe genug, dass ich es rufen könnte, aber ich hatte keine Lust, gegen den Emir und Faihlyd Stahl blankzuziehen.

»Die offizielle Natur dieser Vorwürfe – sie kamen aus den Reihen meiner Wesire – bringt mich in eine schwierige Lage. Das meiste davon wusste ich bereits, aber solange nur ich es wusste, war es offiziell nicht von Belang. Also sehe ich mich nun gezwungen, euch Fragen zu stellen, die ich euch nicht stellen wollte.«

»Mutig«, sagte Zokora dann. »Wenn du« – die Augen Faihlyds und des Emirs weiteten sich bei dieser vertraulichen Ansprache – »diese Anschuldigungen glaubst, begehst du gerade Selbstmord.«

Der Emir senkte den Kopf. »Das Gastrecht ist heilig. Ihr seid meine Gäste, von mir selbst geladen, ich kann nicht anders handeln.«

Ich räusperte mich. Der Reichsring an meinem Finger schien auf einmal doppelt schwer zu wiegen. »So stellt Eure Fragen, Hoheit.«

»Nur eine: Welche Anschuldigung ist wahr?«

Ich sah die anderen an, sie nickten, auch Leandra, der ich in diesem Moment gerne das Wort überlassen hätte.

»Wir haben noch keinen Kontakt zur Reichsstadt herstellen können, obwohl das unser Ziel ist. Ich trage den Ring eines Legionskommandeurs der Zweiten Legion, aber er wurde noch nicht von Askir bestätigt. Niemand unter uns ist ein Nekromant. Die Hinrichtungen geschahen auf meinen Befehl hin, die an der Wegestation habe ich eigenhändig vollstreckt. Essera Zokora ist die Priesterin einer Göttin, die hier unbekannt ist, aber sie verleugnet durchaus nicht die Existenz der anderen Götter. Ihre Göttin ist Astarte unter einem anderen Aspekt.«

Der Emir nickte ruhig. »Zwischen der Reichsstadt und Bessarein herrscht ein gespanntes Verhältnis. Dass Ihr der Kommandant einer Legion seid, ist unwillkommen.«

»Ich trage den Ring. Aber ich bin kein Kommandant. Die Legion existiert nicht mehr.«

»Jeder kennt die Zweite Legion. Sie galt und gilt als unbesiegbar. Es wäre denkbar, dass sie, wie so vieles aus dem Alten Reich, noch existiert.«

Leandra schüttelte den Kopf. »Sie existiert nicht mehr. Wir sind hier, um sie wieder aufzubauen.«

Der Emir sah sie überrascht an und hob dann die Hand. »Auf die Zweite Legion kommen wir später noch einmal zurück. Ihr sagt, sie existiert nicht. Ist das richtig?«

»Ja«, bestätigte ich, und die anderen nickten.

»Die Hinrichtungen. Ich wusste von ihnen, aber offiziell darf ich das nicht erlauben. Könnt Ihr dazu etwas sagen?«

»Ja, Hoheit.« Ich verbeugte mich aus dem Sitzen heraus. »Die beiden ersten Hinrichtungen fanden auf dem Gebiet des Imperiums statt und nicht auf dem Gebiet Eures Reiches.«

»Es gibt Menschen, die das anders sehen. Aber auch das lasse ich erst mal so stehen. Was war mit den Hinrichtungen in den Kanälen?«

»Das waren keine Hinrichtungen. Der Nachtfalke wurde in einem Kampf besiegt, die Leiche wurde aufgehängt, um Verfolger abzuschrecken. Dem König der Diebe wurden die Pulsadern geöffnet. Dies entspricht der Hinrichtungsmethode des Alten Reiches. Aber dieser Tod ist langsam. Ich ging davon aus, und in der Tat war es auch so, dass er es überleben würde, da wir die Hinrichtung nicht überwachen konnten. Wenn ihn jemand umbrachte, dann waren es wahrscheinlich seine eigenen Gefolgsleute. Prinzessin Faihlyd machte eine Andeutung, dass es sogar die Nachtfalken selbst gewesen seien.«

Der Emir lehnte sich zurück, seine Miene hatte sich etwas aufgehellt. »Also kann ich Euch nur die Hinrichtungen auf dem Richthügel vor der alten Wegestation zum Vorwurf machen, und das auch nur dann, wenn ich den Vertrag mit Askir als ungültig ansehe.«

Ich zögerte einen Moment und nickte dann. »Ja, Hoheit.«

»Diese Göttin, erzählt mir mehr davon.« Der Emir sah Zokora an. Ich schwieg, das sollte sie selbst erklären.

»Ich bin Priesterin der Solante. Ich erkenne die anderen Götter an.« Zokoras Stimme klang unbeteiligt. Dennoch hatte ich das Gefühl, als wäre sie verärgert. Sie war nicht die Einzige, allerdings fühlte ich mich überraschenderweise kaum angegriffen. Ich hatte schon erwartet, dass Derartiges geschehen würde.

»Ich bin ihr Gefährte und selbst ein Geweihter Borons«, meldete sich Varosch mit ruhiger Stimme zu Wort. »Mein Gott würde eine solche Verbindung nicht gestatten, wenn Zokora die Macht Borons zurückwiese. Dies ist nicht der Fall. Mein Wort darauf.«

Der Emir schaute verwundert drein. »Ein Geweihter Borons. Ihr bestätigt, was hier gesagt wurde?«

Varosch griff unter seine Tunika und zog das an einer silbernen Kette hängende Symbol seines Gottes hervor, ein Schwert in einem Kreis. Er ließ es auf seiner Handfläche liegen. »Ich schwöre, dass, nach meinem Wissen, all das, was meine Gefährten sagten, die Wahrheit ist. Bei Boron.«

Das Symbol des Gottes der Gerechtigkeit schimmerte, das Schwert schien sich aus dem Kreis zu lösen und über seiner Handfläche zu schweben, die stumpfe Spitze nach unten.

»Faihlyd«, sagte der Emir. »Schreib nieder, dass ich, der Emir von Gasalabad und so weiter, die Vorwürfe gegen den Fremden Havald und seine Begleiter überprüft und für nichtig befunden habe.«

Faihlyd nickte und ergriff eine Feder. »Ja, Vater.« Es schien angebracht, nichts zu sagen, bis sie fertig geschrieben hatte. Sie schrieb überraschend schnell und flüssig. Dann erhitzte sie das Siegelwachs, ließ es auf das Dokument tropfen und reichte es ihrem Vater, der sein Siegel in das Wachs presste.

»So«, sagte der Emir und lächelte. »Das wäre erledigt.«

Leandra verbeugte sich. »Darf ich sprechen?«

»Sprecht.«

»Selbstverständlich ist dieser Ausgang in unserem Sinne. Ihr seht mich dennoch verblüfft, dass Ihr allein auf Grund unserer Ausführungen entschieden habt.«

»Nun, das Wort eines Borongeweihten ist ein machtvolles Argument. Dennoch, wie sollte ich anders entscheiden?«, sagte der Emir. »Ich muss bei jedem Gericht, das ich abhalte, jemandem glauben. Ich halte seit über zwanzig Jahren jeden Tag Gericht. Ich muss mich auf mich selbst und meine Menschenkenntnis verlassen. Zukünftige Generationen werden entscheiden, ob ich ein gerechter Herrscher war.« Er lächelte. »Vergesst nicht, nur Boron steht über meiner Gerichtsbarkeit. Ich weiß noch nicht genug über euch, aber ich weiß, was bisher geschah. Havald Bey rettete das Leben beider meiner Töchter und das Faraisas, meiner Enkelin. Einmal war er sogar direkt an einem Wunder beteiligt. Ich kann darin keine Feindschaft zu unserem Haus finden, jedoch weiß ich sehr wohl, welche Sympathien manche meiner Ratsherren hegen und nach welchem Wind sie ihre Fahnen richten.« Er fixierte Zokora mit seinem Blick. »Vertraulichkeit meiner Person gegenüber ist zwar ebenfalls eine Verfehlung, doch liegt es auch in meinem Ermessen, so etwas zu tolerieren.«

Zokora sah ihn überrascht an und wandte sich dann an Varosch. »Was meint er?«

Varosch schmunzelte leicht. »Er sieht darüber hinweg, dass du ihn geduzt hast.«

Sie sah verblüfft zu dem Emir hinüber. »Er ist kein Gott!«

Die Mundwinkel des Emirs zuckten. »Nein, das bin ich nicht«, sagte er.

Zokora nickte. »Eben.«

»Damit wäre auch das geklärt.« Der Emir schmunzelte. »Zu meinem eigentlichen Anliegen: Ich versprach Havald Bey eine hohe Belohnung, erwiese es sich als wahr, dass ihr meine Tochter gerettet habt. So nennt mir eure Wünsche.«

»Eine offizielle Audienz mit Euer Hoheit, in meiner Eigenschaft als Gesandte meiner Königin«, sagte Leandra, bevor jemand anderes etwas sagen konnte. »Es geht um das Weiterbestehen meiner Heimat.«

»Ihr seid Gesandte Eurer Königin? Ihr, nicht Havald?«, fragte der Emir erstaunt.

Leandra nickte und zog eine Schriftrolle aus ihrem Ärmel. »Hier ist meine Beglaubigung.« Sie hielt die Rolle hoch, Faihlyd erhob sich und nahm sie entgegen. Sie brach das Siegel, überflog das Schreiben und reichte es dann an ihren Vater weiter, der es sorgsam las.

»Nun«, sagte der Emir dann. »Ihr werdet die Gelegenheit erhalten.« Er reichte ihr die Gesandtschaftsrolle zurück. »In zwei Tagen feiert Gasalabad den Geburtstag meiner Tochter. Ihr werdet zusammen mit Euren Begleitern eine Einladung als Gesandte des Königreichs Illian erhalten. Dort werdet Ihr Euch offiziell der neuen Emira vorstellen.« Er nickte in Richtung seiner Tochter. »Vielleicht ergeben sich bis dahin auch weitere Möglichkeiten zu Gesprächen.« Er ließ seinen Blick über uns wandern. »Ich erfuhr, dass ihr ein Haus erworben habt. Erlaubt mir, es euch zu schenken. Ich gab Anweisung, euren Diener bei der Restaurierung der alten Hafenbörse zu unterstützen.«

»Wir sind für Eure Großzügigkeit dankbar. Hoheit, wäre es möglich, dem Gebäude den Status einer Botschaft zu verleihen?«, fragte Leandra.

Er sah zu seiner Tochter hinüber, die still nickte. »So sei es«, sagte er. »Erzählt mir nun von der Zweiten Legion.«

»Verzeiht, Hoheit, noch nicht.« Ich verbeugte mich erneut. »Zuerst will ich Euch berichten, was wir herausgefunden haben. Da wären zum einen diese Zeichnungen, gefertigt nach Essera Zokoras Angaben. Sie zeigen diejenigen, die wahrscheinlich die Reisegesellschaft Marinaes überfielen ...«

Als wir zum Haus der Hundert Brunnen zurückkehrten, war am Horizont das Morgenrot zu sehen. Leandra schlief mit dem Kopf auf meiner Schulter, als die Sänften uns zurückbrachten. Selbst im Schlaf lächelte sie.

Nachdem wir über unsere Entdeckungen Bericht erstattet hatten, hatte Sieglinde darum gebeten, unsere Geschichte erzählen zu dürfen. Ich hatte vergessen, dass Sieglinde mehr dem Ruf des Barden folgte als dem eines Kriegers. In dieser Nacht an Bord der *Prinzessin Faihlyd* beschwor ihre Stimme in alter Bardentradition die Geschehnisse in jenem Gasthof am Fuß des Donnerpasses herauf.

Als das Prunkschiff wieder anlegte, hatte nicht nur ich das Gefühl, neue Freunde gewonnen zu haben.

Leandras Beschreibung der Legionen Thalaks – sie war die Einzige von uns, die bisher die Front gesehen hatte – beunruhigte den Emir sehr.

»Es wird schwer sein, Unterstützung für einen Krieg zu erhalten, der so weit entfernt stattfindet«, sagte er dann.

»So weit ist er nicht entfernt«, teilte ich ihm mit. »Thalaks Agenten sind schon vor uns hier gewesen. Ich frage mich, wem sonst daran gelegen sein kann, einen Keil zwischen Askir und Bessarein zu treiben.«

Der Emir senkte den Kopf. »Das mag sein. Aber es gibt genügend Abneigung gegen imperiale Bevormundung auch ohne diese Agitatoren, sollten sie tatsächlich anwesend sein. Seit etwas mehr als sechs Jahrhunderten ist Bessarein wieder unabhängig vom Reich, dennoch binden uns noch immer die Gesetze Askannons.« Er sah mich mit ernster Miene an. »Allein die Wegestationen und das imperiale Recht entlang der Reichsstraßen ... Es ist schwer zu ertragen, dass eine andere Macht in meinem Reich Hoheitsrechte beansprucht. Oder Truppen bewegen kann, ohne um Erlaubnis zu bitten. Es gibt solche, die sagen, wir seien immer noch eine besetzte Nation.«

Vielleicht. Ich hatte eine andere Vorstellung von einer besetzten Nation, aber ich steckte nicht in den Schuhen des Emirs.

Dennoch war ich der Ansicht, dass diese nächtliche Unterredung mit dem Emir und Prinzessin Faihlyd uns auf unserer Mission ein erhebliches Stück weitergebracht hatte.

Im Haus der Hundert Brunnen fanden wir bei unserer Rückkehr Armin schlafend im Vorraum zu unseren Gemächern vor. Er schien erschöpft, sein weißes Gewand mit den roten Ziernähten, auf das er so stolz war, war beschmutzt und zerknittert.

Er erwachte, als wir die Tür öffneten, zwei lange schmale Dolche erschienen in seinen Händen, bevor er erkannte, wer wir waren.

Er wollte uns noch Bericht erstatten, aber ich sah, dass er sehr müde war, und schickte ihn zu Bett.

Auch wir begaben uns in unsere Räume und fielen in die Betten, ein ereignisreicher Tag endete in friedlichem, ungestörtem Schlaf.

16. Ein treues Untier

Am nächsten Tag, während eines späten Frühstücks im Raum des Genusses, sprachen wir über unser weiteres Vorgehen.

»Ich bin der Ansicht, dass wir hier getan haben, was wir tun konnten.« Janos lehnte sich mit sichtlicher Zufriedenheit zurück und trank einen Schluck heißen Kafje. »Wir haben alle Nachrichten in unserem Besitz an den Emir weitergegeben, er und seine Spione sollten in der Lage sein, damit mehr anzufangen als wir. Unser Haus hat nun den Status einer Gesandtschaft, Leandra ist als Gesandte unserer Königin bestätigt worden. Wir sind zu den kommenden Festlichkeiten geladen. Wir haben alles erreicht, was wir hier erreichen wollten, sogar mehr als wir erwartet haben.«

»Der Emir und Prinzessin Faihlyd schienen uns geneigt«, fuhr Sieglinde fort. Sie aß mit offensichtlichem Genuss eine seltsame weiße Frucht, die unter einer weichen gelben Schale verborgen war. »Wenn Faihlyd zur Kalifa bestimmt wird, hört uns zumindest ein freundliches Ohr im Rat der Könige. Eigentlich könnten wir direkt nach Askir aufbrechen.«

Leandra tunkte ein Stück weißes Brot in ein Schälchen mit Honig. »Das wäre unhöflich. Wir wissen, dass es nur noch drei Wochen Weges bis nach Askir sind. Wir haben nun fast noch sechs Monde Zeit, bis der Rat der Könige tagt. Wenn die Arbeiten an der Botschaft so schnell weitergeführt werden wie bisher, können wir das Haus bald beziehen. Wir sollten die Gelegenheit nutzen, diese Menschen besser zu verstehen, wenn wir sie als unsere Verbündeten zu gewinnen suchen. Ich denke, dass wir es uns leisten könnten, bis zur Wahl des Kalifen hier zu bleiben.«

»Das sind noch sechs Wochen«, sagte ich. »Aber warum nicht? Etwas Ruhe haben wir uns verdient.« Ich brach ein Stück Brot ab und reichte es an Leandra weiter.

»Danke. Aber das ist nicht genau das, was ich dachte«, antwortete sie. »Wir müssen noch herausfinden, ob das Tor in der Botschaft wirklich nutzbar ist. Wenn dem so ist, bin ich der Ansicht, dass ein paar von uns zurückkreisen sollten, um möglichst bald die Königin zu unterrichten.«

Ich schüttelte den Kopf. »Sicherlich ist das wichtig, aber bei uns zu Hause herrscht tiefer Winter, die Straßen sind kaum passierbar. Vielleicht könnte jemand zum Gasthof *Hammerkopf* zurückkehren und veranlassen, dass eine Botschaft geschickt wird, aber niemand von uns sollte selbst dieser Bote sein.« Ich sah meine Gefährten der Reihe nach an. »Wir sind mittlerweile aufeinander eingespielt. Ich wünsche mir, dass unser weiterer Aufenthalt hier in Gasalabad friedlich verläuft, aber noch glaube ich nicht daran.«

Zokora richtete sich auf und streckte sich wie eine Katze. »Eins nach dem anderen«, sagte sie. »Wenn wir das Tor nutzen können, geleiten Varosch und ich Janos und Sieglinde durch die Höhlen zurück zum Gasthof. Zehn Tage hin und zurück, mehr nicht.«

Ich nickte, obwohl Zokora es nicht als Frage formuliert hatte. Sie hatte recht, es war die beste Kombination für eine kurze Reise zurück zum *Hammerkopf*.

»Ich mag eigentlich die Wärme hier lieber.« Janos lächelte Sieglinde an. »Aber ich denke, dass allein das Gesicht Eberhards, wenn er erfährt, dass Sieglinde und ich handgebunden sind, diese Reise wert ist.«

»Dann sollten wir nachsehen, ob das Tor arbeitet«, sagte Leandra und erhob sich. »Wo ist eigentlich Armin?«

»Er ist zur Botschaft gegangen. Er muss schon früh aufgebrochen sein. Als ich mich zum Frühstückstisch begab, war er schon gegangen und hatte diesen Zettel hinterlassen.« Natalyia hielt die Nachricht hoch. Ich warf einen Blick darauf, Armin besaß eine schönere Schrift als ich.

»Gut«, sagte ich. »Leandra und ich schauen uns das Tor an.«
»Ich glaube, ich schlafe mal aus«, sagte Janos und gähnte.
»Vor allem, wenn wir morgen tatsächlich durch das Tor auf-
brechen sollen.«

Als wir bei der Botschaft ankamen, traute ich meinen Augen
kaum. Das Haus war vollständig neu verputzt, und schon zum
größten Teil mit den glasierten Keramikziegeln verkleidet, die
man hier so oft an den Fassaden sah, sämtliche Fenster besaßen
Läden, und Handwerker waren gerade dabei, direkt unter dem
Dach mit diesen Ziegeln einen Zierstreifen zu gestalten.
   »Beeindruckend«, sagte Leandra. Der Mörtel zwischen den
glasierten Ziegeln war noch feucht, aber bei der Hitze hatte
ich keine Zweifel, dass er am Abend bereits getrocknet wäre.
Gemeinsam betraten wir das Gebäude, es roch nach feuchtem
Putz, Öl, Wachs und frischer Erde. Letzteres erklärte sich, als
wir den Innenhof erreichten. Es schien, als habe jemand einen
Zauber gewirkt. Von der vertrockneten Vegetation war nichts
mehr zu bemerken, neue Erde war angekarrt und neue Pflanzen gesetzt worden. Ein leichter Schatten lag auf dem Hof, und
ich sah nach oben: Der Innenhof war mit einem Dach aus
rautenförmig angeordneten Lattenrosten bedeckt, die gut die
Hälfte der Sonne abfingen.
   Ein älterer Mann pflanzte gerade einen blühenden Strauch.
Als er uns sah, ließ er sich in seiner Arbeit nur insoweit stören,
als dass er uns zunickte. Wir sahen uns sprachlos um und gingen dann ins Haus.
   Hier war der Geruch von feuchtem Putz stärker, alle Fensterläden standen offen, damit auch der Innenputz trocknen
konnte. Wir fanden Armin letztlich in dem Raum, der wahrscheinlich die Küche gewesen war. Er unterhielt sich dort mit
zwei Handwerkern. Sie erblickten Leandra und mich, das Gespräch versiegte, und beide verbeugten sich tief. Armin trug ein
neues Gewand – oder er hatte es irgendwie fertig gebracht, das

alte in Windeseile zu waschen –, dennoch war er bereits wieder verdreckt. Hier in Gasalabad war, wie ich mittlerweile gelernt hatte, die Gilde der Handwerker gut organisiert. Jeder Handwerker trug irgendetwas an seiner Kleidung, um seine Zunft zu signalisieren. Ein Zimmermann zum Beispiel hatte oft das Symbol eines Loteisens irgendwo eingenäht, ein Bäcker ein Brot, ein Schmied einen Amboss. An diesen beiden Handwerkern sah ich weder ein solches Symbol, noch war ihre Kleidung verdreckt. Einer der Männer trug alte Reitstiefel. Stiefel waren für einen Handwerker in dieser Hitze nicht unbedingt die ideale Fußbekleidung.

Als Armin uns sah, strahlte er und eilte auf uns zu. »Ist der Emir, lange möge er leben, nicht ein wahrhaft großzügiger Mann? Er hat uns die Baumeister des Palastes zur Verfügung gestellt, um dieses Gebäude in ein Kleinod zu verwandeln! Gleicht es nicht einem Wunder, was hier vollbracht wurde? Esserin, morgen, so sagte man mir, könne man einziehen!«

»In der Tat beeindruckend, Armin«, sagte ich. »Ich sehe, du bist Herr der Lage.«

»Esseri, es ist, wie Ihr sagt, die Götter gaben Eurem Diener ein bescheidenes Talent der Organisation. Es ist mir eine Ehre, Euch in dieser Art dienen zu können.«

»Nun, wir wollen dich dann nicht weiter stören. Ich wollte dir nur ausrichten, dass der Zirkus in der Stadt ist.«

»Niemals würde Eure Anwesenheit stören, Esseri! Allein der Anblick der Essera, gepaart mit dem Wissen, dass sie es sein wird, die hier wohnt, wird die Leute zu wahren Meisterleistungen anspornen, damit ihre Kunst der Schönheit würdig ist, welche hier wandeln wird!«

Leandra lachte. »Danke. Willst du nicht deine Familie aufsuchen?«

»Später, Essera. Es gibt noch viel zu tun.« Er sah zu uns hoch. »Auch wenn es immer wieder eine Freude ist, so befürchte ich, dass ihr die Arbeiter ablenken könntet. Wärt ihr ...«

Ich lachte auf. »Wir gehen schon. Wir schauen uns nur noch etwas im Keller um.«

Die beiden ungewöhnlich sauberen Handwerker verblieben in ihrer Verbeugung, bis wir die Küche verlassen hatten.

»Armin hat wirklich weit reichende Verbindungen hier in der Stadt«, sagte Leandra nachdenklich, als ich ihr die neue Tür zum Keller aufhielt.

»Ich bin auch immer wieder davon beeindruckt, wie viele Leute er kennt«, gab ich zur Antwort, während ich ihr und ihrem Licht in den Keller folgte.

Was wir uns überlegt hatten, um das Tor zu testen, war eigentlich ganz einfach. Einer von uns – ich, da ich Leandra nicht in Gefahr bringen wollte – begab sich durch das Tor zur Donnerfeste. Dort hatte ich vor, eine Münze zurückzuschicken. Diese sollte Leandra dann wiederum zur Donnerfeste senden, damit wäre die Funktionstüchtigkeit des Tores bestätigt. Kam die Münze von Leandra nicht zurück, war es meine Absicht, das Tor zur ersten, verfallenen Wegestation zu nehmen und von dort aus zu Fuß nach Gasalabad zurückzukehren.

»Ich bin nicht der Ansicht, dass du dieses Risiko tragen solltest«, sagte Leandra, als die Wand zum Torraum beiseite glitt. Auf einmal gewann der unscheinbare achteckige Raum einen ominösen Aspekt. Ich rief meine Gedanken zur Ordnung. Bislang waren die Tore immer ohne Schwierigkeiten nutzbar gewesen, warum sollte es hier anders sein?

»Wer sonst?«, fragte ich, als ich die Steine in der Anordnung für die Donnerfeste auslegte. Ich hatte mir die Reihenfolge gemerkt, zog dennoch einen Zettel hervor, auf dem ich sie niedergeschrieben hatte. »Du mit Sicherheit nicht, du bist zu wichtig.« Ja, die Steine lagen richtig.

»Vielleicht …«

»Einer von den anderen? Ich kann ihnen kein Risiko zumuten, das ich selbst nicht bereit bin zu tragen.« Sie sah mich an, und ich küsste sie. Dann schob ich sie sachte aus dem Kreis heraus.

Ich vergewisserte mich, dass ich die Steine für den Rückweg dabei hatte, obwohl in der Donnerfeste ja noch welche liegen mussten, trat dann in den Kreis und ließ den letzten Stein fallen.

Wie üblich war nichts von der Reise zu bemerken. Es wurde nur dunkel. Ich fluchte leise, daran hatte ich nicht gedacht. Es dauerte einen Moment, bis ich eine Kerze herausgekramt und entzündet hatte. Die Kälte allein bestätigte mir schon, dass es sich hier wohl um das richtige Tor handeln musste. Um ganz sicher zu gehen, öffnete ich die Tür des Raumes.

Es war das richtige Tor. Im schwachen Schein der Kerze sah ich die gefrorene Leiche Holgars in der Stellung liegen, in der wir sie verlassen hatten. Eine schattenhafte Bewegung in der linken Ecke des Raumes brachte mich dazu, die Kerze fallen zu lassen und Seelenreißer ziehen zu wollen. Doch das Vieh war zu schnell. Es war ein Vartrame, einer jener geflügelten Hunde, die uns beinahe in der Bärenhöhle aufgespürt hatten. Das Vieh sah ausgemergelt aus, aber sein Sprung war kräftig und riss mich beinahe um, als ich ihm meine rechte gepanzerte Faust in den Rachen stieß.

Die Fänge des geflügelten Hundes waren nicht in der Lage, die Kette zu durchdringen, aber er verfügte über einen derart starken Biss, dass ich befürchtete, er könnte mir die Knochen meines Arms brechen.

Die Kerze war beim Herunterfallen verloschen, doch dann sprang Seelenreißer in meine linke Hand und lieh mir seine Sicht. Ich riss meinen rechten Arm hoch und drehte mich, sodass die knurrende Bestie gestreckt wurde. Dann zog ich die fahl glänzende Klinge durch die Kehle der Kreatur. Das rötliche Funkeln in den Augen erlosch, aber ihre mächtigen Kiefer spannten sich ein letztes Mal an, und ich meinte fast, es knirschen zu hören. Blut floss dampfend an mir herunter, als ich mit Seelenreißer die Kiefermuskeln durchschnitt. Dann endlich konnte ich das Haupt der Bestie von mir reißen.

Das Bannschwert in der Hand, betrat ich den Vorraum zum Tor, es herrschte absolute Dunkelheit hier, die Kerze war ja ausgegangen, aber so weit ich Seelenreißers Wahrnehmung trauen konnte, war ich nun allein. Ich wartete.

Aber nichts geschah, außer dass Seelenreißers Fluch mich wieder ereilte, doch diesmal war es anders, nur ein Kribbeln im Rücken und ein Ziehen im Magen. Gewöhnte ich mich an sein verfluchtes Geschenk?

Ich fand die Kerze wieder und entzündete sie, stellte sie auf den Boden und zog leise fluchend den Leichnam des Hundes aus dem Raum. Fast hatte ich Mitleid mit der Bestie, als ich nun sah, wie sie sich ihr Lager neben Holgars Leiche bereitet hatte. Geflügelte Bestie oder nicht, es war genug Hund in ihr, um auch einem falschen Herrn treu zu dienen.

Mein weißer Burnus war über und über mit Blut besudelt. Daran war jetzt nichts zu ändern. Ich kehrte zum Tor zurück und verschloss die Tür zum Torraum wieder. Sorgfältig änderte ich die Anordnung der Steine, sodass das Tor jetzt zur Botschaft führte, und legte eine Münze in den Kreis, bevor ich den letzten Stein fallen ließ. Die Münze verschwand, um Sekunden später wieder aufzutauchen.

Also hatte Leandra recht, und die Kombination entsprach wirklich dem Tor der Botschaft.

Eine Sache wollte ich noch wissen. Ich nahm die Kerze und hielt sie so hoch ich konnte, um die Decke des Raumes zu mustern. Auch dort konnte ich ganz schwach die Zeichen der Kombination ausmachen. Man musste wissen, wonach man schauen sollte, um die Zeichen zu erkennen. So weit, so gut.

Ich begab mich in den Kreis, hob den letzten Stein an und ließ ihn wieder fallen.

Dadurch, dass man von der Reise nichts mitbekam, erschien es mir, als ob Leandra urplötzlich vor mir auftauchte.

»Götter! Was ist geschehen!«, rief sie, als sie meinen blutigen Burnus sah.

»Ein Vartrame lauerte auf der anderen Seite.« Ich zog den Burnus aus und faltete ihn so zusammen, dass die Blutspuren nicht zu sehen waren. Dann zog ich meinen rechten Kettenhandschuh aus und schob den Ärmel zurück. Durch den dicken Ärmel des wattierten Unterrocks hindurch konnte man die Abdrücke von Kettengliedern auf der Haut sehen, sie liefen bereits dunkel an, aber die Haut war nirgendwo durchstoßen.

»Ein Hinterhalt?«

Ich schüttelte den Kopf. »Nein. Das Vieh muss wohl zu Holgar gehört haben. Es fand ihn und blieb dann bei ihm. Früher oder später wäre es an seiner Seite verhungert.«

Ich schüttelte meine rechte Hand, ballte sie zur Faust. Die Schmerzen waren erträglich, und alles arbeitete noch so, wie es sollte. Ich bückte mich und hob die Münze auf. »Das Tor ist in Ordnung, das ist die Hauptsache.« Ich zog meinen Handschuh wieder an.

»Solange nicht mehr auf sie wartet, werden Zokora und die anderen wohl damit fertig werden«, sagte Leandra. Ich sammelte die Steine ein, und wir schlossen die Tür.

»Also wollen wir wie besprochen verfahren?«, fragte ich.

Sie nickte. »Es erscheint mir am sinnvollsten. Der Weg durch die Höhlen birgt immer noch Gefahren, also sollte Zokora führen. Varosch wird bei ihr bleiben wollen, und Janos und Sieglinde...«

»Gut. Ich denke, sie sollten morgen früh aufbrechen. Lassen wir ihnen diesen Tag, um Kraft zu sammeln. Übrigens, die Kombination für die Donnerfeste ist in der Decke des Torraumes eingraviert.«

Leandra sah erfreut aus. »Das kann uns helfen, wenn wir andere Tore finden.«

Wir sprachen noch ein paar Worte mit Armin, dann verließen wir die Botschaft, um zum Haus der Hundert Brunnen zurückzukehren. Auf dem Weg kaufte ich einen neuen Burnus.

17. Ein Bräutigam

Als wir die Herberge erreichten, erwartete uns dort der neue Hüter der Nachrichten. Er hatte eine Botschaft für uns, genauer gesagt für Leandra. Die Rolle war versiegelt.

»Esserin, ich kenne den Mann, der diese Botschaft überbrachte. Es ist ein Herold der Reichsstadt, dennoch denke ich …«

Ich nickte ihm zu. Gegen Vorsicht hatte ich noch nie einen Einwand erhoben. Mit zwei langen Zangen wurde das Siegel erbrochen und die Rolle geöffnet. Mit einer Verbeugung reichte dann der Hüter der Nachrichten Leandra die Rolle weiter und trat mit einer weiteren Verbeugung zurück.

»Es ist eine Einladung des Botschafters der Reichsstadt«, sagte Leandra verwundert. »Er lädt uns beide heute Nachmittag zum Tee ein.«

»Sonst noch etwas?«

Sie musterte die Rolle, schüttelte dann den Kopf und hielt sie mir hin.

An Maestra de Girancourt, Gesandte des Königreichs Illian zu Bessarein. Ich lade Euch, Leandra de Girancourt, und Ser Roderic von Thurgau, hiermit zu einem Tee in meine Räume.
Oswald von Gering, Gesandter der imperialen Stadt Askir.

»Viel kürzer geht es kaum«, sagte ich und rollte das Schriftstück wieder zusammen. »Ist das nicht fast schon eine Beleidigung?«

Leandra schüttelte ratlos den Kopf. »Ich weiß es nicht, ich kenne die Gepflogenheiten noch nicht. Ich werde einen Boten schicken, der die Einladung bestätigt. Ich frage mich allerdings, warum nur wir beide geladen wurden.«

»Du bist die Botschafterin, und ich trage einen Ring, der mir nicht zusteht.« Ich machte eine Pause. »Schwertmajor Kasale wird Bericht erstattet haben, sodass sie über mich Bescheid wissen und verständlicherweise neugierig sind.«

»Ja«, sagte Leandra mit einem ironischen Unterton. »Oder er will nur seinen Tee nicht allein trinken.« Sie musterte mich gründlich. »Aber diesmal wirst du dich umziehen.«

»Eigentlich dachte ich daran zu baden«, sagte ich milde.

Nach dem Bad, frisch gekleidet, mit sauber gestutztem Bart und Haupthaar, ging ich mit Varosch den Plan für die kurze Reise der anderen durch. Zokora las noch immer in dem Buch und schien unbeeindruckt von der Unterhaltung. Sieglinde und Janos waren, wie Varosch sagte, »bummeln«.

Leandra reichte Varosch eine versiegelte Schriftrolle. Er wog sie nachdenklich in der Hand. »Ich gebe sie am besten Egwin mit, wenn er noch im Gasthof ist. Ich kenne ihn ganz gut, er ist ein zuverlässiger Mann. Ich schlage vor, dass er die Nachricht zum Borontempel in Lassahndaar bringt.«

Ich versuchte mich an Egwin zu erinnern, er musste einer der beiden anderen Wachleute sein, die Rigurd, der Händler, zusammen mit Varosch angeheuert hatte.

Leandra zog die Augenbrauen zusammen. »Sie muss in die Kronburg.«

»Ja. Ich denke, dass der Hohepriester eine Möglichkeit hat, sie dem Tempel in Illian zukommen zu lassen. Ich weiß, dass die Hohepriester der Tempel miteinander in Verbindung stehen.«

Ich griff mir einen Apfel und schnitt ihn entzwei. Keine Raupen. »Meint Ihr, sie halten auch Kontakt zu den hiesigen Tempeln?«

Er schüttelte den Kopf. »Es mag möglich sein, aber ich glaube es nicht. Sonst wüssten wir mehr über das Alte Reich.«

Ich aß die eine Apfelhälfte und bot Leandra die andere an.

»Wenn Ihr im *Hammerkopf* seid, fragt mal, ob Eberhard noch weitere Räume gefunden hat.«

»Einen Torraum?«

Ich nickte.

Varosch steckte die Rolle ein und sah mich fragend an. »Ich dachte, es gäbe ein Tor im Gasthof? Ich hörte, er habe eines unten in der Halle unter dem Innenhof gefunden.«

»Das ist das falsche Tor. Es war nur für Waren gedacht.«

»Ich werde fragen. Hätte das Tor nicht im Turm sein müssen?«

»Wir haben bislang nur eine Wegestation mit einem Tor gefunden. Das Taubentor. Dort war es im Turm. Aber das war die Ausnahme.«

»Taubentor. Nette Beschreibung. Mich juckt es jetzt noch, wenn ich daran denke.« Er grinste. »Ich denke, Eberhard hatte Zeit genug, jeden Stein zu wenden. Wenn es da ist, hat er es bestimmt gefunden.«

»Bis jetzt waren die meisten Tore in geheimen Räumen. Hinter gut getarnten Türen«, sagte Leandra.

»Fragt Natalyia«, sagte Zokora und blätterte eine Seite weiter. »Sie erspürt es auch da, wo kein Stein ist.« Ich sah zu ihr hinüber, die Dunkelelfe wirkte immer noch vertieft in ihr Buch.

Dennoch, es war keine schlechte Idee. »Ist sie da?«

Varosch nickte. »Sie ist in ihrem Raum.«

Ich erhob mich, ging zu ihrer Tür und klopfte. Sie bat mich herein, und als ich eintrat, sah sie lächelnd zu mir hoch.

Es war ein ungewohnter Anblick. Natalyia saß im Schneidersitz neben einem Fenster auf einem der niedrigen Stühle, nur in ihr Untergewand gekleidet, und nähte einen Saum. Irgendwie war ich überrascht, sie bei einer solchen häuslichen Arbeit zu sehen. Ich versuchte, nicht auf ihre gut geformten Beine zu starren.

»Hat das mit dem Tor geklappt?«, fragte sie.

»Ja. Der Weg zur Donnerfeste ist frei. Wir überlegen nun, ob es im Gasthof selbst noch ein Tor geben könnte. Du spürst den Stein, vielleicht hast du eine Idee. Hast du im Gasthof irgendwo noch weitere Hohlräume gespürt?«

Sie schüttelte den Kopf und griff nach etwas an ihrem Hals, was nicht mehr vorhanden war. »Balthasar hielt mich die ganze Zeit unter seiner Kontrolle. Danach war ich in Zokoras Gewalt. Keiner von beiden ließ zu, dass ich mein Talent einsetzte. Wenn Ihr wünscht, kann ich mit zurückgehen und nach dem Torraum suchen.«

Ich sah sie nachdenklich an. Damals auf dem Schiff hatte ich ihr die Wahrheit gesagt, ich hatte ihr schon längst verziehen. Ich mochte sie und hatte sie vielleicht auch etwas ins Herz geschlossen. Aber vertraute ich ihr? Vertrauen gebiert Vertrauen, hieß es in den Tempeln. Vertraue nur dir selbst, und du wirst nicht verraten, war hingegen mein Leitspruch.

Sie war eine Agentin des Dunklen Reiches. Sie hatte versucht, mich zu töten, angeblich unter der Gewalt Balthasars. Aber sie hatte mir auch das Leben gerettet. Angeblich hatte Zokora sie aus der geistigen Gewalt von Thalak befreit. Es war unbestreitbar, dass sie für uns eine wesentliche Hilfe darstellte, und auch hier in Gasalabad hatte sie sich als nützlich erwiesen. Vielleicht war es an der Zeit, ihr zu vertrauen.

»Gut. Kannst du morgen früh mit den anderen aufbrechen?«

Sie neigte den Kopf. »Ich sehe keinen Grund, warum nicht. Im Moment, bei dieser Hitze, hat die Idee, durch eine Gletscherhöhle zu wandern, etwas Verführerisches.«

»Ich glaube, das gibt sich.«

Sie lachte. »Auf dem Rückweg kann ich mich dann ja wieder auf die Hitze hier freuen.«

»Die nächsten zehn Tage oder so werden wir allein sein«, sagte Leandra, als wir über den Platz der Ferne zur Botschaft gingen.

»Armin ist noch da.«

»Ja«, sagte sie und lachte. »Wie konnte ich Armin vergessen?«

»Das ist in der Tat erstaunlich. Er tut schließlich sein Möglichstes, dass wir ihn nicht überhören.«

Leandra legte mir ihre Hand auf den Arm und blieb stehen. »Wir haben außer Faihlyds Geburtstagsfeier für die nächsten Tage nichts weiter vor«, sagte sie. »Außer das Haus einzurichten.« Sie blieb stehen. »Das ist keine Arbeit, ich freue mich darauf, auch wenn es mich seltsam berührt... Moment!« Sie wirbelte herum und fixierte ein junges Mädchen mit ihren violetten Augen und einem ausgestreckten Zeigefinger.

»Komm nicht mal auf die Idee!«, fauchte sie. Das Mädchen wich mit weit aufgerissenen Augen in die Menge zurück, ich sah gerade noch, wie es anfing zu rennen.

Unwillkürlich schaute ich mich nach Selim um, aber ich sah ihn nicht.

»Wo waren wir?«, fragte Leandra. »Richtig. Ich glaube, das ist das erste Mal in meinem Leben, dass ich zehn Tage zur Verfügung habe, ohne dass etwas Dringendes ansteht.«

Ich ergriff ihre Hand und führte sie zu meinen Lippen. »Wenn dir deine diplomatischen Aufgaben zu langweilig werden, bemühe ich mich, dich anderweitig zu unterhalten.«

Sie lachte silberhell. »Das glaube ich dir gerne. Aber ich denke, wir werden die Zeit nutzen, diese Stadt besser kennenzulernen.« Sie hielt inne. »Hörst du die Trommeln?«

Ja, ich hörte sie, aber nur weil sie mich darauf aufmerksam machte. In dieser Stadt verband ich Trommeln mit offiziellen Anlässen wie ausrückenden Palastwachen oder Hinrichtungen. Also mit nichts Gutem.

»Es kommt von da vorn«, sagte Leandra. Ich warf einen Blick hoch zur Sonne, wir hatten noch Zeit bis zu unserem Tee in der Botschaft.

Zu dem Dröhnen von Trommeln gesellten sich noch die hellen Klänge von Fanfaren. Wir waren nicht die Einzigen, die diese Töne vernahmen und nun neugierig die Hälse reckten, doch Leandra und ich hatten den Vorteil, dass wir über die meisten anderen Neugierigen hinwegsehen konnten.

Die Klänge kamen aus der Richtung des Südtores des Platzes der Ferne. Vor uns kam Bewegung in die Menge, ich sah Reiter mit Flaggen, vor ihnen teilten sich die Menschen. Neben uns war das Podest der Säule des Adlers, zwar war auch dort kein Platz mehr frei, aber als man uns kommen sah, verschaffte man uns Raum, was dazu führte, dass an einer Kante ein anderer fluchend sein Gleichgewicht verlor und absteigen musste. Ich hob Leandra auf das Podest, stieg selbst hoch und nahm sie vor mich.

Ich muss zugeben, wir gafften wie all die anderen.

Das Erste, was wir durch das Südtor des Platzes kommen sahen, waren zweimal vierundzwanzig Reiter in Prunkuniformen. Die Reiter trugen vergoldete Schuppenrüstungen mit rotgoldenen Überkleidern, auf denen das Wappen des Hauses des Turms prangte. Dies war, so wusste ich mittlerweile, das Wappen des Emirs von Janas. Auf ihren goldenen Spitzhauben funkelte die Sonne, und die Schimmel hatten goldene Glöckchen in den Schweif und in die Mähne geflochten.

Die ersten sechs Reiter lenkten ihre Pferde nur mit den Schenkeln; vor ihnen, jeweils links und rechts des anmutig geschwungenen Pferdehalses, glänzten goldene Kesselpauken, die weißen Schlägel fuhren mit anmutigen, präzisen Bewegungen auf und ab. Das Donnern der Trommeln schien vom Platz selbst aufgenommen zu werden.

Den Trommlern folgten Trompeter und Fanfarenspieler, jeweils sechs pro Instrument. Der Rest der Reiter waren Gardisten, die aufrecht und arrogant im Sattel saßen, die Krummschwerter gezogen und an die Schultern gelehnt. Jeweils der äußerste rechte Reiter einer Sechsergruppe hielt eine Lanze aufrecht am Steigbügel und ließ den Wimpel flattern, der sowohl den Turm als auch andere Insignien trug.

»Die fünf Regimenter des Turms«, rief einer der Menschen auf dem Podest neben uns. »Er hat alle fünf mitgebracht!«

»Götter!«, rief Leandra, als die nächste Gruppe durch das Tor sichtbar wurde. Hinter den Sechsergruppen Kavallerie schritt nun majestätisch ein Wesen durch das Tor, wie ich noch nie eines gesehen hatte und das ich mir in meinen kühnsten Träumen nicht hätte vorstellen können.

Es ragte bestimmt vier Mannshöhen hoch und kam auf grauen, säulenartigen Beinen daher. Ein massiger Kopf hielt mit einer endlos langen Nase eine große, dornenbewehrte Keule empor, bestimmt nicht viel kleiner als ein ausgewachsener Mann. Zwei riesige Stoßzähne ragten gebogen aus dem Schädel, der mit metallenen Platten verkleidet war. Diese Stoßzähne liefen an ihren Enden in goldene Krummschwerter aus, fast schien es mir, als ob ein Schwung dieses massigen Schädels eine ganze Kompanie enthaupten könne.

Auf seinem gepanzerten Rücken trug das Untier einen Wehrturm, der groß genug war, um acht Bogenschützen und vier Handballisten Platz zu bieten. Bis zu den Knien war dieses Tier mit einem Schuppenharnisch geschützt, der schwer genug wirkte, um selbst eine Reiterlanze aufzuhalten.

Zwei riesige Ohren schienen dem Wesen langsam Luft zuzufächern. Hinter ihnen und dem Kopf saß ein gewappneter Soldat, der das Tier mit einem langen Stab lenkte.

Zwischen all der Panzerung sahen die Augen des Tiers fast unschuldig aus, als es gemächlich durch das Tor schritt, gefolgt von fünf weiteren Artgenossen.

Das dritte Tier trug keinen Wehrturm, sondern eine offene Plattform. Auf dieser stand ein junger Mann, reich und prunkvoll gekleidet. Um ihn herum befanden sich vier Schildträger, vor ihm knieten vier Sklaven und hielten zwei Amphorae aufrecht. Unter lautem Jubel der Menschenmenge griff der junge Mann wieder und wieder in die Behältnisse und warf Silbermünzen in die Menge.

Ein Schrei ertönte, als einer der Passanten von anderen, nachrückenden vor eines der Tiere gedrängt wurde und fiel. Eines der säulenartigen Beine hob und senkte sich, fast schien es mir, als ob das Tier etwas bemerkte und stockte, aber der Führer machte eine Bewegung mit dem Stab. Das Tier senkte das Bein ab, der Schrei war kurz und spitz, die Prozession wurde dadurch nicht aufgehalten.

»Er ist auf Brautschau!«, rief unser Nachbar aufgeregt. »Seht nur, er bringt Schätze für unsere Prinzessin!«

Den riesigen grauen Tieren folgten offene, von Schimmeln gezogene Wagen. Auf dem ersten stapelten sich Truhen, in einer offenen Schale schimmerte und funkelte es. Zwei weitere Wagen folgten, auf ihnen standen makellose junge Menschen, nackt, mit goldenen Ketten an den Hälsen aneinandergekettet, jeweils ein Wagen mit einem Dutzend Männer und Frauen.

Auf einen weiteren Wagen waren Käfige montiert, in ihnen befanden sich jeweils zwei Löwen und zwei Schneeleoparden. In einem großen Käfig stand ein Tier aufrecht auf zwei Beinen, einem Menschen ähnlich, aber gut die Hälfte größer als ich, vielleicht das dreifache meines Gewichts, und von Kopf bis Fuß war es mit einem dichten braunen Fell behaart. Es stand aufrecht, die massigen Hände um die Stangen des Käfigs gelegt, die Augen waren ebenfalls braun und schienen beinahe menschlich. Ein massives gelbes Gebiss mit langen Reißzähnen wurde gebleckt, als einer der Passanten seine Aufmerksamkeit erweckte. Vielleicht war es kein Tier, sondern ein Mensch, durch eine Magie in diese Karikatur eines Menschen verwandelt, doch so wirkte es nicht auf mich.

Drei weitere dieser riesigen grauen Tiere folgten, das mittlere trug eine Art Sänfte mit weißen Vorhängen, wer dort saß, war nicht zu sehen.

Dahinter glänzten in exakter Marschordnung goldene Schuppenrüstungen der Infanterie, gut und gerne zweihundert waren es, die stolz ihrem Emir in die Stadt folgten.

Sprachlos sahen wir diesem Prunkzug nach, wie er langsam den Platz der Ferne überquerte und das Nordtor ansteuerte, das zum Palast führte.

»Bei Brigittes Bogen, so etwas habe ich noch nie gesehen«, hauchte Leandra beeindruckt.

»Da bist du nicht die Einzige«, antwortete ich ihr und sah diesen riesigen Tieren nach, wie sie gemächlich das Nordtor passierten.

»Stell dir diese Tiere einmal in der Schlacht vor! So eine Keule allein holt jeden Ritter mit einem Schlag aus dem Sattel.«

»Wenn sie trifft. Die Tiere können kaum etwas sehen. Nein, diese Verschwendung! Selbst wenn die Rüstungen nur vergoldet sind … Was für ein Aufwand!«

»Nun, wenigstens teilt der Emir etwas von seinem Reichtum. Silbermünzen unter das Volk zu werfen … Es wird ein paar glückliche Bürger geben heute Nacht.«

»Und ein paar unglückliche. Sieh.«

Die Menschenmenge hatte sich etwas gelichtet und folgte dem Prunkzug zum Nordtor. Zurück blieben gut ein Dutzend Männer und Frauen, die unter die Hufe gekommen waren, zum Teil bewegten sie sich noch, der größte Teil jedoch lag still, während andere sie plünderten.

Dieses Schicksal einiger weniger schien die Freude der anderen nicht zu beeinträchtigen.

»Mit einem solchen Reichtum wäre es doch möglich, für die Menschen hier Arbeit und Unterkunft zu schaffen«, sagte Leandra dann. »In einer Truhe nützt Gold niemandem etwas.« Sie drehte sich in meinen Armen um und sah mich an, ihr Gesicht nah an meinem. »Fast sehne ich mich nach den grauen Mauern von Illian zurück und den farblosen Gewändern. Unsere Leute sind nicht so reich wie diese hier, aber auch nicht so arm. Ohne Zweifel ist Bessarein ein reiches Land, aber es wird hier nur geherrscht und nicht regiert.«

Ich gab ihr einen Kuss auf die Nasenspitze. »Ich habe gehört, dass Faihlyd die Wüste bewässern lässt und Wälder aufforstet. Sie versucht das, was du sagst, so wie ihr Vater und dessen Mutter vor ihr. Das Haus des Löwen ist erst seit vierzig Jahren wieder an der Regierung.«

»Coldenstatt wurde vor etwas mehr als fünfzig Jahren gegründet. Wenn wir mit unseren bescheidenen Mitteln eine blühende Stadt in fünfzig Jahren errichten können, dann sollte man hier mehr vermögen.«

»Coldenstatt hat weniger Einwohner, als jetzt in diesem Moment hier auf dem Platz sind. Ich glaube, wir können das nicht vergleichen.« Ich blickte den Fahnen der Infanterie nach, als diese durch das Tor schritt. »Ich jedenfalls wollte eine Stadt wie diese und erst das ganze Land nicht regieren. So vielen Menschen kann man es nicht recht machen.«

Sie sah mich seltsam an. »Man muss es dem Volk nicht recht machen. Man muss nur gerecht sein.«

»Überlass das Regieren den Königen, meine Liebe«, sagte ich. »Ich bin froh, dass ich nicht zu ihnen zähle.«

»Du wärst kein schlechter Herrscher, Havald«, meinte sie.

Ich lachte. »Ein Schweinehirte auf einem Thron? Nein, danke. Du könntest keinen schlechteren finden als mich, ich bin stur und uneinsichtig. Meine Ansichten würden mich direkt zum nächsten Schafott führen, sobald ich sie laut äußerte. Ich danke den Göttern, dass dieser Kelch an mir vorübergezogen ist.« Etwas in ihrem Gesicht ließ mich sie genauer mustern. »Was ist?«

»Eleonora, unsere Königin …«

»Was ist mit ihr?«

»Behalte das für dich, ich sage es dir nur, damit du die Dringlichkeit unserer Mission erkennst. Sie wird nicht mehr lange unter uns weilen. Sie hat ihren Sturz nun fast dreißig Jahre lang überlebt, aber sie ist nichts mehr als ein Wille in einem sterbenden Körper. Nur die Gebete der Dienerinnen

Astartes halten sie noch am Leben, und dieses Leben ist eine unbeschreibliche Qual für sie. Niemand im Reich weiß, was für eine tapfere Königin unser Land hat. Aber sie wird dieses Jahr nicht überleben.«

Ich sah sie überrascht an. »Das wusste ich nicht.«

Sie legte ihr Gesicht an meine Brust. »Niemand weiß das. Es ist eines der am besten gehüteten Staatsgeheimnisse. Das Schlimmste ist, sie wird keinen Erben hinterlassen.«

Ich pfiff leise durch die Zähne. »Gibt es keine Cousins?«

»Doch, drei. Und schon jetzt bekämpfen sie sich gegenseitig.«

Ich schüttelte den Kopf. Und das mit Thalak vor der Tür. Dann kam mir ein absurder Gedanke. »Dieses Gerede, du denkst doch nicht ernsthaft daran, dass ich nach der Krone Illians greifen würde, oder?«

»Nein, Havald. Ich weiß das. Aber es wäre ein Geschenk für unser Land, wenn sich jemand wie du fände, um es zu führen.«

»Mögen die Götter unser Land davor bewahren. Es wäre der Ruin«, sagte ich und schob sie beiseite, um vom Podest zu springen und sie herunterzuheben.

»Ich habe keine Geduld mit höfischem Gebaren, und Diplomatie ist etwas, von dem ich gar nichts verstehe. Bitte hör mit dem Gerede auf, es ist mir nicht recht.«

Als wir weitergingen, versank ich tief in Gedanken. Ich erinnerte mich an den Tag, an dem ich unsere Königin das letzte Mal gesehen hatte. Sie war damals kaum zehn Jahre alt, ein junges Mädchen mit rotblonden Haaren, großen, tiefen Augen in einem schmalen, zierlichen Gesicht. Wäre ihr Rückgrat nur einen Wirbel weiter oben gebrochen, sie wäre tot. So war es, bis auf ihren Kopf, nur der Körper, der starb.

Schon damals hatte ich Schmerzen in diesen jungen Augen gesehen, die für ihre Jahre viel zu alt waren. In jedem anderen Land hätte es eine Regentschaft für eine so junge Königin gegeben, nur nicht in Illian, wo man sagte, dass die Götter selbst über die Kronburg wachten und uns nur die Könige gaben, die wir brauchten.

Diese großen Augen hatten mich angesehen. Sie hatte in einem seltsamen Rhythmus gesprochen, sehr leise, aber verständlich, im Takt ihrer flachen Atemzüge: »Ich weiß, was ich von Euch verlange, Ser Roderic. Aber ich bitte Euch dennoch darum. Das Heer wird zu spät kommen. Wenn der Pass verloren ist, so ist es auch unser Land. Haltet den Pass, bis der Graf unser Heer in Stellung bringen kann.«

»Wir sind nur Vierzig, Hoheit, mehr sind meinem Aufruf nicht gefolgt. Wir können den Pass nicht halten.« Ich sah sie an. »Gebt mir die Erlaubnis, jeden gesunden Mann hier am Hof zu rekrutieren, und wir können es.«

Die goldenen Augen sahen von links nach rechts und wieder zurück, ihr Zeichen für Verneinung. »Auch diese Leute werden gebraucht. Das Reich würde es nicht überleben, wenn ich die Kinder der Mächtigen opferte.«

»Aber Ihr opfert die, die sich aus niedrigem Stand in unserem Orden zur Ritterschaft bewiesen haben?«

»Ja, Ser Roderic. Ich opfere euch alle, zum Schutz meiner Untertanen. Ich opfere euer Leben nicht für die, die sich Ritter nennen, weil ihre Väter Einfluss besitzen, ich opfere euch für die Menschen, für die niemand ein Schwert erhebt, für die Bauern, Leibeigenen und Kinder. Sie, die Schutzlosen, sie müsst ihr schützen, niemand außer euch wird es tun. Sie haben keinen Paladin, den sie in die Schlacht schicken können.«

Damals verbeugte ich mich tief. »Wir werden uns nie wiedersehen, Herrin. Dies wird mein letzter Dienst für Euch sein.«

»Ihr gabt mir einen Ring, um nach Euch zu senden, wenn ich Euch brauche. Wollt Ihr ihn wiederhaben, Ser Roderic?«

»Behaltet ihn. In einem Zehntag wird er nicht mehr sein als ein Erinnerungsstück. Tote folgen keinen irdischen Rufen mehr.« Ich wandte mich zum Gehen.

»Ser Roderic!«, rief sie mich zurück.

Ich drehte mich um. »Ja?«

»Ser Roderic. Eine letzte Bitte erfüllt mir. Geht nicht mit dieser Bitterkeit und diesem Zorn in Eurem Herzen. Könnte ich es, würde ich mich selbst zum Pass begeben und den Barbaren mit meiner Bahre den Weg versperren. Aber die Götter verfügten, dass ich es nicht kann. Und niemand außer Euch vermag es.«

»Niemand geht gern in den Tod, Herrin. Ihr verlangt viel, wenn Ihr mir diese Bemerkung vergeben wollt.«

»Richtet mich auf«, verlangte sie. Ich trat an sie heran und klappte ihr Bett hoch, sodass sie aufrecht in ihren ledernen Gurten saß.

»Als ich fünf Jahre alt war, noch einen Vater und Ihr einen König hattet, befahl ich Euch, eine Blume zu pflücken und mich zu lieben. Ihr sagtet mir, dass dies der einzige Befehl sei, den ich Euch nicht erteilen könnte. Dann habt Ihr die Blume gepflückt und mir gesagt, Ihr würdet mich lieben, nicht weil ich es befahl, sondern weil es so ist. Erinnert Ihr Euch?«

Ich nickte. Ich konnte mich gut an das strahlende junge Mädchen erinnern, das leichtfüßig durch den Burggarten getollt war.

»Seit jenem Tag, Ser Roderic, seid Ihr ein fester Bestandteil meiner Gebete an die Götter. Seit jenem Tag liebe ich Euch.«

»Verzeiht, Herrin, aber Ihr seid jung. Es ist die Liebe eines Kindes.«

»Beleidigt Ihr mich? Ich weiß, dass ich nie eine andere Liebe werde spüren können. Meine Eltern und mein Bruder sind mir genommen worden, die Liebe zwischen Frau und Mann werde ich nie erfahren. Seht mein Herz wie Ihr wollt, aber eines ist gewiss: Ihr seid der letzte meiner Lieben, der noch unter den Lebenden weilt. Und ich schicke Euch in Euer Verderben.« Ihre Augen funkelten mich an. »Ich bitte Euch, für mich zu sterben, dies erfüllt Euch mit Bitterkeit. Seht nun aber mich. Seht meine Bitterkeit, dass ich hier liegen muss und leben, weil niemand anders die Krone tragen kann, ohne das Land in einen Bürgerkrieg zu stürzen. Mit Euch schicke ich den Letzten los, dem ich vertrauen kann. Könnte ich es, ich würde mit Euch sterben wollen. Aber ich darf nicht.« Sie schloss die Augen und sprach nicht mehr. Ich erhob mich. Als ich an der Tür stand, hörte ich ihre Stimme ein letztes Mal. »Wenn Ihr sterbt, denkt daran, dass meine Hoffnung mit Euch stirbt.«

Ich verbeugte mich vor dem Kind mit den feuchten Augen. »Wenn ich sterbe, denkt daran, dass die Hoffnung für alle anderen in Euch liegt. Gebt ihnen das, was ich Euch gebe. Euer Leben. Lebt weise.«

Sie lachte leise. »Immer der Ratgeber. Könntet Ihr nicht einfach Auf Wiedersehen sagen, Rod?«

»Mögen die Götter mit Euch sein, Herrin.«

»Mögen Euch die Götter beistehen. Auf Wiedersehen, Ser Roderic.«

»Wo warst du, Havald?«, hörte ich Leandras Stimme. »Du hast durch mich hindurch gesehen, als wärst du weit weg.«

»Alte Erinnerungen«, antwortete ich ihr leise. »Sind es schon dreißig Jahre, dass sie die Krone trägt?«

Leandra blieb stehen. »Ja. Dreißig Jahre. Die Geschichtsgelehrten mögen später darüber streiten, aber ich bin der Meinung, dass unser Land niemals einen besseren Herrscher hatte. Wenn sie stirbt, wird es einen Bürgerkrieg geben. Was dann noch von ihrem Erbe steht, wird Thalak vernichten. Wenn du sie bloß heute kennen würdest, Havald! Du wüsstest, warum ich das hier alles tue.«

»Wie kommt es, dass du sie kennst?«, fragte ich. »Schon damals ließ sie kaum jemanden in ihre Nähe.«

»Meine Mutter ist ihre sechsfach entfernte Großmutter«, sagte Leandra. »Als ich geboren wurde, schickte meine Mutter mich noch als Säugling zur Kronburg, mit einem Begleitbrief, der mich Eleonoras Großvater als königliches Mündel anvertrauen sollte. Sie hatte wohl vergessen, dass Menschen kürzer leben, er lag schon lange in seinem Grab. So wuchs ich an ihrer Seite auf.«

»Wie alt war sie?«, fragte ich.

»Zwölf.«

»Selbst noch ein Kind.«

Leandra schüttelte so heftig den Kopf, dass es aussah, als ob ihre Perücke beinahe davonfliegen würde. »Nein. Seit ihrem siebten Lebensjahr war sie kein Kind mehr. Die Götter allein wissen, woher sie ihre Weisheit hat, aber es war nie die Weisheit eines Kindes. Soltar gab ihr eine alte Seele, um uns zu leiten.«

Ich sah zum Soltartempel hinüber. Vielleicht war es nicht nur eine schöne Wortwahl, sondern die schlichte Wahrheit. Also war Leandra wie eine Schwester der Königin aufgewachsen. Ich erinnerte mich an das, was Leandra mir über ihre Kindheit in der Kronburg erzählt hatte.

»Hat sie je erfahren, wie es dir dort erging?«, fragte ich. Leandra schüttelte den Kopf. Ich brauchte nicht zu fragen, warum sie Eleonora niemals etwas gesagt hatte. Nach dem, was ich nun wusste, war mir klar, dass nichts, gar nichts, Leandra wichtiger war als ihre Mission. Sie würde Erfolg haben oder sterben.

Die Königin hatte Leandra meinen Ring gegeben. »Woher wusste sie, dass ich noch am Leben war?«, fragte ich, eine Frage, die ich wochenlang mit mir herumgetragen hatte.

»Sie wusste es einfach. Jedes Mal, wenn die Rede auf dich kam, sagte sie, du würdest noch leben, da sie noch Hoffnung habe.«

Götter. Warum konnten die Dinge nicht einfach sein? Als ich mein Leben begonnen hatte, war es einfach. Ich wusste, was zu tun war, kannte meinen Platz, musste nicht mehr verantworten, als ich konnte. Ich warf einen Blick zu Leandra hinüber. Sie ging wie immer kerzengerade, das Kinn erhoben, zielsicher und ohne sichtbaren Zweifel. Wie musste das sein, solch eine Sicherheit in dem zu verspüren, was man zu tun hatte?

Nach allem Dafürhalten waren unsere Reiche verloren. Nur ihre Idee, ihre Hoffnung, hier Hilfe zu finden, gab uns eine dünne Chance, uns gegen das Schicksal aufzubäumen, das andere, weitaus mächtigere Reiche bereits erlitten hatten.

18. Tee und Diplomatie

Als wir die Botschaft der Reichsstadt betraten, fand ich die Lage unverändert vor. Die beiden Wächter – neue Gesichter, nicht jene, die mich noch vor wenigen Tagen so misstrauisch angesehen hatten – grüßten uns freundlich.

Der linke Wächter, ein kräftiger junger Mann, dessen Name wohl Jerewan lautete, wenn die mysteriöse Schrift auf seinem Brustpanzer recht hatte, bat uns kurz zu warten. Wenige Minuten später eilte ein junger Mann auf uns zu. Er war in braune Leinenhosen, die in kniehohen Stiefeln mündeten, und ein weißes Leinenhemd gekleidet. Sein glatt rasiertes Gesicht und seine kurzen Haare erschienen mir einen Moment lang fremd, so sehr hatte ich mich an die allgegenwärtige Barttracht in Bessarein gewöhnt. Er verbeugte sich vor uns, eine knappe kurze Geste.

»Mein Name ist Hillard«, sagte er und zeigte beim Lächeln seine perlweißen Zähne. »Ihr seid die Gesandte des Königreiches Illian?« Leandra nickte. »Dann seid Ihr Lanzengeneral von Thurgau. Willkommen in der Gesandtschaft der Reichsstadt Askir. Meine Aufgabe ist es, euch in allen Dingen zur Seite zu stehen und eure Fragen zu beantworten. Der Botschafter ist noch in einer Audienz, aber er hat gleich Zeit für euch. Ich führe euch zu ihm.«

Er sprach klar und präzise, ein Mann, dem seine Stimme ein Werkzeug war. Hillard hatte dunkelbraunes Haar und graue Augen, die uns offen ansahen. Er trug eine kleine Narbe an seiner rechten Wange, sie lief über den Wangenknochen und schien mir wie die Spur eines Schwertstreichs. So freundlich er auch lächelte, ich spürte doch eine Distanz in ihm, eine Zurückhaltung, als wäre es wichtig für ihn, uns nicht zu viel zu offenbaren.

»Ich danke Euch, Ser Hillard«, sagte Leandra.

»Bitte, nennt mich einfach nur Hillard. Sonst drehe ich mich nur ständig um und suche meinen Vater.« Er lächelte erneut. »Bitte hier entlang.«

Die Botschaft war vom Grundriss her achteckig, gut hundert Schritt im Durchmesser. Die massive Außenmauer war Bestandteil eines Gebäudes, das den Innenhof umschloss, der innere Turm besaß vielleicht dreißig Schritt im Durchmesser.

An den inneren acht Ecken des Gebäudes sah man weite Wendeltreppen, die die Stockwerke miteinander verbanden. Auch hier war wieder der helle Stein verbaut, und im dritten Stockwerk gab es eine Säulengalerie, die den gesamten Innenhof umlief.

Als wir durch den Torgang traten, verspürte ich einen kurzen, aber heftigen Druck auf meinen Schläfen, dann war das Gefühl wieder vorbei.

Hillard bemerkte unsere Reaktion. »Die Botschaft ist schon sehr alt«, sagte er, als er uns in den Innenhof führte. »Fast neunhundert Jahre. Was ihr vielleicht bemerkt habt, sind verschiedene magische Schutzzauber, die von Askannon selbst gewirkt wurden. Welche dies sind, weiß niemand mehr, aber Besucher mit magischer Begabung bemerken sie oft. Es liegt kein Grund zur Beunruhigung vor.« Er machte eine Geste, die den inneren Turm und die grüne Fläche zwischen ihm und dem achteckigen Außengebäude einschloss. »Es geht das Gerücht um, dass es sich noch nicht einmal um einen Schutzzauber handelt, sondern lediglich eine Magie ist, die unseren Rasen vor dem Austrocknen bewahrt.«

»Das wäre nicht minder beeindruckend«, sagte Leandra.

Hillard lachte. »Wartet, bis Ihr Askir kennenlernt. Man kann die Stadt nicht durchqueren, ohne über die eine oder andere Magie zu stolpern, die er hinterließ. Ich bin in Askir geboren und habe mich daran gewöhnt.«

»Dass die Magie nach so langer Zeit noch vorhanden ist, ist ein Wunder für sich.« Leandra sah sich langsam um, ihr Blick schien unfokussiert, und ihre Augen folgten Dingen, die nur sie sehen konnte.

»Vielleicht. Man sagt, dass er sehr verschwenderisch mit seinen Gaben umging. Aber nichts hält ewig, auch nicht die Magie des Ewigen Herrschers.« Er grinste. »Wir haben hier eine große Bibliothek. Sie wird von leuchtenden Kugeln aus Glas erhellt, die unter der Decke schweben. Sie bewegen sich langsam, sodass die Leser immer das beste Licht haben. Und so etwa alles halbe Jahr fällt eine mit lautem Geschepper herunter und verstreut Glassplitter in alle Richtungen.« Er sah zu ihr. »Seid Ihr überrascht, wenn ich Euch erzähle, dass unsere Gelehrten es vorziehen, auf dem Gang zu lesen, wo die Sonne das Licht liefert?«

»Nein.« Das Bild, das sich mir anbot, war das eines älteren Gelehrten, der mit eingezogenen Schultern gekrümmt über einem Buch saß und ständig misstrauisch zu diesen Leuchtkugeln emporsah. »Wie groß sind die Kugeln?«

»Etwas unter einem Fuß im Durchmesser, Lanzengeneral. Das Glas ist fingerdick, und wenn eine der Kugeln herunterfällt, kann sie auch einen Stuhl zerschlagen. Bis jetzt trafen sie nie einen Menschen, aber die Glassplitter haben schon Wunden verursacht.«

Der Rang, mit dem er mich ansprach, hörte sich fremd und falsch an. Aber was sollte ich ihm sagen? Dass ich nur zufällig diesen Ring an meiner Hand trug? Nicht dass er ihn sehen konnte, ich trug meine Handschuhe. Aber Schwertmajorin Kasale hatte zweifellos Bericht erstattet.

»Kann man sie nicht einfach vorher schon entsorgen? Der Vorsicht halber zerschlagen und Öllaternen aufhängen?«, fragte ich.

Er schüttelte den Kopf. »Solange die Magie in ihnen ist, sind sie so gut wie unzerstörbar.«

»Dann würde ich ein Netz unter die Decke spannen«, schlug ich vor.

Er sah mich verdutzt an und lachte dann. »Ich werde den Vorschlag weiterreichen.«

Hillard führte Leandra und mich in den zentralen Turm und dann eine der breiten Wendeltreppen hoch. Den Eindruck, den ich von dem riesigen Gebäude gewann, war der von Leere, endlosen Gängen und unzähligen Türen.

»Es scheint mir, dass dieses Gebäude nur noch zum Teil genutzt wird. Warum?«

Hillard blickte zu mir hoch. »Ihr habt recht. Der weitaus größte Teil des Gebäudes steht leer. Diese Botschaft war ursprünglich der Sitz des Gouverneurs von Bessarein. Von hier aus wurde Bessarein verwaltet, damals benötigte man weit mehr Personal. Heute kommen wir mit knapp einem Dutzend Leuten aus, dies und natürlich die Tenet Infanterie, die ebenfalls hier einquartiert ist.«

Er hielt vor einer stabilen Eichentür und klopfte. Auch diese Tür entsprach dem Augenschein nach dem Standardmaß und würde wahrscheinlich auch in Eberhards Gasthof passen.

Jemand rief »Herein«, Hillard öffnete uns die Tür und bedeutete uns einzutreten. Dann schloss er die Tür hinter uns, und wir befanden uns in einer Art Vorzimmer, leerer als erwartet, eine Reihe Stühle an der Wand, ein Tisch, zwei Schränke und eine weitere Tür, durch die wir eine Stimme hörten, die uns aufforderte, näherzukommen.

Leandra und ich tauschten einen Blick und folgten der Aufforderung.

Ich wusste nicht, was ich erwartet hatte, auf jeden Fall nicht diesen gemütlichen Raum mit den hohen Regalen und dem weiten Fenster, von dem aus man einen guten Blick über Gasalabad hatte. Vor dem offenen Fenster stand ein sehr großer Schreibtisch, davor eine Gruppe von vier einladend aussehenden gepolsterten Sesseln um einen kleinen Tisch herum.

Der Tisch war bereits gedeckt, für vier Personen. Auf der linken Seite, zwischen zwei hohen Regalen, konnte ich eine detaillierte Karte von Gasalabad sehen, daneben zwei weitere Kartenständer. Eine der beiden Karten erkannte ich wieder, es war eine neuere Version derjenigen, die Leandra im Gasthof *Zum Hammerkopf* gefunden hatte; die andere zeigte vermutlich Bessarein. In der rechten Ecke neben dem Fenster stand auf einem Rüstungsständer eine Plattenrüstung. Kein Name erschien, als ich sie musterte.

Links neben dem Fenster befand sich ein Waffenständer, auf ihm lag eine kostbar gearbeitete Armbrust, die zwei Bögen besaß und so wohl zwei Bolzen zeitgleich oder in rascher Folge abschießen konnte. Auf einem schmiedeeisernen Gestell sah ich eine seltsame Konstruktion aus Glas und Stahl, es dauerte einen Moment, bis ich verstand, was es war. Aus einem Glasbehälter tropfte Wasser in einen offenen Becher. Dieser bewegte sich entlang einer verzahnten Stange abwärts und trieb über eine Folge von Zahnrädern einen kleinen Zeiger an, der die dreizehn Stunden des Tages markierte. Eine Wasseruhr.

Nun, wenn man unbedingt wissen wollte, wie spät es war, half dieses Gerät zumindest nachts, wenn die Sonne nicht schien.

Der Botschafter selbst war ebenfalls eine Überraschung.

Er war ein Mann mittleren Alters, mit eisgrauen Haaren und freundlich blitzenden braunen Augen, ähnlich gekleidet wie Hillard, nur dass er noch einen Wappenrock trug, der auf der linken Schulter auf rotem Grund den goldenen Drachen Askirs zeigte. Ein Schwertgurt hielt das Gewand an der Taille zusammen.

»Bitte setzt euch doch!«, rief er und wies mit der Hand auf die bequem gepolsterten Sessel vor seinem ausladenden Schreibtisch. »Mein Name ist Oswald von Gering, und ich bin mehr als erfreut, euch beide endlich kennenzulernen.« Er wartete, bis wir saßen, und ließ sich dann ebenfalls auf dem letzten

Sessel vor dem Schreibtisch nieder. Er schlug die Beine übereinander und lächelte uns an. »Der Tee wird jeden Moment kommen. Ich habe mir erlaubt, Orangenblütentee zu bestellen, bei dieser Hitze ist er immer wieder erfrischend.«

Vielleicht war dies das Stichwort, denn die Tür öffnete sich, und eine junge Frau trat mit einem Tablett in der Hand ein.

Sie trug ähnlich geschnittene Kleidung wie Hillard und der Botschafter, nur war bei ihr der Stoff tiefblau gefärbt, eine goldener Ziersaum lief um den Kragen und die Ränder der Bluse, die mit einem Knopf hoch unter der linken Schulter geschlossen war. Ein breiter Ledergürtel betonte ihre schmale Taille, dort trug sie auch einen langen Dolch mit einem Elfenbeingriff. Auf hohen Kragen waren links ein Stern und rechts eine stilisierte Seeschlange eingestickt.

Mit einem freundlichen Lächeln goss sie uns den Tee ein und stellte eine silberne Kanne und eine Schale mit Gebäck auf den Tisch. Eine knappe Verbeugung, dann war sie wieder verschwunden.

Der Botschafter sah unsere Blicke und lächelte. »Es ist eine Tradition bei uns, dass die persönlichen Adjutanten eines Gesandten aus den Reihen der Seeschlangen gewählt werden. Sie ist für mein Wohlergehen und meine Sicherheit verantwortlich.«

Leandra nickte und sah dann bedeutungsvoll auf das leere Gedeck herab. »Erwarten wir noch jemanden?«

»Ja. Sie muss jeden Moment kommen, es ist nicht ihre Art, unpünktlich zu sein.«

Die Wasseruhr auf dem eisernen Gestell klickte, ein leiser Gongschlag ertönte, einen Moment später öffnete sich die Tür und Schwertmajorin Kasale betrat den Raum. Sie trug die gleiche Uniform wie die Adjutantin, nur war ihre Bluse hellgrau, die Hosen waren schwarz mit einem doppelten roten Streifen entlang der Naht.

Auch sie trug nur einen Dolch an ihrem Gürtel.

Als sie den Raum betrat, verbeugte sie sich kurz und salutierte mit der rechten Faust gegen die linke Brust. Sie stand stocksteif in der Tür.

»Guten Tag, Botschafter. Die Götter mit euch, Sera Maestra de Girancourt, Lanzengeneral von Thurgau.«

Der Botschafter lächelte. »Das ist hier keine Parade, Kasale. Setzt Euch. General, Ihr kennt Schwertmajorin Kasale bereits. Sera de Girancourt, es ist mir eine Freude, Euch Schwertmajorin Kasale vorzustellen. Sie ist einer unserer besten Offiziere im gesamten Bullen.«

Kasale lächelte. Dieses offene Lächeln verwandelte sie von einem auf den anderen Moment von einem Soldaten in eine warmherzige Persönlichkeit.

Sie ließ sich im freien Sessel nieder und nickte Leandra zu. »Ich habe schon viel von Euch gehört, Maestra de Girancourt.«

»Und gelesen, wie mir gesagt wurde«, meinte Leandra mit einem zuckersüßen Lächeln. Kasale hatte in der Wegestation Leandras persönlichen Brief an mich öffnen und von ihren Schreibern deuten lassen.

»Ja, das auch«, antwortete Kasale ungerührt.

Der Botschafter räusperte sich. »Ihr seid vielleicht überrascht über meine Einladung… Ach bitte, greift zu. Trinkt, bevor der Tee kalt wird. Das Gebäck ist frisch. Haselnuss, eine meiner kleinen Leidenschaften. Wo war ich… ach ja. Die Nachricht von der Bedrohung im Süden hat, wie ihr euch vielleicht vorstellen könnt, für einige Aufregung gesorgt.« Er beugte sich vor, nahm seine Teetasse auf und trank mit sichtlichem Genuss einen Schluck. »Ein Bote aus der Reichsstadt erreichte mich heute mit einigen Nachrichten. Ihr, General, habt der Majorin gegenüber erwähnt, dass sich Eure Vorfahren vom Alten Reich verlassen fühlten. Nun, was damals genau geschah, wird zur Zeit in den Archiven nachgelesen. Kommandant Keralos, der Statthalter des Ewigen Herrschers in Askir, bedauert das. Aber vielleicht muntert Euch dies etwas auf: In den Archiven fanden sich Unterlagen über die Kolonien und den Status, den Askannon diesen Orten zugedacht hatte, sobald sie etabliert waren.« Er lehnte sich zurück und strahlte Leandra an. »Er hat mich bevollmächtigt, Euch ein Angebot zu unterbreiten.«

Leandra saß kerzengerade in ihrem Sessel, in ihrer Hand die Schale mit dem unberührten Tee. »Darf ich fragen, was für ein Angebot das ist?« Nichts von ihren Gedanken war auf ihren ebenmäßigen Zügen zu erkennen.

»Ihr müsst verstehen«, sagte der Botschafter, »dass wir hier noch nicht über einen endgültigen Vertrag sprechen, dazu fehlen uns noch die Einzelheiten. Angedacht ist ein Staatsvertrag ähnlich dem, der die anderen Reiche und Askir verbindet. Dieser Vertrag regelt solche Dinge wie Handel und wirtschaftliche Verpflichtungen, Ankerplätze und Baugenehmigungen für Straßen und Wegestationen und andere Einrichtungen.«

»Ihr wisst, dass sich unser Königreich zur Zeit im Krieg befindet?«, fragte Leandra wie beiläufig.

»Ja, das hat mit dem Vertrag nichts zu tun. Dieser Vertrag ist nichts anderes als die Umsetzung eines Plans, den Askannon für die neuen Länder entwarf.«

»Ich glaube nicht, dass ein solcher Vertrag die Zustimmung meiner Königin finden wird. Wir brauchen keine exotischen Seidenstoffe und Hölzer aus dem Alten Reich. Wir brauchen Hilfe gegen Thalak.«

Von Gering nickte. »Die können wir euch leider nicht geben. Der Vertrag von Askir regelt, dass keine der Vertragsparteien ohne die einstimmige Zustimmung der anderen Reiche militärische Handlungen innerhalb oder außerhalb der Grenzen des ehemaligen Imperiums ausführen darf. Um das zu verdeutlichen: Askannon wollte so verhindern, dass die Königreiche wieder in einen Bruderkrieg fallen oder sich um neue Territorien streiten. Um militärische Hilfe zu erhalten, müsst Ihr, Sera Maestra de Girancourt, vor den Rat der Könige treten und alle sieben überzeugen.«

»Sieben?« Leandra sah von Gering an. »Nicht acht?«

Der Botschafter zuckte mit den Schultern. »Kommandant Keralos ist in Abwesenheit des Ewigen Herrschers der Oberbefehlshaber aller Streitkräfte der Reichsstadt Askir. Er sieht die Notwendigkeit, Thalak in seinen Anfängen zu stoppen, durchaus ein. Ihn hättet Ihr schon auf Eurer Seite. Aber der Vertrag verhindert ein weitergehendes Engagement in dieser Sache.«

Leandra beugte sich vor. »Das freut mich zu hören. Nur dass es hier nicht um Anfänge geht. Thalak ist seit fast fünf Jahrhunderten dabei, sich auszubreiten. Nach meinem Wissen herrscht er über ein Gebiet dreimal so groß wie das alte Imperium. Eines der drei Reiche fiel bereits an den Feind, und dort sind, nach vorsichtigen Schätzungen, über hunderttausend Mann stationiert und warten nur auf den Frühling, um ihren Eroberungsfeldzug fortzusetzen.«

Es gab einen Blickwechsel zwischen von Gering und Kasale. Die Schwertmajorin stand auf. »Wenn Ihr erlaubt…«

Sie trat an einen der Kartenständer und zog eine aufgerollte Karte herunter, eine Karte der drei Reiche. Es war deutlich zu erkennen, dass es eine alte Karte war, nur wenige Städte waren eingezeichnet.

»Wie mir der Botschafter mitteilte, ist es zur Vorbereitung des Handelsvertrags notwendig, eine Delegation nach Illian zu schicken, um vor Ort die Lage zu sondieren und festzustellen, welche Handelsmöglichkeiten es gibt. Um dies zu ermöglichen, erscheint uns ein zentral gelegener Standort als geeignet, um diese erste Handelsniederlassung zu errichten.« Sie lächelte, und es war ein grimmiges Lächeln. »Vorausgesetzt, dass sich die geografischen Gegebenheiten nicht verändert haben, würde die Reichsstadt gerne in diesem Gebiet eine Handelsniederlassung errichten.« Sie legte ihren Finger auf die Karte, knapp unterhalb des verblassten Schriftzugs mit dem Namen Kelar.

»Das ist direkt hinter der Front«, sagte Leandra.

»Wir befinden uns nicht im Krieg mit Thalak«, sagte Kasale mit demselben grimmigen Lächeln.

Von Gering räusperte sich. »Sollte jedoch eine andere Macht militärische Mittel einsetzen, um die Handelsmission zu gefährden, würde sich die Reichsstadt vorbehalten, in geeigneter Form die Sicherung unserer Interessen wahrzunehmen.«

Ich blinzelte. »Das würde ich gerne noch einmal klar und deutlich hören«, sagte ich dann.

Kasale nickte. »Der eigentliche Vertrag kann erst nach einer sorgfältigen Planungsperiode gestaltet und ratifiziert werden. Um die Handelsmission auf dem Grund und Boden des Königreichs Illian zu errichten, bedarf es keines solchen Vertrags, nur der Zustimmung eines beglaubigten Botschafters.« Sie sah meinen Blick und lächelte noch breiter. »Nur Geduld, General. Bestandteil dieses Vorvertrags wäre, dass die Reichsstadt die Erlaubnis des Königreichs Illian besitzt, diese Handelsmission gegen militärische Handlungen zu verteidigen. Klartext: Sobald ein Soldat unter der Flagge Thalaks einen Fuß auf das Territorium der Reichsstadt Askir setzt – und die Handelsmission wäre ein solches Territorium –, wird Askir geeignete militärische Mittel einsetzen, um diese Bedrohung zu beseitigen. Genauer gesagt, die Vierte Legion. Meine Legion.«

»Wie lange wird das dauern?«, fragte ich.

»Einige Monate«, antwortete mir Kasale. »Wir müssen die Handelsmission erst errichten.«

»Habe ich das richtig verstanden? Ihr wollt warten, bis man Euch angreift? Um dann den Krieg zu erklären?« Ich rieb mir die Schläfen. Das war purer Schwachsinn.

Von Gering schüttelte den Kopf. »Es wird keine Kriegserklärung geben. Nicht von unserer Seite. Nicht bevor der Rat der Könige zustimmt. Aber wir können im Rahmen unserer Gesetze durchaus defensiv operieren.«

»Wo wird die Legion stehen?«, fragte ich.

»In Askir. Ohne dass wir angegriffen werden, können wir keine Legion in Marsch setzen«, sagte von Gering.

»Das ist Wortklauberei.« Die Bitterkeit in meiner Stimme war wohl kaum zu überhören. »Mobilisiert die Legion und schickt sie nach Illian. Am besten heute noch!«

Von Gering musterte mich, und die freundlichen braunen Augen wurden auf einmal kühl. »Ich will Euch mal etwas sagen, von Thurgau. Wir sind nicht in der Lage, einen offensiven Krieg über eine Distanz von über vierhundert Meilen zu führen. Unsere Truppen können ausschließlich über den Seeweg versorgt werden, über diese Entfernung und in Anbetracht der Tatsache, dass die See der Stürme ihren Namen verdient, ist diese Versorgungsstrecke zu dünn. Unsere Streitkräfte sind defensiv ausgerichtet, die Teileinheiten, deren Aufgabe die Offensive war, sind nicht bereit. Dennoch würde Kommandant Keralos junge Männer und Frauen in ein entferntes Land schicken, um dort auf fremder Erde zu kämpfen und auch zu sterben. Eines Eurer Königreiche ist verloren. Wenn Ihr es zurückerobern wollt, dann überzeugt den Rat der Könige oder tretet Thalak selbst in den Hintern!« Er stand auf, immer noch durchbohrten mich seine Augen. »Für mich persönlich ist es unverständlich, warum der Kommandant so zuvorkommend reagiert. Dieser Handelsvertrag wird uns in einen Krieg zwingen, auf den wir nicht vorbereitet sind, dessen Versorgungswege zu lang und dessen Nutzen für uns, mit Verlaub gesagt, unter aller Sau ist. Wir erobern keine neuen Territorien, gewinnen keine Städte oder Reichtümer. Das Einzige, was wir mit dem Leben unserer Soldaten gewinnen können, ist die Freundschaft einer Nation, die weniger Einwohner hat als eines der Emirate Bessareins. Es gibt für uns keinen gültigen Grund, in diesen fernen Krieg einzutreten. Niemand wird die Maestra dazu zwingen, diese Vereinbarung einzugehen! Ich habe Verständnis für Eure Lage, General, aber die einzige Lösung, die unsere Gesetze bereit halten, um Euch zu helfen – Euch und nicht uns –, ist diese Vorgehensweise. Dies als Wortklauberei zu bezeichnen ist etwas, gegen das ich mich persönlich verwahre!«

Für einen langen Moment herrschte eisige Stille in dem Raum.

Ich merkte, dass ich mit den Zähnen knirschte. »Ich bin kein Diplomat, Botschafter. Aber ich weiß etwas, das Ihr nicht zu wissen scheint. Die Macht Thalaks ist sowohl auf den Künsten der Magie als auch auf den dunklen Mächten der Seelenjäger begründet. Jetzt, in diesem Moment, befinden sich Agenten Thalaks hier in Bessarein und wahrscheinlich auch in allen anderen Reichen, einschließlich Askirs. Aus dem, was wir hier sehen, ist zu erkennen, dass es ihr Ziel ist, das, was vom Imperium übrig ist, von innen zu zersetzen. Ihr seid bereits im Krieg mit Thalak. Das ist das eine. Das andere liegt hier.« Ich trat an die Karte, suchte und fand das Symbol der Donnerfeste und legte meinen Finger auf die Stelle. »Hier, Botschafter, liegt eine Quelle magischer Macht. Sie wollte Askannon damals sichern, als er unsere Länder besiedelte. Und genau diese Quelle der Macht wird nun von Thalak bedroht. In zehn Jahren, wenn nicht schon früher, wird der Herrscher von Thalak seinen Hintern auf diese Stelle pflanzen und damit mächtiger sein, als es Askannon jemals war. Um ein Vielfaches mächtiger, wenn ich die Ausführungen der Maestra richtig verstanden habe. Schon jetzt setzt Thalak dunkle Macht ein, um gefallene Soldaten wiederzubeleben und ihre Körper für sich kämpfen zu lassen. Ein Schlachtfeld, auf dem die Truppen Thalaks vorrücken, ist ein Schlachtfeld der Magie. Noch hält es sich in Grenzen. Besitzt Thalak erst diese Quelle der Macht, wird er nicht zögern, es Eurem gelobten Ewigen Herrscher gleichzutun und die Gestirne auf die Erde regnen zu lassen.« Ich trat noch näher an die

Karte des Imperiums heran. »Täusche ich mich, oder lag hier einmal eine Stadt?«, fragte ich mit einem bissigen Unterton in der Stimme. Mein Finger ruhte auf einem runden See.

Von Gering sah mich an. »Wollt Ihr mir allen Ernstes erklären, dass dieses Thalak eine akute Bedrohung für uns darstellt?«

Ich suchte seine Augen und hielt sie mit meinem Blick. »Ich erkläre Euch nichts. Ich teile es Euch mit. Wartet elf Jahre, dann wisst Ihr, wer recht hat. Oder Ihr spart Euch das diplomatische Getue und sendet eine Legion. Besser zwei. Jetzt, direkt und sofort. Sichert die Kronburg. Ruft die anderen Teilstreitkräfte zusammen, bringt die Legionen auf vollen Stand. Jetzt und sofort, denn jeder Tag, an dem Ihr zögert, wird Menschenleben kosten!«

Von Gering hielt meinem Blick stand. Er sprach ruhig und langsam, besonders betont, damit ich auch alles mitbekam: »Ich verstehe, dass Ihr ein guter Kämpfer seid. Aber ich verstehe nicht, wie dieser Ring an Euren Finger kommt. Die Welt läuft anders, als Ihr denkt. Hier müssen vielfältige Interessen der anderen Reiche abgewogen werden…«

»Nein. Nur eines«, unterbrach ich ihn. »Das Interesse zu überleben.«

Er holte tief Luft. »General von Thurgau. Ihr seid kein Diplomat. Dies ist kein Schlachtfeld. Soweit ich weiß, bekleidet Ihr kein offizielles Amt im Königreich Illian. Ihr seid hier fehl am Platze. Ich verlange, dass Ihr diesen Raum und die Botschaft auf der Stelle verlasst. Der Gesandten steht es frei, zu bleiben und das überaus großzügige Angebot des Kommandanten anzunehmen. Guten Tag.«

Kasale wollte etwas sagen, aber ein eisiger Blick des Botschafters brachte sie zum Schweigen. Ich sah zu Leandra hinüber, sie blickte starr auf den Botschafter.

Ich erhob mich, drehte mich auf dem Absatz um und verließ den Raum.

Schwertmajorin Kasale fand mich auf der Brücke. Ich saß auf dem Geländer, aß einen Honigkuchen und sah den Fischen im Wassergraben zu.

»Havald«, sagte sie ruhig. »Seid Ihr willens, meine Worte zu hören, oder seid Ihr dazu zu sehr verärgert?«

»Euer Gesandter ist ein Idiot«, sagte ich.

Sie lächelte. »Auch das ist nicht diplomatisch, Ser Havald. Es ist auch unwahr. Von Gering ist ein fähiger Mann, er hält diesen Posten hier seit über zwanzig Jahren. Es ist für ihn schwer vorstellbar, dass es eine Bedrohung für uns gibt. Askir wurde nie besiegt.«

»Ja. Als es noch ein Imperium war und selbst Länder eroberte.«

»Ihr solltet vielleicht bei Gelegenheit die Geschichte des Imperiums studieren«, sagte sie ruhig. »Askannon führte seit der Reichsgründung drei Kriege. Drei Kriege in tausend Jahren. Wie viele Kriege habt Ihr in Eurem Leben gesehen?«

Mehr. Alle zehn oder zwanzig Jahre wurde wieder jemand gierig. Unter der Herrschaft unserer Königin hatte Illian die längste Periode des Friedens seit Gründung der Kolonien erlebt. Bis die Truppen Thalaks kamen.

»Askannon war kein Kriegsfürst. Er brauchte das nicht, er hatte alle Macht, die er wollte.« Kasale stellte einen Fuß auf das Geländer neben mir, lehnte sich auf ihren Oberschenkel und sah mit mir zu den Fischen hinab.

»Aber Ihr habt den Kampf schon erlebt, nicht wahr?«, fragte ich dann.

»Kein Krieg bedeutet nicht Frieden. Irgendetwas im Osten treibt die wandernden Barbaren vor sich her, in den letzten zwanzig Jahren herrscht an den Ostgrenzen fast ständiger Kampf. Sie kommen und sterben. Ganze Täler sind mit ihren bleichen Knochen bedeckt, aber sie kommen immer wieder und wieder.« Sie seufzte. »Es ist keine Kriegskunst, Barbaren abzuschlachten. Nicht wenn sie mit Knochenkeulen gegen moderne Festungswälle anrennen. Wir haben dennoch eine Stadt verloren. Die Körper ihrer Gefallenen bildeten eine Rampe, vier Mannslängen hoch …« Ihre Stimme wurde leiser. »Jetzt metzeln wir sie nieder, bevor sie an die Wälle kommen. Nicht einmal die Barbaren wissen, wovor sie fliehen, sie nennen es Olmuth, das dunkle Schicksal. Sie sterben lieber im Kampf und kommen so in Ehren zu ihren Göttern. Aber das ist eine andere Geschichte. Havald, Ihr müsst verstehen, dass es nur eine einzige Möglichkeit gibt, das zu tun, was Ihr wünscht. Der Rat der Könige muss zustimmen. Wenn Kommandant Keralos Truppen ausheben und alte Clans wieder ins Leben rufen soll, bricht er den Vertrag. Jede einzelne Legion ist namentlich erwähnt in diesem Vertrag, alles ist genau geregelt.«

»Auch die Zweite Legion?«

Sie sah mich an. »Soviel ich weiß, nein. Sie galt als in der Ausübung ihres Dienstes verschollen. Sie wird nicht von dem Vertrag berührt. Aber das wusstet Ihr ja, sonst wärt Ihr nicht hier, oder?«

»Das nützt nicht viel«, sagte ich bitter. »Die Legion gibt es nicht mehr.«

»Doch«, widersprach sie mir. »Sie ist präsenter als je zuvor. Es gibt so viele Legenden über sie, und Prophezeiungen.« Sie lächelte leicht. »Und eine von ihnen ist natürlich die, dass sie in der Stunde der Not wiederkommen wird. Ihr kommandiert eine Legende, Havald. Unterschätzt das nicht.«

»Warum seid Ihr gekommen?«, fragte ich sie direkt.

»Zwei Dinge. Auch der Botschafter, mag er es verstehen oder nicht, muss den Ring an Eurem Finger akzeptieren. Er ist nicht befugt, Euch Befehle zu erteilen. Dieser Ring weist Euch als ein Mitglied der imperialen Streitkräfte aus. Er kann Euch die Botschaft nicht verbieten. Das ist das eine. Dies hier ist das andere.« Sie reichte mir eine Schriftrolle.

Hiermit bestätige ich die Ernennung Roderic von Thurgaus, auch Havald genannt, zum Kommandierenden Offizier des Zweiten Bullen.

Roderic von Thurgau führt den Rang eines Lanzengenerals, ihm stehen alle Privilegien und Pflichten dieses Ranges zu.

Er ist angewiesen, umgehend die volle Einsatzbereitschaft der Zweiten Legion wieder herzustellen.

Schwertmajor Kasale wird zum Generalsergeanten des Zweiten Bullen bestellt, um ihn bei dieser Aufgabe zu unterstützen.

Entsprechend der imperialen Rekrutierungs- und Ausbildungsverordnung 122 aus dem Jahr 219 AR hat die Rekrutierung und Ausbildung der Legion in den Alten Reichen stattzufinden.

Einsatzort und Aufgabenbereich der Zweiten Legion sind, laut imperialem Befehl vom Tag der Mitte, vierzehnter Tag des achten Mondes im Jahre 423 AR, die Befriedung und Verteidigung der neuen Kolonien.

Im Namen des Ewigen Herrschers,
Kommandant Keralos

Ich ließ die Rolle sinken. »Und das bedeutet?«, fragte ich leise.

»Das bedeutet für mich eine Degradierung.« Sie lächelte. »Zum Generalsergeanten. Es ist die Aufgabe des Sergeanten, für seine Legion zu sorgen.« Sie sah mir direkt in die Augen.

»Was Ihr jetzt sagen solltet, ist Folgendes: Generalsergeant Kasale, Ihr habt Eure Befehle. Befolgt sie.«

»Was passiert dann?«

»Dann habt Ihr in etwas weniger als einem Jahr Eure Legion.«

Ich nickte bedächtig, als mir die Tragweite bewusst wurde. Vielleicht war von Gering ein fähiger Diplomat, aber dieser Kommandant Keralos beeindruckte mich.

»Wieso tut er das?«, fragte ich sie und hielt die Rolle hoch.

Sie zuckte mit den Schultern. »Das kann ich Euch nicht

sagen. Er muss sich im Rahmen der Gesetze bewegen. Abgesehen davon ist er nur den Göttern und dem Ewigen Herrscher selbst verantwortlich.« Ihre Augen verdunkelten sich. »Es wird trotzdem Proteste in den Reichen geben, wenn wir anfangen, eine volle Legion zu rekrutieren. Es wird den Königen nicht gefallen und wahrscheinlich die Aufgabe Sera Leandras erschweren. Diplomatischer wäre es, mit der Rekrutierung der Legion bis nach dem Kronrat zu warten. Ihr werdet festgestellt haben, dass es kein Datum auf diesem Befehl gibt. Vielleicht solltet Ihr dies mit der Sera besprechen.«

Ich sah sie an und zog eine Augenbraue hoch. Wollte sie mich beeinflussen, oder sagte sie es so, wie sie es sah?

»Volle Kampfbereitschaft bedeutet eine volle Legion, nicht wahr?«, fragte ich.

Kasale nickte.

»Was ist mit Material und Ausrüstung?«, wollte ich wissen.

»Nicht alles, was in den Zeugkammern lagert, ist noch verwertbar, aber vieles davon. Es wird meine Aufgabe sein, mich darum zu kümmern. Überlasst das alles mir.«

Ich sah zu ihr hoch. »Was hat Keralos davon? Ich sage es ungern, aber von Gering hatte recht, es wird sich für Askir nicht rentieren.«

Kasale sah mich eindringlich an. »Der Kommandant hat für alles, was er tut, gute Gründe. Vielleicht weiß er etwas von dieser Quelle der Magie.« Sie schüttelte den Kopf. »Von mir weiß er es allerdings nicht. Ihr hättet es mir sagen können. Vielleicht hätte sich von Gering dann anders verhalten.«

»Vielleicht auch nicht«, sagte ich. »Niemand hier will wirklich etwas über Thalak wissen oder glaubt uns.«

»Ich glaube Euch«, sagte Kasale. »Keralos tut es auch. Ich weiß nicht, warum Ihr zögert, Havald. Kommandant Keralos gibt Euch eine Legion. War das nicht der Grund, warum Ihr gekommen seid?«

Ich nickte. »Ja. Aber warum tut er das?«

»Vertraut Ihr eigentlich irgendjemandem?«, fragte sie.

Ich sah sie nur an.

Sie seufzte. »So wie ich das sehe, nimmt der Kommandant Eure Warnung ernst. Er gibt Euch eine Legion, die nicht an den Vertrag von Askir gebunden ist«, sagte sie ruhig.

»Gut. Ich sage Danke, und Ihr, Schwertmajor, bildet mir diese Legion aus. In einem Jahr ist sie bereit. Dann marschieren wir los. Wenn wir ankommen, wird es kein Königreich Illian mehr geben. In wenigen Monden werden einhunderttausend Soldaten in Illian einmarschieren. Wir werden zu spät kommen.«

Es sei denn, wir fänden ein Warentor zu dem großen Tor im Gasthof. Irgendwo musste es eins geben.

»Wir werden es zurückerobern«, sagte Kasale.

»Mit einer Legion? Was, wenn bis dahin die Kronburg gefallen ist und das Königreich sich Thalak gebeugt hat? Kein offensiver Krieg, erinnert Ihr Euch? Bis dahin sitzt der Feind hinter unseren Wällen und ist uns zahlenmäßig zwanzigmal überlegen.« Ich wog die Rolle mit dem Befehl des Kommandanten in meiner Hand. »Kasale. Ich brauche die Legion in vier Monaten.«

»Das ist unmöglich«, sagte sie.

Ich sah sie an. »Wir brauchen die Zweite Legion. Ihr sagtet selbst, diese Legion sei etwas Besonderes. Das Wort *unmöglich* sollte es für sie nicht geben. Sagt, warum wollt Ihr Euch der Zweiten anschließen, Schwertmajor?«

Sie zögerte.

»Bitte seid ehrlich«, sagte ich.

Sie seufzte. »Es hört sich nicht gut an. Ich will dabei sein, wenn die Legion aufersteht, und ich will einen anständigen Krieg führen, nicht halb verhungerte Barbaren abschlachten.« Sie sprach leise und schien jedes Wort sorgfältig zu überlegen. »Ich will mein Schwert erheben für eine Sache, für die es sich lohnt, zu leben, zu kämpfen oder zu sterben. Für einen Krieg, bei dem ich weiß, dass ich auf der richtigen Seite stehe.«

»Es gibt keine anständigen Kriege, Schwertmajor.«

Sie nickte. »Jeder Soldat weiß das. Mein Ausbilder sagte immer, dass der beste Krieg kein Krieg ist.« Sie sah mich mit ihren grauen Augen an. »Aber wenn es schon einen Krieg gibt, dann einen, der es wert ist, geführt zu werden.«

Ja. Thalak ließ keinen Zweifel daran, welche Seite die richtige war. Allein der Einsatz von dunkler Magie garantierte das. Ich sah nachdenklich in den Wassergraben hinab. Es war meine Idee gewesen, diese Legion wiederzuerwecken. Warum zögerte ich? Sie hatte recht. Selbst wenn die Kronburg fiel, war das nur ein Grund mehr, den Kampf aufzunehmen.

»Vielleicht gibt es noch andere Eurer Kameraden, die in die Zweite Legion versetzt werden wollen. Ein guter Offizierskader soll Wunder wirken können. In vier Monaten wird die Zweite Legion ausrücken. Kasale, ich will, dass jeder Rekrut das weiß, bevor er der Legion beitritt. Und noch etwas, Kasale: Thalak hat auch noch nie einen Krieg verloren.«

Sie nickte zur Bestätigung. »Alle werden es wissen, Lanzengeneral.«

»Wir sehen uns in drei Monaten in Askir. Generalsergeant Kasale, Ihr habt Eure Befehle. Befolgt sie.«

Sie schlug mit der rechten Faust auf ihre linke Brust. »Jawohl, General.« Sie wandte sich zum Gehen.

»Generalsergeant. Es gibt da noch etwas, das Ihr für mich tun könnt.«

»Selbstverständlich, General. Was?«

»Ihr müsst mir etwas besorgen. Sobald wie möglich.«

19. Amelas Dririseschlag

Es dauerte eine sehr lange Zeit, bis Leandra herauskam. Sie sah mich und kam langsam auf mich zu; ihr Gesichtsausdruck war zum ersten Mal seit langer Zeit für mich nicht zu deuten.

Sie blieb neben mir stehen. »Ich habe der Reichstadt die Erlaubnis zum Errichten einer Handelsstation in Illian erteilt.« Ihre Stimme war kühl.

Ich hob meine Hand vor die Augen, als ich zu ihr hochblinzelte. Sie hatte die Sonne im Rücken.

»Das war für dich die richtige Entscheidung, Leandra. Ich hätte es nicht anders gemacht. Aber die Idee selbst ist viel zu verschroben. Niemand in der Handelsstation wird überleben. Diese Leute werden geopfert, um der Tinte auf einem alten Stück Papier gerecht zu werden.« Ich bemühte mich, ruhig zu sprechen und meine Stimme neutral zu halten.

»Ich habe dich nicht um deine Meinung gefragt, ich teile dir dies lediglich mit. Sollte sich eine ähnliche Lage erneut ergeben, bitte ich dich, die Politik zu meiden.«

Ich stand auf, direkt vor ihr, sodass kaum Platz war zwischen uns. Sie wich nicht zurück. Natürlich nicht.

»Gibt es etwas, das du nicht opfern würdest, um deine Mission zu erfüllen?«, fragte ich leise.

Sie schluckte und sah mir dann in die Augen. »Nein«, sagte sie so leise, dass ich sie fast nicht verstand, obwohl wir uns so nahe waren.

»Es heißt, es sei gut, wenn man weiß, woran man ist«, sagte ich. »Aber manchmal wünscht man sich, seine Illusionen zu behalten.«

»Es tut mir leid, Havald, ich …«

Ich hob die Hand. »Du hast eine Aufgabe, Leandra. Das

verstehe ich sehr gut. Besser als du vielleicht denkst, denn ich weiß, was nach einem erfüllten Auftrag kommt.«

»Was?«

»Der nächste. Lass uns zurück zum Haus der Hundert Brunnen gehen.«

Sie schüttelte den Kopf. »Das geht nicht. Heute Abend gibt von Gering einen Empfang für mich, um mich den Gesandten der anderen Reiche vorzustellen.«

»Wo? Hier in der Botschaft?«

Sie nickte. »Havald, es tut mir leid, aber du bist nicht eingeladen. Ich bin nur herausgekommen, um dir mitzuteilen, dass du nicht länger auf mich warten musst.«

»So«, sagte ich dann.

Sie legte die Hand auf meinen Arm. »Havald, es ist nicht so, wie du denkst. Es ist nur...«

»Du hast Angst, ich könnte wieder die heiligen Hallen der Diplomatie mit einem Schlachtfeld verwechseln.« Ich legte meine Hand auf ihre und hob sie sachte von meinem Arm herunter. »Leandra. Ich bitte dich nur um eins. Lerne zu verstehen, dass es bereits ein Schlachtfeld ist, auf dem wir stehen. Und in den Hallen der Diplomaten wurden schon immer die blutigsten Schlachten geschlagen.« Ich machte kehrt und wollte gehen.

»Du...«

Ich drehte mich um. »Ja?«

»Es tut mir leid«, sagte sie noch einmal.

»Weißt du, als wir herkamen, sprachst du davon, dass ich ein guter Herrscher wäre. Wie kann das sein, wenn ich die Dinge so falsch sehe? Nun gut, du hast deine Aufgabe, ich habe die meine. Jeder von uns muss seinen Weg gehen. Ich wünsche mir nur, dass wir ihn zusammen gehen.«

»Das wünsche ich mir auch. Havald, du musst doch wissen, dass mein Herz dir gehört!«

Ich sah sie an. »Darüber bin ich froh, denn du hast auch das meine. Geh sorgsam damit um.« Dann wandte ich mich endgültig zum Gehen.

Meine Füße fanden den Weg zum Tempel Soltars von allein. Wieder stand der gleiche Priester auf den Treppen des Tempels, und als er mich kommen sah, nickte er mir zu. Diesmal hatte ich ja keinen Gefangenen dabei.

Selim. Irgendwie hatte ich das Gefühl, ich würde von dem kleinen Dieb noch hören.

Nachdem ich vor der Statue des Gottes gekniet hatte, erkundigte ich mich bei einem Adepten nach dem Chirurgen.

»Es tut mir leid, Esseri, aber er ist nicht zu sprechen«, sagte der Adept. »Unser Herr hat ihn zu sich gerufen.«

Ich warf der Statue einen Blick zu. Wie überraschend.

»Dann bitte den Hohepriester.«

Der Adept neigte den Kopf. »Darf ich fragen, wer Ihr seid?«

»Mein Name ist Havald.«

Er nickte. »Bitte hier entlang, Esseri. Ich werde sehen, ob Vater Lainord Zeit für Euch findet.« Er drehte sich um und ging voraus, ich folgte ihm die Treppe nach unten, in die inneren Räume des Tempels. Er öffnete eine Tür und ließ mich vorangehen. Es war ein unterirdischer Andachtsraum, und auch hier stand eine Statue des Gottes. Dieser Raum war oval und besaß außer der Tür, durch die wir eintraten, noch drei weitere schwere Türen aus Bronze.

»Wartet bitte hier.« Er wies auf eine steinerne Bank. »Nur Geweihte unseres Gottes dürfen diese Türen passieren.« Er ließ seine Hände in den weiten Ärmeln seiner Robe verschwinden. »Es kann länger dauern. Ich empfehle Euch, die Zeit zu nutzen, über die Vergänglichkeit Eures Lebens nachzudenken und Euch darauf zu besinnen, was Ihr zum Besseren wenden könnt. Soltar wird Eure Seele in Empfang nehmen und nach Eurem Leben bemessen. Denn er ist es, der es Euch gab.« Er verbeugte sich und ging durch eine dieser schwe-

ren Türen, die mit einem lauten metallischen Geräusch zufiel.

Ich blieb vor der Statue des Gottes stehen. Ich hatte dies
schon mehr als einmal gehört: dass er nicht der Gott der Toten
sei, sondern es korrekter wäre, ihn den Gott der Seelen zu nennen, denn er gab sie uns für ein Leben, um sie dann wieder in
sich aufzunehmen.

»Es ist dennoch meine Seele«, sagte ich zu ihm. »Wenigstens im Moment noch.«

»Gut«, sagte eine Stimme hinter mir. »So soll es ja auch
sein.« Ich drehte mich um und sah einen alten Mann hinter
mir stehen, hager, aber mit jener Vitalität, die der Dienst an
ihrem Gott den Priestern oftmals verlieh.

»Ich bin Lainord, der Hohepriester Soltars im Tempel zu
Gasalabad.« Er musterte mich.

»Havald ist mein Name, Eminenz.«

»Folgst du ihm, Havald, wie so viele andere Soldaten oder
Krieger auch?«

Folgen? Eher zerrte er mich, wohin er es wollte. Oder, wenn
Varosch recht hatte, wartete er immer an den falschen Stellen
auf mich.

»Ja«, sagte ich einfach. Es gab keinen Grund, diesem alten
Mann meine Einstellung zu meinem Gott zu schildern. »Ich
benötige Eure Hilfe.«

»Der Segen Soltars mit dir, Havald«, sagte er und strich mir
mit zwei Fingern über die Stirn. Wie üblich spürte ich nichts
von einem göttlichen Segen.

Er lächelte. »Oder dachtest du an etwas anderes?«

»In der Tat. Sagt, wie kommt es, dass Ihr so schnell für mich
Zeit fandet?«

»Havald, ich habe dich erwartet.«

Ich warf der Statue einen Blick zu. Natürlich.

Der Hohepriester lachte leise. »Nein, keine göttliche Ein-
gebung. Ich sah, wie du den Tempel betreten hast. Ich erkun-

dige mich gerne über die Menschen, die von unserem Gott die Gnade einer wundersamen Heilung erhalten. Ich war anwesend, als es geschah.«

Ich sah ihn scharf an, aber er war nicht der Priester, mit dem ich damals diese denkwürdige Unterhaltung geführt hatte.

Er wies auf die steinerne Bank. »Setz dich und erzähl mir, was dich in das Haus Soltars führt.«

Ich setzte mich und legte Seelenreißer neben mir auf den Boden. »Eminenz. Ich bin fremd in dieser Stadt und verstehe sie nicht. Ich benötige die Weisheit des Tempels. Und das Wissen in den Tempelarchiven.«

»Warum?«

»Um eine Entscheidung zu fällen.«

Als ich zum Haus der Hundert Brunnen zurückkehrte, war die Nacht bereits angebrochen. Im Atrium angelangt, blieb ich stehen und sah zum Himmel auf. Beide Monde standen hoch, selten hatte ich das Firmament so klar gesehen. Ich musterte die Zeichen der Götter eine Weile.

»Seid Ihr unter die Sterndeuter gegangen?«, hörte ich eine Stimme. Es war Janos, der aus dem Schatten trat.

»Nein. Die Zeichen der Zukunft offenbaren sich mir nicht. Ich habe nur überlegt, was diese Sterne schon alles gesehen haben.«

»Ihr solltet Euch nicht solchen Gedanken hingeben«, sagte Janos. »Sie können nur bedrückend sein.« Er sah zur Tür, dann wieder zu mir. »Wo ist Leandra?«

»Sie hat noch diplomatische Verpflichtungen.«

»So.« Er ließ sich auf einer der Bänke nieder. Nur eine kleine Laterne und das Mondlicht erleuchteten das Atrium. Als ich mich setzte, erschien es mir auf einmal richtig friedlich, das Halbdunkel angenehm. Es war gerade genug Licht, um die Muster in den Steinplatten zu erkennen und den Springbrunnen, der vor sich hin plätscherte. Ich setzte mich neben ihn.

»Was ist mit den anderen?«, fragte ich.

»Sie schlafen. Ich habe die erste Wache.«

Ich nickte still, und für eine Weile hörten wir beide nur dem Brunnen zu.

»Was haltet Ihr von der ganzen Sache, Janos?«

»Meint Ihr unsere Mission oder Bessarein oder gar nur Gasalabad?«

Ich seufzte. »Bessarein und Gasalabad.«

Er nickte und ließ sich dann Zeit mit der Antwort. »Es ist ein Wespennest. Politik. Gebt mir einen klaren Auftrag und einen Befehl, ein Schwert in die Hand und einen sichtbaren Feind, und ich weiß, was zu tun ist. Politik ist anders. Man muss die Schatten in den Schatten sehen. Ich bin froh, dass ich morgen mit den anderen zurückgehe.« Er sah zu mir hinüber. »Ich beneide Euch nicht, Havald.«

»Ihr wolltet unsere Gruppe führen.«

»Als ich dachte zu wissen, was zu tun wäre. Nun weiß ich es nicht mehr. Sieglinde meint, ich solle von Euch lernen.«

»So, meint sie das?«

Er lachte. »Hätte ich Eure Erfahrung, wäre es wohl anders. Besäße ich sie, gäbe es wohl auch für Euch keinen Zweifel, wer wem folgt, oder?«

Ich schüttelte lächelnd den Kopf. »Es gäbe keinen Zweifel.«

Er sah mich an und grinste. »Das kann ich jetzt auslegen, wie ich will, nicht wahr?«

Ich nickte.

Sein Gesicht wurde ernst.

»Leandra liebt Euch, Havald. Das steht fest. Sieglinde meint, ihr wärt füreinander bestimmt. Seit dem ersten Moment, in dem ihr euch gesehen habt, sei dies für jeden klar.«

»Und wie seht Ihr es, Janos?«

»Ich habe gelernt, Sieglinde zu vertrauen. In manchen Dingen erkennt sie mehr als ich. Oder Ihr. Sie sieht mit den Augen eines Barden.«

Ich dachte an die Augen der Fee, die ihr gegeben wurden. Er hatte vielleicht recht.

»Ihr solltet Euch mit ihr zur Ruhe setzen. Das Aufgebot im Tempel bestellen, Astartes Segen empfangen und einen Gasthof führen. Eure Gäste mit Euren Abenteuern unterhalten.«

»Vielleicht sollte ich das. Aber, Havald, Sieglinde und ich sind uns einig, dass wir bei Euch bleiben werden. Ich weiß nicht, was es ist, aber es scheint, als ob um Euch herum ungewöhnliche Dinge geschehen. Wichtige Dinge. Wenn ich hinter einer Theke stehen würde und einen Soldaten Thalaks als Gast begrüßen müsste, spätestens dann würde ich es bereuen, Euch nicht gefolgt zu sein.«

»Wie ist Euer wirklicher Name, Janos?«

Er holte tief Luft. »Amela.«

Ich blinzelte verblüfft.

Er schaute zu Boden. »Es ist der Name meiner Mutter. Sie starb bei meiner Geburt. Sie war es, die den Namen aussuchte. Mein Vater liebte sie.«

»Das ist Euer Geheimnis?«, fragte ich erstaunt. »Das ist der Grund, warum Ihr uns Euren Namen vorenthalten habt?«

Er schaute wieder zu Boden. »Ihr könnt Euch nicht vorstellen, welche Überwindung es mich kostete, Euch das zu sagen. Ich glaube, man muss mit dem Namen leben, um es zu verstehen. Selbst im Tempel wurde ich deswegen gehänselt. Als ich in die Armee eintrat, war es noch schlimmer. Jedes Mal, wenn der Korporal die Rolle verlas, kicherte die halbe Kompanie. Ich hasste es. Manchmal hasste ich sogar meinen eigenen Vater dafür. Es ist nicht leicht, mit dem Namen einer Frau zu leben.«

»Amela bedeutet in der Sprache der Nordländer *die Tapfere*. Genauer gesagt bedeutet Amel *tapfer*. Die weibliche Form ist Amela, die männliche Form Amelas. Euer Name ist also Amelas.« Ich machte eine beschwichtigende Geste. »Kein Grund, sich zu schämen.«

Selbst im Halbdunkel war sein durchdringender Blick deutlich zu spüren. »Ihr erfindet dies nicht einfach so, oder?«, fragte er dann.

Ich schüttelte den Kopf. »Nein. Es ist so. Es gibt eine Ballade über einen Krieger mit dem Namen. Amelas Dririseschlag. Ich hörte sie von Ragnar, dessen Axt Ihr tragt. Wenn ich mich richtig erinnere, fällte er in einem Kampf drei Riesen und rettete mit seinem heldenhaften Tod ein Dorf.«

Er holte tief Luft. »Ich werde den Namen Janos vorerst weiter führen. Aber ich danke Euch. Ich frage mich, ob mein Vater das wusste.«

»Vielleicht wusste es Eure Mutter«, sagte ich und legte ihm die Hand auf die Schulter.

»Die Dinge sind nie so, wie man denkt, nicht wahr, Havald?«

Damit hatte er wohl recht. Ich nickte ihm zu und ging in meinen Raum, es war spät genug. Ich ließ ihn im Halbdunkel des Atriums zurück.

Es war spät, als Leandra zurückkam. Ich sah ihr zu, wie sie sich entkleidete. Dann stand sie am Fuß des Betts und schien zu zögern. Zu meinem Erstaunen machte sie Anstalten, sich auf den Boden zu legen.

»Wenn du nicht sofort ins Bett kommst, versohle ich dir den Hintern«, sagte ich und schlug das dünne Laken zur Seite.

Sie sah mich mit großen Augen an. »Das wagst du nicht!«

Ich sagte nichts.

Nach einer kleinen Ewigkeit glitt sie in unser Bett und meine Arme.

»Es war ein Jahrmarkt der Eitelkeiten«, sagte sie später, viel später, mit ihrem Kopf an meiner Schulter. »Es war wie in der Kronburg. Ich wurde betrachtet wie ein exotisches Wesen. Die Sprache war höflicher. Man wies mich darauf hin, dass ein

Diplomat kein Schwert führt und keine Frau sein sollte. Man fragte mich, ob es wahr ist, dass man sich verjüngt, wenn man mit einer Elfe schläft. Wies mich darauf hin, dass Steinherz den Legenden nach ein magisches Schwert sei und meine Seele korrumpiert. Nur ein einziger der anderen Gesandten schien mich zu mögen. Er machte mir einen Heiratsantrag und versprach mir, dass ich seine Hauptfrau werden könne.« Ich sah im Dunkeln, wie sie lächelte. »Ihn mochte ich. Havald, ich bin zu lange mit dir zusammen. Ich wurde in der Kunst der Diplomatie geschult, es sollte mir nichts mehr ausmachen. Aber ein jeder drückte sein Bedauern aus, in sorgfältig gesetzten Worten und mit Blicken, die mir klarmachten, dass eine ausgiebige persönliche Audienz helfen könnte, die Beziehungen zwischen unseren Reichen zu verbessern.«

Ich konnte mir denken, was damit gemeint war. »Wer war dieser einzig Vernünftige in dem Haufen?«

»Magnus Torim. Der Gesandte des Nordreichs. Stell dir Janos vor, nur blond, mit einem Lendenschurz, vielen goldenen Bändern und einem weißen Fellumhang. Auch er trug eine Axt. Er sah aus wie ein gewaschener Barbar und machte mir Komplimente. Nannte mich vernünftig, weil ich mein Schwert trug. Dann fing er an, die Vorzüge meines Körpers zu beschreiben. Er hatte nur Bedenken wegen meines schmalen Beckens, war sich aber sicher, dass ich ihm bis zur Geburt unseres Sohnes viel Freude schenken würde.«

»Vielleicht doch nicht ganz so vernünftig. Ich glaube, ich gehe hin und erschlage ihn.«

Sie lachte gegen meine Schulter, ich spürte ihren Atem an meiner Wange. »Ich glaube, er ist der Einzige, der meine Warnungen vor Thalak ernst nahm. Und das, obwohl sein Reich am wenigsten gefährdet ist. Es liegt hoch im Norden.«

Ich erinnerte mich mit einem Grinsen an einen denkwürdigen Nachmittag, an dem Ragnar mir detailliert die Vorzüge seiner Frau beschrieben hatte. Dabei galt sie bis zu ihrer Heirat als der schönste Eisklotz in Coldenstatt. Es gab immer noch viele, die Ragnar bemitleideten.

»Du lachst, Havald. Warum?«

»Ich muss dir irgendwann einen Freund vorstellen. Er soll es dir erklären.«

Sie richtete sich auf und sah auf mich herab. »Weißt du, was mich rasend gemacht hat?«

Ich blinzelte zu ihr hoch. »Du wirst es mir hoffentlich sagen.«

»Dass du wahrscheinlich recht hast. Ich schilderte die Lage in Illian, den Fall von Kelar, berichtete von den Gräueltaten Thalaks. Danach durfte ich die Tafel eröffnen, schließlich fand dieser Abend zu meinen Ehren statt. Den Rest des Abends wurde darüber spekuliert, wann der Emir von Janas Faihlyd heiraten würde, um sich so die Krone des Kalifen zu sichern. Und über die Preise von Bohnen und Holz.« Sie sah mich ernst an. »Das werden die Hauptpunkte bei der Tagung der Könige sein. Preise von Waren, Handelstarife und die Höhe des Kontingents an Soldaten, das zu den Ostgrenzen des Alten Reichs geschickt werden soll. Als ich von Gering darauf ansprach, meinte er, ich solle mich entspannen, der erste Schritt sei getan, den Rest könne ich getrost Askir überlassen. Das Schlimme ist, er meint es genau so. Er ist kein schlechter Mensch und ein guter Diplomat, dem die Anliegen Bessareins und der Reichsstadt wirklich wichtig sind. Aber du hattest recht, er sieht das Schlachtfeld nicht.« Sie fand meine Lippen mit den ihren.

Wieder später sagte sie etwas anderes. »Lass mich nicht wieder allein zurück. Das nächste Mal wäre ich stolz, dich an meiner Seite zu haben. Sag, was du sagen musst, nur bitte etwas höflicher.«

»Ich *war* höflich zu von Gering«, protestierte ich.

»Du hast seinen Plan nicht gelobt«, sagte sie und biss mich.

20. Das Spiel des Dieners

Der nächste Tag begann zeitig für uns. Das Frühstück velief ruhig, fast schweigsam. Bald danach brachen wir zu unserer Botschaft auf. Meine Gefährten waren unauffällig gekleidet, aber es würde sich wahrscheinlich nicht ganz verhindern lassen, dass man sich an sie erinnerte. Der Versuch musste unternommen werden, denn es sollte nicht zu offensichtlich sein, dass fünf Leute das Gebäude betraten und nicht wieder herauskamen.

Wir hatten insofern Glück, dass die Hauptarbeiten nun innerhalb des Hauses getätigt wurden: Die Räume wurden für uns hergerichtet. Armin war nirgendwo zu sehen, und im Keller herrschte Ruhe.

Leandra und ich sahen zu, wie sich die anderen im Tor aufstellten. Wir nickten uns gegenseitig zu und tauschten letzte Blicke. Leandra und ich überprüften noch einmal die richtige Anordnung der Torsteine.

Viel gab es nicht zu sagen. Wir hatten schon vorher alles ausgiebig besprochen.

»Die Götter mit euch«, sagte ich.

»Und mit euch«, antwortete Varosch. Dann bückte er sich und ließ den letzten Stein fallen. Sie verschwanden mit einem kühlem Luftzug und dem Geruch nach Eis und Schnee.

Eine Münze erschien im Tor, mit dem Wappen nach oben. Sie waren gut angekommen. Ich bückte mich und sammelte die Münze und die Steine wieder ein.

Als wir den Keller verließen, lief uns Armin über den Weg. »Esserin!«, rief er. »Die Götter beglücken mich mit eurem Anblick so früh am Morgen, aber es ist zu früh! Auch mit der großzügigen Unterstützung des Emirs, mögen ihn die Götter für seinen Großmut belohnen, ist noch nicht alles vollbracht. Wir sind noch dabei, die Räume einzurichten.«

»Armin«, sagte Leandra. »Vielleicht solltest du uns gestatten, in unserem Haus über ein paar Dinge selbst zu entscheiden. Zum Beispiel darüber, wie unsere Räume gestaltet werden.«

»O Essera, richtet nicht die schönsten Augen unter dem Himmel auf mich und sprecht dann solche Worte! Niemals würde ich es wagen, Euch zu unterstellen, ihr wärt dazu nicht imstande. Auch das Mobiliar ist ein Geschenk des Emirs, und er wäre beleidigt, würde man es nicht aufstellen. Aber wenn Ihr es wünscht, werde ich für Euch die schönsten Arbeiten der Kunstschreiner Gasalabads auf einen Haufen werfen, um ihn zu entzünden. Ihr werdet sicherlich bessere Möbel finden, um Euch nach Eurem Geschmack einzurichten. Ohne Zweifel ist es so, dass keine menschliche Kunst gut genug für Euer elfisches Auge ist!«

»Armin …«, sagte Leandra.

Aber er war schon unterwegs und öffnete mit einer tiefen Verbeugung eine Tür. »Aber ich bin Euer untertänigster Diener, Euer Wunsch ist mein Befehl. Dieser Raum ist durch die Gnade der Götter und des Emirs, lange möge er leben, bereits fertiggestellt. Sagt mir, was Ihr entfernt haben wollt, und ich werde es sofort verbrennen lassen!«

Leandra und ich folgten, sie blieb wie gebannt in der Tür stehen. »Oh!«

Dieser Raum ging auf den Innenhof. Große Läden, in einem blassen, hellen Grün gestrichen, waren zur Seite gezogen, um den großen Durchgang zum Innenhof freizugeben. Die Wände und Decke waren in strahlendem Weiß getüncht, ein fahler, grüner Zierstreifen lief unter der Decke die Wände des Raumes entlang, parallel zu der halbhohen Vertäfelung aus hellem Rosenholz. Der Boden war ein poliertes Parkett, gefertigt aus dem gleichen Holz wie das Mobiliar. Es war ein Arbeitszimmer mit einem großen Schreibtisch, dessen Beine fast zu grazil erschienen. Ein bequemer Sessel stand dahinter. Auf dem Schreibtisch selbst glänzten ein silbernes Tintenfass, Sandstreuer und Messer. Eine kleine Vase stand dort, in der ein halbes Dutzend schneeweiße Federn steckte.

Drei Stühle, ebenfalls gepolstert, standen bereit, Besucher zu empfangen. An der Wand dahinter befand sich eine Karte Gasalabads, aufgespannt auf einem hölzernen Kartenhalter.

Eine Sitzgruppe in der einen Ecke lud zu einem entspannten Gespräch ein, die hohen Regale waren bereit, sie mit Schriftrollen und Büchern zu bestücken. Ein langer, niedriger, aber tiefer Schubladenschrank beherrschte die eine Wand, darüber hing ein Wandteppich, der eine entspannte Szene auf einem Schiff zeigte; im Hintergrund der müßigen, leicht bekleideten Frauen waren die Flusstore der Stadt Gasalabad zu erkennen.

Zwei hohe, fünfarmige Kerzenständer versprachen auch in der Nacht genügend Licht. Alles glänzte frisch und neu, der Raum roch nach Bienenwachs.

Bis darauf, dass ich leichte Zweifel hatte, ob die grazilen Stühle mein Gewicht tragen würden, wirkte der Raum auf mich bequem und einladend.

Armin verharrte in scheinbar tiefer Demut verbeugt vor uns. Als wir nichts sagten, richtete er sich auf. »Dies ist der geringste aller Räume, offen für die Bittsteller, die auf die Gnade der Essera hoffen. Ein bescheidener Raum, kaum würdig Eurer Schönheit.«

Leandra wollte etwas sagen, aber ich hielt sie mit einer Berührung zurück. »Wir werden uns die anderen Räume ansehen, wenn sie fertig sind«, sagte ich zu Armin. »Ich hoffe, Ihr habt auch mir einen Raum zugedacht.«

Er nickte eifrig; etwas in meiner Stimme war ihm wohl aufgefallen.

»Ich hoffe, es ist ein ruhiger Raum, fern aller Ohren, wo auch vertrauliche Gespräche denkbar sind. Dort, Armin, werden wir uns bald einer längst überfälligen Unterhaltung widmen.«

»Es wird sein, wie Ihr wünscht«, sagte Armin, aber noch während er sich verbeugte, ertappte ich ihn dabei, wie er mich prüfend musterte.

»Ich habe meinen treuen Diener Armin nicht vergessen. Für deine uneigennützigen Dienste sollst du entsprechend entlohnt werden.« Ich lächelte mein bestes Lächeln. Es schien ihn etwas zu beunruhigen.

Er verbeugte sich noch tiefer. »Zur Mittagsstunde werden Euer Haus und Euer treuer Diener euch erwarten, Esseri.«

Auf dem Weg zurück beabsichtigte ich, bei der *Lanze der Ehre* vorbeizuschauen, um noch einmal mit Deral zu sprechen. Die Wachen an den Toren zum Hafen waren auf vier Soldaten verstärkt worden, die uns ausführlich beäugten, uns aber passieren ließen. Der Grund dafür wurde bald ersichtlich: Eine große, prunkvoll ausgestattete zweimastige Dhau hatte dort angelegt und wurde von einem Dutzend Soldaten gesichert, die das Symbol des Hauses des Baums trugen, des Hauses, dem nun Marinae angehörte.

Hier wurde Ladung gelöscht, das war wahrscheinlich der Grund, warum dieses Schiff nicht an der Liegestelle des Palastes angelegt hatte, die sich nur wenige Hundert Schritte weiter östlich befand.

Leandra lehnte sich an eine Hauswand, um dem Treiben im Hafen zusehen. »Was hast du mit Armin vor?«, fragte sie mich. Ich lehnte mich neben Leandra und zog meine Pfeife heraus und meinen neuen Apfeltabak. Ich fing an, sie zu stopfen.

»Nun, ich denke, es ist an der Zeit, dass ich mich etwas länger mit ihm unterhalte. Es gibt zu viele Dinge, die nur auf eine Art zusammenpassen können. Der Zirkus, seine Verbindungen hier in der Stadt, sein Wissen. Dass er es vorzieht, meinen Diener zu mimen, hat seine eigenen Gründe.« Ich zündete meine

Pfeife an und sah dem Rauchring nach, wie er aufstieg und verweht wurde. »Mir soll es recht sein. Er versprach mir, nützlich zu sein, und das ist er ohne Zweifel. Ich will nur nicht in etwas hineingezogen werden.«

»Dazu erscheint es mir zu spät. Wir sind schon mitten drin«, sagte Leandra.

Ich nickte. »Das mag sein, dann will ich wenigstens wissen, worin wir stecken. Warum fragst du?«

»Dort«, sagte sie und nickte mit dem Kopf in Richtung der *Lanze der Ehre*. Es war Armin, der sich rasch umblickte und dann unsere Dhau betrat. »Wo er doch so fleißig unser Haus fertigstellt«, sagte sie.

»Du hast ihn früh gesehen.« Von der Stelle aus, die sie sich ausgesucht hatte, waren wir in der Lage, über ein paar Kisten hinweg zum Schiff zu sehen, vom Schiff aus befanden wir uns jedoch in fast voller Sichtdeckung.

Sie schüttelte den Kopf. »Nein. Ich habe nicht Armin gesehen. Ich sah eine gewisse junge Sera, die sich gerade an Bord geschlichen hat. Du kennst sie, sie verkaufte uns am Markt Honigfrüchte.« Sie lächelte.

»Faihlyd. Was macht sie hier?« Ich reckte meinen Kopf, um die getarnten Leibwächter auszumachen, aber sie waren entweder weitaus besser darin, sich zu tarnen, als ich darin, sie zu finden, oder sie war tatsächlich ohne Wachen unterwegs.

»Schau nicht nach ihren Leuten«, meinte Leandra. »Such Armin. Dort. Einer der seltsamen Handwerker, mit denen er sich in der Küche unterhielt.«

Es waren also keine Handwerker gewesen, sondern getarnte Leibwächter Faihlyds. In unserem Haus. Ich meinte noch ein oder zwei andere bekannte Gesichter zu sehen, demzufolge waren noch mehr anwesend.

Ich zog an meiner Pfeife und dachte nach. »Ich glaube, wir lassen die beiden in Ruhe. Was immer Armin vorhat, es ist nicht gegen uns gerichtet, dessen bin ich mir sehr sicher.«

»Woher nimmst du diese Sicherheit, Havald?«

»Unter allen seinen Masken ist Armin ein Ehrenmann. Ich habe seine Augen gesehen, als Ordun starb. Er ist auf der richtigen Seite. Ich hatte genügend Gelegenheiten, ihn zu beobachten. Er bewundert dich, hat echten Respekt vor den anderen. Ich glaube, er mag uns.«

»Du hast ihm zweimal das Leben gerettet. Er sollte dich mögen.«

Ich wandte mich ihr zu. »All das sagt nichts. Was mich so sicher macht, ist nicht mehr als ein Gefühl. Bis jetzt hat es mich nur selten getäuscht. Heute Nachmittag wird er Gelegenheit haben, uns zu sagen, was er vorhat.« Ich betrachtete die Glut in meiner Pfeife. »Ich denke, er wird sie nutzen.«

»Havald.« Sie legte ihre Hand auf meinen Arm und sah in Richtung Schiff. »Ist das nicht der Boronpriester, den wir bei den Bestrafungen gesehen haben?«

Wir sahen zu, wie der Priester an Bord der *Lanze der Ehre* ging und in der Heckkajüte verschwand.

Leandra sah mich an und lächelte. »Ich weiß jetzt, was die beiden vorhaben. Es ist gut, dass wir nicht stören.«

Ich nickte und nahm ihre Hand. »Mir wird jetzt so einiges klar. All die verstohlenen Blicke ... Komm, lassen wir die zwei allein.«

»Warum treffen sie sich ausgerechnet auf der *Lanze der Ehre?*«, fragte sie, als wir durch das Tor zum Platz des Korns gingen.

»Ich glaube kaum, dass Armin dieses Schiff zufällig gewählt hat. Ich denke eher, dass er und Deral, der Kapitän des Schiffes, sich schon länger kennen.«

»Aber du hast es doch gekauft?«

Ich nickte. »Ja, aber Armin hat es organisiert.«

Sie sah zu mir hoch. »Warum hast du ihm so freie Hand gegeben?«

»Er kennt sich hier in der Stadt aus. Er hat mir wirklich

268

geholfen.« Ich lachte. »Es hat nur eine Menge Gold gekostet.«

Als wir auf dem Platz der Ferne ankamen, sah ich eine Gruppe von Soldaten vom Haus des Ebers. Sie schlenderten über den Markt und benahmen sich wie Soldaten auf Freigang. Ich sah einem von ihnen zu, wie er mit einer Wasserverkäuferin schäkerte. Sie schienen alle gute Laune zu haben und wirkten nicht so, als ob sie etwas vorhätten.

Mir gefiel die Anzahl der Soldaten in Gasalabad nicht, aber niemand schien sich dabei etwas zu denken. Wenn ich mich recht an den gestrigen prunkvollen Einmarsch des Hauses des Turms erinnerte, war es niemandem seltsam vorgekommen, dass der Emir von Janas so viele Soldaten in seinem Gefolge hatte. Ich war vielleicht einfach nur paranoid.

Ich warf zwei Kupferstücke in die Schale einer Früchteverkäuferin und reichte eine der in Palmenblätter eingewickelten Früchte an Leandra weiter.

»Wohin gehen wir?«, fragte sie, als sie delikat ihre Finger in eine Wasserschale tunkte.

»Ich will noch einmal beim Hüter des Wissens vorbeischauen«, sagte ich.

»Warum?«

»Ich habe mich gestern länger mit dem Hohepriester Soltars unterhalten, während du diplomatische Beziehungen aufgenommen hast. Ich dachte, dass er einer derjenigen wäre, die die Situation hier in Gasalabad am besten beurteilen könnten.«

»Diplomatische Beziehungen«, sagte Leandra, und ich bemerkte in ihrer Stimme eine leise Bitterkeit. »Ich hatte manchmal den Eindruck, dass sie mich für eine Hochstaplerin hielten.«

Ich sah sie an, aber sie winkte ab. »Vergiss es. Was hast du erfahren?«

»Er bestätigte das, was Armin mir sagte. Seitdem Falah vor

fast vierzig Jahren das Haus des Löwen wieder auf den Thron Gasalabads brachte, sind die Menschen zufriedener geworden und der Einfluss des Emirats ist deutlich gewachsen. Es ist das stärkste der neun Emirate. Seitdem sie geboren wurde, gilt Faihlyd als von den Göttern besonders gesegnet. Sie wird verehrt, täglich wird für sie gebetet.« Ich lächelte, als ich mich an den Hohepriester erinnerte. »Ich glaube, die Götter mögen das.«

Leandra sah mich fragend an. »Was ist?«

»Nichts. Ich hatte nur eben einen verqueren Gedanken. Was die Menschen von den Göttern wollen, scheint mir klarer als das, was die Götter von uns wollen.«

Sie sah mich etwas seltsam an. »Seit wann machst du dir Gedanken um theologische Fragen?«

»Seitdem eine hübsche Halbelfe mich aus meiner Lethargie riss.«

Sie drückte meine Hand. »Erzähl weiter, was der Priester sagte.«

»Nun, die Prinzessin Faihlyd ist, zumindest in Gasalabad, diejenige, von der man glaubt, dass die Götter sie auserwählt haben, die nächste Kalifa zu werden. Wie mir Falah – das ist die Mutter des Emirs – sagte, sind die Menschen hier ziemlich abergläubisch. Man legt Wert auf Omen. Das Haus des Löwen ist durch die Legende von Jerbil Konai, der Säule der Ehre, und Serafine, der Tochter des Wassers, mit einem guten Omen versehen. Diese Legende stammt aus einer Zeit, als Gasalabad die prächtigste Stadt des Reiches war, aus der Blütezeit Bessareins.«

»War Bessarein nicht damals Teil des Imperiums?«, fragte Leandra. Ich blieb stehen, um einem Schausteller zuzusehen, der mit fast einem Dutzend farbiger Bälle jonglierte. »Ja. Der Gouverneur von Bessarein war zwar von Askir eingesetzt worden, aber aus einer Auswahl der Häuser Bessareins. Er war sehr beliebt und galt als ein fähiger Mann. Serafine war seine Tochter.«

»Aber er war von Askir eingesetzt. Und die Leute mochten ihn trotzdem?«

»Das ist das Nächste, was ich herausfand. Ich hatte bisher irgendwie den Eindruck, dass die politische Situation Askannon dazu zwang, abzudanken. Doch dem war nicht so. Es ist lange her, und die Überlieferungen widersprechen sich. Aber sie sind sich alle einig, dass jene Geschichte, nach der die Könige Askir belagert hätten, übertrieben war. Sie hätten nicht gegen die Macht Askannons bestehen können. Ich habe den Eindruck, dass das alles von ihm geplant war. Der Vertrag von Askir ist ein ausführliches Vertragswerk. Selbst ein Magier bräuchte länger, um einen so ausgefeilten Vertrag zu schaffen, dennoch hatte er ihn parat. Die Könige unterschrieben ihn noch am gleichen Tag, waren mit allen Bedingungen einverstanden. Das sieht mir nicht danach aus, als ob Askannon nachgab.«

»Er hat alles so arrangiert und zwang den Erben der Könige seinen Willen auf?«

»Ja. Auffällig ist, dass der Erbe Bessareins nicht dabei war. Bessarein und das Nordland …«

»Varland. Gesandter Torim sagte mir, dass das der Name des Reiches ist, *fernes Land* heißt es wohl. Viele Berge, tiefe Wasser und die lustvollsten Frauen der Weltenscheibe.«

»Er hat dich wohl beeindruckt?« Ich lächelte.

Sie zuckte scheinbar unbeteiligt mit den Schultern.

Ich fuhr fort: »Also gut. Varland und Bessarein haben sich dem Imperium freiwillig angeschlossen. Also waren die Erben dieser Reiche nicht im Königsturm interniert. Ein Königshaus starb aus, also waren es nur vier Könige, die nach Askir zogen. Dennoch galt der Vertrag für alle Reiche. Das alles war von langer Hand vorbereitet. Die Legende sagt, dass Askannon Jerbil Konai als Kalifen einsetzen wollte. Das Haus des Adlers war damals eines der mächtigern Häuser, und da Jerbil und Serafine ein Paar waren, konnte er wohl durch diese Allianz der

Häuser des Adlers und des Löwen davon ausgehen, dass der Machtwechsel reibungslos verlief.«

»Aber sie gingen mit der Zweiten Legion.«

Ich nickte. »Das hat eine ganz besondere Bedeutung. Ich will es zu erklären versuchen. Unsere Streitmacht ist anders aufgebaut. Eleonora ist unsere Königin, und sie vergibt Lehen. Wir beide, wie andere Adlige auch, besitzen unsere Länder im Namen der Krone und haben ihr einen Lehenseid geschworen. Je nach Größe des Lehens werden weitere Lehen vergeben. Jeder Landesherr hat eine Anzahl Krieger unter seinem Befehl. Üblicherweise ebenfalls Adlige, unsere Ritter.«

Sie runzelte die Stirn. »Das weiß ich. Worauf willst du hinaus?«

»Auf den Unterschied zwischen unseren Streitkräften. Im Kriegsfall sind wir verpflichtet, unserem Lehnsherrn Kämpfer zu stellen. Aber wie ich hörte, waren einige unserer Ritter nicht so begeistert, ihre Ländereien zu verlassen.«

»Das hat sich geändert, als man verstand, dass Thalak uns alle bedroht«, sagte sie. »Selbst der Dümmste weiß nun, worum es geht.«

»Gut. Aber wenn unsere Königin ihre Heere zusammenruft, folgt man unter Zwang. Hier war das anders. Der Dienst in einer imperialen Legion war eine ruhmreiche Angelegenheit.«

Sie blieb stehen. »Sich im Namen der Krone von Illian gegen einen Feind zu stellen ist ebenfalls ruhmreich.« Sie schien fast beleidigt.

»Das wollte ich auch nicht anzweifeln. Ich will nur auf einen wesentlichen Unterschied hinaus. Unsere Armee gründet sich auf das Lehenssystem, und den Befehl hat der jeweilige Lehnsherr. Er ist vererbt, nicht erworben. Und es ist für jemanden, der nicht aus dem Adel stammt, nur selten möglich aufzusteigen.«

»Deswegen werden unsere Ritter ja auch ausgebildet, damit sie wissen, was zu tun ist. Abgesehen davon: Du selbst bist nicht im Adelsstand geboren und hast trotzdem Rang und Ehren erworben.«

»Ja, mir gelang es. Das waren auch außergewöhnliche Umstände. Aber nicht jeder, der ein Schwert führen kann, ist ein guter Stratege. Nun gut, jedes der Reiche, aus denen das Imperium bestand, unterhielt immer noch eigene Streitkräfte, und sie alle tun das noch heute, nach dem gleichen Lehenssystem wie unseres organisiert. In den Legionen war es anders. Jeder konnte der Legion beitreten, und er wurde nach seinen Fähigkeiten befördert. Jeder Rekrut, der einer Legion angehören wollte, musste einige Bedingungen erfüllen. Zum Beispiel wurde es vom niedrigsten Soldaten verlangt, dass er lesen und schreiben konnte.«

Sie zog eine Augenbraue hoch. »Also doch nur Adlige?«

Ich schüttelte den Kopf. »Nein. Sie konnten es in Schulen lernen. Der Punkt ist, es war nicht einfach, aber möglich, in den Legionen aufzusteigen. Die Zweite Legion galt als die beste aller Legionen, die Elite des alten Imperiums. Jerbil Konai war der Generalsergeant. Dass er von Adel war, zählte in der Legion nichts. Nur seine Fähigkeit. Wie ich kürzlich gelernt habe, ist ein Generalsergeant für die gesamte Legion zuständig, von Verpflegung über Ausbildung bis hin zur Moral der Truppe. Jede Legion besteht aus zehn Tenet, bei einer vollen Legion also zehnmal tausend Mann. Jede Tenet hat einen Stabssergeanten, der mit dem Generalsergeanten eng zusammenarbeitet. Das so genannte Erste Horn besteht aus den einzelnen Sergeanten der Legion. Das Erste Horn, dessen Überreste wir im *Hammerkopf* gefunden haben, bestand aus den besten Männern und Frauen der besten Legion des Reiches.«

»Das alles hast du von dem Priester gelernt?«

»Nicht nur. Was die Organisation der Legion betrifft, weiß ich es von Kasale. Was mir der Priester erklärte, ist, wie die Bevölkerung das sah. Du weißt, mit welchem Jubel alljährlich bei uns der Sieger des königlichen Tournaments gefeiert wird? Mit welchen Ehren er überschüttet wird und was es bedeutet, wenn jemand mehrfach hintereinander gewinnt?«

Sie nickte. »Hast du nicht auch einmal in den Schranken gewonnen?«

»Ja. Aber ich habe nur ein einziges Mal einen Joust gefochten. Ich hatte Glück dabei, meine Arbeit mit einer Lanze ist Furcht erregend schlecht. Die jährlichen Prüfungen innerhalb der Legionen waren so ähnlich. Jerbil und Serafine haben über Jahre hinweg bei diesen Prüfungen gewonnen, weil sie zusammenarbeiteten.«

Sie sah mich an. »Warum lächelst du so?«

»Es war romantisch. Da auch Serafine immer gewann, kam es immer wieder dazu, dass sie und Jerbil im letzten Joust aufeinander trafen. Sie machten einen Schaukampf daraus, aber das Ende war immer das gleiche, sie kniete vor ihm nieder, und er zog sie hoch und küsste sie.« Ich grinste. »Das stand nicht im Reglement, aber du kannst dir vorstellen, wie es die Menschen berührte.« Ich machte eine Geste, die den Platz der Ferne einschloss. »Die Prüfungen für die Legion fanden hier auf diesem Platz statt und dauerten fast fünf Wochen. Damals kamen die Menschen von weither, um das zu sehen, und die letzten neun Jahre, bevor die Legion ausrückte, gewannen Serafine und Jerbil, beide hier geboren, als beste Kämpfer einer Legion, die aus den allerbesten Soldaten des Reiches bestand.« Ich blieb stehen und sah sie eindringlich an. »Die beiden waren Volkshelden, Legenden, ein Liebespaar, adlig und aus den führenden Häusern Bessareins.«

Leandra nickte bedächtig. »Ich glaube, ich verstehe, was du meinst.«

»Es fehlt noch eins. Als die Legion ausrückte, wurden sie gefeiert. Aber zwei Jahre später dankte Askannon ab. Und die Legion kam nicht zurück. Seitdem geht auch die Legende um, die beiden seien verraten worden, jemand habe den Befehl, der beiden auftrug, nicht mit der Legion auszurücken, absichtlich zurückgehalten, um sie in ihren Tod gehen zu lassen.«

»Das passt nicht«, sagte Leandra. »Dazu hätte man das Schicksal der Legion vorher kennen müssen.«

»Richtig. Ich wünschte mir, Serafine wäre nicht so zurückhaltend gewesen. Sie hätte es uns sagen können. Wenn es diesen Befehl gab, dann bezweifle ich, dass er Jerbil und Serafine nicht erreichte. Wir wissen ja nun, dass die Legion mehrere Monate lang kämpfte, und erst nachdem das Erste Horn, oder besser Balthasar, etwas in dem Wolfstempel getan hatte, um die Magie der Schamanen zu unterbinden, brach die Verbindung ab.«

»Wir haben nie herausgefunden, was es war«, sagte Leandra. »Ich habe Serafine gefragt, aber sie wusste nur, dass Balthasar allein hineinging. Er war es, der die Kristalle dort aufstellte, um die Energielinien zu beherrschen. Ich weiß nur, dass niemand verstand, wieso Balthasar zum Verräter wurde. Er war selbst eine Legende und nichts wies darauf hin, dass er ein Verräter sein könnte.« Sie schluckte. »Ich werde nie vergessen, wie leicht er Zokora und mich besiegte …«

»Er fand etwas in dem Tempel. Diese Wolfsfigur. Vielleicht ist sie der Grund.« Die Figur befand sich noch immer in meinem Gepäck, ich hatte sie oft studiert. Ich fühlte mich nicht mächtiger durch sie, aber ich war ja auch kein Maestro. Ich zuckte mit den Schultern. »Es ist jetzt auch nicht wichtig. Was wichtig ist: Wir wissen, dass die Legion erst dann die Verbindung zu Askir verlor, als Balthasar die Energielinien versiegelte.«

»Die Tore brauchten Energie, die nicht mehr zu ihnen gelangen konnte«, sagte Leandra nachdenklich.

»Eben. Oder zumindest wahrscheinlich. Jerbil hatte Torsteine dabei, und es dürften nicht die einzigen gewesen sein. Es wäre unverantwortlich von ihm gewesen. Aber zu diesem Zeitpunkt wusste niemand, wohl auch Balthasar nicht, dass die

Tore nicht mehr benutzbar waren. Was für einen Sinn hätte es auch für ihn gehabt, sich selbst den Rückweg abzuschneiden? Wir wissen auch, aus den Aufzeichnungen des Kommandanten der *Hammerkopf*-Einheit, dass die Legion nicht vollständig aufgerieben wurde. Zu dem Zeitpunkt, als der Wolfstempel versiegelt wurde, war die Donnerfeste noch besetzt. Die Legion gewann, die Barbaren gaben den organisierten Widerstand auf. Als die Zweite Legion hier ausrückte, waren es fast siebzehnhundert Männer und Frauen. Die Legion war zwar auf tausend Mann reduziert, aber der Anteil der unterstützenden Einheiten für Logistik und anderes war fast so stark wie die Legion selbst. Ich denke, dass mehrere hundert Legionäre den Kampf gegen die Barbaren gewannen. Wäre der Tempel nicht versiegelt worden und wäre das Erste Horn nicht von Balthasar verraten worden, wären Jerbil und Serafine triumphierend nach Gasalabad zurückgekehrt.«

»Wo sind die überlebenden Soldaten hin?«, fragte Leandra.

»Ein Teil der Leute aus dem *Hammerkopf* folgte Balthasar.« Ich rieb mir über die Stirn. »Aber erst, nachdem mehrere Monate keine Nachricht oder Unterstützung aus dem Reich kam. Ich hätte wahrscheinlich nicht anders gehandelt, schließlich wusste niemand von Balthasars Verrat. Aber niemand weiß, wohin die Legionäre, die in der Donnerfeste stationiert waren, gegangen sind. Wir fanden keine Kampfspuren und auch keine Leichen.«

»Wir haben auch nicht danach gesucht«, gab Leandra zu bedenken.

»Richtig. Aber ich denke, dass wir bald dazu kommen werden. Der Donnerpass ist jetzt nur noch einen Schritt entfernt. Und wahrscheinlich die sicherste Feste in den Neuen Reichen. Ich kann mir vorstellen, dass man mit ihr den Donnerpass sogar gegen Thalak halten kann.«

Ich wartete, bis ein Ochsenkarren, der uns den Weg versperrte, vorbeigerumpelt war. »Wie auch immer. Das alles lässt darauf schließen, dass die Legende von der zu späten Rückberufung der beiden keine Grundlage hat. Niemand, auch nicht Askannon, rechnete wirklich damit, dass die Zweite Legion nicht zurückkommen würde. Schließlich hätte er sie durch die Tore leicht verstärken können. Dass Askannon angeblich Jerbil als Kalifen für Bessarein einsetzen wollte, spricht nur wieder dafür, dass der Vertrag von Askir von langer Hand vorbereitet war.«

»Havald, ich habe geduldig deinen Ausführungen gelauscht. Und gebe dir in deinen Schlüssen recht. Worauf willst du hinaus?«

»Das Haus des Adlers wurde für den Tod des ersten Kalifen aus dem Haus des Löwen verantwortlich gemacht, der als unfähig galt. Der nächste Kalif kam ebenfalls aus dem Haus des Löwen, konnte aber aus Jerbils Schatten niemals heraustreten. Er wurde an einer Legende gemessen. Es dauerte nicht lange, bis das Haus des Löwen die Macht verlor. Nun aber haben wir Faihlyd aus dem Haus des Löwen, die mit ihrer eigenen Legende die von Jerbil nicht mehr fürchten muss. Und wir haben Armin, den Führer des Hauses des Adlers. Wenn die beiden wirklich auf dem Schiff geheiratet haben, haben wir erneut ein Liebespaar aus dem Haus des Löwen und des Adlers, das Anspruch auf den Thron des Kalifen anmeldet.«

»Aber das Haus des Adlers ist vernichtet!«

Ich lachte. »Was willst du wetten, Leandra? Eines der einflussreichsten Häuser von damals? Sie sind untergetaucht. Denk nur an den Zirkus. Jeder Einzelne von ihnen wird dem Haus des Adlers angehören. Mit dieser Heirat knüpfen die beiden an die Legende von Jerbil und Serafine an. Armins Absicht ist klar. Er wird das Haus des Adlers wieder ins Leben zurückrufen, und es wird ihm auch gelingen. Mit diesen beiden Häusern, wiedervereint und wiederauferstanden, ist die Wahl Armins zum Kalifen so gut wie gesichert.«

»Armin? Ich dachte, Faihlyd wollte ...«

»Faihlyd wäre wahrscheinlich Kalifa geworden. Aber nach den Gesetzen Bessareins ist der Ehemann einer Kalifa zugleich auch der Kalif. Das war eine der Fragen, die mir der Priester Soltars beantwortete. Deswegen ist der Emir von Janas auch mit Brautgeschenken gekommen: Faihlyd ist der Schlüssel zur Krone Bessareins.«

»Du meinst also tatsächlich, dass Armin, dein Diener, der nächste Herrscher von Bessarein wird?«, fragte Leandra. »Unser Armin, der Wortgewaltige? Er greift nach den Sternen! Ich frage mich, wieso Faihlyd sich darauf einlässt. Das Haus des Adlers mag vielleicht wiederauferstehen, aber es ist nicht von politischer Wichtigkeit. Es ist ihr Ansehen, das Armins Plan ermöglicht.«

»Auch hier hast du wieder recht. Es ist häufig die Rede von Plänen, die über Jahre ausgearbeitet und ausgeführt werden, aber ich glaube nicht daran. Kein solcher Plan hält lange genug. Wenn doch, wäre Armin ein Genie. Und er müsste Faihlyd verführt haben. Erscheint dir unsere Prinzessin als einfältig?«

Sie schüttelte den Kopf. »Nein. Ich denke, sie ist in politischen Dingen weitaus geübter als Armin.«

»Das glaube ich auch. Bis jetzt habe ich Armin niemals bei einer Lüge ertappt. Er kann sich gut herausreden, aber er sagt stets die Wahrheit. Was er mir über Helis erzählte, ist wohl auch wahr. Sie ist seine Schwester, sie wurde entführt, und er suchte sie. Er verbrachte das letzte Jahr in Gasalabad, um sie zu finden. Erinnerst du dich an den Juwelier? Er kannte Armin als einen guten Freund. Ich denke, dass Faihlyd und Armin sich während seiner Suche nach Helis kennenlernten.«

»Ich schätze, es wird nachher eine anregende Unterhaltung mit ihm geben.« Leandra lächelte. »Ich bin gespannt, wie viele deiner Vermutungen sich bestätigen werden.«

»Ich ebenfalls.«

»Aber all diese Vermutungen handeln von Armins und Faihlyds Wünschen. Ich glaube, auch uns wäre es recht, wenn es so käme, nicht wahr? Vielleicht haben wir nicht nur den Respekt des zukünftigen Kalifen, sondern auch seine Freundschaft.« Sie lachte. »Vielleicht mit Ausnahme Zokoras.«

Ich musste ebenfalls lachen. »Ich glaube, er mag sie sogar. Aber wenn wir nun an die Attentatsversuche und Jefars Meister denken, befürchte ich, dass jemand andere Pläne hat. Es ist mehr als denkbar, dass Bessarein unter Armins und Faihlyds Führung erstarken und aufblühen könnte. Ich glaube, dass Thalak dahinter steckt. Wäre dem so, kann er kein Interesse daran haben und wird versuchen, es zu verhindern. Der Herrscher von Thalak ist unsterblich, er kann es sich leisten, Jahrzehnte im Voraus zu planen.«

»Aber sagtest du nicht, dass solche langfristigen Pläne unweigerlich scheitern?«

Ich zuckte mit den Schultern. »Nun, ein Reich, gegen das man irgendwann einen Krieg plant, im Vorfeld zu schwächen, ist auf keinen Fall eine schlechte Idee. Wenn man Krieg führt, will man nicht, dass der Gegner von einem Herrscher angeführt wird, der verehrt wird und stark ist. Der beste Gegner ist ein unfähiger Gegner.«

Leandra blieb plötzlich stehen, ihre Augen waren geweitet. »Havald!«

»Was ist?«, fragte ich überrascht. Ich sah mich um, ob sie irgendeine Gefahr erkannt hatte. Wir hatten mittlerweile die Bibliothek erreicht und standen auf den untersten Stufen. Aber ich konnte nichts Ungewöhnliches erkennen.

»Eleonora!«, rief Leandra. »Vielleicht war ihr Sturz auch Thalaks Werk!«

Ich dachte nach. »Zuzutrauen wäre es ihm. Aber selbst der Imperator von Thalak ist nicht so mächtig, dass alles, was uns schadet, auf ihn zurückzuführen wäre. Selbst wenn es, wie vermutet wird, ein Attentat war, muss es nicht von ihm ausgegangen sein.«

»Aber zuzutrauen wäre es ihm«, wiederholte Leandra meine Worte.

»Ja. Nach allem, was ich von ihm weiß, gibt es kaum etwas, zu dem er nicht fähig wäre. Aber er ist nicht allmächtig. Der Sitz seiner Macht ist mehr als neunhundert Meilen von der Kronburg entfernt und noch weiter von Gasalabad. Egal wie viel Macht er hat, das muss ihn hindern.«

»Aber seine Macht ist gewaltig«, sagte Leandra leise. »Wer weiß, was er zu tun vermag?«

Ich lachte gequält und geleitete sie durch die hohen Säulen der Bibliothek in die Halle der Schreiber hinein. »Vielleicht will er ein Gott werden, wie ich gehört habe. Aber noch ist er es nicht. Auf wie viele Dinge kann sich ein Mensch konzentrieren? Eines der wesentlichsten Dinge, die ich von dir über die Magie gelernt habe, ist, dass sie immer Konzentration erfordert. Ein Beispiel: Selbst wenn er imstande wäre, uns jetzt gerade direkt zu belauschen, über diese riesige Entfernung hinweg, wie will er wissen, wann wir etwas für ihn Wichtiges besprechen? Und an wie vielen anderen Orten seines Reiches geschieht etwas von gleicher Wichtigkeit, das er dann versäumen muss? Nein. Er selbst mag die Macht dazu haben, aber er kann sich nicht um alles selbst kümmern. Also haben wir es mit anderen zu tun, seine Diener zwar, aber solche, die nicht seine Macht besitzen.«

»Ein beruhigender Gedanke.«

»Das bedeutet nicht, dass wir bestehen können.« Ich dachte an Ordun zurück. Ich war ihm hoffnungslos unterlegen gewesen. »Aber wir haben eine Chance.«

Ich hielt einen Moment inne, um mich zu orientieren.

»Dort entlang, denke ich«, sagte Leandra. »Ich glaube, es war dieser Gang.«

Sie hatte recht. Ab dann kannte ich mich wieder aus und wir fanden das Archiv und Abdul ohne Schwierigkeiten.

21. Die Prüfung des Löwen

Als der Archivar uns sah, erhob er sich und verbeugte sich tief. »Die Götter schenken mir einen angenehmen Tag. Es ist mir ein Vergnügen, die Esserin in meinen bescheidenen Räumen willkommen zu heißen und meine Augen im Glanz der Schönheit der Essera zu sonnen!«

»Guten Morgen, Abdul«, sagte ich. »Sagt, verstehen alle Männer Bessareins so schamlos zu schmeicheln?«

»Oh, Ihr versteht nicht, es ist kein Schmeicheln. Die Götter gaben uns einen Sinn für das Schöne und die Frauen, um den Mann zu erfreuen. Was ist dabei, wenn ich offen gestehe, dass auch mich die Schönheit der Essera noch berührt?«

»Ich danke für die Komplimente.« Leandra lächelte. »Sie sind ungewohnt in unserer Kultur.«

»Dann sind die Männer Eures Landes zu bedauern, wurden sie doch von den Göttern mit Blindheit geschlagen. Wie soll eine Frau Gefallen an einem Mann finden, wenn er ihr nicht zeigt, wie sehr er sie schätzt?«

Leandra warf mir einen Blick zu. »O doch, manche können es zeigen. Sie sind nur wortkarg dabei«, sagte sie dann.

»Die Götter haben in ihrer Weisheit bestimmt, dass die Menschen nicht überall gleich sind, dafür darf man dankbar sein, es macht das Leben abwechslungsreicher. Aber ihr seid nicht gekommen, um den Worten eines alten Mannes zu lauschen, was kann ich also für euch tun?«

Ich fixierte Abdul. »Ihr wisst viel. Wisst Ihr auch etwas über den Wert von Diskretion?«, fragte ich ihn.

»Selbstverständlich«, sagte Abdul. »Ich kann Euch versichern, dass wir hier allein sind und nicht belauscht werden können.« Er sah mich mit wachen Augen an. »Warum wäre solche Diskretion angebracht?«

281

»Was haltet Ihr von dem Haus des Löwen, von dem Emir und Faihlyd oder Marinae?«, fragte Leandra.

»Ihr seid direkt. Ich würde euch gerne meine Diskretion beweisen, indem ich mich nicht dazu äußere.« Er richtete sich auf. »Warum sollte es euch etwas angehen?«

Ich fixierte ihn weiter, und er begegnete meinem Blick offen.

»Wir sind Fremde hier, aber wir hatten die Ehre, die Familie des Emirs kennenzulernen. Wir respektieren das Haus des Löwen, und wären wir nicht anderweitig verpflichtet, würden wir seinem Banner folgen.«

Nun war es an mir, eine eingehende Musterung zu erdulden. Schließlich nickte er. »Kennt Ihr auch die ehrenwerte Essera Falah?«, fragte er.

Ich nickte.

»Sie war einst mein Patron und führte mich in die Welt der Schriftrollen und Bücher ein. Sie gab meinem Leben einen Sinn und meinem Herzen Weisheit. Ihr Status lag weit über dem meinen, und doch sind wir Freunde.« In seinen Augen sah ich mehr. Für einen Moment wirkte er wehmütig. Wie alt mochte Abdul sein? Über fünf Dutzend Jahre. In etwa so alt wie die Essera Falah.

»Wenn ich Euch nun sagen würde, dass wir von einer Gefahr für das Haus des Löwen wissen, was wären Eure Worte dazu?«

»Dass Ihr Euer Wissen mit dem Emir teilen solltet!«, sagte er.

»Das ist bereits geschehen. Es blieben allerdings einige Fragen offen. Wir hoffen, dass Ihr uns helfen könnt, sie zu beantworten.«

»Ihr seid hier im Auftrag des Emirs?«, fragte er überrascht.

Ich schüttelte den Kopf. »Nein, aber auch wir möchten nicht, dass dem Haus des Löwen etwas zustößt. Es ist eine längere Geschichte.«

»Dann sollten wir uns in meinen Ruheraum begeben, wo

sich eine lange Geschichte bequemer erzählen lässt. Wenn es den Esserin recht ist.«

Wir nickten. Abdul stand auf und verschloss die Tür zum Archiv. »Bitte hier entlang, Esserin.«

Abduls Raum war überraschend groß und unter den Stapeln von Schriftrollen, Büchern und Dokumenten unerwartet elegant eingerichtet. Er verfügte über ein Fenster, durch das ein Spiegel Licht in den Raum lenkte. Auch hier waren überall die Spuren seiner Arbeit zu finden, verschiedene Rollen lagen auf drei großen Tischen herum. An einem Haken an der Wand hing ein Prunkgewand, darunter stand ein Paar neue Schuhe, in einer Schale auf der Anrichte daneben lagen die goldenen Armreifen, die manche Bürger der Stadt zu feierlichen Anlässen anlegten.

Er bot uns zwei der hier üblichen niedrigen Stühle an und schürte das Feuer in einem kleinen schmiedeeisernen Ofen, auf dem er einen Kessel Wasser aufsetzte.

Ich überließ es Leandra, unsere Geschichte zu erzählen, und beobachtete Abdul. Er stellte wenige Fragen, nur das eine oder andere Mal bat er um genauere Erklärungen. So zum Beispiel als unsere Steckbriefe Erwähnung fanden, die wir bei den Kopfgeldjägern gefunden hatten. Über die Erzählung war das Wasser zum Kochen gekommen, und er schenkte uns von dem üblichen starken Tee ein.

»Und wenn ich nun ein Feind des Emirs wäre?«, fragte er dann, als Leandra fertig war.

»Seid Ihr es?«

»Nein. Wie ich sagte, gehört meine Loyalität seiner Mutter und ihrer Familie.« Er sah uns eindringlich an. »Ihr geht ein Risiko ein, dies so offen zu erzählen.«

Ich vollführte eine Geste der Ratlosigkeit. »Was sollen wir tun? Wir kennen wenige Menschen in dieser Stadt. Wir müssen vertrauen.«

Er nickte. »Und ich muss überlegen, ob ich euch, Fremde

aus einem fernen Land, vertrauen kann. Eure Geschichte…
Sie ist schwer zu glauben.«

»Aber wahr«, bekräftigte Leandra.

Er seufzte. »Dann werden wir wohl darauf hoffen müssen,
dass man sich gegenseitig vertrauen kann. Diese Schriftrolle,
die ausgetauscht wurde… Ist sie sehr alt?«

»Dies hier ist das Siegel darauf.« Ich nahm den Stein, in dem
der Abdruck, den Natalyia gemacht hatte, eingepresst war, und
reichte ihn an Abdul weiter.

Er zog die Augenbrauen zusammen, als er den Stein be-
gutachtete. »Ein Siegel in Stein gepresst. Nun, wie das möglich ist, muss ich nicht wissen. Ist es das einzige Siegel auf der
Rolle?«

»Meines Wissens, ja.«

»Ich kenne das Siegel«, fuhr Abdul fort. »Ich habe hier drei
Dokumente in Verwahrung, die dieses Siegel tragen. Es ist das
Siegel der Tochter des Wassers.«

»Serafine?«, fragte Leandra überrascht.

Abdul musterte sie eindringlich. »Für Fremde seid ihr überraschend bewandert in unserer Geschichte. Nur wenige kennen
ihren Namen.«

»Was sind das für Dokumente?«

»Das wertvollste der drei betrifft die Eheschließung zwischen ihr und ihrem Gemahl. Aber dieses Dokument trägt
mehr als ein Siegel. Das zweite Dokument ist ihr Testament.
Auch das trägt ein weiteres Siegel, nämlich das der Zweiten
Legion. Das dritte Dokument bestätigt sie als Erbin des Hauses des Adlers. Es ist die einzige Schriftrolle, die nur ihr eigenes Siegel trägt.« Er sah auf. »Und es ist auch das erste Dokument, das jemals so gesiegelt wurde, denn erst als sie als Herrin
des Hauses des Adlers anerkannt wurde, erhielt sie das Recht,
ein solches Siegel zu führen.«

Wir sahen uns gegenseitig an. Niemand, wirklich niemand
außer uns konnte von Serafine wissen. Für Bessarein war sie

seit Jahrhunderten tot, was für einen Belang konnte dieses alte Dokument heute noch haben?

»Wäre es möglich, diese Rolle zu sehen?«, fragte Leandra.

Er zögerte kurz und nickte dann. »Bitte wartet hier einen Moment.«

Es dauerte nicht lange, bis er zurückkam. Er trug die Schriftrolle vorsichtig, zu meiner Überraschung hatte er Handschuhe angelegt.

Er sah meinen Blick. »Manche alten Dokumente sind empfindlich für unseren Schweiß, er scheint sie über die Jahrhunderte zu zersetzen. Dies ist die Rolle. Könntet Ihr bitte den Tisch dort frei räumen? Dort drüben liegt ein Leinentuch. Es ist frisch, bitte breitet es über den Tisch aus.«

Ich stand auf und tat wie geheißen.

Vorsichtig und ehrfurchtsvoll breitete er die Rolle vor uns aus. Ich warf einen Blick darauf und seufzte. Ich konnte die Schrift nicht lesen; nicht nur das, die Schriftzeichen waren mir völlig unbekannt. Es waren Symbole, ich erkannte Vögel, Boote, Linien, teilweise sogar vereinfachte Darstellungen von Gesten, aber ich konnte nicht einmal erkennen, ob sie von links nach rechts oder von oben nach unten gelesen werden sollten.

Auch Leandra runzelte die Stirn.

»Das Haus des Adlers ist sehr alt«, erklärte Abdul. Er studierte die Rolle nachdenklich. »Damals wurden manche Schriftstücke von besonderer Wichtigkeit in der Tempelschrift der Astarte niedergelegt, und das hier ist eines von ihnen. Der Adler diente Astarte, der Löwe Boron.«

»Wenn zwei Personen aus diesen Häusern sich verheiraten, welche Priesterschaft würde die Trauung vornehmen?«, fragte Leandra.

»Beide Tempel würden einen Priester stellen. Wenn das nicht geschieht, dann sollte es der Gott der Braut sein, denn sie wird gegeben. Aber selbst wenn ein Priester Soltars die Trauung vornehmen würde, wäre sie gültig.« Er sah auf. »Aber ich hörte, dass im Haus des Gottes der Toten selten Trauungen vollzogen werden. Das Ritual soll bedrückend sein. Warum fragt Ihr? Serafine und Jerbil wurden von den Priestern aller drei Tempel getraut.«

»Es hat mich nur interessiert«, sagte Leandra.

»Könnt Ihr diese Schrift lesen?«, fragte ich Abdul.

»Ja. Diese Rolle bestätigt, dass Serafine alle Prüfungen bestand, um sie zur Erbin des Hauses des Adlers zu bestimmen.«

»Das ist alles?«, fragte ich. Die Rolle war lang und die Schrift klein.

»Nein«, antwortete Abdul. »Hier steht auch noch, welche Prüfungen der Erbe des Hauses des Löwen zu bestehen hatte.« Er las weiter und lächelte. »Es passt zu den beiden. Jerbil und sie haben ihre Prüfungen zusammen absolviert, und nicht nur das, sie bestanden jeweils auch die Prüfung des anderen Hauses!«

»Warum das? War es nur eine Geste?«

Abdul schüttelte den Kopf. »Nein. Aus dieser Rolle geht eindeutig hervor, dass die beiden beabsichtigten, die Häuser zusammenzulegen.«

»Sie waren beide jeweils die Erben ihrer Häuser?«, fragte Leandra nach.

»Ja. Aber sie wurden beide von anderen Erben überlebt.«

»Gibt es irgendeinen Grund, warum diese Rolle heute noch wichtig sein könnte?«

Abdul überlegte und schüttelte dann den Kopf. »Nein. Nein, ich glaube nicht. Diese Rolle bestätigt nur, dass beide fähig waren, ihr Erbe anzutreten. Aber dazu kam es nicht. Ich kann mir keinen Zusammenhang denken, in dem diese Rolle wichtig wäre.« Er sah uns an. »Ihr denkt, dass die Rolle hier gefälscht worden ist?«

»Gibt es noch andere Schriftstücke nur mit Serafines eigenem Siegel?«, fragte ich.

Er schüttelte den Kopf. »Sie verwendete ihr Siegel nur zu

offiziellen Anlässen, sie war ja noch in der Legion, deshalb gab
es nicht viele. Meines Wissens findet man ihr Siegel nur auf
diesen drei Dokumenten.«

»Dann ist es dieses Dokument«, sagte ich. »Es ist eine
Fälschung. Die Frage ist nur, könnt Ihr sie als eine solche
erkennen?«

»Hm…« Er beugte sich wieder über die Rolle. »Ich habe
dieses Dokument nur viermal in den letzten zwanzig Jahren
in den Händen gehalten. Wie ich sagte, es ist nicht unbedingt
heute noch von Belang. Wenn es eine Fälschung ist, und ich
habe nur eure Worte, um davon auszugehen, dann ist sie sehr
gut.« Er öffnete eine Schublade und nahm eine Lupe heraus.
»Gebt mir etwas Zeit…«

Wir warteten, während er die Rolle sorgfältig prüfte. Plötzlich stutzte er, und seine Augenbrauen zogen sich zusammen.

»Was ist?«, fragte Leandra.

»Ich bin mir nicht sicher«, sagte Abdul, legte die Lupe beiseite und richtete sich auf. »Ich finde nichts, was mir einen Beweis für eine Fälschung geben würde. Dieser Bruch hier«, er
wies auf einen Knick in dem Pergament, »ist meine Schuld.
Mir ist ein Tintenfass umgefallen. Die Tinte drohte auf die
Rolle zu fließen, und ich zog sie überstürzt zur Seite. Das allein
sollte ein Beweis für die Echtheit sein. Aber…«

»Was ist es?«

Abdul deutete auf eine Stelle auf der Rolle. »Hier sind die
einzelnen Prüfungen für das Haus des Löwen erwähnt. Nur
meine ich, mich an etwas anderes zu erinnern. Es ist nur eine
Kleinigkeit.«

»Was ist diese Kleinigkeit?«

»Ich meine mich erinnern zu können, dass der Erbe des
Löwen das Auge von Gasalabad an die Stirn drücken muss, und
die Perle weiß bleiben soll. Hier steht aber nun, dass sie leuchten soll.«

»Leuchten?«, fragte ich. »Ich kenne das Auge von Gasalabad. Es bleibt hell, wenn man von Magie und Nekromanten unberührt ist, und verfärbt sich schwarz, wenn es einen Nekromanten berührt. Die Prinzessin Faihlyd sprach davon, dass es nie mehr als das tut. Es ist zur Jagd auf die Seelenjäger oder Nekromanten gedacht. Wenn es unter bestimmten Bedingungen leuchten würde, glaube ich, hätte sie es erwähnt.«

»Die Prinzessin hat geprüft, ob ihr von Nekromanten berührt seid«, sagte Abdul. »Wärt ihr es, säßet ihr nicht hier. Seit einiger Zeit hat die Prinzessin dieses Erbe des Hauses des Löwen ebenfalls aufgegriffen und macht Jagd auf Nekromanten. Sie fand vier in den letzten acht Monaten. Viele dachten, es gäbe keine mehr bei uns, bis sie uns eines Besseren belehrte. Ich danke den Göttern, dass sie uns die Prinzessin Faihlyd gaben, um die Wiedergeburt der Seelenjäger zu verhindern.« Er strich sachte über die Rolle. »Bis sie es wieder ergriff, ruhte das Auge von Gasalabad jahrhundertelang in den Schatzkammern ihres Hauses.«

»Steht hier nicht, dass es eine Prüfung für den Erben sei?«, fragte ich.

Er nickte. »Aber nur, wenn er im Zweifel steht. Diese Prüfungen sollen bestätigen, dass die Götter den Erben begünstigen.«

»Ich dachte, das Auge von Gasalabad wäre ein Geschenk Askannons und nicht der Götter?«

»Ja. An das Haus des Löwen, als bekannt wurde, dass die Mitglieder des Hauses oft die Gabe hatten, das Wirken von dunkler Magie zu erkennen. Das Auge von Gasalabad verstärkt diese Gabe. Es heißt auch, dass es noch zwei Ohrringe gegeben habe, der Träger des Auges kann sich mit den Trägern dieser Ohrringe verständigen und durch deren Augen sehen. Aus irgendwelchen Gründen scheint es einfacher gewesen zu sein, Nekromanten zu finden, wenn drei Personen diese Geschmeide trugen.« Er seufzte. »Aber diese Ohrringe wurden lange nicht mehr erwähnt, man geht davon aus, dass Jerbil und

Serafine sie trugen, als sie mit der Legion ausrückten. Sie sind verloren, wie so vieles andere verloren ist.«

Eine solche Möglichkeit, miteinander in Verbindung zu treten, war mehr als Gold wert. Ich war mir sicher, dass weder Jerbil noch Serafine darauf verzichtet hätten, wenn sie zusammen auf einen gefährlichen Einsatz gegangen wären.

»Wie sahen diese Ohrringe aus?«, fragte ich Abdul.

»Ihr habt das Auge selbst gesehen. Sie müssen in ähnlichem Stil gewesen sein. Auf jeden Fall trugen sie eine Perle gleich der Perle des Auges, nur kleiner.«

Ich selbst hatte geholfen, beide zu begraben. Beide Leichen hatten goldene Ohrringe getragen, er im linken, sie im rechten Ohr, aber es waren einfache goldene Reife gewesen. Sie hatten die magischen Ohrringe nicht mitgenommen. Ich erinnerte mich, dass Faihlyd in der Menge nach dem Nekromanten Ausschau gehalten hatte, und dann wurde er ergriffen, ohne dass sie jemandem mitteilte, wen sie denn nun gesehen hatte. Dennoch war der Nekromant zielsicher ergriffen worden. Die Ohrringe mussten hier in Gasalabad sein, oder sie hatte eine andere Möglichkeit gefunden.

Ich rieb mir die Nase. »Wenn diese Prüfungen beweisen sollten, dass die Probanden in der Gunst der Götter standen, was hatte die Perle damit zu tun? Askannon ist kein Gott.«

»Dieser Teil der Prüfung bezog sich auf die göttliche Gnade des Talents, einen Nekromanten zu erkennen. Es gibt nur wenige Möglichkeiten, einen von ihnen sicher zu erkennen. Zum einen die Kugel der Wahrheit in der Zitadelle zu Askir. Und dann das Auge von Gasalabad. Manche Priester vermögen es ebenso, aber das Auge macht es für alle sichtbar. In dem Text, an den ich mich meine erinnern zu können, bestand die Prüfung einfach nur darin, dass der Erbe des Löwen kein Nekromant war. Hier steht jetzt, dass die Prüfung den besten Erben auswies, indem das Auge leuchten sollte.« Er runzelte die Stirn. »Wohl weil das Auge erkennt, dass er am besten dazu geeignet ist, Nekromanten aufzuspüren. Aber diese Passage ist mir unbekannt. Ich bin mir eigentlich sicher, dass sie vorher dort nicht stand.«

»Wie sicher seid Ihr? Wie lange ist es her, dass Ihr diese Rolle das letzte Mal gelesen habt?«, fragte ich.

»Über fünfzehn Jahre.«

»Könntet Ihr einen Gotteseid darauf ablegen?«, fragte Leandra.

Er schüttelte den Kopf. »Dazu bin ich mir nicht sicher genug. Seht ihr, ich bin alt. Ich weiß es nicht. Ich denke mir nur, dass mir diese Passage damals aufgefallen wäre, wie sie mir auch heute auffiel.«

»Hm.« Ich warf wieder einen Blick auf die Rolle, ohne dass er mir mehr Erkenntnisse brachte.

»Ich denke, dass das Haus des Löwen wohl wissen müsste, wie die Prüfungen ablaufen. Warum also die Rollen vertauschen?«, dachte ich laut.

Abdul schüttelte den Kopf. »Diese Prüfungen wurden nur sehr selten abgehalten. Sie sind fast unmöglich zu bestehen, und wenn man auf ihnen beharrt hätte, gäbe es kaum noch jemanden, der ein Haus führen darf. Sie wurden nur dann durchgeführt, wenn es Zweifel an der Erbfolge gab.«

»Gab es solche Zweifel bei Jerbil und Serafine?«, fragte ich.

Er lachte und schüttelte den Kopf. »Nein, nicht im Geringsten. Diese beiden ... Sie passten zueinander. Ich habe alte Familienrollen lesen können. Während die beiden heranwuchsen, gab es keinen Baum, der zu hoch war für sie, und kein Pferd, das zu wild war. Sie mochten die Herausforderungen und spornten sich gegenseitig an. Sie sind zusammen aufgewachsen, die Häuser waren schon lange vorher befreundet.«

»Wie konnte es dann geschehen, dass das Haus des Löwen das Haus des Adlers vernichtet hat?«, fragte Leandra dann.

»Kein Haus ist einheitlich. Der erste Kalif aus dem Haus des Löwen stammte aus einer Nebenlinie. Niemand hätte je gedacht, dass er die Krone tragen würde. Er hasste das Haus des Adlers. Ich glaube sogar den Grund zu wissen. Serafine hat ihn einmal lächerlich gemacht, als er um ihre Hand anhielt. Sie waren beide noch Kinder. Es fand in den Aufzeichnungen des Hauses des Löwen Erwähnung, weil Jerbil empört darüber war, dass ihr Vater sie dafür bestrafte.«

Ich nickte. Manche Menschen vergaßen so eine Erniedrigung niemals.

»Warum also haben sie sich dann diesen Prüfungen gestellt, wenn sie es nicht mussten?«, wollte Leandra wissen.

»Ich sagte es schon«, antwortete Abdul. »Sie hatten wohl vor, beide Häuser miteinander zu vereinen. Dies ist der Weg dazu. Beide Erben beweisen so, dass sie imstande sind, das Erbe des jeweils anderen Hauses anzutreten. Oder aber, was ihnen auch zuzutrauen wäre, sie taten es, weil sie es konnten.« Er sah uns an. »Ich glaube euch mittlerweile, dass dies eine Fälschung ist. Aber beweisen oder beschwören könnte ich es nicht. Besorgt mir die andere Rolle. Steht dort eine andere Passage geschrieben, wäre es ein Beweis.«

»Ich frage mich immer noch, worin der Zweck liegt, diese alte Rolle auszutauschen. Früher wurde das Auge lediglich an die Stirn des Erben gehalten, nun soll es aus mehreren Erben den besten auswählen, indem es leuchtet. Was ist der Sinn?«, sagte Leandra.

»Wir werden es noch herausfinden«, antwortete ich ihr. »Ich frage mich hingegen, wer eine solche Rolle überhaupt fälschen kann. Es war gewiss nicht einfach.«

»Nur ein Tempelschreiber könnte das«, sagte Abdul. »Ich kann diese Schrift zwar lesen, aber nicht in dieser Perfektion schreiben.«

»Ist ein Tempelschreiber Astartes in diese Sache verwickelt?« Ich schüttelte den Kopf. »Das vermag ich mir kaum vorzustellen.«

»Oder ein Mitglied des Hauses des Adlers«, sagte Leandra.

Armin? Nein, das glaubte ich nun auch nicht.

Ich fischte einen kleinen gefalteten Zettel aus meinem Beutel, entfaltete ihn und zeigte Abdul Natalyias Kopie der Meistermarke, die sie in der leeren Schmuckschatulle gefunden hatte. »Was könnt Ihr mir über dieses Zeichen sagen?«

Abdul warf einen Blick darauf. »Das ist eine Juweliersmarke. Jeder Meister hat sein Zeichen, normalerweise müsste ich nachsehen, aber dieses kenne ich, ich ließ es erst kürzlich streichen.«

»Streichen?«, fragte Leandra nach.

Abdul nickte. »Dies ist das Zeichen des Juweliers Wasari. Ich ließ es vor drei Tagen streichen, weil man ihn tot aus dem Gazar zog, und stellte seinem Sohn ein neues aus.«

»Jetzt wird es langsam spannend«, sagte ich und erhob mich. »Abdul, ich danke Euch, Ihr habt uns sehr weitergeholfen.«

»Ich würde sagen, dass ich mich darüber freue, wären nicht eure Nachrichten von so bedrückender Natur«, sagte er und erhob sich ebenfalls.

Als er uns zurückgeleitete, fiel mir wieder das Prunkgewand neben der Tür auf. »Seid Ihr ebenfalls zu der Festlichkeit heute Abend geladen?«, fragte ich ihn.

Er lächelte. »Ich bin froh, die Krönung mit eigenen Augen sehen zu können«, sagte er stolz. »Wie ich euch sagte, bin ich ein alter Freund der Familie. Ich hatte die Ehre, Faihlyd in der Kunst des Schreibens unterrichten zu dürfen. Um nichts in der Welt würde ich diesen Anlass versäumen.«

22. Wolf und Elf

Als wir die Bibliothek verließen, schlug ich eine schnellere Gangart an. »Was hast du vor?«, fragte mich Leandra.

»Zurück zum Haus. Ich muss zur Donnerfeste, die anderen holen.« Ich sah zur Sonne hoch. So vieles war geschehen, seit unsere Gefährten durch das Tor zur Donnerfeste gereist waren, aber die Sonne hatte sich gerade mal etwas über einen Daumenbreit weiter erhoben.

»Warum?«

»Ich glaube, dass sich heute Abend etwas abspielen wird«, sagte ich.

Leandra hatte verstanden. »Hier entlang.«

»Warum?« Es war nicht der direkte Weg zum Platz des Korns, wo unser Haus stand.

»Du brauchst wärmere Kleider. Ich habe hier irgendwo einen Pelzhändler gesehen«, sagte sie.

»Ich werde kaum Zeit haben zu frieren. Ich werde mich beeilen müssen«, rief ich.

»Dann beeil dich in einem warmen Pelz.«

Der Pelzhändler bekam fast einen Herzanfall, als Leandra ohne richtig stehen zu bleiben einen Pelz aussuchte und ihm einfach ein Goldstück in die Hand drückte. Er sah uns fassungslos nach, als wir weitereilten. An einem anderen Stand erwarb ich noch rasch eine Laterne und fünf Kerzen.

Diese Eile wiederum erregte das Misstrauen der Torwachen zum Platz des Korns, und wir verloren wertvolle Momente, während die Wachen sorgfältig ihre Steckbriefe durchgingen. Offenbar wurden wir nicht gesucht, denn letztlich ließ man uns passieren.

»Was soll ich in der Zwischenzeit machen?«, fragte Leandra.

»Versuch so viel wie möglich über den Juwelier Wasari

herauszufinden. Finde Faihlyd und teile ihr mit, was wir jetzt wissen. Wenn ich bis zur fünften Mittagsstunde nicht wieder zurück bin, such Armin auf. Bis zur Feier und der Krönung sollten wir allerdings wieder hier sein. Sorg dafür, dass wir vorgelassen werden. Alles andere überlasse ich dir, du weißt genauso gut wie ich, was zu tun sein wird.«

»Meinst du, dass die anderen wirklich nötig sind?«, fragte sie.

Wir waren am Haus angekommen. Lange mussten wir warten, bis uns niemand dabei beobachtete, wie wir in den Keller eilten, dann öffneten wir die Tür zum Torraum.

»Wenn alles so läuft, wie es Faihlyd und Armin vorgesehen haben, wohl kaum. Wenn es anders kommt, dann habe ich das Gefühl, dass das Haus des Löwen fallen könnte. Wenn unser Gegner an die Macht kommt, was, meinst du, wird er als Nächstes tun? Wir sind ihm schon auf die Füße getreten, oder nicht?«

Ich legte die Steine aus. Mittlerweile kannte ich das Muster auswendig, aber ich überprüfte es dennoch sorgfältig.

Leandra stand unschlüssig außerhalb des Musters. »Sollte ich nicht mitkommen?«

Ich kniete auf dem Boden des Torraums und sah zu ihr hoch. »Wir müssen versuchen, es zu vereiteln, was immer es ist. Du bist die Gesandte unserer Königin. Dein Wort zählt mehr als meins. Aber pass auf dich auf. Wenn du in Gefahr gerätst, begib dich zur Botschaft Askirs. Die Götter mit dir!«

»Die Götter mit …«

In dem Moment, in dem ich den Schlussstein in seine Vertiefung fallen ließ, sah ich hinter ihr, wie die Tür zum Keller sich öffnete und im Türrahmen das überraschte Gesicht Armins erschien.

Die Kälte, über die ich eben noch so nachlässig gesprochen hatte, traf mich wie ein Hammerschlag. Da wir uns beeilt hatten, zum Haus zu kommen, war ich nass geschwitzt, und es dauert nur wenige Momente, bis der Schweiß kühler wurde, als es mir lieb war. Ich hüllte mich in den Umhang aus Wolfspelz, den Leandra erworben hatte, und verfluchte die leichten Schuhe, die ich in Gasalabad trug. Immer noch lag Holgar an der Stelle, wo er gefallen war, und er hatte mit Leder gebundene Pelzüberstiefel an.

Ich beschloss, dass er sie nicht mehr brauchte und auch gut auf seine Handschuhe verzichten konnte. Die Stiefel waren etwas klein, aber sie passten gerade noch. Dass diese Stiefel auf der Unterseite eine harte Sohle mit kleinen Nägeln besaßen, war ein willkommener Bonus. Bis ich sie anziehen konnte, hatte die Kälte schon das dünne Leder meiner Schuhe durchdrungen.

Dann machte ich mich auf, den Spuren der anderen zu folgen.

Das war indes nicht so schwer, wie ich befürchtet hatte. Über die Jahrhunderte hatten sich Eiskristalle auf dem Boden abgesetzt, und es war leicht, den Fußabdrücken nachzueilen.

Die erste Überraschung war, dass sie nicht den gleichen Weg zurück genommen hatten. Die Spuren führten nicht zu dem Wehrturm zurück, sondern nach zwei Sackgassen zu einem Abgang in die unteren Ebenen der Donnerfeste.

Wieder wirkten die weiten, dunklen, mit Eis überzogenen Gänge unheimlich auf mich. Die Kälte hatte alles bewahrt, es hätte mich nicht überrascht, wenn im nächsten Moment die Fackeln und Laternen aufgeleuchtet hätten und die Stimmen der Soldaten der Legion ertönt wären.

Aber ich hatte nicht die Zeit für solche Gedanken.

Ich eilte den Spuren nach, kam unten an der Wendeltreppe an und stolperte beinahe über den kopfgroßen Körper einer Nachtspinne.

Sie war mit einem einzigen Streich in zwei Teile zerlegt worden. Eiswehr, nur ein Bannschwert war so scharf.

Meine Nackenhaare stellten sich auf, als ich die Spuren des Kampfes auf dem Boden las. Es war eine kurze Auseinandersetzung gewesen, aber wo eine Nachtspinne zu finden war, mochten auch andere sein.

Jetzt, wo ich eines dieser Biester sah, war ich froh darüber, dass ich das letzte Mal nicht über mein Augenlicht verfügt hatte. Sie war eklig.

Ich schüttelte mich, was wenig mit der Kälte zu tun hatte, und eilte weiter. Mittlerweile war mir klar, was die anderen beabsichtigten. Wenn sie die unterirdische Zugbrücke herablassen konnten, sparten sie einen deutlichen Teil des Weges.

So war es denn auch. Ich musterte mit Erstaunen die großen Räder und die abgeplatzten Eisstücke der Torwinde, fragte mich einen Moment, wie sie es geschafft hatten, sie zu bewegen, bis mir Janos und Ragnarkrag einfielen.

Das Licht meiner Laterne war nicht ausreichend, den Graben oder die andere Seite der Brücke zu erhellen; es schien mir, als ob die Zugbrücke in ein dunkles Nichts führte. Einen Moment zögerte ich, vor meinen Augen sah ich diesen scheinbar unendlich tiefen Graben wieder von Zokoras Licht ausgeleuchtet. Ich mochte Höhen nicht. Ich schalt mich einen Narren – diese Zugbrücke war breit genug für zwei schwere Wagen und nicht nur ein schmaler Grat –, als ich das Wolfsgeheul hörte. Ich fluchte inbrünstig und rannte los.

Dann sah ich in der Ferne Licht.

»Wo kommt Ihr denn her?«, fragte Varosch, als ich neben ihm zum Stehen kam, Seelenreißer in der Hand. Ein Schatten bewegte sich in der Dunkelheit, Zokoras Licht schnellte vor und beleuchtete eine riesige pelzige Gestalt. Varosch löste seinen Bolzen aus. Er versank im Auge der Kreatur, die aufheulte und wankend davonlief.

»Nicht dass es dieses Mistvieh lange aufhält«, sagte er.

Wir befanden uns in einer recht engen Passage, wo die Ingenieure des *Hammerkopf*-Kommandos eine Höhle erweitert hatten, damit die Wagen passieren konnten. Nur schien mir die Passage deutlich enger als vorher, und ich konnte mich auch nicht an die niedrigen Steinwälle erinnern, die uns Deckung gaben.

Janos, Sieglinde und Zokora standen in der ersten Reihe, Natalyia kniete auf der rechten Seite neben Varosch, die Augen geschlossen und die Hände bis zu den Ellenbogen im Fels versunken, die Erklärung für die Veränderungen des Gesteins, aber immer noch ein Anblick, der mich schaudern ließ.

»Ich dachte, ich schaue mal nach, ob ihr auch Spaß habt«, sagte ich.

»Reichlich«, gab Janos zurück.

»Ducken«, sagte Zokora.

Ein Steinbrocken, fast dreimal so groß wie ein Kopf, kam angeflogen und zerbarst, als er auf die niedrige Brüstung aufschlug, Steinsplitter flogen nach allen Seiten davon.

»Ganz dumm sind die Biester nicht«, sagte Janos. Wie zur Bestätigung erschallte ein lang gezogenes Heulen.

»Ist es das, was ich denke?«, fragte ich ungläubig.

»Ja. Werwölfe. Noch fünf sind übrig«, gab Zokora zur Antwort.

»Gut, dass Ihr da seid«, kam die etwas gepresste Begrüßung von Sieglinde. »Bis jetzt waren Eiswehr und Ragnarkrag die einzigen Klingen, die etwas gegen diese Untiere ausrichten konnten. Aber ich bin nicht gut genug.«

»Sie hat bereits drei dieser verfluchten Biester erledigt«, sagte Janos mit hörbarem Stolz.

Klangg! Ein Bolzen surrte an meinem Ohr vorbei, und in der Dunkelheit heulte wieder etwas auf.

»Noch neun Bolzen«, kam Varoschs ruhige Stimme von hinten. »Zähe Biester.«

»Das letzte Vieh hat Sieglinde ziemlich übel am Arm erwischt«, fuhr Janos fort. »Ich habe es dann erlegt. Diesmal will ich wirklich das Fell.«

»Wenn du sie anlocken willst, dann lass die Laterne an«, sagte Zokora zu mir. »Ansonsten lösche sie.«

Ein Felsbrocken kam in hohem Bogen angeflogen, Zokora machte eine Handbewegung, und der Brocken wich zur Seite aus und schlug gegen die Gangwand. Dennoch traf ein Steinsplitter meine Wange.

Das waren Geschosse, die Seelenreißer nicht ablenken konnte. Dieser Brocken war so groß, dass ich nicht geglaubt hätte, er könnte ohne die Hilfe eines Katapults fliegen. Wie stark waren diese Biester?

»Aus welchen Löchern kamen die denn gekrochen?«, fragte ich, während ich mich beeilte, das Licht meiner Laterne zu löschen.

Janos zuckte mit den Schultern. »Sie sind da. Über mehr denke ich zur Zeit nicht nach. Doch. Wie ich sie wieder wegbekomme.«

Der nächste Steinbrocken kam angeflogen. Diesmal lenkte Zokora ihn nicht ab, und wieder regneten Splitter auf uns nieder.

»Sie denken ja schon wieder«, beschwerte sich Varosch. »Zokora, mach sie wütend.«

Ich sah zu Varosch hinüber, er bestand aus nicht mehr als einem Schatten und der hellen Linie seiner Zähne. »Sie mögen keine Katzen.« Er grinste überdeutlich.

Von Zokora kam das Fauchen einer wütenden Katze und von vorn ein Antwortgeheul. Einer der Werwölfe rannte in einer seltsam schaukelnden Gangart auf uns zu, seine viel zu menschliche Fratze ein Ausdruck puren Hasses.

Janos hob Ragnarkrag. »Achtung, die Biester sind beschissen schnell.«

Ein Bolzen verfehlte das Auge der Kreatur nur knapp, ritzte die Haut über der Augenbraue an, aber die Wunde schloss sich fast im selben Moment. Dieser Werwolf heilte wesentlich schneller als der im Gasthof.

»Mist!«, rief Varosch. »Acht Bolzen.«

Als der Werwolf absprang, erschien es mir unmöglich früh, doch das Vieh wusste, was es tat; es wäre hinter der niedrigen Brüstung gelandet, hätte Janos es nicht mit seiner Axt noch in der Luft getroffen.

Die schwere Axt teilte den Werwolf fast in zwei Teile und schleuderte ihn seitlich gegen die Wand, an der er herunterrutschte. Sieglinde sprang über die niedrige Brüstung und warf sich mit einem Schrei auf ihn. Noch während Eiswehr herabfuhr, hatte sich die fürchterliche Wunde, die Ragnarkrag gerissen hatte, beinahe schon wieder geschlossen, doch dann sprang der Kopf der Kreatur von ihren Schultern, und Sieglinde warf sich zurück und entwich knapp dem letzten Hieb des Wesens.

»Achtung!«, rief Zokora. Zwei Werwölfe kamen angesprungen, bevor Sieglinde zurück hinter unsere Deckung eilen konnte. Ich rollte mich über die Brüstung, schlug einem der Biester ein Bein ab, als es ausholte, rollte mich unter dem Schlag der zweiten Kreatur ab, spürte aber dennoch, wie seine Krallen Pelz, Kette und Haut auf meinem Rücken zerrissen. Eine abgeschlagene Pranke flog in hohem Bogen an mir vorbei, ein Armstumpf verfehlte meinen Kopf nur knapp. Ein dritter Werwolf erschien vor mir und riss sein Maul auf.

»Runter!«, rief Janos hinter mir. Ich rollte mich zur Seite, als ein Werwolf über mich hinwegflog und den anderen vor mir zu Boden riss. Der halbe Schädel war ihm weggeschlagen, aber noch als er auf dem Boden aufschlug, formte er sich neu.

Der Werwolf im Gasthof war schon schlimm genug gewesen, aber diese Biester hier regenerierten sich mit einer Geschwindigkeit, dass es einem Angst und Bange werden konnte. Mit so etwas hatten sich die Soldaten der Zweiten Legion herumschlagen müssen? Meine Achtung vor den Kriegern des Zweiten Bullen wuchs ins Unermessliche. Wir hatten drei magische Waffen als Hilfe, drei von vieren, die ich jemals gesehen hatte. Schlug man einem dieser Viecher den Kopf ab, war es auch für sie vorbei, aber das war einfacher gesagt als getan. Wie hatten es die Legionäre geschafft?

Eiswehr fuhr an meinem Ohr vorbei, trennte einen pelzigen Arm entzwei, Seelenreißer schlug den anderen ab, der Wolf heulte auf, sein Gebiss weit geöffnet, ein Bolzen schlug in seinem Gaumen ein, und er fiel nieder.

»Fünf Bolzen!«, rief Varosch von hinten. Ich beäugte den von ihm gefällten Werwolf misstrauisch, er schien sich nicht zu regenerieren. Ich holte aus, um ihm den Kopf abzuschlagen, als mich eine Pranke mit der Wucht eines Steinschlags traf und gegen die Wand schleuderte. Ich spürte, wie mein Schulterblatt brach. Für einen Moment sah ich nur rote Sterne, aber Seelenreißer sprang in meine rechte Hand und beschrieb einen Bogen, der einer anderen Kreatur den Kopf abschlug. Flüssiges Feuer schien über meine Schulter zu laufen, als das Leben dieses Wesens durch die Klinge floss und sich der Bruch wieder richtete.

Ich schob den Kadaver des Werwolfs mit Schwierigkeiten von mir herunter, stand wankend auf und wischte mir Blut aus den Augen. »Alle noch da?«, fragte ich, meine Stimme klang rau.

»Mehr oder weniger«, sagte Janos. Er war bleich und hielt seine linke Hand hoch. »Das letzte Vieh hat mir den Finger nun ganz abgerissen!« Von seinem kleinen Finger, dem ohnehin schon ein Fingerglied gefehlt hatte, war nur noch ein Knochensplitter übrig.

»Janos Neunfinger klingt auch ganz gut«, sagte ich, und er lachte trocken. Mit der anderen Hand half er Sieglinde hoch, deren Gesicht aufgrund einer Kopfverletzung blutüberströmt war.

Zokora trat zu ihr, legte eine Hand auf die Wunde, und das Blut gerann.

»Waren das alle?«, fragte ich, immer noch keuchend.

»Einer noch«, sagte Zokora. »Dort hinten.«

Sie ließ ihr Licht aufsteigen und beleuchtete das letzte verbliebene Monstrum. Und dieses Vieh war wahrlich imposant. Es war mindestens doppelt so groß wie ich und schneeweiß. Es stand dort, ein gutes Stück weiter den alten Weg entlang. Anders als die Werwölfe um uns herum trug dieses Biest einen Lendenschurz und einen gehörnten Knochenhelm. In der linken Pranke hielt es einen langen Stab, höher als es selbst war und weiß, als ob der Knochen eines gigantischen Tieres dafür herhalten musste. Das obere Ende war zu einem Wolfskopf geformt.

Eine Knochenkette verschwand fast im Pelz seines Halses. Ich sah weg von dem Albino und musterte die Leichen der anderen Werwölfe. Keiner trug eine silberne Kette. Mist.

Ich sah wieder zu dem Albino. Er stand einfach da und sah uns an. Allein die Art, wie er stand, sagte mir, dass er seine menschliche Denkfähigkeit nicht verloren hatte.

»Was will er von uns? Warum steht er nur da?«, fragte Varosch. »In dem Licht kann ich ihm ein Auge ausstanzen, aber ich fürchte, das hat keinen Sinn. Ich glaube, er deutet gerade auf Euch!«

Ich seufzte. Der Werwolf hatte die Pranke erhoben und ja, es sah aus, als ob er auf mich deutete. Warum immer ich?

»Ich gehe hin und frage ihn, was er will«, sagte ich.

»Wenn er dich versteht. Die anderen kannten nur ein Wort«, meinte Varosch. »Wuff!« Der Scherz war nicht gelungen, doch er nötigte uns ein schwaches Lächeln ab, mehr hatten wir im Moment nicht übrig für Humor.

»Der frisst Euch auf«, sagte Janos. Er hatte die Kerze aus meiner Laterne herausgenommen und die Spitze seines Dolches in die Flamme gehalten, jetzt drückte er die heiße Klinge an seinen Fingerstumpf. Es zischte, und er stöhnte kurz auf.

»Zeig her«, sagte Zokora und zog seine Hand zu sich herab. »Geh besser jetzt, bevor dem Wolf etwas anderes einfällt«, sagte sie, ohne zu mir hinzusehen.

»Komm ihm nicht zu nahe. Die Viecher haben einen üblen Mundgeruch«, presste Janos heraus, als Zokora den Knochensplitter berührte. Er wirkte im Licht der Kerze grau, und trotz der Kälte standen ihm Schweißperlen auf dem Gesicht.

Ich behielt Seelenreißer in der Hand, als ich mich dem Biest näherte.

Es ließ die Pranke sinken und wartete. Als ich etwa vier Schritte vor ihm angekommen war, hob es kurz die Hand, und ich blieb stehen. »Was willst du?«, fragte ich ihn.

»Töten«, kam die gutturale, aber überraschend verständliche Antwort.

»Gut.« Ich zuckte mit den Schultern. Die linke schmerzte immer noch. »Versuch's.«

Er zog die Lefzen nach hinten, es sah aus, als ob er grinste. Die Zähne waren beeindruckend, und Janos hatte recht. Fürchterlicher Mundgeruch.

»Nicht mehr töten. Dich gesehen. Hier und Traum. Du Gott befreit. Du fast Freund«, knurrte er.

Ich blinzelte.

»Wir kommen weit, als Wolf erwacht. Ich dich sehe und weites Land. Nicht Eis, viel Grün. Wir wissen von grünem Land. Schon viel versucht zu bekommen. Metallmenschen nicht Land geben wollen. So viel Land. Du geben Land, wir Freunde. Du nicht geben Land, wir sterben.«

Ich sah ihn fassungslos an. »Du greifst uns an, und jetzt sollen wir dir Land geben, damit wir Freunde sind?«

»Ja. Du Wolfsblut. Ich riechen Wolfsblut. Du Freund. Traum du gibst Land. Wir nicht viel Stamm. So viel wie Klauen an Pfoten von dir und mir und ihm und ihr.«

Ich runzelte die Stirn und rechnete es durch. »Achtzig?«

Er sah mich fragend an.

Ich steckte Seelenreißer in die Scheide und spreizte achtmal alle Finger beider Hände.

Er sah aufmerksam zu. »Ja. Atzig. Wie heisst Vorderklauen?«

»Zehn.«

»Zen. Zen klein.« Er bückte sich und hielt eine riesige Pranke in Kniehöhe. Kinder?

»Verhungern. Traum von Gott, von dir, Weg durch Eis und Höhlen. Groß Haushöhle auf Hügel, Traum von Gott, viel Platz und Grün. Grün Baum. Viel. In Traum du auf hohem Haus in Eis, Gott am Himmel. Ich sah. Wir bauen Haus, Erde fruchtbar. Wir Freund.«

Ich schüttelte verständnislos den Kopf. »Wenn ihr Freunde sein wollt, warum habt ihr uns angegriffen?«

»Blutelfe. Böse, böse, Blutelfe nicht gut. Omagor! Gut tot!«, knurrte er und sah an mir vorbei nach hinten, wo Zokora aufrecht auf der Brüstung stand, die mittlerweile weiter gewachsen war. Natalyia hatte wohl vor, den Gang zu verschließen.

»Omagor?« Irgendwo hatte ich das schon einmal gehört.

Er nickte. »Omagor Feind von großem Wolf. Blutelf Diener Omagor.« Er knurrte wieder, als Zokora leichtfüßig von der Brüstung sprang, um auf uns zuzugehen, als hätte sie keine Sorge in der Welt. Ihr Licht schien unverändert über uns.

Sie hielt neben mir an, und ich sah, wie sich die Halskrause des Ungeheuers aufrichtete. Es zitterte, und in den gelben Augen sah ich einen Hass so abgrundtief wie selten zuvor.

Zokora stieß einige gutturale Laute aus, die mir schon beim Zuhören in der Kehle wehtaten. Der weiße Werwolf trat einen Schritt zurück und sah sie verblüfft an.

»Ich diene nicht Omagor. Ich diene Solante«, sagte Zokora leise. »Omagor ist auch mein Feind.«

»Will Blut riechen«, knurrte der Wolf. Seine Haare waren immer noch gesträubt, aber der Hass in seinen Augen war Überraschung und Misstrauen gewichen.

Zokora zog kommentarlos einen Dolch und schnitt sich die Handfläche auf, um sie dem Werwolf hinzuhalten.

»Zokora, nein!«, rief Varosch von hinten.

Die riesige Schnauze senkte sich über ihre Hand, die Zunge schnellte hervor und leckte ihr Blut ab. Für einen Moment lang sah er sie nur an, dann hob er den Kopf und fing an zu heulen.

So gut kannte ich mich nun nicht im Wolfsgeheul aus, aber es war ein Heulen voller Schmerz und Trauer.

Das Heulen brach ab, der Wolf schimmerte kurz, und eine Elfe stand vor uns. Ihre Kleidung und auch der Stab hatten sich mit ihr verwandelt. Sie schien bis auf die Knochen abgemagert, ihre langen weißen Haare waren verfilzt, ihr halbnackter Körper zerschunden und zerkratzt, die Fingernägel aufgerissen und verdreckt. Primitive Tätowierungen bedeckten ihre gesamte sichtbare Haut.

Ich glaube, mir stand der Mund offen.

Diesmal schien sogar Zokora überrascht.

Die Elfenfrau sagte etwas in einer glockenhellen Sprache, und Zokora antwortete ihr. Ich schloss meinen Mund.

»Braucht ihr mich noch?«, fragte ich. Keine der beiden schenkte mir noch Beachtung. Ich ging zu den anderen zurück, die genauso fassungslos waren wie ich.

»Ich glaube das einfach nicht«, sagte Janos. »Das muss die erbärmlichste Elfe sein, die ich je gesehen habe. Sie ist halb verhungert!«

»Was haben Elfen mit Barbaren zu tun?«, fragte Sieglinde leise.

Ich schüttelte nur den Kopf.

»Um was geht es hier eigentlich?«, fragte Varosch. Er hielt seine Armbrust immer noch schussbereit, hatte sie aber gesenkt.

»Unsere Freundin hier führt einen kleinen Stamm. Sie hatte einen Traum, in dem sie mich im Tempel des Wolfs sah. In diesem Traum gab ich ihr Land. Der Traum zeigte ihr den Weg hierher. Sie griffen euch an, weil sie Zokora für die Dienerin eines Omagor hielt. Den Rest fragt ihr besser Zokora.«

Ich warf einen Blick zurück, wo die beiden Elfen angeregt diskutierten. Zokora stand bewegungslos da, den Kopf leicht auf die Seite gelegt. Die andere Elfe redete mit Händen und Füßen, ich war mir nicht sicher, aber es schien mir, als ob Tränen ihre Wangen herabliefen und dort gefroren.

Der Kampf hatte mich gewärmt, aber jetzt spürte ich wieder die bittere Kälte. Warum die Elfe in ihren Fetzen nicht blau anlief und stocksteif umfiel, war mir ein Rätsel.

»Havald«, sagte Janos, fasste mir an die Schulter und holte die Begrüßung nach. »Schön, dass Ihr gekommen seid, wir haben Euch schon richtig vermisst. Warum seid Ihr hier?«

»Es wird Ärger geben in Gasalabad«, sagte ich, ohne den Blick von den Elfen zu nehmen. »Wir müssen so schnell wie möglich zurück. Das hier passt mir nicht. Bis jetzt habe ich mich nur durch mein Schwert mit Barbaren unterhalten.«

»Ich wusste gar nicht, dass es elfische Barbaren gibt«, sagte Sieglinde leise. »Havald, Euer Rücken ist aufgerissen.«

»Blutet es noch?«, fragte ich sie. Sie trat an mich heran und fuhr mit kühlen Fingern über meine Haut.

»Nein. Wie macht Ihr das?«

»Seelenreißer. Wenn ich verletzt bin und er dann tötet, heilt er mich.«

Sie sah zu Seelenreißer hin. »Ich bin froh, dass Ihr ihn tragt. Mir ist Eiswehr lieber. Euer Schwert ist mir unheimlich.«

»Mir auch«, sagte ich, als sich Zokora umdrehte und auf uns zukam. Die Elfe stand einen Moment verloren im Gang, dann drehte sie sich um und ging davon, mit gebeugten Schultern, als ob Verzweiflung sie niederdrücken würde.

»Ist alles in Ordnung?«, fragte Varosch. »Was hast du herausgefunden?«

»Nein«, sagte Zokora. »Nichts ist in Ordnung. Ihr Name ist Aleya. Sie weiß nicht, wer sie ist oder woher sie kommt, Barbaren fanden sie, fast tot, vor zweihundert Jahren. Sie wurde von ihnen gesund gepflegt und zu ihrer Schamanin gemacht. Sie folgt jetzt dem Wolfsgott. In einem Traum sah sie dich, und ein weißer Wolf führte sie hierher. Im Traum sah sie das Gebiet vor der Donnerfeste, dort wo der Gasthof ist. Der Wolf sagte ihr, dass sie ihren Stamm dorthin führen solle, um dort zu siedeln. Friedlich. Sie kennen Ackerbau und Viehzucht, sie wollen keinen Kampf, sondern nur in Frieden leben. Dazu sind sie bereit, fast alles zu tun. Sie sind seit fast fünf Wochen unterwegs. Die Hälfte von ihnen starb auf dem Weg. Wir haben ihre besten Krieger getötet, deshalb weint sie. Einer von ihnen war ihr einziger Sohn.«

Zokora legte ihre Hände auf ihren Bauch und holte tief Luft. Ich hatte beinahe vergessen, dass auch sie schwanger war und wie wichtig Elfen ihre Kinder waren.

»Dort wo sie herkamen, werden die Barbaren von den Anhängern Omagors vertrieben. Omagor ist ein Begriff aus einem alten Dunkelelfen-Dialekt. Er bedeutet *der Schwarze*. Es scheint mir der Name eines Gottes zu sein. Oder zumindest wird er von Dunkelelfen als Gott verehrt. Es scheint, als ob dort Dunkelelfen ihm dienen und allen düsteren Legenden über uns gerecht werden. Sie sah oder roch mich. Sie haben alle auf ihren Gott geschworen, jeden Anhänger Omagors zu töten oder beim Versuch zu sterben. Sie starben. Umsonst. Ich diene Solante.«

Sie sah mich an, in ihren Augen las ich eine Art Bitte.

»Ich glaube Euch, Zokora. Jeder hier weiß, dass Ihr keinem dunklen Gott dient.« Die anderen nickten, und Varosch trat an sie heran und legte ihr den Arm um die Schulter. Ich glaube, das war das erste Mal, dass ich sah, wie Zokora sich an ihn lehnte.

»Mann«, sagte Janos. »Ihr Sohn. Was für eine Scheiße.«

Zokora schloss die Augen und atmete noch einmal tief durch. »Ich sagte ihr, sie solle in menschlicher Form bei Eberhard vorstellig werden und ihm ausrichten, dass sie Freunde von uns seien und dass du, Havald, sie schickst. Sie wartet außer Sichtweite, sie schämt sich, uns unter die Augen zu treten, will aber ihre Leute begraben, wenn wir gegangen sind«, fuhr sie leise fort. Sie öffnete die Augen und sah mich an. »Was hast du mit dem Wolfsgott zu tun?«

Ich zuckte mit den Schultern. »Meines Wissens nichts.«

»Versuche nicht, ihr das zu erklären«, sagte sie dann. »Sie würde für dich sterben, wenn du es ihr befiehlst. Du hast in ihrem Traum ihren Gott befreit.«

Danke, Götter. Ich schloss die Augen. Ich hatte gerade mal genug mit Soltar zu tun.

»Warum bist du hier?«, fragte sie dann.

»Wir müssen zurück. Es gibt Ärger in Gasalabad.«

»Ich nehme an, das bedeutet, dass ich den Gang nicht verschließen muss?«, fragte Natalyia hinter uns. Sie saß mit dem Rücken zur Wand des Gangs auf dem Boden und wirkte vollständig erschöpft.

»Nein«, sagte Varosch. »Das wird nicht nötig sein.«

»Gut«, sagte Natalyia und kippte ohnmächtig zur Seite weg.

23. Ein einfacher Plan

Der Rückmarsch zum Torraum dauerte länger als gedacht. Auf halber Strecke brach Sieglinde zusammen; es stellte sich heraus, dass sie ein halbes Dutzend gebrochene Rippen hatte und ihr Unterwams vollgeblutet war. Zokora versorgte sie, so gut sie es ohne ihre Trauben vermochte. Auch Janos hinkte, seine Beinwunde hatte sich wieder geöffnet. Tatsächlich waren nur Varosch und Zokora ohne Blessuren davongekommen. Auch ich fühlte mich zerschlagen, ohne Seelenreißer hätte ich diesen Kampf nicht überlebt.

»Ich hasse es wirklich, wenn sich herausstellt, dass ein Kampf keinen Sinn hatte«, knurrte Janos, als ich ihm half, Sieglinde auf seinem Rücken festzubinden. Er trug jetzt sowohl Natalyia, die noch immer in tiefster Ohnmacht lag, als auch Sieglinde. Solange er Ragnarkrag in den Händen hielt, behauptete er, dass er ihr Gewicht kaum spüre.

Während des Rückwegs hatte ich Mühe, meine Gedanken zu ordnen. Ich fror trotz des Fellumhangs jämmerlich, aber das war nicht der Grund. Ich fühlte mich einfach überfordert. Barbaren, die sich beim *Hammerkopf* ansiedeln wollten? Bis jetzt hatte ich jeden Barbaren, dem ich begegnet war, erschlagen. Was denn noch alles? Und was, bei allen Göttern, hatte ich in Aleyas Traum zu suchen? Ich dachte daran, dass ich die Figuren für das Shah-Spiel, das ich Leandra schenken wollte, fast fertig hatte. In meinem Hochmut hatte ich dem weißen König mein Gesicht gegeben. Vielleicht war es aber auch nur einfach wahr, und wir waren nichts anderes als Figuren, die von anderen hin und her bewegt wurden. Vor knapp sechs Wochen hatte ich mir den Frieden und die Ruhe des Todes gewünscht, aber wieder einmal hatte mir Soltar den Weg zu seinen Hallen versperrt.

309

Wenn das hier vorbei war, so schwor ich mir, würde ich mir einen ruhigen Ort suchen und Äpfel anbauen. Äpfel waren gut. Ich mochte sie schon immer, und der Geruch eines Apfelhains in voller Blüte schien mir wie das Versprechen auf das Paradies. Sonne, ein blauer Himmel und blühende Äpfelbäume. Und Seelenreißer im nächsten tiefen Brunnen. Nein, besser in einer tiefen Felsspalte. Wer wusste schon, was das Schwert mit Brunnenwasser anstellen würde.

Als wir im Torraum der Botschaft erschienen, war die Tür zum Keller hin offen. Jemand, wahrscheinlich Armin, hatte eine Lampe, einen Tisch und zwei Stühle dort hingebracht, und er und Leandra waren in ein Gespräch vertieft.

Als wir auftauchten, sprang Armin so schnell auf, dass er seinen Stuhl umwarf. Er sah uns mit großen Augen an.

Zokora hob die Hand und funkelte ihn an. »Wenig Worte, Armin.«

Letztlich sagte er gar nichts, es war Leandra, die auf uns zustürzte und entsetzt auf Natalyia und Sieglinde sah, die bleich am Boden lagen.

»Sind sie …?«, fragte sie.

»Nein«, sagte ich und öffnete meine Arme für sie. Ich warf einen kurzen Blick zu Armin hinüber. »Sieglinde ist verletzt, und Natalyia ist nur erschöpft. Sind wir allein?«

»Das Haus ist verschlossen, Esseri«, sagte Armin leise.

»Gut. Irgendwo werden wir Betten finden, hoffe ich. Wie spät ist es?« Ich hatte, wie üblich, in den Eishöhlen jegliches Zeitgefühl verloren. Ich fror immer noch, obwohl die Luft hier mir als drückend warm und schwül erschien.

»Die vierte Stunde nach der Mittagssonne«, sagte Armin, der sich wieder unter Kontrolle hatte. Er sah mir aufmerksam zu, als ich die Torsteine einsammelte. »Wir haben noch Zeit bis zum Fest.«

»Was ist passiert?«, fragte Leandra in meinen Armen. Mit

einer Hand ertastete sie den Riss in meinem Kettenmantel und verzog leicht das Gesicht, als sie darunter eine neue Narbe fand.

»Ein Missverständnis mit Havalds neuen Freunden«, sagte Zokora.

»So kann man es auch nennen«, sagte Janos mit einem bösen Blick in Zokoras Richtung. »Wir trafen Werwölfe, sie wollten Zokora fressen, und wir hatten was dagegen. Dann kam Havald. Die Anführerin der Werwölfe, eine Elfe, erkannte ihn, und es war Frieden. Vorher haben wir noch ihren Sohn erschlagen.«

»Das«, sagte Leandra mit einer hochgezogenen Augenbraue, »erklärt es natürlich besser!«

Ich küsste sie. »Ich erzähle es dir später.«

›Später‹ war während eines langen heißen Bades in unseren neuen eigenen Räumlichkeiten. Das heiße Wasser kam aus einem Rohr in der Wand, aber es floss nur unregelmäßig.

»Die Rohre sind wohl noch verstopft«, sagte ich träge. Ich lag bereits in dem gekachelten Bad und wartete geduldig, während das Wasser anstieg. Leandra saß neben mir auf einer niedrigen Stufe und lachte. »Wir haben noch keine Dienstboten. Oder genauer gesagt, wir haben sie, aber ich habe sie ausgesperrt. Es ist Armin, der das Wasser pumpt.«

Es gluckerte in dem Rohr. »Er hat seinen Rhythmus wohl noch nicht gefunden.«

Irgendwo musste das Wasser ja erhitzt werden, ich stellte mir Armin vor, wie er neben einem Kessel mit heißem Wasser schwitzte. Ich gönnte es ihm. Körperliche Arbeit, so hieß es, sei gut für die Seele.

Noch später trafen wir uns alle in einem großen Raum im zweiten Stock. Er wirkte noch etwas kahl, aber wir hatten alle bequem Platz. Leandra und Armin hatten sich bereits länger unterhalten, während sie auf unsere Rückkehr warteten, und Armin war über unsere Mutmaßungen hinsichtlich seiner Person und seiner Pläne informiert. Kurz setzte ich die anderen darüber in Kenntnis.

»Es ist fast alles so, wie Ihr dachtet, Esseri«, offenbarte sich Armin schließlich. Er bestand darauf, uns zu bedienen, und war mit einer Teekanne unterwegs. Der heiße Tee war willkommen; trotz des wohltuenden Bades fröstelte ich immer noch.

»Aber auch ich habe Euch die Wahrheit erzählt. Zur Zeit ist immer noch mein Bruder Herr des Hauses des Adlers. Allerdings kam er auf meine Einladung hierher, und ich glaube, dass er froh wäre, wenn ich das Haus wieder führen würde.« Er schenkte mir noch einmal nach, stellte die Teekanne ab und setzte sich. »Während des letzten Jahres versuchte ich natürlich alles Mögliche, um Helis zu finden. Und ich fand heraus, dass es sehr wohl noch viele Menschen gibt, die das Haus des Adlers schätzen oder von ihm abstammen und es gerne sehen würden, wenn es neu erstünde. Nach Janas war Gasalabad eine der wichtigsten Städte unseres Hauses. Ich fand überraschende und weitreichende Unterstützung. Natürlich blieb meine Suche den Spionen des Emirs nicht verborgen, ich handelte nicht in Heimlichkeit. Das, was ich tat – eine entführte Schwester zu suchen –, war ja nicht verboten. Eines Nachts jedoch versperrten mir die Soldaten des Emirs den Weg und brachten mich zu einem einfachen Haus, wo eine dunkel gekleidete Gestalt auf mich wartete. Ihr Name war Serana, sie versprach mir, bei der Suche nach meiner Schwester zu helfen. Ich hielt sie zunächst für die Tochter eines Adligen oder eines wichtigen Offiziers in der Wache des Emirs. Ich kam lange nicht darauf, wer sie wirklich sein könnte. Mittlerweile waren wir schon zu dem Schluss gekommen, dass Helis von einem Nekromanten entführt worden war. Als Serana das nächste Mal bei unserem Treffen das Auge von Gasalabad bei sich trug, wusste ich, wer sie war.« Er blickte auf seine Teetasse hinab. Dann sah er mich direkt an. »Ich war darüber unglücklich. Das Haus des Adlers wieder auferstehen zu lassen, war nichts als ein alter Traum. Niemand von uns glaubte wirklich daran. Ich weiß, dass Ihr, Havald, vermutet habt, dass der Zirkus nichts anderes ist als eine Tarnung, aber dem ist nicht so. Er ist unsere Heimat und unsere Haupterwerbsquelle, und wir konnten so, mehr für uns als für andere, unsere Fähigkeiten üben… Aber niemand von uns ist ein echter Soldat. Wir sind Akrobaten. Ihr habt aber insofern recht, dass ich an ihn dachte, als Faihlyd auf die Idee kam, dass es vielleicht möglich wäre, das Haus des Adlers wieder auferstehen zu lassen.«

»Es war Faihlyd?«, fragte Janos. Er massierte seine linke Hand. Wenn er Schmerzen hatte, war ihm davon nicht viel anzusehen, aber mir erschienen die Linien in seinem Gesicht tiefer. Sieglinde saß kerzengerade neben ihm, unter dem dünnen Stoff ihres Kleides zeichnete sich der Verband um ihren Brustkorb deutlich ab. Neben ihr stand Eiswehr mit der Spitze auf dem Boden, hin und wieder berührte sie sein Heft.

Natalyia saß neben ihr. Sie war ebenfalls wieder erwacht, aber immer noch kreidebleich und aß für fünf. Sie hörte zu, war aber wohl zu beschäftigt mit Essen, um irgendetwas zu sagen.

Armin nickte. »Das Haus des Adlers fiel vor fast siebenhundert Jahren. Es ist, als ob man sagen würde, dass ein entfernter Vorfahr ein König war und man deshalb Anspruch auf den Thron hätte. Niemand glaubt an so etwas. Aber Faihlyd ist anders. Sie hat schon immer sehr weit vorausgeschaut.« Er lächelte etwas schief. »Sie mag die alten Legenden, und sie ist romantisch. Warum sie sich in mich verliebte, weiß ich nicht, ich weiß nur, warum ich sie liebe. Aber als Bürgerlicher komme ich für eine Heirat nicht in Frage. Deshalb kam sie auf diesen verrückten Plan.«

»Aber du hast ihr zugestimmt?«, fragte Leandra.

Armin zuckte mit den Schultern. »Ihr kennt sie nicht. Sie hat

313

die Fähigkeit, Menschen mitzureißen, und ihr Plan gab uns Hoffnung.«

»Als Bürgerlicher darfst du sie nicht heiraten?«, fragte ich.

Armin schüttelte den Kopf. »Ich hörte bereits, dass Ihr und die Essera uns auf dem Schiff gesehen habt, und Ihr habt richtig vermutet. Wir haben unseren Schwur geleistet. Aber er ist bloß symbolisch.« Er sah mich an. »Bei den Göttern schwöre ich, dass sie noch unberührt ist!«

»Das brauchst du nicht uns zu erzählen. Heb es dir für ihren Vater auf. Die Heirat ist also ungültig?«

Er nickte. »Richtig. Diese Heirat hat keine Gültigkeit, bis das Haus des Adlers sich wieder erhebt. Oder sie müsste auf ihr Erbe verzichten, aber das will ich nicht von ihr verlangen.«

»Was also habt ihr vor?«, fragte ich ihn.

»Faihlyd sagt, die komplizierten Pläne gelingen meistens nicht. Also ist unser Plan einfach. Wenn sie die Krone des Emirs annimmt, wird sie verkünden, dass die Schriftrolle des Hauses des Adlers wieder im Raum der Rollen gefunden wurde. Damit ist die Vernichtung des Hauses widerlegt. Dann wird sie verkünden, dass sie beabsichtigt, sich mit dem Erben des Hauses des Adlers zu vermählen. Da sie dann Emira ist, kann ihr das niemand außer dem Kalifen verbieten. Aber der ist noch nicht gewählt. Sie ist der Meinung, dass man die Nachricht in Gasalabad begeistert aufnehmen würde. Das ist es auch schon.«

»Ihr Vater wird begeistert sein«, sagte Varosch trocken.

Armin sackte etwas in sich zusammen. »Ich hoffe, er beruhigt sich wieder. Sie sagt, er sei ebenfalls romantisch. Seine Frau starb bei Faihlyds Geburt, und er hat nie wieder geheiratet, weil er sie immer noch liebt.« Er sah uns an. »Liebesheiraten sind selten in Bessarein. Dass er und seine Frau so offensichtlich ineinander verliebt waren, trug viel dazu bei, dass das Volk ihn mag. Und ihr Tod… Ihr Trauerzug umfasste Tausende von Menschen. Faihlyd ist fest davon überzeugt, dass er unserer Liebe nicht im Weg stehen will.«

»Warum habt ihr ihn dann nicht ins Vertrauen gezogen?«

»Solange er Emir ist, muss er als solcher handeln. Er will, dass sie Kalifa wird. Faihlyd und mir ist klar, dass es nach unserer Heirat damit vorbei sein wird. Sie mag es sich erhoffen, aber das Haus des Adlers hat keinen politischen Einfluss mehr. Viele der anderen Häuser sind ihr gegenüber freundlich, weil sie hoffen, dass sie einen der ihren heiraten wird. Das ist nun vorbei, aber sie wird der beste Emir werden, den Gasalabad jemals gesehen hat. Wer Kalif wird«, er zuckte mit den Schultern, »mögen die Götter entscheiden.«

»Keine weiteren Pläne?«, fragte Janos. »Nichts als der Traum eines liebeskranken Paares?«

Armin sah ihn an, und sein Gesicht wurde ernst. »Nicht weniger ein Traum als der Eure. Ich dachte, Ihr wärt ebenfalls verliebt und könntet uns verstehen.«

»Keiner von uns rechnet damit, dass wir Leandras Mission überleben«, sagte Janos ruhig.

»Wir können nur hoffen«, fuhr Sieglinde leise fort. »Ihr beide greift nach den Sternen, und mit unseren Wünschen und dem Willen der Götter möge es euch gelingen. Unsere Hoffnungen sind bescheidener. Wir hoffen nur, dass wenigstens einer von uns beiden überlebt.« Ihre Augen leuchteten grün, als sie ihn ansah. »Mein einziger Trost ist, dass Liebe das Grab überlebt.«

Mir lief ein leichter Schauer über den Rücken. Sie musste es ja wissen. Ich fasste mich wieder. »Aber Janos hat recht mit seiner Frage. Ihr plant keine Winkelzüge oder politischen Manöver? Sie wird Emira und verkündet die Auferstehung des Adlers und eure Vermählung und hofft, dass das Volk sie genügend liebt, um es zu akzeptieren?«

Armin nickte. »Das Volk liebt sie wirklich. Ihr habt es ja gesehen.«

Ja, das hatte ich.

»Und die anderen Emire?«, fragte Leandra.

315

»Ein paar werden enttäuscht sein. Aber Faihlyd denkt, dass sie froh sein werden, wenn sie nicht mehr als Kalifa zur Wahl steht. So können es die anderen Emire unter sich ausmachen. Das ist die süße Pflaume, die sie ihnen hinhalten wird.«

Wenn ich mir die Verehrung, die das Volk ihr entgegenbrachte, ansah, dann konnte dieser Plan in der Tat aufgehen.

Leandra und ich tauschten Blicke untereinander. Einer von neun Emiren wollte heiraten. Es sah nicht so aus, als ob dies eine Gefahr für Thalak wäre, die es unbedingt abzuwehren galt.

»Hast du eine Idee, warum das Haus des Löwen so massiv angegriffen wurde? Die Anschläge auf Faihlyd und Marinae, speziell auf Faihlyd... Was, meinst du, könnte der Grund dafür sein?«

Armins Gesicht verdüsterte sich. »Wenn ich es wüsste, hätte ich mich schon längst um den Drahtzieher gekümmert.«

Zokora sah ihn an. »Havald fragte nicht wer, sondern warum.«

Er sah sie überrascht an. »Ihr wisst, wer dahinter steckt? Sagt mir, wer es ist, und ich töte ihn.«

Sie legte den Kopf auf die Seite. »Wie gedenkst du einen Gott zu töten?«

Wir sahen sie alle überrascht an, einschließlich Varosch, der plötzlich kerzengerade dasaß.

Zokora bemerkte unsere Verblüffung. »Natalyia hat in dem Haus eine schwarze Scheibe gefunden. Nur die Priesterschaft des Namenlosen Gottes trägt diese Abzeichen. Ich dachte, das wäre euch bekannt.«

»Unser Feind ist der Namenlose?«, fragte ich entsetzt.

»Er ist der Feind aller«, sagte Leandra leise. »Man sagt, Astarte gibt die Liebe, Boron die Vernunft und Soltar die Seele. Der Namenlose ist einfach nur dagegen.«

Zokora hob die Hand. »Nein. Ihr habt mich falsch verstanden. Der Namenlose ist der Gott aller Nekromanten. Thalak ist ein Nekromant. Das ist alles, was ich sagen will. Mit den schwarzen Scheiben können die Priester des Namenlosen miteinander in Verbindung treten. Jefar ist ein Priester des Namenlosen, also unterstützt er Thalaks Werk.«

Armin sprang auf. »Jefar? Der Händler? Ich werde ihn auf Eisen aufspannen und seine verdorbene Seele auf glühenden Kohlen rösten, bis er für seine sämtlichen Sünden Abbitte leistet! Die Haut werde ich ihm in Streifen abziehen und…«

»Setz dich, Armin«, schnitt ihm Zokora das Wort ab.

Armin setzte sich.

»Danke«, sagte die Dunkelelfe freundlich.

»Er wird wohl kaum seiner Strafe entrinnen«, sagte ich zu ihm. »Gedulde dich, wir brauchen Jefar noch. Vielleicht führt er uns zu anderen.« Ich sah zu Zokora hinüber. »Ich wäre allen dankbar, wenn nicht immer davon geredet würde, dass die Götter alles bestimmen! Wir brauchen nicht die Hilfe der Götter, um uns ins Verderben zu stürzen, das können wir auch ganz allein.«

Sie sahen mich alle etwas verunsichert an.

»Zurück zum Thema. Welchen Grund für eine Verschwörung kannst du dir vorstellen? Wem nützt es, wenn Faihlyd stirbt?«

»Nur Faihlyd oder das ganze Haus?«, fragte Armin leise.

»Beides«, sagte ich brutal.

Er holte tief Luft. »Wenn der Emir und seine Familie sterben, erbt ein Cousin das Haus des Löwen. Der Thron von Gasalabad würde von den Häusern neu besetzt werden, zur Zeit ist es denkbar, dass der Cousin im Namen des Löwen weiterregieren würde.«

»Und wenn nur Faihlyd stirbt?«, drängte ich ihn.

Er sah mich aus verwundeten Augen an. »Mögen die Götter das verhindern. Esseri, meiner Seele graust vor dem Gedanken. Aber… ich wüsste nicht, wem es nützt. Es liefe auf das Gleiche hinaus. Was kaum jemand weiß, Esserin, ist, dass der Emir an einem kranken Herzen leidet. Seine Ärzte rieten ihm, das Amt so schnell wie möglich abzugeben, wenn er leben will. Wäre Faihlyd gestorben, es hätte auch ihn umgebracht. Das ist auch der Grund, warum Faihlyd noch heute Abend gekrönt werden wird.«

»Was ist mit Marinae?«, fragte Varosch.

»Sie kann das Haus des Löwen nicht mehr erben, sie gehört dem Baum. Aber die Krone des Emirats... Das wäre möglich. Doch durch den Tod ihres Gemahls ist sie bereits Emira von Ferasal, dem Territorium des Baums. Das Emirat ist nicht so einflussreich wie Gasalabad, aber vermögender. Es besitzt zahlreiche Kupferminen.«

»Dieser Cousin des Emirs, was ist mit ihm?«, wollte Leandra wissen.

»Ich habe ihn einmal gesehen«, antwortete Armin. »Er ist ein gewissenhafter Mensch, fleißig und stets bemüht, niemanden zu verletzen. Er wäre ein guter Emir, aber die Krone wäre eine Last für ihn. Er ist niemand, der die Leute inspiriert, aber dennoch ein guter Mann. Faihlyd mag ihn. Er wäre glücklicher, würde er nicht Emir.«

»Und, Armin, wenn Faihlyd heute Abend stirbt, erbst du dann irgendetwas?«, fragte Janos.

»Die Götter mögen deine verdorbenen Gedanken in deinem Hirn verdorren lassen, bis die Maden aus den Löchern kriechen! Wie kannst du so etwas auch nur denken?«, rief Armin empört und sprang wieder auf.

»Ruhig, Armin«, sagte ich. »Er meint es sicherlich nicht so.«

Auch ich sah Janos fragend an, während Armin offensichtliche Mühe hatte, sich wieder zu beruhigen. Aber dann setzte er sich und beschränkte sich darauf, Janos böse Blicke zuzuwerfen.

Janos machte eine beschwichtigende Geste. »Es muss doch nicht von dir ausgehen. Es gibt genügend andere, ein ganzes

Haus zum Beispiel, das dich gern auf einem Thron sehen würde.«

»Derjenige wäre eine Schande für unser Haus«, sagte Armin, immer noch erhitzt, aber etwas ruhiger. »Im Moment gilt unsere Verbindung nichts. Sie muss mich als Emira noch einmal vor allen Göttern heiraten.« Er brachte sich wieder unter Kontrolle. »Auch müsste dann jemand etwas davon wissen. Selbst meine treuesten Leute kennen sie nur als Serana. Und auch wenn sie wüssten, wer sie ist – ich traue ihnen. Denn sie schützen etwas, das mir wichtiger als mein eigenes Leben ist.« Er schüttelte den Kopf. »Der ganze Gedanke ist absurd! Nein, mein Haus hat mehr davon, wenn sie lebt.«

Janos nickte leicht. »Ich entschuldige mich. Aber unser Feind kämpft nicht gerade offen, also schaue ich auch unter saubere Steine.«

Armin atmete tief durch. »Ich würde an Eurer Stelle nichts anderes tun. Aber nein, es fällt mir niemand ein, außer dem Cousin Faihlyds, der aus ihrem Tod einen Vorteil ziehen würde.«

»Außer es ginge um den Thron des Kalifen. Jeder denkt zur Zeit noch, dass das Faihlyds Ziel ist«, sagte Leandra.

»So kommen wir nicht weiter«, sagte ich und nahm einen Schluck Tee.

»Wir haben dir von der Schriftrolle erzählt. Hast du eine Idee, wozu diese Fälschung benutzt werden könnte?«

Er schüttelte den Kopf. »Nein, ich verstehe es nicht. Seit Jahrhunderten hat kein Haus mehr die Prüfung eines Erben abgehalten, selbst das Haus des Löwen nicht. Auch weiß ich, dass keine solche Prüfung für Faihlyd geplant ist, obwohl ich sicher bin, dass sie sie bestehen würde. Diese Rolle zu fälschen erscheint mir sinnlos.«

»Gibt es irgendein Schmuckstück im Haus des Löwen, das für ihr Erbe von Wichtigkeit ist?«, fragte Leandra.

»Außer dem Auge?«, fragte er, und Leandra nickte. Armin

schüttelte den Kopf. »Beim Haus der Katze muss dem Erben die Krone exakt passen, aber beim Haus des Löwen ist es anders. Das Wort des Emirs, sie als Erbin auszurufen, reicht. Es bedarf nichts weiterem.« Er sah uns alle an. »Esserin, besteht die Möglichkeit, dass ihr euch täuscht? Dass es vielleicht gar nichts mit ihr oder uns zu tun hat?«

Nein, das glaubte ich nicht. Vielmehr war ich mir sicher, dass wir etwas übersahen. Nur was? Ich seufzte. Wir waren fremd hier und hatten bei weitem nicht alle Bausteine des Puzzles zusammen. Wie sollte ich da erwarten, ein Bild zu sehen?

Ich beschloss, das Thema zu wechseln. »Sag, Armin, was hast du Faihlyd über uns erzählt?«

Er sah mich gekränkt an. »Ich bin kein Spion. Als ich ihr erzählte, wie Ihr Ordun getötet habt, sagte sie, dass sie Euch kenne, woher auch immer. Sie war neugierig und wollte alles wissen. Ihr habt sie beeindruckt, jeder Einzelne von euch, auch Essera Sieglinde hier, die das Schwert des Löwen führt. Sie war es auch, die versuchte, euch zu schützen, als ihr diese Steine wiederhaben wolltet. Ich fragte mich schon, was so wichtig sein könnte, dass ihr alle euer Leben dafür riskiert.« Er sah nach unten, als ob er durch den Boden in den Torraum schauen könnte. »Als dann auch noch die Essera Leandra erschien, war sie glücklich. Sie tanzte im Raum umher, als ich ihr von der Weißen Frau erzählte. Sie sagte, es sei alles genau so, wie es geschrieben stehe.«

Das verfluchte Buch. Wer schrieb solche Prophezeiungen? Wussten die Leute denn nicht, was das für einen Ärger auslösen konnte?

»Was sagte sie denn?«, fragte Leandra neugierig.

»Dass unsere Träume in Erfüllung gehen würden.« Er sah uns alle an. »Esserin, ich habe niemanden belogen oder ausgenutzt. Ich lernte nur von euch. Ihr werdet sogar das Gold zurückerhalten, das ihr für die Logis im Haus der Hundert Brunnen bezahlt habt.«

Ich sah ihn überrascht an.

Leandra lachte. »Er hat es eben gesagt«, klärte sie mich auf. »Er sagte, Faihlyd habe für euren Schutz gesorgt in der Nacht, in der ihr in die Kanäle gingt.«

Armin nickte. »Ja. Faisal, Euer Führer in jener Nacht, ist einer von Faihlyds besten Spionen. Sie legt auf seine Meinung großen Wert.«

»Und das Haus der Hundert Brunnen?«

»Das Haus der Hundert Brunnen dient dem Haus des Löwen seit Jahrhunderten«, bestätigte Armin.

Leandra schüttelte lächelnd den Kopf. »Was sagtest du, Havald? Nur die einflussreichsten Bürger steigen dort ab?«

»Ich bin froh, dass Faihlyd auf unserer Seite ist«, sagte Natalyia leise. Sie klang immer noch erschöpft. »Sie hat uns gut ausspioniert. Aber sie hätte besser auf sich selbst achten sollen. Wir sind keinen Schritt weiter.«

Nach diesem denkwürdigen Gespräch benahm sich Armin, als wäre nichts geschehen. Ich sprach ihn darauf an.

»Die Götter strafen solche, die von Dingen ausgehen, die nicht sind. Ich bin Euer Diener, bis Ihr mich entlasst. Ich bin arm, aber ich habe meine Ehre. Auch lerne ich viel von Euch.«

Das hatte er schon einmal gesagt. Wir befanden uns in ›meinem‹ Raum, wo Armin meine Kleidung für heute Abend bereit gelegt hatte. Auch wenn ich ihn mir nicht ausgesucht hatte, gefiel mir das Zimmer, und als ich dies Armin sagte, strahlte er. Am besten gefiel mir allerdings die Tür, die zu Leandras Räumen führte.

»Was meinst du von mir lernen zu können?«, fragte ich, während ich die auf dem Bett ausgelegte Kleidung musterte. Sie erschien mir zu prunkvoll.

Armin hielt in seiner Arbeit inne, er inspizierte gerade mit sorgenvollem Gesicht meinen zerrissenen Kettenmantel.

»Ich kann es selbst nicht so genau sagen, Esseri. Ich beobachte Euch und sehe, wie Ihr die anderen behandelt. Und ich glaube, ich weiß, warum Ihr Euch den Respekt Eurer Freunde verdient habt.«

Oh? Das hätte ich jetzt auch gerne gewusst. »Warum denn?«

Armin runzelte nachdenklich die Stirn. »Ich habe länger gebraucht, um es herauszufinden. Zuerst dachte ich, es wäre, weil Ihr alle gleich behandelt, Diener wie Emir. Dann dachte ich, es wäre, weil Ihr immer alles seht. Aber jetzt weiß ich es besser. Ich hörte Euch niemals einen Vorwurf machen. Und Ihr selbst gebt nie auf. Ich glaube, das ist es.«

Ich konnte nur den Kopf schütteln. »Ich glaube, du irrst dich. Ich behandle Leute unterschiedlich, ich mache Fehler, und sowohl Zokora als auch Leandra sind weitaus aufmerksamer als ich. Und was soll ich Vorwürfe machen? Meine Freunde tun, was sie können. Sollten sie mal tatsächlich etwas falsch machen, was kaum vorkommt, dann wissen sie es selbst. Sie sind alle alt genug. Und ich bin oft genug nahe daran aufzugeben.«

Armin verbeugte sich tief. »Danke, Esseri. Genau das meinte ich. Ich suchte das Wort. Ihr seid bescheiden.«

Ich glaube, von Gering sah das anders.

Er bemerkte meinen Blick und lachte. »Keine Angst, Ihr seid nicht mein Vorbild. Ich führe mein eigenes Leben.«

»Ich kann kaum glauben, dass ich so ausstaffiert bin«, sagte Janos. »Ich frage mich, wo er die Kleider her hat.«

»Faihlyd, möchte ich wetten«, sagte Leandra. »Schwarz und Silber stehen Euch gut.«

Wir blieben bei den Farben, die wir meistens getragen hatten. Leandra und ich waren hell und weiß, die anderen schwarz gekleidet. Wir waren zu sechst, zuzüglich Armin. Natalyia sollte später nachkommen. Sie hatte noch eine Aufgabe übernommen.

In der Tat hatte sich Armin, oder Faihlyd, selbst übertroffen. Vor allem Leandras Schönheit strahlte, aber auch Zokora und Sieglinde wirkten edel und elegant.

»Wie geht es euch beiden?«, fragte ich Sieglinde und Janos.

»Es geht«, antwortete Janos. »Der Finger kribbelt. Es macht mich wahnsinnig. Die Beinwunde ist in Ordnung, und die Schmerzen sind zu ertragen. Ich mache mir eher um Sieglinde Gedanken.« Er warf ihr einen besorgten Blick zu.

»Ich werde dabei sein«, sagte Sieglinde. »Solange ich mich gerade halte und nicht zu hastig bewege oder zu tief atme, geht es. Meine Schulterwunde hat sich auch wieder geschlossen.«

Bei der gleichen Gelegenheit, bei der Janos am Bein verletzt worden war, hatte Sieglinde auch eine Schulterwunde empfangen. Zudem trugen ihre Rippen noch die Spuren der Werwölfe. Sieglinde, die Tochter eines einfachen Wirtes, war weitaus zäher als viele Krieger, die ich kannte. Es war nicht lange genug her, dass man wirklich von Verheilen sprechen konnte, auch wenn Zokora ihre Kunst gewirkt hatte. Ich warf einen Blick zu Zokora hinüber, die wie üblich ruhig und unbeteiligt erschien. Ohne ihre Heilkünste wäre vieles anders gekommen.

Ich war gespannt, was der Abend bringen würde.

Wir verließen das Haus und stiegen in die wartenden Sänften. Armin als mein Diener lief neben meiner Sänfte her, auch er hatte sich schick gemacht. Ich fragte ihn, warum er nicht beunruhigter war.

»O Esseri, ich bin beunruhigt! Aber was nützt es, dies zu zeigen? Ist es nicht besser, aufrecht und lächelnd zu gehen als geduckt und verängstigt?«

Ja, damit hatte er wohl recht.

Anders als ich erwartet hatte, bewegten sich die Sänften und unsere Eskorte nicht zum Platz der Ferne und von dort aus zum Palast, sondern in Richtung Hafen und von dort aus durch das Hafentor in den Palastbereich.

»Vor den Toren des Palasts gibt es bereits eine riesige Menschenmenge«, erklärte mir Armin. »Dort ist kein Durchkommen. Ihr seid geladene Gäste, ihr nehmt den gleichen Weg wie die anderen hohen Herren und werdet den Palast über die Palastgärten erreichen. Der Weg wird angenehmer sein.«

24. Die Geburtstagsfeier

An diesem Abend war Gasalabad wahrlich eine verzauberte Stadt. Noch war der Himmel mit der Abendröte bedeckt, aber überall sah ich Laternen und Fackeln. Die Menschen in der Stadt schienen ebenfalls wie ausgewechselt, jeder trug sein bestes Gewand, und noch nie hatte ich so viele lachende Gesichter erblickt.

Tausende, so hörte ich, waren vor den Palast gezogen, um mit ihrer Prinzessin zu feiern, schon von weitem hörte ich das Stimmengemurmel, und als unsere Sänften zum Palast getragen wurden, gab es eine Stelle, von der aus wir freien Blick auf das große Palasttor hatten: So weit das Auge reichte, hatten sich dort die Bewohner der Goldenen Stadt versammelt.

Als sie unsere Sänften sahen, jubelten sie uns zu, sie kannten uns nicht, aber wir gehörten zu den Glücklichen, die dieses Ereignis aus nächster Nähe erleben durften.

Auf den Mauern des Palastes standen Wachen in Prunkuniformen, an ihren langen Spießen waren Laternen angebracht, sodass sie nicht bedrohlich wirkten, sondern in der hereinbrechenden Nacht eine Lichterkette entlang der Mauer bildeten.

Auch überall im Palastgarten waren Laternen aufgehängt worden, der Geruch der Blumen stieg uns in die Nase und überlagerte den Geruch des Gazar.

Hunderte von Lichtern erhellten den Palast des Mondes, der an diesem Abend seinem Namen alle Ehre machte. Er schimmerte, als würde er selbst den Monden den Rang streitig machen wollen, und für diese Nacht gelang es ihm auch.

Wir waren nicht die einzigen Sänften, die in dieser Nacht den Palast erreichten. Der Hof des Palasts war voll mit ihnen, und ich sah Diener hin und her eilen und Offizielle verzweifelt versuchen, das Protokoll aufrechtzuerhalten.

Als wir ausstiegen, erfuhr ich, dass wir persönliche Gäste des Emirs waren. Keiner der Offiziellen wusste uns einzuschätzen, sie entschieden sich, die Vorsicht fahren zu lassen, und wir wurden empfangen, als ob ein jeder von uns einer der Emire wäre.

Letztlich trafen wir dennoch jemanden, den ich kannte, Hahmed, den Hüter des Protokolls. Er sah uns, mich, und schien zu erbleichen. Er eilte auf uns zu.

»Esserin, verzeiht, wenn ihr warten musstet, ich sah euch nicht sofort. Bitte verzeiht und folgt mir, ich werde euch sofort den Weg weisen zu euren Plätzen, sie sind nahe der Familie, eine Ehre, wie sie nur wenigen zuteil wird ... und oh ... die Essera Falah lässt ausrichten, dass alle Waffen bis auf drei spezielle Schwerter abzugeben seien, die Schwerter bat sie hinter euch zu stellen, damit man sehen könne, dass sie erlaubt wurden.« Er verbeugte sich mehrfach.

Er führte uns einen langen Gang entlang, eilte mit trippelnden Schritten voran, schien sich kaum bremsen zu können und verzweifelte fast an unserem gemächlichen Tempo, ohne dass er es jedoch wagte, etwas zu sagen.

An einer Tür aus poliertem Rosenholz runzelte ein Wächter die Stirn, als er erkannte, dass Leandra unter ihrem Übergewand eine Rüstung trug. Sechs Wachen schützten diesen seitlichen Eingang zum Thronsaal. Links und rechts der Tür stand jeweils eine große Kiste.

»Auf Anordnung der Essera Falah ist es diesen Gästen gestattet, Rüstung zu tragen und drei Schwerter mit in den Thronsaal zu nehmen.«

»Das, ehrenwerter Hüter des Protokolls, glaube ich erst, wenn der Hauptmann es bestätigt«, sagte der Wächter und senkte seine Lanze, um uns den Weg zu versperren. »Die Tür bleibt geschlossen.«

Mit vielen gemurmelten Entschuldigungen eilte Hahmed fast panikartig davon, um den Hauptmann zu suchen.

»Was habt Ihr ihm angetan, dass er solche Angst vor Euch hat?«, fragte mich Armin. »Hahmed ist dafür bekannt, dass er selbst Emire warten lässt.«

»Die Essera Falah«, sagte ich. »Sie war nicht erfreut darüber, wie er mich das letzte Mal behandelte.«

Die Wachen betrachteten uns. Dann erhellte sich das Gesicht eines der Wächter. Er wandte sich lächelnd an Leandra. »Ich erkenne Euch! Wart Ihr nicht beim Greifen?«

Leandra nickte.

»Ich lasse euch dennoch nicht eher hinein, bis ich den Befehl erhalte, aber ich glaube nun, dass ich ihn bekommen werde. Wenn ihr wünscht, könnt ihr eure restlichen Waffen schon jetzt in diese Truhe laden.«

»Ich danke Euch«, sagte Leandra, während sie zwei stählerne Haarnadeln aus ihrer Frisur zog. Dann begannen wir die Truhe zu füllen. Wir wussten nicht, was uns an diesem Abend bevorstand, vielleicht erwartete uns der Ärger erst auf dem Rückweg. Jedem war bekannt, dass wir nicht mit den Waffen hineingelassen werden würden, das hatte aber niemanden von uns daran gehindert, sie mitzubringen.

Selbst ich war überrascht, als ich sah, wie viele Dolche man auf sechs Personen verteilen konnte. Ich hatte nur meine üblichen sieben, vier in den Stiefeln, zwei in den Ärmeln und einen im Nacken, aber Zokora überraschte mich mit insgesamt zehn Dolchen. Selbst Armin hatte vier und etwas, das man nur als Kurzschwert bezeichnen konnte, hinter seinem Nacken versteckt.

Die Augen der Wächter wurden immer größer, vor allem als Varosch ein Dutzend Bolzen in die Truhe fallen ließ und seine Armbrust oben auf legte.

»Und die Schwerter auf euren Rücken?«, fragte der Wächter vorsichtig.

Ich löste Seelenreißer mitsamt Scheide von meinem Schwertgehänge und stellte es vor mir auf die Spitze. Es blieb stehen, wie es den Legenden nach alle Bannschwerter taten.

Sieglinde und Leandra taten es mir nach.

Zwischen den beiden kunstvollen Drachenköpfen von Eiswehr und Steinherz sah Seelenreißer fast bescheiden aus.

Hahmed, der Hüter des Protokolls, erschien wieder, schwer atmend und mit einem Offizier der Palastwache. Es war Khemal Jask, der Hauptmann, der uns das letzte Mal zum Schiff des Emirs begleitet hatte.

Als Khemal die drei Schwerter vor uns stehen sah, weiteten sich seine Augen. Er räusperte sich. »Auf Anordnung des Emirs dürfen diese Personen mit den Schwertern, die stehen können, passieren. Sie sind persönliche Gäste des Emirs und der Prinzessin Faihlyd.«

»Danke, Hauptmann«, sagte ich.

Die Wache wollte die Kiste gerade schließen, als Janos die Hand hob. »Moment.«

Er schob sein Hosenbein hoch und ließ noch zwei Wurfpfeile in die Truhe fallen.

Die Wachen und der Hauptmann sahen ihn wortlos an. Dann trat der Wächter an Leandra heran und musterte einen großen Beutel an ihrem Gürtel. »Darf ich sehen, was sich in Eurem Beutel befindet?«, fragte er höflich.

Leandra öffnete ihn und schüttete etwas auf ihre Handfläche, es glitzerte im Licht der Lampen. »Diamantenstaub. Ein Geburtstagsgeschenk für die Prinzessin.«

Der Wächter knetete den Beutel von außen, nickte zufrieden, als er keine verborgenen Dinge darin fand, und öffnete uns dann die Tür.

»Havald Bey«, fragte Hauptmann Khemal leise. »Sind das wirklich Bannschwerter?«

Ich nickte.

Er sagte nichts weiter, sondern verbeugte sich nur.

Den Thronsaal hatte ich bisher nicht zu Gesicht bekommen. Als uns Hahmed hineinführte, verrenkte ich meinen Kopf wie ein Junge vom Land, der das erste Mal eine Stadt sieht. Der Raum war bestimmt vier Stockwerke hoch, ringsum verliefen Säulen aus Rosenquarz, der Boden aus hellem Marmor war spiegelblank. An den Seiten und an der hinteren Wand des Thronsaals war der Boden gut kniehoch angehoben, bildete so ein offenes U, das zu den großen Türen des Thronsaals hin offen war. Die Säulen befanden sich etwa sechs Schritt von der Wand entfernt und schlossen mit der Vorderkante des umlaufenden Podests ab, sie trugen eine Galerie, auf der ich gut drei Dutzend Armbrustschützen sah.

Auf der hinteren Plattform gab es ein weiteres Podest, ebenfalls kniehoch, auf dem ein Thron aus Elfenbein stand, der Löwenthron, der wohl so genannt wurde, weil die Armlehnen des Throns aus zwei Löwen bestanden und sich das Motiv überall wiederholte. Ein schwerer weißer Vorhang fiel hinter dem Thron von der hohen Galerie bis auf den Boden.

Hahmed führte uns zu meiner Überraschung auf das hintere Podest und wies uns allen einen Platz zu. Ich saß auf einem reich verzierten Stuhl, der das Löwenmotiv nicht teilte, direkt neben einem Stuhl, der sehr wohl dieses Motiv trug, tatsächlich also in nächster Nähe der Familie. Ich fragte mich, was der Emir sich dabei dachte. Ich war mir sicher, dass es entweder Falah oder Faihlyd waren, die es veranlasst hatten. Ich selbst hätte lieber an einem unauffälligeren Ort gestanden oder gesessen.

Armin bezog stehend hinter meinem Stuhl Position. Leandra, Sieglinde und ich stellten unsere Schwerter hinter unseren Lehnen auf den Boden, so waren sie nicht direkt sichtbar. Ich blickte nach oben, wir besaßen zweifellos die Aufmerksamkeit der Armbrustschützen.

Die Familie des Emirs war noch nicht zu sehen, aber die Halle füllte sich allmählich, auf den Seiten standen jeweils acht kleinere Throne mit den unterschiedlichen Hausinsignien. Gut zwei Drittel von ihnen waren bereits von den Gesandten der anderen Emirate besetzt, die uns nun aufmerksam musterten.

Auch der Raum zwischen den Schenkeln des U-förmigen Podests war streng nach Protokoll aufgeteilt, hier gab es keine Sitzgelegenheiten, aber ein jeder, der dort stand, schien sich seiner eigenen Wichtigkeit bewusst. Und auch aus diesen Reihen wurden wir überrascht beäugt.

Von meinem Stuhl nach links ausgehend saßen Leandra, Varosch, Zokora, Sieglinde und Janos. Der Platz neben Janos war für Natalyia freigehalten.

Leandra beugte sich zu mir hinüber. »Wir sind eine Sensation. Jeder hier spekuliert, wer wir sind.«

»Ich kann Euch sagen, was wir sind«, sagte Varosch leise. »Zielscheiben. Egal wie gut man die Wachen unterrichtet hat, sie sind uns gegenüber misstrauisch. Eine falsche Bewegung, und wir werden mit Bolzen gespickt.«

»Dann mach keine falsche Bewegung«, sagte Zokora. Speziell sie zog viele Blicke auf sich, aber sie saß da, als wäre es für sie üblich, von Hunderten von Augen fixiert zu werden. Ich rief mir noch einmal in Erinnerung, dass die Armbrustschützen auf der Galerie handverlesen waren. Von dort aus konnten sie sogar den Emir bedrohen, und er würde sie dort nicht zulassen, wäre er sich ihrer nicht hundertprozentig sicher.

»Seht«, sagte Varosch. »Sechs von ihnen haben auf uns angelegt.«

»Wie beruhigend«, sagte Sieglinde leise.

»Das sind sechs, die auf die falschen Ziele achten«, lautete Zokoras Kommentar. »Ein Fehler.«

Während wir alle warteten, war es überraschend ruhig im Thronsaal. Nur wenige unterhielten sich lauter als im Flüsterton, die meisten sahen sich nur um und sprachen gar nicht.

»Die Botschafter der anderen Reiche«, teilte Leandra mir

mit und wies mit ihrem Kinn auf eine neue Gruppe, die den Thronsaal betrat und ebenfalls auf dem Podest, aber unterhalb der Emire, Platz nahm.

Von Gerings Augen weiteten sich, als er mich erkannte, und ein Mann ungefähr von Janos' Statur, aber blond, hob eine Hand zum Gruß für Leandra, während er breit grinste.

Nach und nach füllte sich der Thronsaal.

Jeweils zehn Akolythen der drei Tempel nahmen in festlichen Prunkgewändern entlang dem Podest Aufstellung.

Ein Gongschlag hallte durch den Saal, und die großen Türen öffneten sich langsam, ohne dass eine menschliche Hand beteiligt schien.

»Beeindruckend, nicht wahr?«, flüsterte mir Armin zu. »Die Tore werden von der Galerie aus geöffnet.«

Die Akolythen sangen die Lobpreisungen ihrer Götter, ein jeder pries seinen eigenen, aber der Gesang vereinte sich zu einer harmonischen Gesamtheit, als die drei Hohepriester der Götter gemessenen Schritts den Thronsaal betraten. Alle erhoben sich, diejenigen, die noch standen, standen gerader. So auch wir.

Gleichzeitig hörte ich hinter uns eine Tür gehen, dann schoben Wachen den Vorhang zur Seite und die Familie des Emirs erschien und trat vor ihre Stühle. Neben mir stand Falah, zu ihren Füßen kniete Helis nieder, mit Faraisa auf dem Arm, daneben dann Faihlyd und der Emir; auf der rechten Seite des Throns nahmen andere persönliche Gäste und Familienangehörige Aufstellung. Ein scheu lächelnder junger Mann mit deutlicher Ähnlichkeit zum Emir war wohl der Cousin, von dem Armin berichtet hatte. Im gleichen Moment betrat Marinae das Podest, stellte sich aufrecht vor den Thron des Baums und beanspruchte somit den Sitz dieses Hauses für sich.

Langsam und würdevoll traten die drei Hohepriester bis an das hintere Podest heran und blieben aufrecht stehen, während die letzten Töne des Gesangs verhallten.

Den Hohepriester Soltars kannte ich schon, Borons Priester und der Priesterin Astartes war ich noch nicht begegnet. Auch der Hohepriester des Boron durfte sein Schwert mitbringen, das göttliche Richtschwert ruhte direkt vor dem Emir mit der stumpfen Spitze auf dem polierten Boden.

Die Priesterin der Astarte war, wie nicht anders zu erwarten, eine ausgesprochen hübsche Frau, sie schien mir für dieses hohe Amt überraschend jung, bis ich die Weisheit in ihren Augen sah.

»Der Segen Borons für alle, welche hier versammelt sind, Gerechtigkeit und Ehre für einen jeden Gläubigen eines jeden Standes«, intonierte der Priester Borons.

»Der Segen Soltars für alle, welche hier versammelt sind, möge eine jede Seele, ob alt oder jung, sich an diesem Tage leicht fühlen und den Gott in seiner Gnade spüren.«

»Der Segen Astartes für alle, ob Mann oder Frau, möge ein jeder Gläubige die Liebe Astartes spüren und das Leben in seinen Adern«, schloss die Priesterin der Astarte.

Alle verbeugten sich vor den Göttern, auch die Emire.

»Das Haus des Löwen heißt einen jeden hier willkommen zu diesem feierlichen Anlass«, antwortete der Emir mit tragender Stimme. »Möge der Segen der Götter auf auch allen ruhen, und mögen sie fügen, dass dies ein Tag ist, von dem man seinen Enkeln voller Freude berichten kann. Zur Feier des Tages werden alle Gefangenen befreit und alle Verbrecher begnadigt.«

Die Freude darüber war hier im Thronsaal nur verhalten, aber wenige Minuten später wurden die Worte des Emirs am Palasttor verlesen. Der Jubel des gemeinen Volkes war deutlicher und auch bis hierher zu hören.

Der Emir setzte sich, und das Fest nahm seinen Lauf.

In der nächsten Stunde verkündeten die geladenen Gäste ihre Segens- und Geburtstagswünsche für Faihlyd, die scheinbar gelassen dasaß. Aber ich sah, dass ihre Augen ständig in Bewegung waren. Sie war ähnlich gekleidet wie Leandra, wenn auch prunkvoller, denn sie trug ebenfalls eine Rüstung unter ihrem Obergewand. Sie wusste auf jeden Fall, wie man sich hinsetzen musste, um hoheitsvoll auszusehen, dennoch schien das Lächeln, das hin und wieder um ihre Lippen spielte, natürlich und nicht aufgesetzt.

Als einer der Emire ihr einen kaum entwöhnten kleinen weißen Löwen schenkte, lachte sie sogar auf und klatschte vor Freude in die Hände; durch nichts verriet sie, dass sie unter irgendeiner Anspannung stand. Als sie sich vorbeugte, um das jämmerlich maunzende Löwenkind in Empfang zu nehmen, sah ich, dass sie das Auge von Gasalabad trug. Wenigstens vor Nekromantie war sie sicher.

Danach traten die Priester einzeln an sie heran und legten ihr die Hand auf die Stirn, segneten sie als erwachsene Frau und nicht mehr als Kind. Damit war Faihlyd nun offiziell erwachsen.

Eine kurze Pause folgte, in der Akrobaten und Tänzerinnen die Menge unterhielten, während Diener mit silbernen Tabletts heraneilten, um den Gästen auf den Podesten Erfrischungen zu reichen. Die Gäste vor dem Podest mussten darben. Nur die Priester erhielten, aus der Hand Faihlyds, kristallklares Wasser in einfache hölzerne Schalen gegossen.

Als die Akrobaten und Tänzerinnen wieder davoneilten, erhob sich der Emir erneut.

Wieder wurde es totenstill im Raum.

»Dies ist ein glücklicher Tag für mich«, sprach er. »Nicht nur, dass ich das Glück hatte, meine Tochter zu einer schönen jungen Frau heranreifen zu sehen, die Götter gewährten mir in ihr einen würdigen Erben für das Haus des Löwen und die Krone von Gasalabad. Die Last meiner Jahre drückt mich schwer, es wird Zeit, die Krone Gasalabads auf ein jüngeres Haupt zu setzen, auf dass ein neuer Löwe euch und diese Stadt in die Zukunft führt.« Er erhob sich und nahm die Krone ab, um sie hoch über sich zu halten.

»Erhebt Euch, Faihlyd aus dem Haus des Löwen, und kniet nieder, um die Krone der Gerechtigkeit zu empfangen«, sprach der Priester Borons.

»Erhebt Euch, Faihlyd aus dem Haus des Löwen, und kniet nieder, um die Krone der Gnade zu empfangen«, folgte der Priester Soltars.

»Erhebt Euch, Faihlyd aus dem Haus des Löwen, und kniet nieder, um die Krone der Liebe zu empfangen«, beendete die Priesterin Astartes den Aufruf.

»Lasst uns beten für sie, auf dass sie in Weisheit, Gerechtigkeit und Liebe die Krone empfängt. Lasst denjenigen, der einen höheren Anspruch auf das Erbe des Löwen anmeldet, nun vortreten, oder er soll für immer schweigen«, riefen die Priester dann gemeinsam aus.

Faihlyd kniete sich nieder, und ihr Vater senkte die Krone.

»Ich erhebe einen höheren Anspruch auf die Krone Gasalabads, Vater«, sagte Marinae, als sie sich von dem Thron des Baums erhob.

Ein Raunen ging durch die Menge, und ihr Vater sah sie entsetzt an, selbst Faihlyd sah überrascht auf.

»Aber du gehörst dem Haus des Baums an!«, rief der Emir.

»Nicht länger. Denn das Haus des Baums hat meinen Gemahl getötet und einen Mord an mir und meinem Kind versucht«, sagte Marinae mit vernehmlicher Stimme. Ich sah erschrockene Gesichter in den Reihen der Angehörigen des Baums. Eines kam mir irgendwie bekannt vor, es war gleichermaßen überrascht wie erschrocken.

»Dieser Mann, Abd el Gerim, mein engster Vertrauter und Führer meiner eigenen Leibwache, überfiel meinen Gemahl und mich!«

»Aber, Essera…«, stammelte der Mann. »Ihr wisst doch, ich…«

»Ihr dachtet wohl, ich hätte Euch nicht erkannt? Ihr habt mir Eure Treue und Euer Leben geschworen, Gerim. Wollt

Ihr hier leugnen, dass Ihr es wart, der meinen Mann und mich überfiel? Wollt Ihr nicht doch noch einmal Treue zeigen und gestehen?«

Der Mann schluckte. Ich musterte ihn, suchte zu erkennen, ob er einer der Männer auf den Zeichnungen Zokoras war. Ich erkannte ihn nicht wieder. Aber er hatte in der Tat eine gewisse Ähnlichkeit mit dem Mann, den sie in der Nacht gesehen hatte, dem Anführer der Männer, die Marinae überfallen hatten. Wie sehr konnte ich Zokoras Erinnerungen trauen? Ich fand, dass ich ihr mehr traute als Marinaes Worten. Zudem schien mir der Unglaube im Gesicht des Mannes echt, bevor es in Entsetzen umschlug. Was ging hier vor?

Der Mann verbeugte sich, Metall glitzerte in seiner Hand.

»Schießt!«, rief jemand, und drei Bolzen trafen den Mann. Lautlos fiel er zu Boden, stürzte vom Podest vor Marinaes Füße. Die Bolzen hatten sicher getroffen, aber sie waren unnötig gewesen, er hatte sich den Dolch selbst in die Kehle gerammt.

»Aber Marinae«, sagte eine junge Frau aus den Reihen des Baums. »Wir lieben dich! Ich …«

»Schweigt«, fuhr Marinae sie mit kalter Stimme an. »Wie kann ich einem Haus trauen, das bereit ist, seinen eigenen Erben zu ermorden und einen unschuldigen Säugling noch dazu?«

Sie drehte sich zu dem Thron und den fassungslosen Mitgliedern des Hauses des Baums hin und hob eine Hand. Sie schlug mit der flachen Hand durch die Luft, als ob sie etwas zerschlagen würde. »Ich zerreiße die Bande der Liebe und weise das Haus des Baums ab«, rief sie. Wieder diese Geste. »Ich zerschlage das eiserne Band der Pflicht und weise das Haus des Baums von mir!« Ein weiteres Mal das Gleiche. »Ich zerschlage das Band der Treue und wende mich ab vom Haus des Baums!«

Totenstille herrschte im Thronsaal. Eine junge Frau aus dem

Haus des Baums fing an zu weinen, andere sahen Marinae fassungslos an. Marinae beachtete sie nicht und wandte sich stolz und aufrecht an ihren Vater. »Bin ich noch im Haus des Löwen willkommen, Vater? Stehe ich noch unter deinem Schutz?«

Der Emir blinzelte, er war bleich. »Ja, Marinae, natürlich bist du willkommen im Haus des Löwen.« Er warf einen zornigen Blick zum Haus des Baums hinüber. Nun, wenn an Marinaes Anschuldigungen etwas dran war, so waren sie entweder allesamt erstaunlich gute Schauspieler oder wussten tatsächlich nichts davon. Hier stimmte etwas nicht. Und noch im Tode trug das Antlitz dieses Gerim ein ungläubiges Entsetzen auf seinen Zügen.

»Ich bin deine Tochter. Ich bin vier Jahre älter als Faihlyd und erprobt im Regieren eines Hauses, sei es auch noch so verräterisch. Du wähltest den Baum für mich, eine Wahl, die mich beinahe Kind und Leben kostete. Bin ich nicht deine Tochter? Und deine Erbin durch meine Geburt?«

Der Emir schluckte.

»Ja, aber ich entschied, Faihlyd zu meinem Erben zu machen!«

Marinae bewegte sich langsam durch die Menschenmenge, die sie gebannt ansah, bis sie neben den Priestern vor dem Podest stand. Marinae schenkte ihnen keinen Blick, ihre Aufmerksamkeit galt allein ihrem Vater.

»Das ist dein Recht, Vater, aber ist es nicht auch deine Pflicht, die Krone jenem Erben zu geben, der am besten dazu geeignet ist, sie zu tragen?«

»Ich liebe dich, Marinae, aber Faihlyd ist in meinen Augen besser geeignet für Gasalabad. Ich glaubte dich sicher und geliebt in den Armen des Baums.«

Marinae nickte. »Gut, Vater, es ist ja einfach zu prüfen, ob du die beste Wahl getroffen hast. Faihlyd, geliebte Schwester … Ich sehe, du trägst das Auge, wie es dein Recht als Erbe ist. Sag mir, bringst du es auch zum Leuchten?«

Ich stieß einen leisen Fluch aus, Leandra setzte sich stocksteif hin, Zokora blinzelte, und Janos hätte beinahe laut los-
geschimpft. Hinter mir zog Armin überrascht die Luft ein,
jeder von uns zeigte auf seine Art, wie ihm klar wurde, was hier
geschah.

Auf Faihlyds Gesicht zeichnete sich Überraschung ab. »Wie
meinst du das, Schwester?«

»Wusstest du nicht, dass das Auge den besten Erben erkennen kann? Denjenigen, der am besten geeignet ist, den Kampf
gegen die Nekromanten zu führen? So steht es geschrieben in
einer alten Schriftrolle, die in der Bibliothek aufbewahrt wird.
Es ist einfach. Führe das Auge an deine Stirn, und wenn du der
Erbe bist, leuchtet es.«

Faihlyd zeigte zum ersten Mal Unsicherheit, indem sie auf
ihre Unterlippe biss. Dann hob sie das Auge aus ihrem Ausschnitt und führte es an ihre Stirn. Es blieb weiß, sonst tat sich
nichts.

»Gib es mir«, sagte Marinae und streckte die Hand aus.

Faihlyd schaute mit großen Augen zu ihrem Vater hoch. Sie
sahen sich gegenseitig an, dann zu Marinae, die ruhig dastand.
Langsam zog Faihlyd das Auge von Gasalabad über ihren
Kopf; niemand wagte auch nur zu atmen. Die Priester wechselten Blicke, dann traten sie einen Schritt zurück, dies war
eine weltliche Angelegenheit und nicht ihr Belang. So stand
nun Marinae allein vor dem Thron ihres Vaters und streckte
ihrer Schwester fordernd die Hand entgegen.

Faihlyd zögerte noch einmal kurz, dann ließ sie die Kette in
Marinaes Hand gleiten.

Marinae lächelte. »Ich danke dir für deine Ehrlichkeit,
Schwester«, sagte sie und führte das Auge Gasalabads an ihre
Stirn. Es begann mit einem leichten Schimmer, der allmählich
immer heller strahlte. Ein Raunen ging durch die Menge.

Marinaes Augen waren voller Triumph. »Sei nicht traurig,
Schwester, es war so vorbestimmt«, sagte sie leise, aber voller

Genugtuung. Sie ließ das Auge wieder sinken. Hinter mir hörte ich, wie Armin scharf einatmete, ich hoffte nur, dass er die Ruhe bewahrte. Ich selbst war ebenfalls fassungslos. Was auch immer ich erwartet hatte, das war es nicht.

25. Serafine und das Licht der Götter

Gemurmel erfüllte die Menge. Ich streckte meine rechte Hand aus und berührte die fassungslose Essera Falah an ihrem Gewand. »Faihlyd soll es noch einmal versuchen, diesmal mit einem Gebet an die Götter«, flüsterte ich. »Das ist jetzt einer meiner prophezeiten Ratschläge«, drängte ich.

Sie sah mich an, nickte fast unmerklich und beugte sich dann zu ihrer Enkelin vor.

Währenddessen hatte Marinae das Auge wieder abgenommen und hielt es triumphierend hoch, während sie sich langsam im Kreis drehte.

Der Emir war bleich, auf seiner Stirn sammelten sich Schweißperlen, Faihlyd sah ihre ältere Schwester mit einem ungläubigen Gesichtsausdruck an, während Falah ihr etwas ins Ohr flüsterte. Faihlyds Augen weiteten sich, sie sah kurz zu mir herüber, biss sich auf die Unterlippe, um dann zu nicken.

Falah richtete sich wieder auf, sie hatte meinen Rat überbracht. Faihlyd hob entschlossen ihr Kinn.

»Schwester, lass es mich noch einmal versuchen«, sagte sie, nichts in ihrer Stimme gab ihre Gedanken preis. »Ich vergaß, die Götter um Hilfe anzuflehen.«

Die Priester nickten zustimmend. Unparteiisch oder nicht, es war klar zu erkennen, wer ihrer Meinung nach auf dem Thron sitzen sollte. Doch sie hielten ihre Blicke gesenkt, es waren ihre Götter, die hier gefragt wurden, nicht sie. Nun, es gab andere, auf die ich mehr zählte, als die Priesterschaft der Drei.

Ich tauschte einen langen, bedeutungsvollen Blick mit Leandra und Zokora.

Marinae sah Faihlyd überrascht an, dann lächelte sie selbstsicher. »Selbstverständlich Schwester, ich will dir dein Erbe nicht streitig machen, solltest du würdiger sein, als ich es bin.«

Faihlyd nahm das Auge mit einer Verbeugung entgegen. »Astarte, ich flehe dich um deine Liebe an, zeige mir, ob ich der Erbe bin, den dieses Land braucht«, sprach sie feierlich und mit tragender Stimme. Sie stand kerzengerade da, das Auge erhoben, ihre Stimme klang wie eine Glocke und hallte von den Wänden des Thronsaals wider.

»Boron«, rief sie. »Zeige mir, ob es gerecht ist, dass ich die Krone Gasalabads erhalte.«

Ihre Stimme wurde lauter, blieb aber immer noch glockenklar.

»Soltar. Schenke meiner Seele Frieden, indem du mir dein Zeichen gibst.« Ihre Stimme hallte einen ewigen Moment lang, dann ging erneut ein Raunen durch die Menge.

Sie wollte die Perle gerade an ihre Stirn drücken, aber in diesem Moment, noch in ihrer erhobenen Hand, fing die Perle an zu leuchten, wurde immer heller, strahlender, ein weißes klares, fast kristallenes Licht, das von ihrer erhobenen Hand am Arm herunterzulaufen schien, Schultern und Kopf erfasste, dann ihren ganzen Körper, bis Faihlyd selbst strahlend weiß zu leuchten schien, ein Leuchten so hell, dass es mich in den Augen schmerzte hinzusehen.

Alle drei Priester sahen zu ihr hoch, Verzückung in ihren Mienen, solch ein Wunder direkt zu sehen, geschah auch ihnen nicht oft. Die Überraschung in ihren Blicken sagte mir deutlich, dass dies wohl kaum ihr Werk war.

Ich warf einen Blick zu Zokora und Leandra hinüber, Zokoras Augen wirkten leicht überrascht, ihr Gesicht verbarg wie üblich ihre Gedanken, aber Leandras Mimik zeigte ebenfalls absolute Verblüffung. Niemand, der sie so sah, wäre auf die Idee gekommen, sie mit dem Geschehen in Verbindung zu bringen. Innerlich dankte ich den Göttern, dass die beiden meinen Hinweis verstanden hatten: Sie hatten ihre Magie eingesetzt und waren Faihlyd bei der Durchsetzung ihrer Belange behilflich.

Das Licht verblasste langsam, ein letztes Schimmern hüllte Faihlyd ein, dann verging auch das.

»Ich danke dir, Schwester, dass du mir einen Weg gezeigt hast, mein Erbe mit dem Segen der Götter anzutreten«, sagte Faihlyd mit ruhiger Stimme, aber ich meinte einen bitteren Unterton zu hören.

»Aber…«, rief Marinae. Sie war fassungslos. »Wie kann das sein?« Dann zogen sich ihre Augenbrauen zusammen und sie warf einen düsteren Blick auf ihren Vater.

Der Emir wurde plötzlich bleich, und seine Augen weiteten sich. Er wankte, fing sich aber offensichtlich wieder. Keuchend und gehetzt sprach er: »So erkläre ich meine Tochter Faihlyd mit dem Beistand der Götter zum Erben des Löwen und zur Emira von Gasalabad. Mögen die Götter sie schützen, so wie sie meine Tochter heute segneten!« Schnell ließ er die Krone auf Faihlyds Haupt sinken. »Ich liebe dich, Tochter…«, flüsterte er so leise, dass ich es kaum verstand. Seine Hände fuhren zu seiner Brust, und er knickte in den Knien ein. Ein Aufschrei ging durch die Menge und übertönte beinahe das, was er zu Marinae sagte: »Und du, Viper, dich verfluche ich mit meinem letzten Atemzug!«

Dann fiel er zu Boden. Die Menge bewegte sich und rief den Namen des Emirs und Faihlyds.

Faihlyd starrte ihren zusammengebrochenen Vater eine Zeit lang fassungslos an. Ihr Gesicht zeigte die unterschiedlichsten Gefühle, Trauer und Entsetzen waren die beherrschenden. Dann richtete sie sich auf und hob die Hand. »Ich bitte euch um Ruhe!«, sagte sie mit ihrer tragenden Stimme. »Im Andenken an meinen Vater bitte ich euch, bewahrt Ruhe!«

Marinae stand nun wieder kerzengerade, ihre Augen bohrten sich in Faihlyds. »Aber was du vergessen hast zu erwähnen, ist deine Krankheit, Schwester«, sagte sie. »Es heißt ja auch, dass die Götter jene lieben, die sie früh zu sich holen wollen. Ist es nicht so, Schwester, dass du ein Leiden hast?«

Plötzlich spürte ich wieder diesen Druck, diese Hilflosigkeit, die ich schon bei Ordun verspürt hatte, als er mein Gesicht zwischen seine Hände nahm, nur diesmal erschien es mir ungleich mächtiger.

»Ja«, sagte Faihlyd. »Ich habe ein solches Leiden.« Ihre Stimme klang erschöpft.

Zu den Füßen der Essera Falah schrie Faraisa auf, und Helis setzte sie ab, um mit seltsam unbeteiligten Augen Marinae zu taxieren.

Hinter Sieglindes Stuhl klirrte es, als Eiswehr umfiel und über den Boden schlitterte. Das Schwert sprang nicht in ihre Hand, sondern rutschte an mir vorbei, fast bis an die Essera Falah heran. Ich versuchte Seelenreißer zu rufen, aber er blieb, wo er war. Falah konnte sich wohl ebenfalls nicht bewegen, ich hörte, wie sie immer stärker um Atem rang.

»Verkündeten nicht deine Leibärzte, dass du nur noch wenige Monate zu leben hast? Du trägst jetzt die Krone Gasalabads, bist die Emira… Sei ehrlich zu deinem Volk!«

Marinaes Augen waren nun schwarz wie die Nacht. Doch nur Faihlyd, Falah und ich konnten es sehen, die beiden Wächter, die den bewegungslosen Emir zur Seite trugen, schauten nicht auf. Helis sah es ebenfalls, auch wenn sie wohl kaum verstand, was sie sah. Sie zitterte und trug einen Ausdruck puren Entsetzens auf ihrem Gesicht, vielleicht hatte die Erinnerung daran überlebt, wie sie ihre Seele verloren hatte. Denn die Augen Marinaes hatten jene dunkle Tiefe angenommen, die ich auch in Orduns Augen gesehen hatte, als er nach mir griff.

»Ja«, sagte Faihlyd gepresst. Ich sah ihren Kampf, wie die Adern an ihrem Hals hervortraten, doch es nutzte ihr nichts. »Das ist richtig. Die Leibärzte sagten mir, ich hätte nur noch kurze Zeit zu leben.«

»Sagten sie nicht, es sei ein Wunder, wenn du deinen Geburtstag noch erlebst?« Marinaes Stimme besaß nun einen seltsam einleuchtenden Klang. Es schien auf einmal alles verständlich für mich. Der Emir wusste von Faihlyds Krankheit… und er wusste, dass sie die Krone nicht lange tragen würde. Aber wir konnten den Göttern dankbar sein, dass dort Marinae stand, vom Auge Gasalabads als würdige Erbin ausgewiesen.

Und sah Faihlyd nicht krank aus?

Das Entsetzen in Helis' Gesicht wich Neugier, als sie Eiswehr ansah, das vor Falahs Füßen nahe bei ihr lag. Die Diamanten im Griff des Schwertes funkelten.

»Fühlst du dich gut, Schwester?«, fragte Marinae besorgt. Es war rührend, wie sie sich um ihre Schwester kümmerte. »Setz dich lieber.«

Faihlyd nickte ergeben. »Ich sollte mich setzen, ich fühle mich wirklich schwach«, sagte sie leise und sank zu Boden, wäre beinahe hingefallen.

Helis berührte Eiswehr, und ihre Augen weiteten sich.

Schnell ergriff sie mit beiden Händen das Heft des Schwertes und drehte den Drachenkopf um ein Viertel. Der Kopf löste sich vom Heft.

»Du solltest mir lieber die Krone geben, Schwester, solange du noch kannst«, sagte Marinae. Ich musste bei so viel Fürsorge weinen, es war ein tragischer Anblick, diese beiden Schwestern vereint zu sehen, die eine so tapfer, so kurz vor dem Tod, die andere bereit, ihre Pflicht ihrem Land und ihrem Volk gegenüber zu erfüllen.

Aus Eiswehrs Heft glitten zwei weiße Perlen in Helis' Hand. Sie schloss die Hand um die Schmuckstücke und stand auf. In irgendeiner Ecke meines Verstandes wunderte ich mich über ihre zielstrebige Handlung. Sie warf die Perlen über den beiden Schwestern in die Luft. Zuerst flogen sie ganz normal, dann jedoch hörten sie auf zu fallen und schossen auf die Stirnen der Schwestern zu, um dort die Haut zu berühren.

Beide Schwestern zuckten zusammen, Faihlyd sprang zurück, und der Druck in meinem Kopf verschwand. Marinae fing an zu schreien, als die Perle an ihrer Stirn dunkel wurde und anfing, sich in ihre Haut zu graben. Sie riss die Hände nach oben, versuchte die Perle aus ihrer Stirn zu reißen, Blut lief ihre Finger herab, und ihre Gesichtszüge verschwommen wie Wasser.

»Faihlyd!«, rief Helis. Eine schnelle Bewegung, und der Drachenkopf war wieder an seinem Platz. Oben auf der Galerie legten die Schützen an, aber Eiswehr blieb in seiner Scheide.

»Faihlyd! Hier!«

Die Prinzessin sah überrascht zu Helis hinüber, die ihr Eiswehr an der Scheide hinhielt.

Marinae schloss die Finger um die schwarze Perle – es schien mir, als ob sie sich tief in ihre eigene Stirn gruben – und riss sie triumphierend heraus. Keine Wunde blieb zurück.

»So nicht!«, rief sie und erhob triumphierend ihren Blick. Mir schauderte, als ich die Fratze sah, die eben noch Marinaes Züge trug. Ihr Blick streifte mich nur, dennoch fühlte ich mich endlos in die Tiefe dieser schwarzen Augen gezogen. »So leicht nicht!« Ich spürte, wie sich der Druck in meinem Kopf wieder aufbaute, und verfluchte mich als einen Esel, dass ich nicht den kurzen Moment genutzt hatte, um mein Schwert zu rufen, nun war es wieder zu spät! Vielleicht auch nicht, denn…

»Aber so«, sagte Faihlyd laut und vernehmlich und zog Eiswehr. Die schimmernde Klinge beschrieb einen kurzen Bogen, und Marinaes Kopf, immer noch mit diesem Triumph auf ihren Zügen, die kaum noch Ähnlichkeit mit dem stolzen Gesicht von eben besaßen, sprang in einer blutigen Fontäne von ihren Schultern.

Zu meinem Entsetzen blieb Marinaes Körper aufrecht stehen und begann zu zucken, bevor er endlich nach einer scheinbaren Ewigkeit in sich zusammenfiel.

»Ruhe!«, rief Faihlyd. »Bleibt alle ruhig! Das ist nicht meine

Schwester! Es war eine Nekromantin, das Auge hat mich soeben gewarnt.« Sie hielt Eiswehr empor. »Das ist das Schwert des Löwen. Es stand mir bei in dieser Not. Haltet Ruhe, es wird euch gleich alles offenbart werden.«

Vielleicht war es die Art, wie sie stand, oder ihre Stimme, oder die erhobene fahle Klinge Eiswehrs… Wie auch immer sie es erreichte, die Menge beruhigte sich. Wachen eilten herbei und trugen den enthaupteten Körper und den Kopf davon.

Faihlyd senkte Eiswehr vorsichtig und stellte es vor sich auf die Spitze der Klinge, es blieb stehen. Kein Blut war an dieser fahlen Klinge, und es schien mir, als wäre das Schwert zufrieden. Hätte es plötzlich wie eine Katze zu schnurren angefangen, wäre ich wohl kaum überrascht gewesen.

»Das«, begann Faihlyd mit einer Stimme voller Gefühl, »hätte ein glücklicher Tag sein sollen. Ich hoffte noch auf den weisen Rat meines Vaters für viele Jahre. Aber die Götter nahmen ihn mir. Und dann zeigte sich, dass meine arme Schwester doch nicht überlebt hat, dass dies ein Trick war, der Trick eines Nekromanten, sich der Krone Gasalabads zu bemächtigen.« Sie unterbrach kurz und atmete tief ein. »Bei einer Krönung ist Gesang und Tanz und ein freudiges Fest üblich, aber heute… heute bitte ich alle meine Gäste und mein Volk, sich zu den Tempeln zu begeben und für die Seelen meiner armen Schwester und meines Vaters zu beten, auf dass eure Worte sie sicher zu Soltars Hallen geleiten werden. Morgen Abend werde ich einen jeden, der heute hier geladen war, erneut empfangen, aber für diesen Tag soll das Volk seines weisen Emirs, meines Vaters, gedenken. Geht und betet für sie beide.«

Sie kniete sich hin und senkte das Haupt, Eiswehr glitzerte vor ihr. Sie verharrte so, und allmählich bewegte sich die Menge. Leise murmelnd, kopfschüttelnd, manchmal auch ungläubig blickend oder weinend verließen die geladenen Gäste den Thronsaal.

Ich wollte mich auch erheben, aber Falah schüttelte den Kopf. »Bleibt. Ich will wissen, was hier geschehen ist.« Sie erhob sich mühsam, als hätte die Last ihrer Jahre sie in diesem Moment vollends eingeholt, und ging dorthin, wo Marinae gestorben war, bückte sich und hob eine blutverschmierte schwarze Perle auf, die im nächsten Moment wieder weiß wurde. Nachdenklich musterte sie die Perle, dann schloss sich ihre Hand um das Kleinod und sie wandte ihre Aufmerksamkeit Helis zu.

Diese hatte sich wieder vorgebeugt und wiegte erneut eine zufrieden glucksende Faraisa in ihren Armen, aber nur scheinbar war sie wie vorher. Ihre ganze Haltung hatte sich verändert. Etwas, das den fahlen Augen der Essera kaum entgangen war. Nur die Perlen und Eiswehr hatten es Faihlyd ermöglicht, sich der Nekromantin in der Haut ihrer Schwester zu erwehren, und beides hatte Helis ihr gegeben. Die Antworten auf die Fragen, die ich in den Augen der Essera las, waren auch für mich von Belang. Doch dann trat die Essera an den Leichnam des Emirs heran, und als sie sanft eine Hand auf das Haupt ihres toten Sohnes legte, sah ich zur Seite. Was für einen Schmerz musste eine Mutter verspüren, wenn ihr Kind vor ihr starb?

Doch jetzt wurde hinter uns der Vorhang geteilt. Faihlyd erhob sich, sah kurz zu uns hinüber und gab uns ein Zeichen, ihr zu folgen. Sie schob Eiswehr in die Scheide und reichte das Schwert wortlos an Sieglinde weiter, die es mit großen Augen annahm. Auch Leandra und ich griffen unsere Schwerter, dann folgten wir Faihlyd durch die Tür hinter dem Thron des Löwen.

Es war Falah, mit tränennassen Augen, doch entschlossen wirkend, die uns den Weg zu einem Raum wies, in dem gut ein Dutzend Stühle um einen großen Tisch standen. Auf ein Zeichen von ihr verließen die Wachen den Raum, ich hörte, wie die schwere Tür abgeschlossen wurde.

»Könnte«, sagte Falah und setzte sich auf einen der Stühle,

»mir jemand freundlicherweise erklären, was, bei allen Göttern, eben hier vorgefallen ist?« Ihre Augen glänzten noch feucht, aber ihre Stimme war fest. Es war klar, von wem Faihlyd ihren Willen und ihre Ausstrahlung geerbt hatte, dies war die wahre Macht Gasalabads, und sie würde nicht Ruhe geben, bevor sie zur Gänze erfuhr, was heute geschehen war.

»Und was ist mit dieser Perle?«, fragte Faihlyd und griff sich ratlos an die Stirn. Die weiße Perle glänzte matt auf ihrer Haut und schien zur Hälfte darin versunken. Sie machte eine ungeduldige Handbewegung. »Nun setzt euch schon! Ich weiß, dass ihr den Schlüssel zu den Geschehnissen in den Händen haltet.« Sie war noch immer bleich und ihre Hände zitterten fast unmerklich, doch sie hatte ihre Fassung bereits wiedergewonnen.

Wir setzten uns.

»Wenn Ihr erlaubt, werde ich es Euch erklären.« Unbegreiflicherweise hatte Helis das gesagt. Armin starrte sie an, er war aschfahl. Wir anderen waren nicht minder verblüfft, auch wenn jeder von uns schon eine unvorstellbare Ahnung haben musste. Sieglinde schaute Helis ebenfalls an, aber sie lächelte, obwohl ihr Tränen aus den Augen flossen.

»Marinae, Schwester, Tochter und Enkelin des Hauses des Löwen, verfiel den dunklen Gaben eines Nekromanten. Vielleicht war es auch ihr eigenes Talent. Sogar Ihre Entführung könnte ein abgekartetes Spiel sein. Eine Schriftrolle wurde gefälscht, um zu belegen, dass das Auge Gasalabads den wahren Erben durch ein Leuchten anzeigen sollte. In der Bibliothek wird sich jene Rolle finden, die all das scheinbar belegt und für legitim erklärt, was vorgefallen ist. Das Auge selbst wurde von einem gedungenen und dann ermordeten Juwelier gefälscht, um dieses Leuchten zu ermöglichen, als die Prinzessin es an ihre Stirn drückte. Das echte Auge hat Marinae Faihlyd in einem unbeobachteten Moment entwendet. Durch die Gnade der Götter leuchtete das falsche Auge auch bei Euch,

Emira, sodass dieser Plan fehlschlug. Wir spürten die Macht des Nekromanten, der hinter Marinae stand, oder vielleicht war es auch ihre eigene. Sie betörte unsere Gedanken, schuf eine Illusion und hätte Euch, Faihlyd, getötet. Nur sie selbst weiß, was sie uns allen und Euren Gästen vorgespiegelt hätte. Die Perlen, die Ihr gesehen habt, waren ein Hochzeitsgeschenk für meinen Gemahl und mich, sie sind gefertigt aus der Kugel der Wahrheit in Askir, die auch der Ursprung des Auges ist. Für jemanden wie Euch, mich oder meinen Gemahl erwecken diese Perlen ein vorhandenes Talent zur Blüte. Für einen Nekromanten sind sie der Tod… Dieser hier war beinahe mächtig genug, sich der Perle zu erwehren. Aber Eiswehr, ein Schwert, das einst von Jerbil Konai geführt wurde, ist geschaffen, um Nekromanten zu vernichten, wie jedes andere Bannschwert auch. Eiswehr tat seine Pflicht in den Händen des Erben des Löwen.« Helis verbeugte sich und wog Faraisa weiter auf ihren Armen.

»Wer seid Ihr?«, fragte Faihlyd leise.

»Helis.«

»Aber… es gibt keinen Zweifel, dass dein Geist… Ordun…«, stammelte Armin.

Helis sah ihn an, und ihre Augen wurden weich. »Armin. Frag nicht nach dem Willen der Götter. Ich bin als Helis geboren und als eine andere. Mehr wirst du nicht erfahren. Es war mir eine Ehre, dem Haus des Löwen diesen Dienst zu erweisen.« Sie richtete ihre klaren Augen auf Faihlyd. »Nutzt Eure Gaben gut, Hoheit. Wenn Euch die Perle stört, denkt einfach, sie möge Euch verlassen. Aber wenn Ihr sie tragt, ist sie ein immerwährendes Zeichen und ein Schutz.« Helis stand auf und legte Faraisa in Faihlyds Arme. »Sie ist unschuldig und rein. Es ist Borons Wille, dass die Kinder nicht für die Verbrechen der Eltern gerichtet werden. Liebt sie, und sie wird Euch lieben.«

Faihlyd sah mich fragend und unsicher an.

»Folgt Eurem Herzen«, sagte ich und erhob mich mit einer Verbeugung.

»Essera Falah, Emira Faihlyd. Wir werden hier nicht mehr gebraucht, alle weiteren Fragen wird euch Armin beantworten können.« Ich verbeugte mich ein zweites Mal, diesmal tiefer.

»Wir würden uns freuen, euch in unserem Haus als Gäste begrüßen zu dürfen… wenn die Zeiten dazu günstiger sind. Ihr habt die Liebe zweier Menschen verloren. Wir wollen euch nicht in eurer Trauer stören.«

»Aber, Esseri«, sagte Armin.

Ich sah zu ihm hinüber. »Ich benötige deine Dienste nicht länger, lebe wohl.«

Er sagte nichts weiter, aber er verbeugte sich tief. Wir beide wussten, dass es ab jetzt anderes sein würde. Ich erhob mich und neigte mein Haupt vor ihm und den Esseras.

Faihlyd sah uns alle nacheinander an, dann nickte sie. »Die Götter mit euch«, sagte sie leise, während sie sanft über Faraisas Haar strich. Dem Kind schien es zu gefallen, denn es gluckste zufrieden. Hatte sie bemerkt, dass mit ihrer Mutter etwas nicht stimmte? Denn nun erinnerte ich mich daran, dass sie zuletzt immer geschrieen hatte, sobald Marinae sie in die Arme nahm.

»Und unseren Dank«, sagte Falah, die noch immer Helis nachdenklich musterte. Diese hatte sich mit den anderen erhoben und stand nun neben Sieglinde.

Ich klopfte an die Tür, eine Wache öffnete und sah in den Raum hinein. Falah nickte, und die Wache ließ uns passieren.

An unserem Haus angekommen, öffnete ich die Tür das erste Mal mit meinem eigenen Schlüssel. Keiner von uns hatte auf dem Weg zurück viel gesagt, aber wie die anderen hatte auch ich immer wieder einen Blick zu Helis hinübergeworfen, die uns wie selbstverständlich begleitete.

Wortlos führte ich uns in die Küche, wo immer noch die

Kanne stand, die Armin dort abgestellt hatte. Leandra entzündete die Kerzen mit einer Geste und ließ sich müde in einen der Stühle am großen Küchentisch fallen.

Natalyia erschien in der Tür. Sie trug einen Schriftrollenbehälter unter dem Arm. »Ich habe schon gehört, was bei der Krönung geschah«, sagte sie leise. Sie hob die Rolle hoch. »Ich habe die Rollen wieder ausgetauscht. Das ist das Original.«

Sie sah fürchterlich erschöpft aus.

»Danke«, sagte ich. »Setz dich, bitte.« Ich sah, wie sie kraftlos in ihren Stuhl sank. »Es tut mir leid, dass ich dich bat, etwas zu tun, das dir so viel Kraft raubte und sich letztlich als überflüssig erwies«, sagte ich dann.

»Kraftraubend war es. Ich könnte ein Jahr schlafen. Aber überflüssig war es nicht.« Sie griff in ihren Ausschnitt, zog eine Kette mit einer großen Perle über ihren Kopf und legte sie auf den Tisch.

»Das Auge von Gasalabad«, sagte Helis leise.

Janos lehnte sich zurück und streckte sich. Es knackte laut. »Faihlyd wird sich freuen, wenn sie es zurückerhält«, sagte er.

»Aber erst morgen«, sagte Leandra. »Ich fühle mich, als wären wilde Stiere über mich hinweggetrampelt.«

»Ich glaube, diese Nekromanten machen mir Angst«, sagte Zokora. »Ich habe niemals solch eine Macht gespürt.«

Ich sah zu Sieglinde hinüber. Sie hatte den Kopf auf Helis' Brust gelegt und weinte, während Helis ihr übers Haar strich. »Ich dachte, ich hätte dich verloren«, hörte ich Sieglinde sagen.

»Ich versprach dir, erst zu gehen, wenn du mich nicht mehr brauchst, kleine Schwester«, antwortete Helis. Sie sah unsere fragenden Blicke. »Ich kann euch kaum mehr sagen als der Emira.«

»Ihr seid Serafine, nicht wahr?«, fragte Leandra mit leiser Stimme.

»Zum Teil.«

350

»Wie ist das möglich?«, fragte Varosch mit schwacher Stimme. Nicht nur für ihn war es unfassbar, dass Serafine vor uns stehen sollte. Doch dass es so war, daran gab es für mich nicht den geringsten Zweifel.

»Ihr wisst von Sieglinde, dass ich schwächer wurde. Als sie nach ihrer Befreiung aus der Sklaverei Eiswehr wieder berührte, glitt ich in die Klinge zurück… ohne mein Zutun, es war wie eine Erlösung. Ich dachte, es wäre nun der endgültige Tod.« Sie suchte meine Augen. »Ich ging ohne Neid auf die Lebenden von dieser Welt, Havald. Aber es waren nicht die Hallen Soltars, die auf mich warteten. Es waren Träume. Von Euch, von Sieglinde… Deshalb weiß ich auch alles, was Sieglinde hörte und sah, solange sie Eiswehr trug. Dann im Thronsaal. Ich kann es nicht erklären, plötzlich war ich wieder ich. Fragt mich nicht, wie es zustande kam. Ich wusste nur, dass es sich richtig anfühlte, als ich in diesen Körper glitt. Es fühlte sich so vertraut an, nicht mehr ein Gast zu sein, sondern wirklich und wahrhaftig ich. Und dann sah ich, was geschah, ich hatte Eiswehr in der Hand, ich überlegte nicht, sondern warf die Perlen.«

»Ein Hochzeitsgeschenk Askannons, nicht wahr?«, fragte ich.

Sie nickte. »*Sie* waren die Depesche, die uns angeblich zurückbeorderte. Eine solche Order gab es nie und deshalb auch keinen Verrat. Weder Jerbil noch ich wären vor Ablauf unserer Dienstzeit aus der Legion geschieden. Zehn Jahre. Nur ein halbes Jahr fehlte.« Sie lächelte wehmütig. »Ich sehe eure ungläubigen Blicke, aber ich kann euch nicht weiterhelfen. Ich weiß nicht, wie es geschah.«

»Habt Ihr Soltars Hallen gesehen?«, fragte Janos leise.

Serafine schüttelte den Kopf. »Nein. Und von meiner Zeit in Eiswehrs Klinge weiß ich nur, dass ich einen langen, kühlen Traum träumte.«

»Armin sagte, Helis könnte Eure Zwillingsschwester sein«,

meinte ich und musterte sie sorgfältig. Jetzt, da wieder eine Seele Helis' Antlitz belebte, sah sie wirklich aus, wie die fernen Erinnerungen des Sergeanten sie mir zeigten.

»Vielleicht, aber ich fühle mich an wie ich. Nur jünger.« Sie lächelte leicht. »Ihre Seele ist in Soltars Hallen, aber sie hat viel zurückgelassen. Armin hatte recht, Helis hatte ein gutes Herz.«

»Willst du Eiswehr zurück?«, fragte Sieglinde leise und hob das Schwert an.

Serafine lachte. »Nein. Ich mochte Eiswehr nie wirklich.«

»Tja, dann willkommen zurück unter den Lebenden«, sagte Janos. »Mann, was für ein Tag.« Er streckte sich erneut und schloss die Augen.

Ich musterte ihn und schüttelte nur den Kopf. Janos hatte ein Talent, Dinge als gegeben anzunehmen, um das ich ihn beneidete. Ich würde wohl noch einige Zeit brauchen, um mich daran zu gewöhnen, dass Serafine wieder lebte. Irgendwo in meinem Hinterkopf regten sich Befürchtungen, dass ihre Existenz wahrscheinlich auch Schwierigkeiten schaffen würde, aber im Moment war es mir egal.

Ich hatte das Gefühl, als ob ich Serafine schon ewig kannte, und fühlte eine tiefe Erleichterung, sie hier sitzen zu sehen.

»Ich habe gedacht, mich trifft der Schlag, als Marinae das mit dem Leuchten erzählte. Ich hätte nie gedacht, dass sie es wäre«, sagte Varosch. »Sie hat uns komplett hereingelegt. Sie muss sich schiefgelacht haben, als Ihr sie für zwanzig Goldstücke den Sklavenhändlern abgekauft habt.«

Ich lachte selbst leise. »Ja, sie war schlau. Aber letztendlich haben wir sie doch ausgetrickst.« Ich griff nach Leandra, zog sie an mich heran und küsste sie. Dann lächelte ich zu Zokora hinüber. »Ihr beide wart großartig.«

»Was meinst du?«, fragte Zokora überrascht.

»Ihr habt sofort verstanden, worauf ich hinauswollte. Ich wusste, wenn ihr beide euer Licht in das Auge von Gasalabad lenken würdet, würde es heller leuchten als bei Marinae und so alle überzeugen. Euer Licht war es, das den Tag gerettet hat.«

Leandra und Zokora sahen sich gegenseitig an. Dann wandte sich Zokora mir zu. »Havald«, sagte sie in ihrer ruhigen Art. »Ich habe kein Licht gemacht. Ich wusste nicht, was du wolltest.«

Ich blinzelte überrascht. Ich kannte sie gut genug, um zu wissen, dass sie die Wahrheit sagte. Mein Blick schwenkte zu Leandra.

Auch sie schüttelte bloß den Kopf.

Anhang

Die Freunde

Havald – ein Krieger im Zwist mit seinem Gott, Träger des Bannschwerts Seelenreißer

Leandra de Girancourt – Botschafterin von Illian, Maestra und Trägerin des Bannschwerts Steinherz

Serafine – Tochter des Wassers, ein Geist aus ferner Vergangenheit, aus dem Haus des Adlers, Tochter des letzten Gouverneurs von Gasalabad

Helis – Schwester von Armin, Amme von Faraisa; der Nekromant Ordun raubte ihre Seele

Janos Dunkelhand – ein Mörder und Dieb, oder Agent und Liebhaber... überzeugend in beidem

Varosch – Adept des Boron, Scharfschütze und Zokoras Liebhaber

Natalyia – das dritte Tuch der Nacht aus dem Hause Berberach, eine treue Freundin

Poppet – eine lebende Puppe

Sieglinde – eine Wirtstochter, die auszog, um ein Reich zu retten, Gastgeberin von Serafine

Zokora – eine Dunkelelfe mit vielen Talenten

Das Haus der Münzen (Botschaft von Illian)

Afala – Haushälterin

Darsan – Schreiber

Taruk – Seneschall

Der Palast der Monde

Falah – die Mutter des Emirs, Großmutter von Faihlyd und Marinae; nicht zu alt, um an Prophezeiungen zu glauben

Erkul – letzter Emir von Gasalabad, Vater von Faihlyd und Marinae

Hahmed – Hüter des Protokolls des Palasts und Vertrauter von Falah

Perin da Halat – Leibarzt von Essera Falah

Faihlyd – Emira von Gasalabad, aus dem Haus des Löwen

Khemal – Hauptmann der Leibgarde des Emirs, ein verdienter Veteran

Marinae – Schwester von Faihlyd, aber Tochter des Baums, unbeugsam und stolz

Faraisa – Blüte des Baums, Tochter von Marinae, ein Säugling

Steinwolke – ein unverstandener Greif

Varlande

Magnus Torim – Botschafter der Varlande

Angus Wolfsbruder – Wirt der Schenke *Zur Stinkenden Wildsau*

Ragnar – Königssohn, Schmied und Freund von Havald

Askir

Askannon – einst Herrscher Askirs, legendärer Maestro

Oswald von Gering – Botschafter der Reichsstadt zu Gasalabad

Hillard – von Gerings Adjutant

Kasale – Schwertmajor der vierten Bulle

Bessarein

Selim – ein junger Dieb, der auf ungewöhnliche Art seiner Bestimmung folgt

Itamar – ein Juwelenhändler

Pasaran – Gesandter des Hauses der Schlange

Jefar – ein geheimnisvoller Gewürzhändler

Hasur – ein Geldwechsler, der zuviel an Leidenschaft genoss

Armin di Basra – Gaukler und Verlobter von Faihlyd, aus dem Haus des Adlers

Tarsun – Prinz aus dem Haus des Turms, Sohn des Emirs von Janas

Sarak – ein Mann, der dem Haus des Turms dient

Kasir – Prinz aus dem Haus des Tigers

Alisae – Vorsteherin des Hauses der Leidenschaft

Rekul – Hauptmann der Reitergarde

Deral – Kapitän der *Lanze der Ehre*

Serena – Verkäuferin von Honigfrüchten

Abdul el Farain – Bewahrer des Wissens, Archivar in Gasalabad, ein Mann, der Janos Respekt abnötigt

Illian

Eleonora – die Rose von Illian, Königin von Illian

Thalak

Kolaron Malorbian – Herrscher von Thalak, Nekromant und Maestro

Die Greifenreiter

Imra – Prinz der Elfen
Faril – Lasras Bruder
Reat – ein schweigsamer Elf
Conar – ein anderer Elf
Lasra – eine temperamentvolle Elfe

Die Adelshäuser Bessareins

Haus des Löwen – das Haus, dem Faihlyd und Jerbil Konai entstammten
Haus des Adlers – Armins und Serafines Haus
Haus des Tigers
Haus der Schlange
Haus des Turms
Haus des Baums
Haus der Palmen – ein kleines Haus in Bessarein, das einen Mörder hervorbrachte

Städte

Krimstinslag – die Kronstadt der Varlande
Illian – Kronstadt von Illian, Leandras Heimat
Janas – Stadt an der Küste von Bessarein, westlich von Gasalabad, Sitz des Turms
Kasdir – Stadt östlich von Gasalabad, Sitz des Baums
Kelar – Stadt in Letasan, Geburtsort von Havald, von Thalak zerstört
Coldenstatt – nördlichste und neueste Stadt der Südlande, liegt nördlich der Donnerfeste

Weitere Orte von Interesse

Fiorenza – eine Grafschaft im Süden von Letasan, bekannt für ihre vorzüglichen Weine

Ortenthal – ein Ort voller Magie, an dem die Elfen einen besonderen Wein anbauen

Avincor – ein Pass an der Ostgrenze des Königreiches Illian und ein berühmtes Schlachtfeld; über die Reichsgrenzen hinweg bekannt durch die Ballade über Ser Roderic von Thurgau und die Ritter des Bundes, die hier fielen

Nordfeste – mächtige Festungsanlage in den Donnerbergen, bewachte die Nordgrenze von Letasan

Zum Hammerkopf – Gasthof, einst ein Depot der zweiten Legion, Geburtsort von Sieglinde

Flamen – ein Herzogtum in Illian

Weitere Personen von Interesse

Ser Roderic, Graf von Thurgau – einst Paladin der Königin von Illian, starb mit vierzig Getreuen bei der Schlacht von Avincor

Jerbil Konai – legendäre Gestalt aus Gasalabad, die Säule der Ehre, Erbe des Hauses des Löwen, Generalsergeant und Anführer des ersten Horns, ging mit der zweiten Legion verloren

Gebäude

Haus der Hundert Brunnen – ein ganz besonderer Gasthof

Haus der Leidenschaft – ein Haus für den besonderen Geschmack

Haus der Genügsamkeit – ein anderes Haus der Leidenschaften

Haus des Friedens – edles Wohnhaus von Jefar, dem Gewürzhändler

Tempel des Wissens – Archiv und Bibliothek von Gasalabad

Die bekannten Reiche

Varlande – die Heimat der Nordmänner, altes Reich
Bessarein – Kalifat, altes Reich
Illian – Südlande, drei Reiche
Jasfar – Südlande, drei Reiche
Letasan – Südlande, drei Reiche
Thalak – das dunkle Imperium
Kish – legendäres Reich jenseits des Meers der Stürme, angeblich von Echsen bewohnt
Xiangta – legendäres Reich im Südosten des alten Reichs, die Straßen sind dort mit Gold gepflastert

Die Götter

Omagor – der Gott der tiefen Dunkelheit, Blutgott der Dunkelelfen
Boron – Gott der Gerechtigkeit, der Gewalt, des Kriegs und des Feuers
Astarte – Göttin der Weisheit und der Liebe
Soltar – Gott des Todes, der Erneuerung
Solante – Astartes dunkle Schwester, von den Dunkelelfen verehrt

Richard Schwartz
Das Erste Horn
Das Geheimnis von Askir 1.
400 Seiten. Serie Piper

Ein verschneiter Gasthof im hohen Norden: Havald, ein Krieger aus dem Reich Letasan, kehrt in dem abgeschiedenen Wirtshaus »Zum Hammerkopf« ein. Auch die undurchsichtige Magierin Leandra verschlägt es hierher. Die beiden ahnen nicht, dass sich unter dem Gasthof uralte Kraftlinien kreuzen. Als der eisige Winter das Gebäude vollständig von der Außenwelt abschneidet, bricht Entsetzen aus: Ein blutiger Mord deutet darauf hin, dass im Verborgenen eine Bestie lauert. Doch wem können Havald und Leandra trauen? Die Spuren führen in das sagenhafte, untergegangene Reich Askir ...
Ein sensationelles Debüt mit einer intensiven, beklemmenden Atmosphäre, die in der Fantasy ihresgleichen sucht.

Richard Schwartz
Die Zweite Legion
Das Geheimnis von Askir 2.
432 Seiten. Serie Piper

Ein mysteriöser Wanderer aus dem legendären Reich Askir trifft im Gasthof »Zum Hammerkopf« ein. Er unterrichtet den Krieger Havald und die Halbelfe Leandra über die Zersplitterung des Reiches. Leandra, Havald und einige Gefährten machen sich auf zum magischen Portal, um die Bewohner Askirs davor zu warnen, dass der brutale Herrscher Thalak auch sie zu unterjochen droht. Das Portal soll die Gefährten unmittelbar nach Askir führen; doch stattdessen landen sie im gefährlichen Wüstenreich Bessarein ...

Der zweite Band des Fantasy-Zyklus »Das Geheimnis von Askir« verblüfft erneut mit hochgradiger Spannung und intensiver Atmosphäre. High Fantasy der Superlative!

SERIE PIPER

Markus Heitz
Trügerischer Friede
Ulldart – Zeit des Neuen 1.
448 Seiten. Serie Piper

Nach der großen, verheerenden Schlacht ist auf dem Kontinent Ulldart wieder Frieden eingekehrt. Doch die Ruhe trügt: Während Lodrik sich immer weiter zurückzieht, plant seine erste Frau Aljascha, die Herrschaft über Tarpol zu erlangen. Und im fernen Norden ist jemand erschienen, den alle für tot gehalten haben. Die ehemaligen Kampfgefährten müssen erneut zusammentreffen, um die Katastrophe zu verhindern …

Mit dem Zyklus »Zeit des Neuen« kehrt der Bestsellerautor auf den Kontinent Ulldart zurück – ein idealer Einstieg für Neuleser und zugleich ein Wiedersehen mit den beliebtesten Helden und größten Schurken.

05/1869/01/L.

Markus Heitz
Brennende Kontinente
Ulldart – Zeit des Neuen 2.
464 Seiten. Serie Piper

Die Ereignisse auf Ulldart spitzen sich zu: Die einstige Herrscherin von Tersion kehrt aus dem Exil zurück und will die Macht an sich reißen. An der Westküste des Kontinents taucht eine Flotte mysteriöser Kriegsschiffe auf und zieht in die Schlacht gegen das kensustrianische Heer. Doch wer sind die Fremden, und welche Ziele verfolgen sie? Norina, die Herrscherin Tarpols, entgeht nur knapp einem Anschlag auf ihr Leben. Endlich begreift Lodrik, wie viel ihm Norina bedeutet. Doch es scheint, als komme diese Erkenntnis zu spät, denn Norina gerät in eine Falle … Der große Zyklus des erfolgreichsten deutschen Fantasy-Autors geht in die nächste Runde!

»Markus Heitz versteht es meisterhaft, den Leser zu fesseln.«
Phantastik.de

05/2023/01/R

Markus Heitz
Fatales Vermächtnis
Ulldart – Zeit des Neuen 3.
464 Seiten. Serie Piper

Die Ereignisse auf dem Kontinent spitzen sich zu: Lodriks Tochter Zvatochna übt sich in der Magie der Nekromanten und versammelt ein Heer aus Seelen um sich. Doch nicht nur Lodrik, sondern auch Vahidin stellt sich ihr entgegen. Und die Qwor setzen ihren vernichtenden Feldzug fort. Es gibt nur eine Hoffnung: Ritter Tokaro und seine Gefährten begeben sich in Kalisstron auf die Suche nach der aldoreelischen Klinge und dem Amulett, dessen Macht allein Ulldart noch retten kann …

Bestsellerautor Markus Heitz schickt die Helden seines »Ulldart«-Zyklus in die entscheidende Schlacht.

Oisín McGann
Im Namen der Götter
Fantasy-Thriller. Aus dem
Englischen von Irene Bonhorst.
320 Seiten. Serie Piper

Oisín McGann legt mit diesem Roman einen hoch brisanten Fantasy-Thriller vor, in dem zwei Welten aufeinander prallen: Der Albtraum des jungen Chamus beginnt, als er ein Massaker überlebt. Selbstmordattentäter des benachbarten Bartokhrin terrorisieren seine Heimat Altima und machen das Leben dort zu einer ständigen Gefahr. Als Chamus nach einem Flug im Feindgebiet notlanden muss, wird er von dem rebellischen Mädchen Rhiadni entdeckt. Diese verrät ihn an die Terrorgruppe Hadram Cassal. Für sie sind die Männer heldenhaft und mutig, stets bereit, für ihr Land zu sterben. Doch als sie den völlig unschuldigen Chamus töten wollen, erkennt sie, dass ihr Volk den falschen Weg geht. Sie befreit Chamus aus der Todesgefahr, und eine Hetzjagd durch die Wälder Bartokhrins beginnt.

SERIE PIPER

A. Lee Martinez
Die Kompanie der Oger
Sterben und sterben lassen! Aus dem Amerikanischen von Karen Gerwig. 416 Seiten. Serie Piper

Für einen, der unsterblich ist, stirbt Never Dead Ned ziemlich häufig – nur kehrt er immer wieder ins Leben zurück. Doch Ned bliebe lieber tot, als seine neue Aufgabe anzutreten: Er soll die Oger-Kompanie befehligen, die verwahrloseste Truppe der Welt. Selbstmörderische Kobolde, gehänselte Orks und verführerische Amazonen machen ihm das Leben zur Hölle. Dazu droht der Welt noch furchtbares Unheil. Die Oger-Kompanie steht vor ihrer ersten – und schwierigsten – Aufgabe ...

»Noch schneller und lustiger als ›Diner des Grauens‹. Dieses Buch macht Fans von Terry Pratchett und Douglas Adams süchtig!«
Booklist

A. Lee Martinez
Diner des Grauens
Wir servieren Armageddon mit Pommes Frites! Aus dem Amerikanischen von Karen Gerwig. 352 Seiten. Serie Piper

Willkommen im Diner des Grauens, wo Zombie-Angriffe an der Tagesordnung sind und du niemals weißt, was im Kühlschrank lauert! Als die beiden Kumpels Earl und Duke mit ihrem uralten Pickup bei dem Wüstenimbiss Halt machen, trifft es sie hammerhart: Zombie-Kühe, eine monströse Bardame, singende Yucca-Palmen und liebreizende Friedhofsgeister sind erst der Anfang. Doch Earl und Duke wären nicht der coolste Vampir und der fetteste Werwolf der Welt, wenn sie solche Probleme nicht auf ihre ganz eigene Art lösen würden .. Lustiger als die »Muppet-Show« und blutiger als »From Dusk till Dawn« – nach A. Lee Martinez werden Fantasy und Horror nie mehr sein wie zuvor!

»Der größte Spaß seit Douglas Adams und das verrücktest Debüt aller Zeiten!«
Publishers Weekly

05/2120/01/L

05/1980/01/R

Kirsten J. Bishop
Stadt des Wahnsinns
Roman. Aus dem Englischen von Birgit Reß-Bohusch. 416 Seiten. Serie Piper

Der Söldner Gwynn und die Ärztin Raule ziehen durch die Einöde des zerstörten Kupferlands. Als sie die verrufene Stadt Ashamoil erreichen, werden sie in einen schillernden und grausamen Sumpf hineingezogen. Raule kommt einer gefährlichen Verschwörung auf die Spur. Tod und Wahnsinn greifen wie eine Seuche um sich. Im Bemühen, den Untergang abzuwenden, geraten Gwynn und Raule zwischen die Fronten. Denn die Stadt birgt ein monströses Geheimnis …

»Ein brillantes Debüt in der Tradition von Stephen King und China Miéville.«
Publishers Weekly

Tobias O. Meißner
Das Paradies der Schwerter
Roman. 368 Seiten. Serie Piper

Sechzehn Männer reisen durch eine bizarre, apokalyptische Landschaft, einem Turnier entgegen: In verschiedenen Paarungen sollen sie mit eigens gewählten Waffen gegeneinander antreten. Doch auch wenn ein Preisgeld winkt, geht es in Wahrheit nur um Leben und Tod – und darum, die Sensationsgier des Publikums zu befriedigen. Und je weiter das brutale Schauspiel voranschreitet, je mehr Männer unter der sengenden Sonne fallen, desto deutlicher begreifen die Teilnehmer, daß es am Ende vielleicht gar keinen Sieger geben wird …

Mit meisterhafter Sprache webt Shooting-Star Tobias O. Meißner eine fesselnde Mischung aus Thriller und Fantasy.